Stefan Ahnhem

Huizenruil

Vertaald uit het Zweeds door Tineke Jorissen-Wedzinga

the house of books

Deze uitgave kwam tot stand door bemiddeling van Salomonsson Agency.

Oorspronkelijke titel: *Bytet*
Oorspronkelijk uitgegeven door: Bokförlaget Forum, Stockholm 2023

Omslagontwerp: Mystical Garden Design, Norrköping
Omslagontwerp Nederlandse uitgave: Buro Blikgoed, Haarlem
Typografie: Crius Group, Hulshout

ISBN 978 90 443 6384 5
ISBN 978 90 443 6385 2 (e-book)
NUR 332

www.thehouseofbooks.com
www.overamsteluitgevers.com

OVERAMSTEL
uitgevers

The House of Books is een imprint van Overamstel uitgevers bv

Precies hier. Precies op deze hoek.
We waren net achttien.
Ik en jij.
Een verliefdheid groter dan al het andere.
Jij en ik.
Voor altijd tot in de dood.

INSCRIPTIE OP EEN STRAATSTEEN VOOR HET ÖSTRA REAL, EEN MIDDELBARE SCHOOL IN STOCKHOLM

Carl Wester

Santa Cruz, zondagmiddag, augustus 2019

Hij zette zijn mobiele telefoon uit en sloot zijn ogen tot alle cijfertjes en grafieken zijn netvlies hadden verlaten. Daarna keek hij uit over de Stille Oceaan en constateerde dat die juist op deze late namiddag zijn naam eer aandeed, zoals hij daar spiegelglad lag te wachten om over een paar uur zo niet de mooiste, dan wel de meest geïnstagramde zonsondergang ter wereld te vervolmaken.

Meteen al op de luchthaven, nog voordat de koffers in de bagageruimte lagen, had hij zich ervan verzekerd dat de chauffeur bereid was om via Highway 1 langs de kust naar het zuiden te rijden. Dat verlengde de reis met een kwartier, maar daar stond tegenover dat hij een uitzicht kreeg waar je niet lang genoeg naar kon kijken.

Helene was al voordat ze San Francisco hadden verlaten naast hem op de achterbank in slaap gevallen, en om te voorkomen dat ze een stijve nek zou krijgen, had hij haar sjaal opgerold tot een kussen en dat voorzichtig tussen haar en het zijraam geschoven.

Net als met de Stille Oceaan viel het hem op hoe mooi ze was. Dat frappeerde hem vaak, soms meerdere keren per dag. Ze was dan ook een klasse apart. Neem alleen al haar mond. Daar was hij verliefd op geworden toen hij haar voor het eerst had gezien. Haar overdreven volle, maar wonderlijk genoeg toch volkomen natuurlijke lippen.

De waarheid was dat hij nog steeds na al die jaren niet kon begrijpen waarom ze juist hem had gekozen. Maar misschien was het zoals ze zei. Zoals ze altijd zei. Dat ze van hem hield om wie hij was.

Er waren tijden geweest dat hij twijfelde. Er was weleens sprake geweest van een crisis. Maar dat was toen. De laatste maanden was het rustig en ze hadden niet één keer ruzie gehad. Toch wist hij niet helemaal zeker waar ze zich nu bevonden in hun relatie.

De kompasnaald bleef maar ronddraaien, en alleen om die tot stilstand te brengen en hem een richting te geven, had hij besloten ervan uit te gaan dat ze de waarheid sprak als ze zei dat ze nog steeds van hem hield. Iets waar deze onderneming met een maand vakantie in Santa Cruz, gewoon met z'n tweetjes, toch een teken van was.

Die hele reis was van begin tot eind Helenes idee geweest. Anders was hij altijd degene, of liever gezegd zijn assistent Mirja, die de boekingen regelde en erop toezag dat de standaard op een acceptabel niveau lag en dat alles op rolletjes liep. Maar deze keer had Helene de reis en het verblijf in haar eentje geboekt en zelf de hele planning gemaakt. Hij had niet eens het hotel mogen kiezen. Haar argument was dat welke hotelsuite dan ook, hoe duur die ook was, associaties zou oproepen met werk.

Op de vraag waarom ze per se zo ver weg moesten en niet gewoon in Europa konden blijven, had ze geantwoord dat ze alles en iedereen even achter zich moesten laten, wilden ze de weg naar elkaar weer terugvinden. Hoe meer tijdzones er tussen hen en hun dagelijks leven zaten, hoe beter. En misschien had ze gelijk. Misschien was dit precies wat ze nodig hadden.

Alleen al tijdens de autorit van een uur langs de kust had hij meer kunnen denken en reflecteren dan dat hij had gedaan sinds die noodlottige zondag in februari. Dat was vandaag exact een halfjaar geleden. Een halfjaar waarin hij uit puur overlevingsinstinct in zijn werk was gevlucht, weg van Helene en haar verdriet. Weg van alles wat eigenlijk zijn verantwoordelijkheid was. Dus als er iemand was die in de min stond en zich deze weken moest inspannen, dan was hij het wel.

Hij had met één wens mogen komen wat betreft de accommodatie. De rest was aan haar geweest. Hij had 'aan zee' geantwoord. Als ze nou per se een huis zouden huren, wilde hij uitzicht op en rechtstreekse toegang tot zee, zonder eerst een drukke weg te hoeven oversteken of iets dergelijks. Helene vond het juist veel belangrijker dat er een zwembad was. Volgens haar was zand eigenlijk alleen maar lastig, en ze zou nooit uit eigen beweging in natuurwater gaan zwemmen.

Gek genoeg bleek de combinatie zwembad en dicht bij zee aanzienlijk ongebruikelijker te zijn dan wat je zou denken, en nadat ze de markt had uitgeplozen, had ze slechts één huis in Santa Cruz gevonden dat aan juist die criteria voldeed.

Hij had voorgesteld dat ze de zoekradius langs de kust in zuidelijke richting zou uitbreiden, maar het was te laat. Ze was al verliefd geworden op het huis en had contact opgenomen met de eigenaren, die in eerste instantie totaal niet geïnteresseerd waren om hun huis te verhuren aan een stel vreemden uit Scandinavië.

Maar zoals gewoonlijk had ze geen nee kunnen accepteren. Hij kende niemand die zo volhardend kon zijn als Helene, en een paar weken later had ze de eigenaren ervan weten te overtuigen om hun eigen vakantie door te brengen in hún huis, in de binnenste archipel van Stockholm, waarna de huizenruil plotseling een feit was.

Wat zijn werk betrof, had hij haar beloofd zo veel mogelijk te proberen offline te blijven en zijn mailverkeer te beperken tot incidentele keren. Iets wat lastig zou worden, zo niet onmogelijk, doordat de overname van Stern & Ljung langer duurde dan verwacht en nog steeds niet was afgerond. En dat terwijl de contractonderhandelingen al meer dan een halfjaar bezig waren, waarbij het ene irrelevante detail na het andere spaken in het wiel bleef steken.

Het was op zich niet zo gek dat het hun tegen de borst stuitte om te verkopen. Hoe je het ook wendt of keert, het bleef een groot prestigeverlies voor het eerbiedwaardige, oude vastgoedbedrijf dat al generaties lang werd overgeërfd en een omzet had van bijna het viervoudige vergeleken met zijn eigen Inwesters. Het was met andere woorden een controversiële overname, die een storm in een heleboel glazen water zou veroorzaken. Vooral gezien het feit dat hij ondanks al zijn jaren in de vastgoedbranche nog steeds werd gezien als een nieuwkomer.

Dat gezegd hebbende was er geen twijfel over mogelijk dat het voor beide partijen een goede deal was. De bloeiperiode van Stern & Ljung was voorbij, en in plaats van een pijnlijke, langgerekte dood te sterven met constant rode cijfers, konden ze door zijn moderne visie op wat een vastgoedportefeuille inhield de verliezen omzetten in winst.

Het laatste wat hij had gehoord voordat hij zijn telefoon in vliegtuigmodus moest zetten, was dat er eindelijk overeenstemming was bereikt over alle paragrafen en toevoegingen van het contract. Dus het enige waar hij eigenlijk nog op wachtte, was dat Ragnar Severin contact zou opnemen om te vertellen dat de inkt van alle handtekeningen droog was. Een bericht dat elk moment kon komen, aangezien het thuis in Stockholm inmiddels twee uur 's nachts was.

Als bleek dat ze nog een uur nodig hadden, was dat ook geen probleem. Er was nog voldoende tijd om het nieuws bekend te maken voordat de beurs om negen uur openging. Het belangrijkste was ervoor te zorgen dat hij zijn werk zo veel mogelijk buiten het zicht van Helene hield.

Dit was in de eerste plaats vakantie, hún vakantie, en dit was zijn kans om te laten zien en haar ervan te overtuigen dat zij, ondanks alles wat ze elkaar hadden aangedaan en hadden moeten doormaken, nog steeds de vrouw van zijn leven was. Iets waar hij zelf nooit aan getwijfeld had. In zijn ogen was er niemand die zich kon meten met Helene. Niet sinds die avond in Stockholm acht jaar geleden.

Ze had met een vriendin een paar tafeltjes verderop bij Sturehof in het centrum van Stockholm gezeten. Zelf was hij daar geweest om met Ragnar en zijn naaste team een vastgoeddeal te vieren. Maar op het moment dat zij zijn blik had beantwoord, was hij alles over kronen, percentages en winst vergeten.

Een paar uur later hadden ze elkaar ontmoet in Obaren, de bar in de aangrenzende ruimte achter het restaurant. Haar vriendin was nergens te bekennen geweest, en hij had zich losgerukt van zijn gezelschap en haar een *dark'n stormy* aangeboden, als hij het zich goed herinnerde. Ze hadden gepraat, maar haar uitstraling had zoveel zuurstof van zijn andere zintuigen opgeslokt dat hij geen woord had gehoord van waar ze het over hadden. Niet voordat hij de fout had gemaakt om te vragen wat voor werk ze deed.

Ben je geïnteresseerd in mij of in mijn beroep? had ze geantwoord en haar glas neergezet. *Straks ga je ook nog vragen hoeveel ik verdien.* Daarna had ze een lange uiteenzetting gegeven over hoeveel mensen nooit tijd hadden gehad om een actieve beroepskeuze te maken, maar bij toeval daar waren terechtgekomen waar ze nu waren. *En jij dan*? had hij gevraagd in een poging de stemming wat te verlichten. *Moet ik dat interpreteren als dat jij een van hen bent?* Die gok had zijn vruchten afgeworpen en haar doen glimlachen. *Over mijn lijk dat ik iets aan het toeval zou overlaten.*

Een aantal drankjes later hadden ze allebei lachend diverse grote problemen van de mensheid opgelost. Ze hadden uitvoerig besproken in hoeverre de beruchte *fly*-aflevering de beste of de slechtste van *Breaking Bad* was, en waren het erover eens dat zelfs The Beatles niet konden tippen aan het niveau van Bob Dylan. Toch had ze ervoor bedankt om mee te gaan naar zijn suite in het Grand Hôtel en hem met een glimlach en een troostkus op zijn wang achtergelaten.

Wacht, ik weet niet eens hoe je heet, had hij haar achternageroepen en dat had net zo wanhopig geklonken als dat hij zich had gevoeld. *Naam en beroep*, had ze zonder zich om te draaien geantwoord. *Straks wil je mijn mobiele nummer ook nog. Als het de bedoeling is dat we elkaar nog eens zien, zal dat zeker gebeuren. En anders hartelijk bedankt voor de gezellige avond.*

Misschien herinner ik het me verkeerd, had hij gezegd, vooral om haar wat langer aan de praat te houden. *Maar was er hier niet iemand die zei dat ze nooit wat aan het toeval overliet?*

Pas toen was ze naar hem teruggelopen en had ze haar lippen op die van hem gedrukt in een kus die hem voor altijd verslaafd zou maken naar meer. Maar meer was het niet geworden. In elk geval die nacht niet. Voordat hij zijn ogen had kunnen openen, was ze al op weg naar buiten. De volgende seconde was ze verdwenen.

Nu zat ze hier naast hem op de achterbank, zo dichtbij dat hij alleen maar naar opzij hoefde te buigen om haar geur te ruiken en te luisteren naar haar rustige ademhaling. Hij kreeg een ingeving om haar een kus te geven. Net zo een als destijds bij Obaren. Dat was lang geleden. Maar hij wilde niet riskeren haar wakker te maken.

In plaats daarvan keek hij naar buiten naar het landschap waar de bebouwing steeds dichter begon te worden. Verouderde vrijstaande huizen in een bonte mix van stijlen. Sommige van steen met dikke gemetselde muren. Andere van hout, in kleurstellingen waardoor je ondanks het gevoel van zelfbouw zonder vochtbarrières en correcte afwatering wel in een goed humeur moest komen.

Hoe verder ze de stad in kwamen, hoe groter en exclusiever de huizen werden, en op Santa Cruz Beach werd gevolleybald en getraind. Overal liepen zongebruinde mensen van alle leeftijden met een surfplank onder hun arm. Er heerste onmiskenbaar een prettige en ontspannen sfeer, in tegenstelling tot Stureplan en het voortdurende zoeken met je blik om te kijken welk horloge de persoon aan de andere kant van de onderhandelingstafel om zijn pols droeg. Weg van al die dingen die er eigenlijk niet toe deden.

De keerzijde van de munt zag hij een paar blokken verder toen de auto stopte voor het rode licht, naast een aanplakbiljet met daarop een foto van een langharige blonde man met een verweerd, maar afgetraind bovenlijf. NOG STEEDS GEEN SPOOR VAN DE DAKLOZE JUSTIN! zo klonk de kop, en onbewust verzekerde hij zich ervan dat de chauffeur alle portieren op slot had gedaan.

Dat was natuurlijk een overdreven reactie. Tegelijkertijd kon hij er onmogelijk zijn ogen voor sluiten dat grote delen van de Amerikaanse westkust een toenemend probleem hadden met hun ongebruikelijk hoge aantal daklozen en alle criminaliteit die dat met zich meebracht.

Maar dat was voor de verandering niet iets waar hij zich druk om hoefde te maken. Dit was geen rapport waar hij kennis van moest nemen voor een eventuele overname. Geen cijfers die hij kon gebruiken om de prijs omlaag te krijgen. Dit was vakantie, en ook al zou het een paar dagen duren voordat hij in de vakantiemodus was, hij was niet van plan om ook maar een seconde onnodig te wachten om ervan te gaan genieten.

'Jeetje, wat mooi!'

De chauffeur had nog maar net kunnen afremmen en voor de oprit van Pleasure Point Drive kunnen stoppen of Helene was al uit de taxi gesprongen en naar het huis gelopen. 'Vind je ook niet, Calle?' Ze bleef staan en draaide zich naar hem om.

'Absoluut, Helene. Absoluut,' zei hij met zijn blik op de chauffeur gericht, die de koffers uit de bagageruimte tilde. 'Echt. Schitterend,' voegde hij er voor de zekerheid aan toe, zich er goed van bewust dat ze nu extra broos en gevoelig was. De minste kleine aarzeling van zijn kant riskeerde haar te kwetsen, en dat was wel het laatste wat hij wilde.

Het maakte niet uit dat het huis dat echte wow-gevoel miste en dat het niveau ook ver beneden dat van hun eigen huis lag. Wat er echt toe deed, was dat ze met z'n tweetjes waren en wat ze hier allemaal zouden gaan doen. Alles wat hun gekapseisde verhouding weer op de juiste koers zou brengen. Bovendien zag het huis er, ondanks zijn onvolkomenheden, best oké uit met de betegelde garagegevel, de wuivende palmen in de tuin en het daarachter liggende woonhuis dat met de voorgevel naar zee gericht stond. Iets anders had hij ook niet verwacht van de foto's die Helene hem dit voorjaar had laten zien.

Toch was er iets waardoor hij, zo gauw hij de chauffeur een paar biljetten als fooi in handen had gestopt, een kort berichtje naar Mirja stuurde; hij had ervoor gezorgd dat haar werktijden overeenkwamen met hun nieuwe tijdzone. *Ik heb asap een lijst met goede hotels hier in de buurt nodig.*

Dat hij niet al van tevoren een paar alternatieven had gereserveerd die op hen lagen te wachten, was zo achteraf volstrekt onbegrijpelijk. Natuurlijk had hij Helene plechtig beloofd om alles aan haar over te laten. Maar dat belette hem niet om een plan b op te stellen en misschien zelfs een plan c.

'Carl, dit wordt echt geweldig,' hoorde hij Helene achter hem roepen. 'Ik voel het gewoon.'

Niet omdat hij dacht dat het noodzakelijk zou worden om van accommodatie te wisselen. Het was meer dat hij iets achter de hand wilde hebben voor het geval dat. Een mogelijkheid die, ook al maakten ze er geen gebruik van, hem de nodige rust zou geven.

'Vind je ook niet?' ging Helene verder terwijl hij zijn mobiel in de zak van zijn jasje liet glijden en zich naar haar omdraaide.

'Zeker, dit wordt beslist leuk.' Hij schonk haar een lachje dat hem het melkzuur in zijn wangspieren zou geven als het veel langer doorging. 'Waarom zou je daaraan twijfelen?' Dit was een evenwichtsoefening waarbij hij het zich niet kon veroorloven een misstap te begaan. Op dit moment werd elke trekking in zijn gezicht onder de loep genomen. Elke lettergreep die hij in zijn mond nam, werd op een goudschaaltje gewogen.

'Omdat jij er niet van houdt de regie uit handen te geven.' Ze liep naar hem toe en liet haar armen op zijn schouders rusten in een soort halve omhelzing. 'Dat is een van de ergste dingen die jij weet. Maar ik beloof je, dit is precies wat we nodig hebben.'

'Mooi zo,' zei hij nog steeds met die glimlach op zijn gezicht alsof dat zijn enige reddingslijn was.

'Je vindt het niks,' zei ze na een korte pauze met haar blik in die van hem. 'Ik zie het aan je. Je vindt het echt verschrikkelijk, hè?'

'Nee, hoe kom je daar nou bij? Ik heb toch gezegd dat het er heel goed uitziet.'

'Ja, maar ik zie aan je dat je niet...'

'Schat,' kapte hij haar af. 'Wat zeg je ervan als we eens naar binnen gaan om rond te kijken in plaats van hier buiten allerlei overhaaste conclusies te trekken?'

Helene keek hem aan, alsof het ging om het vinden van de vijf fouten, voordat ze uiteindelijk knikte, zijn schouders losliet en naar het huis liep.

'En je hebt het echt mis, hoor,' riep hij haar achterna terwijl hij de handgrepen van de koffers uittrok en ze de oprit op rolde. 'Dit wordt echt leuk, hoor. Heel leuk.'

Helene gaf geen antwoord en liep door naar de ingang, waar ze de mat voor de deur optilde.

Hoe gaat het? typte hij snel aan Mirja terwijl Helene naar de sleutel zocht. *Kun je wat vinden?*

'Ik had begrepen dat ze hier zouden liggen.' Helene liet de mat weer los en keek om zich heen.

'Bedoel je de sleutels?'

'Ja, die zouden hier onder de mat liggen.'

'En je weet zeker dat het deze mat was en niet een andere?'

'Ja. *Under the carpet in front of the main entrance.* Als dat deze niet is, weet ik niet waar die dan ligt.' Ze deed een nieuwe poging en draaide de mat om om te controleren of er geen sleutel aan de onderkant was blijven steken. 'Maar ze zijn hier niet, Carl. De sleutels zijn er niet.' Ze liet de mat zuchtend vallen. 'Stel dat ze vergeten zijn om ze voor ons achter te laten. Wat doen we dan? Als we niet binnenkomen?'

'Natuurlijk komen we wel binnen. Ze zijn vast wel ergens.'

'Nee, ik heb toch net gekeken en ze zijn hier niet.' Ze spreidde haar handen en zuchtte opnieuw.

'Helene, rustig nou maar, je zult zien, het komt allemaal goed. Wat schreven ze precies, waar zouden die sleutels liggen?'

'Precies waar ik zei. *Under the carpet in front of the main entrance.*'

'Mag ik dat mailtje eens zien?' vroeg hij, terwijl hij aan de deurkruk rukte om te constateren dat de deur uiteraard op slot zat.

'Waarom? Geloof je me niet?'

'Jawel, ik wil het alleen met eigen ogen zien.'

'Er staat dat de sleutels onder de deurmat voor de hoofdingang zouden liggen. En als ik me niet verkeerd herinner, staat daar een punt achter. Niet meer en niet minder.'

'Oké, maar dan stel ik voor dat we ze bellen.'

'Bellen? Nu? Nee, het is daar halfdrie 's nachts. Ze liggen vast te slapen.'

'Dus?' Hij haalde zijn schouders op. 'Dat is het enige wat we kunnen doen. Geef mij het nummer maar, dan bel ik.'

'Nee, we gaan niet bellen. Laat mij dit nou maar regelen.'

'Is dat niet precies wat ik heb gedaan? En kijk wat daarvan is terechtgekomen.'

Dat laatste klonk harder dan de bedoeling was, aanzienlijk harder, en hij zag onmiddellijk dat de woorden door haar flinterdunne verdediging heen gingen. Echt iets voor hem. Over de grens gaan zo gauw hij moe en ongeduldig werd.

Maar dat deed niets af aan het feit dat hij gelijk had. Meer dan eens had hij aangeboden de mailwisseling over te nemen, juist om dergelijke misverstanden te voorkomen. Helene had zoals gewoonlijk geweigerd te luisteren. In plaats daarvan had ze hem ervan verzekerd dat alles onder controle was, en dat het enige wat hij hoefde te doen was te ontspannen en genieten van het feit dat hij voor de verandering alles kon loslaten. Dus nu stonden ze hier zonder sleutel van het huis waar ze de komende maand zouden verblijven.

'Helene, het spijt me,' ging hij verder, en hij ging dichter bij haar staan. 'Dat had ik niet moeten zeggen. Zo bedoelde ik het helemaal niet.'

'O, nee, wat bedoelde je dan wel?'

'Niets, alleen dat het misschien beter was geweest als we... Maar ach, weet je? Laat maar zitten. Het kwam gewoon door de jetlag.'

'Oké.' Helene knikte en depte haar ogen.

'Kom, we gaan nu eerst die sleutels zoeken.' Hij had haar willen omhelzen, maar er was iets wat hem tegenhield, dus het werd niet meer dan een hand op haar schouder.

'Maar wat doen we als ze hier niet zijn? We kunnen moeilijk blijven zoeken tot we een ons wegen.'

'Ze zijn hier vast wel ergens,' zei hij, en hij voelde zijn telefoon trillen in zijn zak. 'Je ruilt niet van huis met iemand aan de andere kant van de wereld en vergeet dan de sleutels achter te laten. Dat doe je gewoon niet.' Hij tilde een van de twee potten met cactussen op om te kijken of er wat onder lag, en dat was ook het geval. 'Kijk. Wat zei ik je? Hier zijn ze.' Hij pakte de sleutelbos en hield hem omhoog. 'Wat zou je zonder mij moeten?'

'Tja, zeg het eens,' zei ze met een kort lachje, waarna ze de sleutels aanpakte. 'Maar er stond echt dat ze onder de mat zouden liggen. Dat weet ik heel zeker.'

'Kunnen we het niet gewoon loslaten? Zo belangrijk is het nou ook weer niet.'

'Dat weet ik wel. Maar je bent het toch wel met mij eens dat het niet fair is om het ene te schrijven en vervolgens...'

'Helene. Ik weet niet hoe het met jouw jetlag is. Maar als we nu niet gauw naar binnen gaan, val ik hier staande in slaap.'

'Sorry,' zei ze, en ze draaide zich om naar de deur. 'Ik word hier alleen maar zo...' Ze zuchtte. 'Moe van.'

'Dan zitten we in elk geval in hetzelfde schuitje,' zei hij, en hij keek snel op zijn mobiel en klikte het berichtje van Mirja aan terwijl Helene opendeed.

Lastig iets van een acceptabel niveau te vinden. Beste alternatief is Sanctuary Beach Resort wat verder naar het zuiden richting Monterey. Nu niks vrij, maar vanaf donderdag hebben ze een panoramasuite met uitzicht op zee. Wil je dat ik boek?

Het was nog vier dagen tot donderdag, maar daar viel weinig aan te veranderen, waarop hij een *ja* verstuurde op het moment dat Helene de deur open kreeg en naar binnen verdween.

'Ik zei toch dat het goed zou komen,' riep hij terwijl Mirja's antwoord trilde in zijn hand.

Hoeveel nachten?

Begin met een week, antwoordde hij, en hij wachtte op een *oké* voordat hij de koffers pakte en ze over de drempel droeg.

Vier stappen de hal in, meer had hij niet nodig om in te zien dat Helene het misschien toch niet verkeerd had gelezen in dat mailtje over de sleutels.

Hij had de foto's van het huis gezien. Dat waren er niet veel, hoogstens een stuk of tien. Helene had ze op haar computer getoond, zowel van het exterieur als van het interieur, voordat ze verder was gegaan met de daadwerkelijke ruil. Vanbuiten had het er precies zo uitgezien als dat hij zich herinnerde, en het was niet in zijn hoofd opgekomen dat ze wellicht verkeerd zaten. Maar eenmaal binnen was hij daar niet meer zo zeker van.

De indeling zag er op zich net zo uit als dat hij zich herinnerde van de foto's. Het was dezelfde keuken, die overliep in een royale gemeenschappelijke ruimte met aan het eind rechts een open haard. Dezelfde glazen deuren naar het terras met het zwembad, en de zee die oneindig ver reikte tot aan de horizon.

Maar dat was dan ook het enige wat hij herkende. Aan de rest had hij geen herinnering. Zoals de spiegels die hier en daar aan de muren hingen. Of die bank. Er had daar weliswaar een bank op de foto's gestaan, maar die was volgens hem wit geweest, niet door de zon verbleekt mintgroen.

Datzelfde had hij met de schilderijen. In zijn beleving hadden die exclusief en smaakvol geleken. Hij had zich zelfs afgevraagd wie de kunstenaar was om eventueel wat eigen werken aan te schaffen. Deze doeken leken eerder te zijn geschilderd door iemand die een weekendcursus had gedaan, waarbij een ezel, kwasten en verf bij de cursusprijs inbegrepen waren.

Of de gordijnen dan, met het hysterische patroon, de verzameling droogbloemen en alle porseleinen beeldjes van verschillende dieren. Niets daarvan was op de foto's te zien geweest die ze hem had getoond. In elk geval niet wat hij zich kon herinneren. Nu was hij weliswaar druk geweest met de overname van Stern & Ljung toen de huiseigenaren opeens akkoord waren gegaan met de ruil en ze snel hadden moeten beslissen. Maar hier zou hij wel op gereageerd hebben, hoe gestrest en druk hij ook was. Dat wist hij zeker, en hetzelfde gold voor Helene.

'O, wat lekker. Carl, heb jij ook zo'n dorst?'

Hij keek naar Helene die in de keuken een glas water dronk, ogenschijnlijk onaangedaan door de veranderde inrichting.

'Kom, neem ook een glas water voordat je flauwvalt door vochttekort,' ging ze verder, en ze vulde het nogmaals.

Hij liep naar haar toe en pakte het glas aan. 'En je weet zeker dat het kraanwater oké is?'

Ze knikte. 'Het is gewoon te drinken. En neem van mij aan, je ziet eruit of je dat wel kunt gebruiken.'

Hij dronk het glas leeg en zag meteen in dat ze gelijk had. Het was alsof het vocht in zijn lichaam al verdwenen was voordat het in zijn maag belandde.

Ze vulde het glas nog een keer. 'Hier, neem er nog een.'

Nadat hij dat ook had leeggedronken begon zijn vochtbalans zich eindelijk te herstellen, en misschien lag daar gewoon het eigenlijke probleem. Hij was altijd al gevoelig. Een plotselinge bloedsuikerdaling, meer was er niet nodig om de controle over zijn eigen humeur te verliezen. Daarom had hij altijd een zakje noten en wat pure chocola bij zich.

Om de een of andere reden had hij dat nu niet meegenomen op reis, wat niets voor hem was. Het was zelfs zo erg geweest dat hij in het vliegtuig een kleine scène had geschopt toen hij zijn handbagage had uitgepakt op zoek naar het zakje dat daar volgens hem ergens in moest zitten.

Maar dat lag allang achter hem, en omdat hij de afdruk op de rand van het glas waar hij net uit had gedronken niet had gezien, was zijn glimlach in elk geval een eerlijke poging geweest om positief te zijn. Nu werd het niet meer dan een grimas.

'Wat is er?' Helene keek hem aan alsof ze er gewoon op had gewacht dat hij iets zou vinden om over te klagen.

Het was lippenstift. Knalroze lippenstift. 'Niets,' zei hij, en hij schudde zijn hoofd. 'Rustig maar. Het is goed.' Dat Helene geen make-up droeg en nooit op het idee zou komen om haar lippen tachtigerjarenroze te stiften, maakte de zaak er niet beter op.

'Carl. Ik zie toch aan je dat er wat is.' Ze volgde zijn blik naar het glas en hield dat tegen het licht. 'Wat is dat? Lippenstift?'

Hij knikte en haalde zijn schouders op. 'Daar lijkt het wel op.'

'Getver, wat smerig.' Ze trok een grimas en liet het glas in de spoelbak vallen alsof het besmet was. 'Nu ik erover nadenk, schreven ze ook iets over dat ze hier al een tijdje niet waren geweest en dat de schoonmaaksters de neiging hadden om de boel met de Franse slag te doen zo gauw het huis leegstond.'

'Oké,' zei hij, en hij veegde zijn mond af met zijn hand. 'Zo zie je maar.'

'Hoe bedoel je "zo zie je maar"? Wat bedoel je daarmee?'

'Niets speciaals, behalve dat het...' hij haalde zijn schouders op en streek met zijn wijsvinger over de bovenkant van de afzuigkap, '... misschien een beetje slap is om de boel niet beter in de gaten te houden.'

Helene zuchtte achter hem. 'Ik wist dat het zo zou gaan. Ik wist het gewoon.'

'Hoe bedoel je? Wat heb ik nou weer gedaan?'

'Je overdrijft. Dat doe je altijd als het op schoonmaken aankomt. Het kleinste stofkorreltje en je loopt al rood aan.'

'Het kleinste stofkorreltje?' Hij hield haar zijn wijsvinger voor. 'Zou je dat zo noemen?' Hij wachtte op een reactie, maar die kwam niet en hij zag te laat in dat er helemaal geen stof op zijn vinger zat. 'Helene, het spijt me,' ging hij met een zucht verder. 'Kunnen we hier niet gewoon een streep onder zetten en zorgen dat we een beetje op orde komen? Ik loop zo langzamerhand op mijn laatste benen, dat is alles. Het wordt heus leuk, dat zul je zien. Echt waar, oké?'

Helene knikte, maar haar blik was naar de grond gericht en de trekkingen in haar onderlip toonden overduidelijk aan dat hij niet de enige was die helemaal op was.

'Kom...' ging hij verder, en hij probeerde oogcontact te krijgen. 'Dan gaan we uitpakken voordat het te laat wordt.'

'Het enige wat ik wilde, was een fijne vakantie regelen,' zei ze, en het huilen stond haar nader dan het lachen. 'Snap je wel? Dat we samen zouden zijn en konden genieten van elkaars gezelschap. Gewoon wij tweetjes. Jij en ik en geen anderen. Geen collega's en vrienden, geen hotelpersoneel dat de hele tijd komt storen. Niets van al die dingen waar we anders zovéél van hebben. Daar hebben we weliswaar zelf voor gekozen en dat vinden we ook leuk, maar het kost altijd heel veel energie. Bovendien gaat het ook een beetje ten koste van onze relatie. En als er iets is wat we nodig hebben na dit halfjaar, is het vernieuwde energie. Dus alsjeblieft, zou je het een kans willen geven?'

'Helene, natuurlijk gaan we het een kans geven.'

'Meen je dat? Echt waar? Meen je dat echt?'

Haar omhelzing kwam als een totale verrassing, en het duurde een paar seconden voordat hij die had beantwoord. Dit was al de tweede keer dat ze hem had aangeraakt sinds ze waren aangekomen. Zoveel fysiek contact hadden ze de laatste maanden niet gehad. Alleen al haar lichaam tegen het zijne voelen was een ervaring waarvan hij was gaan twijfelen of hij die ooit nog zou meemaken. Maar daar stonden ze met de armen om elkaar heen.

'Dank je wel,' zei ze na een tijdje, en ze liet haar hoofd tegen zijn borst rusten. 'Ik weet hoe grensoverschrijdend zoiets dergelijks voor jou kan zijn. Dus heel lief dat je je best doet en het probeert. En morgen zal ik hoogstpersoonlijk controleren of er niet meer glazen zijn met lippenstift erop. Daar hoef jij niets voor te doen, dat beloof ik. Oké?'

'Oké,' zei hij, en hij knikte. 'Prima. En ik kan natuurlijk ook best wat doen. Het idee van deze vakantie is tenslotte dat we samen zijn.'

'Maar?' vroeg ze, en ze maakte zich los uit zijn omhelzing.

'Wat, maar?'
'Er is nog wat, hè? Iets anders.'
'Helene.' Hij laste een pauze in om de juiste woorden te vinden. 'Ik zal niet onder stoelen of banken steken dat ik liever een hotel met full service, bereide maaltijden en elke dag schone handdoeken had gehad. Maar dat wilde jij niet, en *fine*, je hebt vast gelijk. Dit is ongetwijfeld beter voor ons.'
'Maar?' vroeg ze nog een keer met een dwingende blik.
'Ik weet niet precies hoe ik...' Hij betrapte zich erop dat hij zijn ogen had afgewend en dwong zichzelf haar weer aan te kijken. 'Ik heb het gevoel dat... Ik kan de vinger er niet precies op leggen, behalve dat er iets is met dit huis. Er klopt iets niet.'
'Carl, jij was al tegen die huizenruil sinds ik...'
'Nee, daar gaat het niet om,' onderbrak hij haar. 'Oké, dat ze hier al een tijdje niet zijn geweest en dat de schoonmaaksters er met de pet naar hebben gegooid, daar kunnen zij niets aan doen. Dat kan iedereen overkomen, hoewel ik niet begrijp waarom ze dan geen ander schoonmaakbedrijf in de arm nemen. Maar dat is hun zaak en niet iets waar ik me mee zal bemoeien. De foto's daarentegen die je mij had laten zien. Weet je nog? Die je op de mail had gekregen.'
'Ja, wat is daarmee?'
'Die komen niet overeen met dit.' Hij spreidde zijn handen.
'Hoe bedoel je "komen niet overeen"?'
'Tja, of we zitten in het verkeerde huis, of die foto's zijn van jaren terug. En dan bedoel ik dus minstens een decennium, misschien nog langer. Voor zover ze de schilderijen niet hebben vervangen, oude en sleetse vaste vloerbedekking over het parket hebben gelegd en het huis vlak voordat wij zouden komen hebben volgestouwd met spiegels en prullaria van een rommelmarkt. Die twee laatste alternatieven zijn hoogst opmerkelijk als je het mij vraagt, en als zou blijken dat dit het juiste huis is en dat dit de plek is waar wij gaan logeren, dan zijn we belazerd, hoe je het nou wendt of keert.' Hij haalde zijn schouders op. 'Ik zou zeggen besodemieterd, en alleen al

de gedachte dat diezelfde mensen op dit moment in ons huis zitten, voelt niet echt...'

'Maar wacht nou eens even,' kapte Helene hem af, en ze liep nog een stukje bij hem vandaan. 'Er is nog een alternatief, toch?'

'En wat zou dat zijn?'

'Dat jij het je gewoon verkeerd herinnert. Dat die foto's waar je het over hebt niets anders lieten zien dan dit. Als ik eerlijk ben, weet ik zelf nog amper hoe ze eruitzagen.'

Carl schudde zijn hoofd. 'Nee, ik weet het nog heel goed.' En nu was hij eindelijk zeker van zijn zaak. 'Ik herinner mij die foto's en hoe het er hier uitzag nog als de dag van gisteren. Zeker weten. Je hebt ze toch nog wel in je mail? Zoek ze maar op, dan kun je het zelf zien als je mij niet gelooft.'

'Ja, dat mailtje zou ik nog wel moeten hebben.' Helene pakte haar telefoon en begon tussen haar mailtjes te zoeken. 'Was het niet ergens in mei?'

'Ja.'

'Hier zijn ze,' zei ze na even scrollen. 'Bedoel je deze?'

Carl pakte haar telefoon aan, klikte op een van de foto's en zoomde lukraak in op een detail hier en een onderdeel daar om uiteindelijk te beseffen dat datgene waar hij volledig van overtuigd was geweest, helemaal niet klopte. De foto toonde dezelfde kamer als waarin ze nu stonden. Met dezelfde porseleinen beeldjes, dezelfde vreselijke schilderijen en dezelfde boeketten droogbloemen.

Hij bladerde verder naar de andere foto's, en daar was het al net zo. Alles zag er exact zo uit als nu. De spiegels die op de vreemdste plaatsen hingen, de mintgroene bank en de sleetse vloerbedekking. Elk detail leek te kloppen.

Het was alsof de foto's op dit moment waren genomen, maar het mailtje was gedateerd op 5 mei, wat exact drie maanden geleden was. Het konden niet dezelfde foto's zijn als die hij eerder gezien had. Of toch wel? Was hij gewoon degene die het zich zo verkeerd herinnerde?

'Oké,' zei hij uiteindelijk, en hij knikte. Voornamelijk omdat hij iets moest zeggen. 'Het lijkt erop dat jij gelijk hebt. Dat er wat schort aan mijn geheugen.' Maar hij had vooral tijd nodig om na te denken. 'Ik heb zeker niet zo goed gekeken.' Maar niet nu. Dat moest wachten. 'En als we het een beetje schoonmaken, komt het allemaal goed.'

'Dat heb je al gezegd, een paar keer zelfs. De vraag is alleen of je het echt meent of dat je het alleen maar zegt om mij geen verdriet te doen.'

'Nee, absoluut niet. Ook al zou ik nu van alles kunnen zeggen en beloven, want ik moet nu echt naar bed.'

Helene schoot in de lach en aaide hem over zijn wang. 'Carl, ik begrijp heel goed dat je bekaf bent. Gewoonlijk zou je al meer dan vijf uur hebben geslapen. Maar je moet nog heel even wakker blijven. Ik heb namelijk een kleine verrassing die niet kan wachten.'

'Wat voor verrassing?'

'Rustig maar. Ik weet dat jij een grondige hekel hebt aan verrassingen, maar niet aan deze. Geloof mij nu maar en ga lekker op een van de stoelen bij het zwembad zitten, dan kom ik zo gauw ik klaar ben met de voorbereidingen.'

Hij wilde net wat zeggen, vragen of dat niet kon wachten tot morgen wanneer hij uitgeslapen was en in staat was haar verrassing op prijs te stellen – wat het dan ook was. Maar in plaats daarvan knikte hij dat het goed was, verliet de keuken en liep door de volgestouwde woonkamer naar de glazen deuren, terwijl hij zichzelf probeerde wijs te maken dat hij het zich gewoon verkeerd had herinnerd. Dat de foto's er net zo uit hadden gezien en dat alles was zoals het moest zijn.

De rat was weliswaar levenloos, zoals hij daar in het heldere zwembadwater ronddreef. Maar hij was vooral groot. Drieënhalf, misschien wel vier decimeter lang. En dan die staart nog. Jezus christus. Hij keek de andere kant op, maar kreeg toch braakneigingen en voelde hoe het bijtende maagzuur een weg omhoog zocht in zijn slokdarm.

Gelukkig had hij een lege maag, ook al voelde het alsof hij een rat had ingeslikt. Een knaagdier, net zo lang, behaard en opgezwollen als die in het zwembad, maar met het kleine verschil dat deze levend was en nu in hem omhoog probeerde te komen. Als hij omlaag had gekeken, was hij ervan overtuigd dat hij gezien zou hebben hoe het onder zijn bezwete shirt heen en weer bewoog.

Hij wist niets ergers dan ratten. Toch balanceerde hij hier op de rand van het zwembad met een veel te kort schepnet en rekte hij zich uit over het water in een hopeloze poging het dier te vangen.

Hoe hij hier was beland terwijl hij minder dan een uur geleden nog op de achterbank van een taxi had zitten genieten van het uitzicht over de Stille Oceaan, ging zijn bevattingsvermogen te boven. Het was alsof hij in de naweeën van een avondje stappen een aantal belangrijke puzzelstukjes miste om iets anders dan een fragmentarisch verslag van de gang van zaken te kunnen geven.

Op het moment dat hij het opgezwollen pelsdier in het zwembad had zien liggen, had hij geprobeerd zich om te draaien en weer terug naar binnen te gaan, dat wist hij nog wel. Daarna was het onduidelijker. Zoals waarom hij daar niet was weggegaan.

De beste verklaring die hij had weten te bedenken was dat hij door zijn vermoeidheid in combinatie met de schok niet tot handelen in staat was geweest, met als gevolg dat hij alleen maar naar dat dode beest had kunnen blijven staren.

Waarschijnlijk had het maar een paar seconden geduurd voordat Helenes gegil hem weer bij zijn positieven had gebracht en hij in actie was gekomen. Haar schreeuw was zo'n mix van paniek en angst dat hij zich instinctief had omgedraaid en zijn armen om haar heen had geslagen als bescherming tegen al het kwaad. Tegelijkertijd had hij zichzelf horen beloven dat hij het zou opknappen. Dat het allemaal goed zou komen, als ze maar tot bedaren kwam.

Misschien kwam het voornamelijk door de adrenalinekick, maar op dat moment was er iets in hem tot leven gewekt wat had geroepen *eindelijk*. Alsof dit precies de gelegenheid was waarop hij had gewacht. Om de man te mogen zijn zonder wie ze niet verder kon. Die ze riep wanneer ze het meest kwetsbaar was.

Niet vanwege zijn geld en het leven dat dat haar gaf, maar vanwege zijn kracht. Zijn rauwe mannelijke oerkracht die ondanks alle schermtijd, bewerkte kant-en-klaarmaaltijden en elektrische steps was doorgegeven sinds de mens op de savanne leefde en het er alleen maar om ging te overleven.

Nu was hij niet buitensporig sterk, dat was hij nooit geweest, en wat betreft het kadaver in het zwembad was het hoogst onzeker of hij zijn belofte zou kunnen waarmaken. Het was allemaal zo weerzinwekkend dat zijn lichaam het elk moment weer zou kunnen laten afweten.

Maar flauwvallen was geen alternatief. Viel hij in het water waar dat dier in had liggen rotten, dan zou hij nooit meer bovenkomen. Om het gewoon op te geven en iemand anders het vuile werk te laten opknappen, was ook geen reële mogelijkheid. Dan zou het minstens tot morgen duren voordat er wat aan werd gedaan, misschien nog langer, en alleen al het feit dat hij wist dat er een dikke vette Belgian Blue-rat in het zwembad lag, bezorgde hem hartkloppingen.

Dood of levend, dat maakte niet uit. Als het om knaagdieren met een lange staart ging, had hij een regelrechte fobie. Die had hij al sinds hij op zijn twintigste een keer midden in de nacht wakker was geworden van een onregelmatig bonkend geluid. Hij was er in eerste instantie van uitgegaan dat het een van de buren was, voordat het hem duidelijk werd dat het uit zijn eigen badkamer kwam.

Met slaperige ogen was hij naar de gang gelopen, daar had hij de badkamerdeur opengedaan en wat hij toen had gezien, zou hem eeuwig blijven achtervolgen.

Dat de badkamer was veranderd in een stinkende, plakkerige chaos was niets in vergelijking met de rat. Hij had nooit eerder zo'n reusachtige rat gezien en het beest had, na een leven lang doorgebracht te hebben in het riool, nooit zo'n fel licht aanschouwd.

Krijsend, of eerder brullend, had het dier als een bezetene door de badkamer heen en weer gerend voordat het aan het licht gewend was geraakt en in de aanval was gegaan op zijn linkerscheenbeen. Hij kon zich nu nog de pijn herinneren van het moment dat de vlijmscherpe tanden zijn huid hadden geperforeerd en in zijn been waren gedrongen. Om nog maar te zwijgen van zijn even wanhopige als zinloze pogingen om het beest van zich af te schudden. Pas toen hij hem herhaaldelijk met de wc-borstel had geslagen, had de rat uiteindelijk zijn greep om zijn bloedende been losgelaten en was hij in het donker door het slaapkamerraam – dat op een kier stond – naar buiten verdwenen.

Een paar uur later, toen de ergste schok voorbij was, had hij de wond naar beste vermogen ontsmet, er een verband omheen gedaan en was hij naar bed gegaan. Daarna had hij niet zoveel meer aan die gebeurtenis gedacht, en toen hij een paar weken later koorts kreeg was het geen moment in hem opgekomen dat dat te maken kon hebben met die rattenbeet. Hetzelfde gold voor de spierpijn, de uitslag over zijn hele lichaam en het plotselinge braken. Die link had hij pas gelegd toen de oude wond op zijn been was gaan zwellen en er een flink abces was ontstaan. Hij was er toen inmiddels zo slecht aan toe dat hij in het ziekenhuis was beland en aan een infuus met antibiotica lag.

Het bleek dat hij zoiets ongebruikelijks had opgelopen als rattenbeetkoorts, en nu stond hij hier met het schepnet in zijn hand en voelde hij al bijna diezelfde koorts weer opkomen. Hij was zich er volledig van bewust dat dat maar verbeelding was. Wat hij had meegemaakt, was op geen enkele manier gelinkt aan dit hier. Behalve dan in zijn hoofd.

In feite was er iets heel anders waar hij zich druk om maakte en dat het gevoel versterkte dat hij al had vanaf het moment dat de taxi afremde en voor het huis was gestopt. Een gevoel van onbehagen, waardoor hij Mirja onmiddellijk aan het werk had gezet om alternatieve accommodaties te vinden.

Dat ratten hoe dan ook weerzinwekkend zijn, was één ding. Maar dat was niet waar de schoen wrong. Ook niet dat hij met zijn ene voet in het water moest stappen om ver genoeg te kunnen reiken met het schepnet. Nee, het grote probleem was dat die rat dood midden in het zwembad dreef. Dat klopte gewoon niet.

Een rat stapt niet domweg in het water en verdrinkt. Net als kakkerlakken zijn ze meester in het overleven, zelfs bij een kernoorlog. Dat een rat bovendien zonder aanloop een flink stuk hoger dan een meter kan springen, maakt hem niet minder weerzinwekkend. Maar wat hij vooral kan, is minutenlang onder water zwemmen – wat dit hele scenario steeds onwaarschijnlijker maakte.

Was de rat in het zwembad beland toen hij al dood was, en in dat geval: hoe? Kon iemand hem er expres in hebben gegooid? Waarom iemand dat dan ook zou willen doen. Maar wat hij ook probeerde, hij kon geen waarschijnlijke verklaring bedenken.

Vermoedelijk had hij gewoon slaap nodig, maar zoals Helene al had aangeduid, was het beter om te proberen zo lang mogelijk wakker te blijven. Twee tabletten melatonine als het eenmaal zover was, en hij zou morgen wakker worden als herboren. Dan zou ook deze rattenhel uit de wereld zijn en zijn verbannen naar een ver hoekje van zijn geheugen, dat op termijn een fraaie anekdote zou worden waar hij vrienden en kennissen de komende jaren mee zou kunnen vervelen. Dat wil zeggen, als hij de rat te pakken zou krijgen.

Hij zou zich nog verder moeten uitrekken om erbij te kunnen. Dat dat te ver was en dat het zwaartepunt zich veel te veel aan het verplaatsen was, dat was dan maar zo, daar kon hij niets aan doen. Er was geen andere mogelijkheid, en hij moest gewoon hopen dat hij zijn evenwicht niet zou verliezen. Maar dat zou natuurlijk wel gebeuren, en dan lag hij erin. Hij kon het in zijn hele lichaam voelen toen hij de rand van het schepnet over de achterkant van het dier plaatste. Hoe de onbalans door zijn benen omhoogtrok en hij op datzelfde moment de controle steeds verder kwijtraakte. Dat hij er op het laatste moment in slaagde zijn evenwicht te hervinden was meer geluk dan wijsheid, en net zo buiten adem als na een uur joggen, kon hij voorzichtig de rat naar de kant trekken.

Te oordelen naar hoe opgezwollen het beest was, moest het al langere tijd in het lauwe water hebben rondgedobberd. Iets waar ook de stank op wees toen hij hem optilde. Die was zo heftig dat hij zijn adem moest inhouden toen hij het schepnet omkeerde om het beest in een plastic zak te wurmen. Iets wat aanzienlijk gemakkelijker bleek gezegd dan gedaan.

De rat was niet alleen in het net blijven vastzitten, er zouden bovendien nog een paar handen nodig zijn die de zak vasthielden terwijl hij probeerde het monster los te krijgen uit het net. Hij overwoog Helene te roepen, maar dat zou hetzelfde zijn als struikelen over de finish. Als hij zonder haar hulp zover was gekomen, moest hij er gewoon voor zorgen dat hij dit afmaakte en dat hij alle credits kreeg die hij verdiende.

'Je bent een echte held,' zei Helene terwijl ze over het terras naar het zwembad kwam lopen, gekleed in een jurkje dat zo dun was dat het om haar heen fladderde, ook al was er in de zoele avondlucht geen zuchtje wind te bekennen. Ze had een dienblad in haar hand met twee royale gin-tonics en schaaltjes met olijven, gekaramelliseerde amandelen en nootjes. 'Ik begrijp niet hoe je dat voor elkaar hebt gekregen, en ik geloof ook niet dat ik het wil weten.'

'Ik ook niet,' zei hij, en hij draaide de kraan van de tuinslang dicht nadat hij zijn handen en onderarmen had schoongespoeld.

Ze schoot in de lach en nam plaats in een van de stoelen. 'Nee, dat begrijp ik heel goed. Kom lekker zitten, dan vergeten we dat en gaan we van de zonsondergang genieten.'

Het liefst had hij een douche willen nemen. Een lange warme douche. Zijn huid in de diepte schoonschrobben. Schoon van alle kriebelende haartjes en miljoenen onzichtbare bacteriën. Maar dat moest wachten, want als er iets was wat zou helpen om de herinnering te verdringen aan hoe zijn vingers in die zachte, behaarde consistentie van opgelost vlees waren gezakt toen hij die plakkerige smurrie van de verrotte rat met de hand bij elkaar had moeten vegen, dan was het wel alcohol.

'Carl. Voordat de zon weg is.' Helene hield hem een van de glazen voor. 'En voor het geval ik, mijn nieuwe jurkje en de zon niet toereikend zijn als argument, kan ik je er vast blij mee maken dat het jouw twee favorieten Radius en Skinny zijn.'

'Serieus?'

Helene knikte en keek meer dan voldaan. 'Batch 18.'

De Radius Distillery was een kleine Deense destilleerderij in het zuidoosten van Seeland, en juist hun Batch 18 had zich de laatste jaren, in combinatie met Skinny London tonic, ontwikkeld tot zijn grote favoriet.

'Ik ga ervan uit dat je dat niet hier in de keuken hebt gevonden,' zei hij, en hij pakte het bolvormige glas aan.

'Wat een mens al niet doet om zijn man in een goed humeur te brengen. Proost, held van me.'

Carl proefde van zijn drankje, dat even dorstlessend als droog was als hij het hebben wilde.

'Goedgekeurd?'

Hij knikte, proostte en nam nog een slok.

'Het is gewoon perfect,' zei hij, en hij leunde in de ligstoel achterover. 'Echt helemaal perfect.'

'Waarom is het thuis in Zweden nooit zo mooi?' vroeg Helene met dichtgeknepen ogen tegen de zon vanachter haar bril.

Hij kon niet anders dan haar gelijk geven. Het was echt een zeer bijzonder schouwspel. Je kon gewoon zien hoe de zon als een grote pulserende bloedsinaasappel onderging, haast achter de horizon naar beneden viel. Een paar minuten later was ze verdwenen en op weg naar elders, ook al schonk ze nog wel een zeker licht over de avondhemel. Een roodgouden schemerlicht dat alles om hen heen zo mogelijk nog mooier maakte. Zelfs het zwembad zag er uitnodigend uit.

Helene hield haar blik op de zee gericht, alsof ze er geen genoeg van kon krijgen en het laatste uit het moment wilde persen. Zelf bedacht hij hoe bevoorrecht hij was dat hij met haar getrouwd mocht zijn. Hoe het toeval aan zijn kant had gestaan en hen tegen alle verwachtingen in had samengebracht.

De dag na hun ontmoeting bij Obaren had hij het personeel bij Sturehof ervan weten te overtuigen een uitzondering te maken en de rekening van het tafeltje waar ze met haar vriendin had gezeten tevoorschijn te toveren. Maar het bleek dat ze contant hadden betaald, waardoor ze geen van beiden te identificeren waren.

Daar ergens had hij het opgegeven en een paar weken later was hij gaan twijfelen of die late nacht daadwerkelijk had plaatsgevonden. In elk geval zoals hij het zich herinnerde. Iemand die hij had ontmoet in de bar. Maar wie? En had het inderdaad zo goed tussen hen geklikt? Dezelfde humor en muzieksmaak. Hetzelfde nerdy vermogen om zich te verliezen in details die voor de meeste anderen volstrekt onbelangrijk waren.

Hoe kon hij zeker weten dat hij zijn herinnering niet mooier had gemaakt? En die had herschreven omdat hem dat beter uitkwam? Zodat hij iets onbereikbaars had waar niemand anders zich mee kon meten in een onderbewuste wil om single te blijven?

Een paar maanden later was hij uitgenodigd als gastspreker op een vastgoedseminar in Londen en 's avonds was hij naar een uitvoering gegaan van *Romeo and Juliet* in Shakespeares Globe. Dat entreebiljet was onderdeel geweest van zijn honorarium, en de avond zou worden afgesloten met een diner bij Wiltons, een van de oudste restaurants van Londen.

Een chic zesgangendiner was er daarentegen nooit van gekomen toen hij haar tegen alle verwachtingen in twee rijen verderop in het publiek had zien zitten. In eerste instantie had hij het van zich afgezet. Tegen zichzelf gezegd dat zij het niet kon zijn. Dat er in het halfdonker van de zaal iemand was die op haar leek. Maar daar zat ze, recht voor hem, met dat gezicht waar hij maar geen genoeg van kon krijgen.

Proost op het toeval, had hij in de pauze gezegd toen hij haar een drankje had aangeboden. *Wie heeft gezegd dat dit toeval is?* Ze had geantwoord met een even mooi als lastig te interpreteren lachje, en hoewel hij ontzettend veel vragen had, had hij er niet één gesteld. Hij had zelfs niet gevraagd hoe ze heette.

In plaats daarvan had hij haar uitgenodigd bij Brasserie Zédel bij Piccadilly, en daar was hun gesprek doorgegaan op het punt waar het die nacht in Stockholm maanden geleden geëindigd was. Het bleek dat ze actrice was en naar Londen was gekomen om een van haar favoriete stukken te zien opvoeren in Shakespeares eigen theater. Het Globe Theatre, zoals het in de 17de eeuw heette, bestond natuurlijk niet meer, maar Shakespeares Globe was een geslaagde reconstructie.

Hij was nooit erg geïnteresseerd geweest in theatergeschiedenis, maar had toch belangstellend naar elk woord geluisterd dat ze had gezegd. De rest van de avond was van hen geweest, en de volgende nacht kon hij, hoe pathetisch het ook klonk, niet anders beschrijven dan magisch. Toen hij de ochtend erna in zijn suite wakker werd, was ze weer verdwenen. Maar deze keer had ze een handgeschreven papiertje achtergelaten met alles wat hij nodig had. Een naam en een nummer, niet meer en niet minder.

Voor de tweede keer sinds ze waren geland, kreeg hij zin om haar een kus te geven, en hij ging overeind zitten. Die kus hoefde niet lang te zijn, alleen haar lippen tegen die van hem te voelen zou meer dan voldoende zijn. Maar dan zou hij een grens overschrijden. En dat was aan háár.

Dat was de ongeschreven regel waar ze het zonder er een woord over te zeggen over eens waren geworden. Het deed er niet toe hoe graag hij wilde en hoe dun haar nieuwe jurkje was. De beslissing lag bij haar, en het enige wat hij kon doen was afwachten en het zijn tijd laten nemen.

Soms gebeurde het dat hij zijn gedachten liet afdwalen en er serieus over nadacht om het gewoon te doen en voor de verandering zijn eigen verlangens te laten beslissen. Maar dat waren gedachten die hij voor zichzelf hield. Net als met zijn gedachten over haar mislukte acteercarrière.

Er was helaas geen ander woord om die te beschrijven dan als een schipbreuk. Niet omdat ze niet goed was. Integendeel, ze was echt goed, en het was bijna beangstigend hoe ze kon opgaan in een personage voor een proefopname, hoe klein het rolletje ook was.

Het probleem was alleen dat ze veel te weinig proefopnames had gemaakt.

Hij had nooit begrepen waarom, maar ze had diverse keren bedankt voor rollen die haar echt op het lijf geschreven waren en haar carrière een boost hadden kunnen geven.

Een verklaring kon zijn dat ze net dat beetje extra miste wat nodig was om er in de moordende concurrentie boven uit te steken. Dat ze liever zelf nee zei dan het risico nam om te worden afgewezen. En dat was opmerkelijk, want normaliter zou ze niets zomaar opgeven. Ze was nooit iemand geweest die een nee accepteerde. Hoe dominant en beslist hij zelf ook kon zijn, uiteindelijk was zij altijd degene die haar zin kreeg.

'Zo, jij had zeker dorst.' Helene had het glas al uit zijn hand genomen en was opgestaan. 'Gelukkig is er meer.'

Hij had niet meer nodig. De alcohol had precies gedaan wat die doen moest, en meer zou de zaak niet beter maken. Maar hij wilde geen nee zeggen en pakte het nieuwe glas met een glimlach aan en nam een slok. En zijn G&T was heerlijk, vrijwel perfect in evenwicht, alhoewel die zich nooit zou kunnen meten met de eerste.

'Sorry,' zei ze net op het moment dat hij haar wilde bedanken voor de verrassing en alle energie die ze erin moest hebben gestoken om ervoor te zorgen dat deze eerste avond zo optimaal mogelijk zou worden.

'Sorry voor wat?' vroeg hij.

'Omdat ik zo...' Ze haalde haar schouders op. 'Ik weet niet, overgevoelig was. Maar ik kreeg het gevoel dat jij, zo gauw we uit de auto stapten, al had besloten dat dit een slecht idee was.'

'Nee, dat is helemaal niet waar. Ik vind het...'

'Alsjeblieft, laat me even uitpraten,' kapte ze hem af, en ze draaide zich naar hem toe. 'Carl, ik wil niets liever dan dat dit goed zal worden. Of nee, ik wil dat het beter zal worden dan goed. En de laatste jaren zijn wat mij betreft... ik weet niet hoe ik het moet zeggen... moeilijk geweest en allesbehalve goed. Het laatste halfjaar zeker.

Maar ook daarvoor al. En dat zeg ik niet om te klagen en ruzie te maken, maar omdat ik terug wil naar waar wij ooit waren. Toen we genoten van elkaars gezelschap, lachten om dezelfde dingen en de hele nacht op konden zitten. Dat is waar deze hele reis voor mij om gaat, om elkaar weer terug te vinden, want als we dat niet doen...' Ze zweeg en keek een andere kant op. 'Ben ik bang dat dit onze laatste kans is. Begrijp je wat ik probeer te zeggen?'

'Helene, jij hoeft helemaal geen sorry te zeggen. Ik ben juist degene die overgevoelig is, niet jij.'

'Omdat je het huis niks vindt, toch?'

'Nee, omdat ik moe was na de reis en trek had.'

'Carl, ik ken jou. Ik weet hoe je...'

'Oké, ik geef toe,' onderbrak hij haar. 'Een dode rat in het zwembad was misschien niet het beste welkomstgeschenk dat je kon krijgen, en als ik heel eerlijk ben, ben ik daar nog niet helemaal overheen.'

'Nee, dat kan ik best begrijpen.'

'Maar we zitten op dezelfde lijn, hoor. Laten we het achter ons laten en doen alsof het nooit is gebeurd en proosten op hoe goed dit gaat worden.' Hij hief zijn glas en liet het tegen dat van haar klinken.

'Echt?' vroeg ze, en ze begon te stralen. 'Ik was er nog wel van overtuigd dat je Mirja al had gemaild en haar had gevraagd een of ander luxe hotel voor ons te boeken.'

'Hè? Zonder dat met jou te bespreken? Waarom zou ik zoiets doen?'

Helene haalde haar schouders op. 'Jij doet zulke dingen, zo gauw er iets is wat jou niet zint. Dan neem je de boel over en zorg je ervoor dat het verder allemaal precies loopt zoals jij het wilt.'

'Je hebt gelijk.' Hij knikte om te onderstrepen dat hij elk woord meende. 'Zo ben ik inderdaad. Maar deze keer niet. Jij bent nu degene die beslist en ik degene die sorry zegt.'

'Denk je dat we het gaan redden?' vroeg ze na een korte stilte.

'Natuurlijk,' zei hij, en hij zette zijn glas neer. 'Lieve schat, natuurlijk gaat ons dat lukken.' Hij was totaal onvoorbereid op haar beweging, en voordat hij kon reageren was ze opgestaan uit haar stoel, schrijlings over hem heen gaan zitten en leunde ze steeds verder voorover tot haar lippen de zijne raakten.

Zijn mobiel trilde net op het moment dat hij in de badkuip wilde stappen voor een verkoelende douche voordat hij naar bed ging. In de hoop dat het Ragnar Severin was die kon vertellen dat alle handtekeningen voor de overname gezet waren, had hij zijn telefoon gepakt en het berichtje gelezen. Iets waar hij nu achteraf spijt van had.

Het berichtje was inderdaad afkomstig van Ragnar, maar was tevens een koude douche in de vorm van twee korte zinnetjes. *Ze zeggen nog steeds nee. Ik kom erop terug zo gauw ik weet waarom.*

Dat Stern & Ljung zich in dit stadium bleven verzetten was ongehoord als je bedacht hoelang de onderhandelingen al bezig waren. Het was natuurlijk gewoon een spel om te kijken hoeveel ze eruit konden slepen. Als er nog een druppeltje uit de citroen kon worden geperst, waarom dan niet? Een methode die hij zelf bij diverse onderhandelingen had toegepast. Maar zo ver was hij nooit gegaan, en hij had er beslist nooit iemand midden in zijn vakantie aan onderworpen.

Dergelijk scrupules hadden de juristen bij Stern & Ljung klaarblijkelijk niet. Integendeel, ze maakten juist gebruik van het feit dat hij niet in Stockholm was. Als dat wel het geval was geweest, was dit nooit gebeurd. Dan had hij met heel zijn autoriteit kunnen zeggen dat het nu verdorie genoeg was. In plaats daarvan stond hij hier zo moe en aangeschoten dat hij niet eens in staat was de juiste temperatuur van het douchewater in te stellen.

Het maakte niet uit met hoe kleine bewegingen hij de hendel van de mengkraan probeerde te verzetten. Was het water niet te koud, dan was het wel te warm. Zo nu en dan zelfs zo heet dat hij zich bijna verbrandde. Het was alsof de temperatuur een eigen leven leidde, alsof er iemand aan de andere kant van de muur aan de knoppen draaide, gewoon om te pesten.

Zo voelde het in elk geval wel. Dat iedereen het op hem voorzien had. Dat was natuurlijk niet zo, maar toch was hij kwaad, en alsof dat niet genoeg was, hielp ook nog eens geen van de technieken die hij tijdens zijn therapie had geleerd. Wat hij ook probeerde, de druk in zijn borst bleef zich opbouwen. Alles terwijl het water van behaaglijk warm naar veel te koud ging om vlak daarna superheet te worden, zonder dat hij de hendel van de mengkraan ook maar aanraakte.

Uiteindelijk schreeuwde hij het uit en sloeg hij met zijn vuist op de tegelwand. Godverdomme, was het enige wat hij kon denken terwijl het bloed van zijn knokkels in het bad druppelde. Verdomme, verdomme, verdomme...

Hij had gehoopt dat die douche hem rustig zou maken. Dat een paar minuten onder het koele water zijn humeur zou resetten en hem terug zou helpen naar iets wat met een beetje goede wil kon worden vergeleken met harmonie. Maar het berichtje van Ragnar in combinatie met het stomende water had een tegenovergesteld effect, en hij was nu zo hoog in het rode veld dat het aanvoelde of hij nooit meer beneden zou komen.

Hij werd in elk geval met rust gelaten, en het waren zijn knokkels die beschadigd waren, niet de tegels. En als je bedacht hoeveel stress hij de laatste uren te verduren had gekregen, zou zijn therapeut vast wel beamen dat zijn reactie hoogst natuurlijk was.

Alleen al die verrekte rat had met zoveel druppels bijgedragen dat de emmer was overgestroomd, en hij was daar nog steeds niet overheen. Toen Helene ook nog die kus had afgebroken net op het moment dat zijn lust was opgewekt, was het hem te veel geworden. En dat zou toch iedereen zijn overkomen? Hij was tenslotte ook maar een mens.

Maar dat veranderde niets aan het feit dat zijn reactie een mislukking was geweest. Waarom had hij haar niet gewoon kunnen laten gaan om de koffers uit te pakken, of wat er nu opeens zo belangrijk was. Dat was echt gênant. Nog erger was zijn krampachtige poging om haar daar te houden. De sfeer was allang verdwenen, en het enige waar zijn pathetische onderneming toe had geleid, was dat ze nog verder van elkaar verwijderd waren geraakt.

Helene had er van haar kant alles aan gedaan om niet te laten merken dat ze zich voorzichtig uit zijn greep had losgemaakt. Maar noch haar goedbedoelde verklaring over hoe moe ze was na de lange reis noch haar glimlach was overeengekomen met haar blik, en daar had hij gemeend een heel andere verklaring in te zien. Dat dit allemaal gewoon één grote poppenkast was, zodat hij de controle zo volledig zou kwijtraken dat ze met een goed geweten bij hem weg kon gaan, eens en voor altijd.

Maar daar geloofde hij eigenlijk niets van. Dat dode beest was gewoon een ongelukkig toeval en de temperatuur van het douchewater was plotseling, zonder dat hij erover had nagedacht, bijna perfect. Nee, zoals zo vaak had hij zich laten meeslepen door zijn gedachten en hadden die hem ervan overtuigd dat het onheil hem om de hoek lag op te wachten.

Dat was zuivere beroepsdeformatie. Daarbij was het op een paar uitzonderingen na altijd de moeite waard geweest om paranoïde te zijn, en de problemen die om de hoek lagen al te zien voordat alle anderen die zagen. Ánders was het in zijn relatie met Helene. Daar had de duisternis in hem een tendens zich op te hopen zonder een grotere aanleiding dan een wat korte toon in haar stem, te veel minuten voordat ze een sms'je beantwoordde of gewoon zoals vanavond, toen hij had gemeend iets te zien in haar blik.

Meer was er niet nodig opdat hij onraad rook en haar mobiel ging controleren en haar mailtjes lezen. Eén keer was hij zo ver gegaan dat hij iemand had ingehuurd om haar in de gaten te houden.

Met Helene had ook de jaloezie haar opwachting gemaakt in zijn leven, en ook al wist hij dat dat vergif was voor hun relatie, het was niet iets waar hij zo een-twee-drie van af kon komen.

Hij had nooit iets gevonden wat erop duidde dat ze een affaire had, en gelukkig was ze niet op de hoogte van zijn verschillende maatregelen. Toch was de jaloezie daar als een constante tinnitustoon, onmogelijk te verdringen.

Maar verdringen was precies wat hij het laatste halfuur moest hebben gedaan. In elk geval wat betreft de afwatering en het afvoerputje van de badkuip. Pas nu, nadat hij de kraan had dichtgedraaid en uit de badkuip was gestapt, ontdekte hij dat er water over grote delen van de vloer was gestroomd.

Hij overwoog zich gewoon af te drogen en de badkamer te verlaten alsof het niet zijn probleem was. Doen alsof er niets aan de hand was en er het beste van hopen. Het punt was alleen dat het wél zijn probleem was. Als hij niets deed, was het gewoon een kwestie van tijd voordat het water een vochtplek zou opleveren, die hij uiteraard zou moeten vergoeden.

Dus hoe het hem ook tegenstond, hij ging op zijn hurken zitten, stak zijn arm onder de badkuip en voelde met zijn hand tot hij het putje in de vloer vond. Tot zijn verbazing leek dat op wat zeepresten en flink wat haren na vrijwel schoon. Nog verrassender was het hoe het water plotseling begon terug te stromen onder het bad en in het putje verdween.

Voordat hij overeind was gekomen, was de hele plas weg en kon hij naar het toilet lopen en de bal met haren die duidelijk niet van hemzelf afkomstig waren, weggooien. Hij was namelijk donker met wat grijze haren, en het haar in zijn hand was blond, vrijwel dezelfde nuance als die van Helene.

Maar als zij had gedoucht nadat ze bij hem was weggelopen, zou de vloer drijfnat zijn geweest, of in elk geval vochtig. Aan de andere kant had ze voldoende tijd gehad terwijl hij bezig was geweest met de rat, wat misschien lang genoeg geleden was waardoor de vloer al was opgedroogd.

Wat hij daarna deed, bezorgde hem braakneigingen. Maar hij kon het niet laten. Dat hij zich er nu al van bewust was dat hij alles zou doen om het te verdringen, kon hem er niet van weerhouden om de plakkerige beige haarbal in zijn hand uit elkaar te trekken en te onderzoeken.

Die haren bleken aanzienlijk langer dan Helenes kortgeknipte kapsel. Ze waren met andere woorden ook niet van haar afkomstig. Zijn gedachten sponnen verder. Het enige wat daaruit kwam, was dat hij zou wachten met de haarbal weggooien. Eerst wilde hij er namelijk een foto van maken en die naar de eigenaren van het huis sturen – en als Helene bellen niet uitdrukkelijk had verboden, had hij ze nu al gebeld, of ze nou sliepen of niet.

Nadat hij uiteindelijk zijn handen had gewassen en zich had afgedroogd, legde hij de handdoek op de grond om het laatste water op te dweilen. Op dat moment, toen hij vooroverboog om hem weer op te pakken, zag hij iets in zijn ene ooghoek. Het lag op de grond achter de toiletborstelhouder.

Het deed denken aan een dood dier. Een of ander groot donkergeel insect. Een kever, of nog erger. Maar het was geen dier, niet dood en niet levend. Het was een nagel. Een dikke, nicotinegele teennagel, zo groot dat die om de een of andere reden helemaal bij de wortel moest hebben losgelaten.

Hij had dat gebonk nog niet eerder gehoord. Een ver verwijderd metaalachtig... Of wacht, misschien was het helemaal niet zo ver weg nu hij erover nadacht. Misschien was het zelfs wel vlakbij. Alsof iemand voorzichtig tegen een metalen buis tikte. *Boink-boink-boink*, hoorde je telkens met een kort interval. *Boink-boink...*

Het was niet onmogelijk dat het geluid er al langer was dan waar hij zich van bewust was. Zo lang dat hij er ondertussen aan gewend was. Ja, hij moest hebben geslapen. Zo zat het natuurlijk. En nu was hij wakker.

Het was geen geluid dat hij herkende, en hij reageerde juist altijd op nieuwe geluiden. Vaak met ongerustheid, aangezien een onbekend geluid in de meeste gevallen een teken was dat er iets stuk was wat gerepareerd moest worden. Zoals de auto. Nu was het lang geleden dat hij een auto had bestuurd die niet meer onder de garantie viel, maar hij kon zich nog goed herinneren hoe een nieuw geluid vaak synoniem was aan een nieuw gat in zijn portemonnee.

Het gekke was dat hij zich niet in een van de auto's bevond, maar in bed lag en bezig was wakker te worden, en hier in de slaapkamer had hij sinds hun verhuizing in Zweden na de renovatie geen ander geluid gehoord. Dan was het iets met het bed. Dat lag niet zo lekker als anders, of had hij gewoon zelf een ongewoon stijve rug?

Alles kwam terug op het moment dat hij zijn ogen opendeed. Het huis in Santa Cruz dat ze hadden geruild, de rat in het zwembad, de afvoer die niet doorliep en de vergeelde grote teennagel. En dan was er de spiegel aan het plafond recht boven hen. Die had hij wel opgemerkt toen hij naar bed was gegaan, maar hij was te moe geweest om erop te reageren. Nu lag hij zichzelf te verachten omdat hij dat toch best een beetje spannend vond.

Toen hoorde hij het geluid weer, *boink-boink-boink-boink...* en in het diffuse maanlicht dat door de omlaaggetrokken houten jaloezieën binnensijpelde, zag hij twee buizen langs de onderkant van de muur lopen. *Boink-boink-boink...*

Een blik op zijn mobiel wees uit dat het halftwee was, wat betekende dat het thuis in Zweden halfelf 's ochtends was. Het zou met andere woorden wel even duren voordat hij weer in slaap viel. Toch wist hij de verleiding te weerstaan om de ochtendkrant op zijn mobiel te gaan lezen, en na een uur strijd voelde hij eindelijk hoe elke ademhaling hem een stap dichter naar de zorgeloze toestand bracht die hij zo hard nodig had.

Boink-boink-boink-boink...

Verdomme nog aan toe? Hij wist niet of hij moest lachen of huilen. Eigenlijk wilde hij schreeuwen, maar dan zou hij Helene wakker maken. *Boink-boink...* Dat het geluid terug was net op het moment dat hij ontspannen was en erin was gaan geloven dat het voorbij was, was in al zijn onredelijkheid vanzelfsprekend. Want zo simpel kon het natuurlijk niet zijn om een paar uur slaap te krijgen. Nee, hij zou eens uitgeslapen wakker worden, stel je voor! *Boink...*

En waren het niet de buizen, dan was het wel de kraan in de badkamer. *Drup... Drup-drup...* had het met precies zulke lange en onregelmatige pauzes geklonken dat elke druppel als een verrassing kwam en ervoor zorgde dat hij niets anders kon doen dan op de volgende blijven liggen wachten.

Hij was maar liefst vier keer met een slaapdronken blik uit bed gegaan in een poging de kraan dicht te draaien. Zonder succes. Vier keer voordat hij op het idee was gekomen om een handdoek in de wastafel te leggen om het geluid te dempen, waarop het eindelijk stil was geworden.

Boink-boink... Boink...

In de plafondspiegel kon hij zien dat Helene met haar rug naar hem toe nog steeds lag te slapen. Dat was in exact dezelfde houding als toen hij met de losse grote teennagel in een velletje wc-papier gewikkeld uit de badkamer was gekomen.

Hij had hem aan haar willen laten zien om haar op die manier duidelijk te maken dat ze onder geen beding langer in dit huis konden blijven. Zo had hij toen gedacht. Nu was hij er niet meer zo van overtuigd dat dat de juiste weg was. Als ze zonder groot conflict van huis wilden wisselen, zou dat van haar moeten komen.

Bovendien sliep ze al toen hij binnenkwam. Ze had in elk geval doodstil en met haar ogen dicht gelegen, en niet op zijn geklets en welterusten-kus gereageerd. Zoals zo vaak als het Helene betrof, wist hij niet zeker of dat inderdaad zo was. Of ze daadwerkelijk sliep of alleen maar deed alsof, en meer dan eens was hij overtuigd geweest van dat laatste.

Eén keer was hij over haar heen gebogen op de rand van het bed gaan zitten alleen om te kijken hoelang het duurde voordat ze reageerde. Hij had het drieëntwintig minuten volgehouden voordat zijn rug ging protesteren en hem dwong het op te geven.

Een andere keer was hij zo ver gegaan dat hij voorzichtig zijn eigen horloge rond haar pols had vastgemaakt in een poging om er via haar hartslag achter te komen of ze daadwerkelijk sliep. Maar toen was ze natuurlijk wakker geworden en had ze zich afgevraagd waar hij mee bezig was.

Hoe het deze nacht ook zat, hij was van plan haar met rust te laten. Als ze wakker was, probeerde ze vast weer in te slapen, en het was het beste als ze daarin slaagde zodat ten minste één van hen morgen was uitgerust.

Daarom trok hij het laadsnoer uit zijn mobiel en verliet hij de slaapkamer zo zachtjes mogelijk. Eenmaal in de hal ontgrendelde hij zijn telefoon om te kijken of er wat nieuws was van Ragnar. Dat was niet het geval, geen sms of mail, wat betekende dat ze de onderhandelingen nog steeds niet hadden hervat.

Boink-boink... Boink...

Hij bleef bij de omlijste halspiegel staan luisteren naar het metaalachtige geluid dat kon worden herleid naar een van de twee koperen buizen een paar centimeter boven de plint. De buizen liepen door de hal verder naar een radiator. Daarvandaan verdwenen ze de hoek om de grond in.

Op de benedenverdieping liep hij naar het gedeelte van het plafond waar de buizen uit zouden moeten komen. Dat was vlak buiten de open keuken, maar hij zag nergens buizen. Dat was op zich ook wel logisch, want dan zouden ze toch tegen een muur naar beneden zijn gekomen.

Hij haalde een van de stoelen bij de eettafel weg en ging erop staan om het plafond beter te kunnen bestuderen. Het viel met het blote oog niet te zien, maar met zijn hand kon hij een licht niveauverschil voelen, wat erop duidde dat het plafond was gestuukt. Dat was een teken dat daar eerder een muur had gezeten die was gesloopt, vermoedelijk om een open keuken te creëren en meer licht binnen te laten.

Met behulp van een stapel kunstboeken uit de kast in de woonkamer kwam hij hoog genoeg om zijn ene oor tegen het plafond te duwen. Het duurde even, maar na een paar minuten hoorde hij het geluid weer, en deze keer klonk het aanzienlijk luider.

Hij klom van de stoel en verplaatste die een paar meter, klauterde er weer op en perste opnieuw zijn oor tegen het plafond, en zo ging hij door tot hij de buis helemaal tot de ingang had gelokaliseerd. Dat was niet eenvoudig. Zeker omdat het geluid telkens lange tijd niet te horen was.

Bij de ingang waren de buizen opnieuw zichtbaar en kon hij ze verder volgen door een gang, langs een bijkeuken met was-/droogcombinatie en een droogrek, een sauna vol rotzooi en een wijnkelder met, voor zover hij kon zien, een stuk of honderd stoffige flessen.

Aan het eind van de gang verdwenen de buizen in de muur een halve meter boven een oude, vlekkerige vintagespiegel met Coca-

Cola-reclame. Een deur naar de buitenruimte of de ruimte aan de andere kant van de muur zag hij daarentegen nergens. In plaats daarvan mondde de gang uit in de garage, die aanzienlijk kleiner was dan hij had verwacht, aangezien die maar liefst drie deuren naar de straatkant had.

Er stonden twee auto's in de garage plus enkele fietsen en surfplanken. Ze zouden volgens Helene ook de beschikking hebben over twee auto's. De zilvergrijze Nissan Primera was één ding. Maar in hoeverre de roestige oude amerikaan met lekke banden als auto gerekend moest worden, was een vraag voor later.

Nu waren dit de buizen waar hij naar op zoek was. Een project dat hij uiteindelijk moest opgeven nadat hij de garage niet één, maar zelfs twee keer had doorzocht. Feit was dat hij al was vergeten waarom het zo belangrijk was. Dat de buizen wat herrie maakten was eigenlijk niet zo vreemd, of niet iets wat met een paar oordoppen niet kon worden opgelost.

Maar vlak nadat hij op weg terug door de gang de Coca-Cola-spiegel was gepasseerd, hoorde hij het bonkende geluid opnieuw, en deze keer ging het onophoudelijk door. *Boinkboink-boink-boink-boink-boink...*

'Hallo?' riep hij tegen de muur waar de buizen in verdwenen. 'Hallo! Is daar iemand?' Of het gewoon toeval was, of dat het kwam doordat hij had geroepen wist hij niet, maar als op een afgesproken signaal hield het gebonk op. 'Hallo?' riep hij nogmaals, maar nu hoorde hij alleen maar een stilte die, hoewel ze pas een paar seconden duurde, al heel anders klonk dan alle andere keren dat het geluid plotseling was gestopt. Alsof wat het ook was hem had gehoord.

In een poging een ingang naar de verborgen ruimte te vinden, liep hij de aangrenzende wijnkelder in, maar daar was geen andere deur dan die waardoor hij was binnengekomen. In de garage was het al hetzelfde liedje. Buiten de drie deuren naar de straat kon hij geen andere passages vinden, en bij de binnenmuur die aan de ruimte grensde waar de buizen naar binnen waren verdwenen, stonden naast een stapel versleten autobanden en een paar halfvolle vuilniszakken een paar surfplanken die hun beste dagen hadden gehad.

Hij liep verder naar een van de garagedeuren en probeerde die open te maken. Toen dat niet ging probeerde hij de andere twee, en toen dat ook niet lukte ging hij door de hoofdingang naar buiten, waar de koele nachtlucht meer deed denken aan een late herfstavond in Zweden dan aan een zomernacht aan de Amerikaanse westkust.

Hij liep de hoek om naar de achterkant van de garage. Daar waren twee ramen. Het ene keek uit op de bijkeuken en het andere op de volgestouwde sauna. Waarom ze ervoor hadden gekozen om hier een sauna te plaatsen en niet bij het zwembad met het beste uitzicht van de wereld, was onbegrijpelijk. Maar dat was niet wat hem verbaasde. Dat was het ontbreken van een deur, waardoor de afgesloten ruimte daarbinnen nog wonderlijker op hem overkwam.

Wat er ook achter de muur verscholen ging, er moest een ingang zijn. Voor zover men niet... Hij werd onderbroken in zijn gedachten doordat de telefoon in zijn hand begon te rinkelen.

'Eindelijk, Ragnar,' nam hij op terwijl hij weer naar binnen liep. 'Wat is er aan de hand?'

'*Dat is een goeie vraag. Dat vraag ik me ook af en ik ben de hele ochtend al bezig een antwoord te krijgen. Daarom bel ik je nu ook pas.*'

'En?'

'*Ze willen nog een plaats in het bestuur.*'

'Hè? Ze hebben er al één meer dan in het oorspronkelijke voorstel.'

'*Ik weet het. En nu willen ze er nog eentje.*'

'Maar dat is volstrekt onredelijk. Om met zo'n grote eis te komen nu we al maanden bezig zijn met komma's heen en weer verplaatsen, dat gaat gewoon niet.'

'*Blijkbaar dus wel. De vraag is alleen wat wij doen? Toegeven en meegaan in die eis, of zullen we...*'

'Nee, nee, nee,' kapte hij hem af, en hij deed de buitendeur achter zich op slot. 'We hebben niets anders gedaan dan toegeven, en nu moet het een keertje genoeg zijn. Dit is gewoon een spel.'

'*Dus wat doen we?*'

'Nee zeggen. Als we dat niet doen, komen ze weer met nieuwe eisen. Feit is dat zij dit net zo hard nodig hebben als wij, dus nu moeten ze gewoon een keer kleur bekennen.'

'*Hoeveel tijd zal ik ze geven?*'

'Tot vrijdag zes uur nul nul. Geen uur langer.'

'*Oké. Ik laat het weten zo gauw ik een reactie heb.*'

Hij beëindigde het gesprek en deed net het licht in de garage en de gang op zijn weg terug naar het woongedeelte uit, toen zijn mobiel met een korte trilling opnieuw tot leven kwam. De hoop dat het een berichtje was van Mirja waarin ze schreef dat ze het voor elkaar had gekregen dat ze vandaag al konden inchecken bij het hotel, vervloog al meteen. Het was een update van het beveiligingssysteem in hun eigen huis in Zweden.

Camera (inloopkast) – Geen contact. Zoekt...

Het systeem had om de een of andere reden het contact met de bewakingscamera in de inloopkast verloren, en als hij daar zijn verzameling horloges niet bewaarde, had hij er niet noemenswaardig zijn wenkbrauwen voor opgetrokken.

Eerlijk gezegd had hij niet begrepen waarom er daarbinnen zo nodig een camera had moeten komen, wat hij ook had gezegd bij de installatie van het systeem. Maar de beveiligingsfirma had hem ervan weten te overtuigen dat hij er spijt van zou krijgen als hij daar geen camera zou plaatsen, omdat er volgens hen niets ergers was dan dat je te veel blinde vlekken had in een systeem dat juist elk hoekje in huis zou moeten dekken. Bovendien zouden ze toch ook de centrale in de inloopkast plaatsen omdat daar de router zat, waardoor één camera extra niet erg veel duurder zou uitpakken.

Toen zijn mobiel opnieuw trilde, was hij door de adrenaline al zo gaan zweten dat zijn telefoon bijna uit zijn hand gleed.

Om de laatste vijf minuten van Camera (inloopkast) te bekijken, kunt u inloggen via de app van SecHome en de instructies volgen.

Hij wist niet eens of hij hun app had. Nadat het systeem was geïnstalleerd had hij alleen de zescijferige code gememoreerd om het alarm in en uit te schakelen. Maar daar was de app, en nadat zijn mobiel zijn gezicht had herkend, was hij ingelogd en hoefde hij eigenlijk alleen maar ja in te vullen om te zien wat de camera had geregistreerd in de minuten voordat deze het contact met de rest van het systeem was kwijtgeraakt.

Het beeld was verrassend goed. Zo goed dat hij kon inzoomen op verschillende details en zich ervan kon verzekeren dat het er net zo uitzag als toen ze het huis gisterochtend hadden verlaten. Toch stelde hem dat niet gerust, zodat hij bleef kijken naar de film waarin niets gebeurde.

Als het een film was. Wie zei er dat hij niet gewoon naar een stilstaand beeld keek? Er was klaarblijkelijk iets mis met de camera. En als er sprake was geweest van beweegbare beelden, had er wel een of andere vorm van tijdsaanduiding in een van de hoeken gestaan – of had hij gewoon naar te veel Britse detectiveseries gekeken?

Hij tikte op het scherm om te zien of er wat gebeurde, en tot zijn opluchting verscheen er een aantal alternatieven in combinatie met een tijdsaanduiding in de linkeronderhoek, waar de seconden tikten en lieten zien dat de tijd ondanks alles toch doorliep.

Maar de opluchting was van korte duur. Niet lang daarna viel er een schaduw over de vaste vloerbedekking, wat betekende dat de deur van hun slaapkamer geopend moest zijn. De deur die hij zelf op slot had gedaan voordat ze het huis verlieten om naar vliegveld Arlanda te gaan.

De volgende seconde kwam er een man met een kaalgeschoren hoofd en gekleed in een spijkerbroek, T-shirt en linnen colbertje de kamer in. Zonder enige aarzeling liep hij door naar de camera, waar hij met behulp van het voetenbankje in de inbouwkast hoog genoeg kon komen om ergens aan te trekken, waardoor het beeld eerst begon te flikkeren en vervolgens verdween.

Scarlett Harris

Stockholm, maandagmiddag

Ze vouwde het bovenste hoekje om, sloeg het boek dicht en leunde in de ligstoel achterover. *Een boek dat iedereen zou moeten lezen*, had de recensent gezegd over Lisa Taddeo's boek *Drie vrouwen*, waarin Taddeo een studie had gemaakt van het seksleven en de lust van drie verschillende vrouwen. *Alsof je in de spiegel kijkt en je eigen geheime verlangens ziet.*

Ze kon niet zeggen dat ze het ermee eens was. In elk geval niet na de eerste vijfenzeventig pagina's. Nu was niet iedereen lovend geweest over het boek. Het had ook kritiek gekregen omdat geen van de vrouwen zwart was, wat uiteraard problematisch was in een land als de VS.

Zelf voelde ze voornamelijk weerzin en wilde ze helemaal geen deelgenoot worden van al die verboden gedachten en seksuele geheimen. Die reactie verraste haar. Ze was gewoonlijk dol op geheimen en gluurde graag stiekem door de gesloten gordijnen naar binnen zo gauw die kans zich voordeed.

Maar ze had besloten om het uit te lezen. Al was het maar om haar vriendinnen, die het boek de hemel in hadden geprezen, te kunnen vragen in wie van de drie vrouwen ze zich het meest herkenden. In Lina, die in een liefdeloos huwelijk leefde en niet de middelen had om te scheiden, Maggie, die verliefd was geworden op een leraar, of mogelijk Sloan, die haar man liet toekijken als ze seks had met andere mannen.

Zelf was ze gelukkig getrouwd – iets wat vrij ongebruikelijk was – en had ze een doodnormaal seksleven. Adam en zij hielden echt van elkaar, en zelfs als ze het probeerde zou ze zich geen leven zonder hem en al zijn gestoorde grappen kunnen voorstellen.

Alleen al het feit dat ze zich hier aan de andere kant van de aardbol in de binnenste archipel van Stockholm bevond, had ze aan hem en zijn aanstaande expositie te danken. Dat hij het laatste halfjaar ongewoon druk was geweest en zo ongeveer permanent in zijn atelier had gebivakkeerd, was natuurlijk zwaar geweest. Ze had hem soms zo ontzettend gemist dat het pijn deed, ook al was het op de een of andere manier ook wel heilzaam geweest. Gemis en verlangen bewezen tenslotte wel dat er sprake was van echte liefde.

Bovendien had de tijdelijke eenzaamheid haar tijd gegeven om rustig haar dieet te volgen en af te vallen. Ze was voor de vakantie al maar liefst vijfenhalve kilo kwijtgeraakt. Dat haar diëtiste haar had gewaarschuwd dat ze zou gaan ruiken en een slechte adem zou krijgen had haar niet tegengehouden, en nu had ze nog maar een halve kilo te gaan tot haar streefgewicht.

Tot nu toe had ze niets tegen Adam gezegd en had ze besloten zich niet te vertonen voordat ze helemaal klaar was met afvallen. Het idee was dat het een verrassing zou zijn voor als ze na zijn vernissage aanstaande vrijdag thuis zouden komen. Pas als hun echte vakantie kon beginnen, wilde ze zich helemaal blootgeven.

Dat was haar cadeau aan hem. Alsof het de natuurlijkste zaak van de wereld was, zou ze zonder een draad aan haar lichaam de slaapkamer binnenkomen en alleen maar genieten van zijn reactie. Mondspoeling, gepoetste tanden en wat er nog meer nodig was voor een frisse adem – ze zou het allemaal gebruiken, want kussen zouden ze. Zoenen en samen zijn, net als tijdens hun eerste jaren samen, toen ze slank was.

Het was het verdriet over de dood van haar broer waardoor ze in de jaren daarna dikker was geworden. En ze was niet alleen wat te zwaar geworden, maar ook, als ze het zelf mocht zeggen, regelrecht lelijk. Dat Adam dat niet met haar eens was en ontelbare keren had bezworen dat ze nog net zo mooi was als vroeger, had niet geholpen.

De manier waarop zijn aanrakingen waren veranderd vertelde haar wat anders.

Natuurlijk, iemands uiterlijk is niet zaligmakend, en ze was zich er goed van bewust dat de schoonheidsidealen in de vs alle grenzen hadden overschreden. Maar de mensen die dat probeerden te bagatelliseren en meenden dat alles van waarde aan de binnenkant zat, wisten niet waar ze het over hadden. Wetenschappelijk onderzoek toonde juist aan wat een grote rol het uiterlijk speelt bij alles, van salarisonderhandelingen op het werk tot het partnerschap.

Misschien was dat de reden dat ze Adam niet serieus had kunnen nemen die avond in Las Vegas, toen hij haar bij de blackjacktafel in het oog had gekregen. Er waren geen personal trainer en geen stylist ter wereld die haar op hetzelfde niveau konden brengen als dat hij bezat. Met dat uiterlijk was hij gewoon geknipt om als boegbeeld op te treden voor een of andere exclusieve parfumreclame of om eerste minnaar te spelen in een romantische komedie. Zelfs toen hij anderhalf jaar geleden had besloten de koe bij de horens te vatten en zijn laatste hoofdhaar af te scheren, zag hij er schaamteloos goed uit.

Ze was ervan uitgegaan dat hij een grapje maakte toen hij zich naar haar had omgedraaid en in steenkolenengels had gevraagd of hij haar een drankje mocht aanbieden in plaats van zijn zuurverdiende geld te verspelen aan waardeloze kaarten. Een echt drankje in tegenstelling tot de gratis drankjes bij de speeltafels.

Ze had er vriendelijk maar beslist voor bedankt. Maar hij had erop gestaan en het drankje waarmee ze uiteindelijk had ingestemd, dat waren er meer geworden dan ze zich achteraf kon herinneren. Voor het eerst van haar leven had ze zich laten verleiden; en ze had alle gedachten dat dit vermoedelijk te mooi was om waar te zijn laten varen.

Maar de dag daarna had de twijfel weer toegeslagen. Ook al kon hij niets weten over haar toekomstige vermogen – er waren trouwens maar weinig andere buitenstaanders die daarvan op de hoogte waren, aangezien haar vader er tijdens zijn leven voor had gezorgd haar en haar broer zo ver mogelijk uit de schijnwerpers te houden. Desondanks had ze niet durven geloven dat zijn hofmakerij oprecht was en dat het echt wat zou worden.

Dat ze nu al jaren getrouwd waren en hij er nog steeds op stond zijn aandeel te leveren en elke keer dat ze uit eten waren de rekening te betalen, zou overtuigend genoeg moeten zijn. En dat was het ook. Maar toch ook weer niet. Het probleem, als ze haar therapeut moest geloven, was haar gevoel van eigenwaarde. Of eerder: het gebrek daaraan.

Dat ze haar neus had laten doen, haar oogleden had laten liften en de moedervlek op haar wang had laten verwijderen, had weinig verschil gemaakt. Om nog maar te zwijgen over haar gewichtsverlies en het feit dat ze nooit eerder zo knap en aantrekkelijk was geweest als nu. Haar twijfel en onzekerheid dat ze niet aantrekkelijk genoeg was, waren er nog steeds – als een voortdurend eczeem dat geen crème ter wereld kon verhelpen.

In zekere zin was het eigenlijk ziek hoe belangrijk het voor haar was om zich begerenswaardig te voelen. Vroeger had ze nooit op die manier gedacht. Waarschijnlijk omdat ze dat niet als een mogelijkheid had gezien. Nu was dat anders; en hoe pathetisch oppervlakkig het ook was, ze had Adams waardering nodig om zich goed te voelen.

Een motorboot nam het geluidsbeeld over toen hij op zijn weg rond de landtong en verder richting Stockholm het wateroppervlak verscheurde. Ze volgde de boot met haar blik en bedacht hoe graag mensen een vaarroute met boten voor de deur hadden, maar snelwegen meden als de pest.

Het motorgeluid stierf weg, en ze meende te horen dat er iemand de stenen trap bij het huis op kwam lopen. Het besluit dat volgde was totaal ondoordacht toen ze in een snelle beweging het bovenstukje van haar bikini uittrok, weer achteroverleunde en haar ogen sloot. Blijkbaar was dit het moment van de waarheid en dat ze haar man zou verrassen. Jammer dan van die laatste vijfhonderd gram.

Nu zou ze gewoon op de steiger doen of ze aan het zonnen was, totaal onwetend van zijn komst.

Ze had niet verwacht dat hij nu al terug zou zijn van zijn ontmoeting met de galeriehouder. Hij had voor de verandering duidelijk gemaakt dat het best laat kon worden en misschien zelfs zou uitlopen in een etentje.

Hopelijk was het goed gegaan. Dat was het belangrijkste. Dat zijn vroege thuiskomst niet betekende dat ze onenigheid hadden gekregen. Hij had niets gezegd, maar ze had gemerkt hoe nerveus hij de laatste tijd was geweest voor deze reis, maar vooral voor deze ontmoeting. Nu was het ook zijn eerste echte tentoonstelling in zijn thuisland. Anders had ze er ook niet mee ingestemd om een hele maand in the middle of nowhere door te brengen.

Dat was trouwens niet zo erg als ze had gevreesd. Het had haar zelfs verbaasd hoe mooi en fris het Stockholmse scherengebied eigenlijk is. De lucht die je inademde en de zon die scheen uit een vrijwel wolkeloze hemel – en zo zou het blijkbaar de hele week doorgaan als je de voorspelling moest geloven. Ze had zich voorbereid op een aanzienlijk koeler en vooral regenachtiger verblijf. Als het weer zo bleef, zou ze naar de stad moeten om haar garderobe aan te vullen.

Ze kon zijn voetstappen niet meer horen, maar de trillingen ervan plantten zich door de steigerconstructie helemaal voort tot aan de ligstoel en onthulden dat hij naar haar op weg was. Misschien sloop hij op zijn tenen om haar te verrassen. Dat was echt iets voor hem. Hij had altijd een grap paraat.

Maar deze keer was het haar beurt om hém te verrassen, en ook al was het eigenlijk niet nodig, ze trok haar buik in zonder haar adem in te houden. Haar ademhaling was namelijk belangrijk als hij moest geloven dat ze sliep, rustig en diep alsof ze helemaal ontspannen was.

Aan de binnenkant van haar gesloten oogleden baadde alles in oranje. Het zonlicht was zo fel dat ze haar eigen adertjes kon zien

– of was het de oogzenuw die in het licht weerspiegeld werd? De duisternis kwam plotseling, en ook al was dat precies waar ze op had gewacht, ze moest moeite doen om niet rechtop te gaan zitten.

Hij was natuurlijk zo gaan staan dat hij haar zo veel mogelijk zonlicht ontnam, en nu stond hij daar, overrompeld door haar kleine gedaanteverwisseling. Maar waarom zei hij niets? Waarom stond hij daar maar de boel te rekken?

Soms begreep ze hem niet. Hij kon toch zien dat ze was afgevallen. Het minste wat hij kon zeggen was toch wel een *Wow, is dit echt mijn vrouw!* gevolgd door een kus. Wat dan ook. Dat maakte niet uit. Maar hij deed niets. Het enige wat hij deed, was in haar zon staan.

Dat hij haar dat zelfs niet gunde. Ze had nog wel zo'n moeite gedaan. Maar dat was blijkbaar te veel gevraagd, en uiteindelijk zag ze geen andere mogelijkheid dan te doen of ze wakker werd en haar ogen te openen.

Toen had ze het door.

Ze zag veel te laat in dat ze in volstrekt verkeerde banen had gedacht.

Scarlett zag in het tegenlicht alleen een donker silhouet. Maar meer was niet nodig om te begrijpen dat het Adam niet was.

'Neem me niet kwalijk, het was niet mijn bedoeling om te storen,' zei de vrouw die kleiner en een paar kilo ronder was dan zijzelf, als je de contouren van de schaduw moest geloven.

'Geen probleem.' Scarlett rukte de handdoek naar zich toe terwijl ze rechtop ging zitten en op de tast haar zonnebril uit haar haar probeerde te ontwarren.

'Oké, gelukkig. En ik wil me er niet mee bemoeien, hoor, maar de zon is veel krachtiger dan je zou denken, dus ik hoop dat je een hoge factor zonnebrand hebt,' ging de vrouw in het Zwengels verder. 'Je wilt tenslotte geen zonnesteek krijgen, toch?'

'Ik spreek Zweeds,' zei ze, en ze slaagde er eindelijk in haar zonnebril op haar neus te zetten.

'Jeetje. Indrukwekkend.' De vrouw was rond de zestig, gekleed in een tuinbroek en had haar haar opgestoken met behulp van twee eetstokjes. 'Ik kan wel horen dat je een accent hebt, maar hoe dat zo? Ik bedoel, Zweeds is nou niet bepaald een grote wereldtaal, zeg maar.'

'Mijn man is Zweeds, en wat je al niet doet voor de liefde.'

'Zeg dat maar niet tegen Bernt. Dan gaat-ie zich allerlei dingen in zijn hoofd halen. Mijn man dus.'

'Sorry hoor, maar ik heb niet begrepen wie jij bent en waar je...'

'Het spijt me, misschien heb ik zelf wel een zonnesteek.' De vrouw begon zenuwachtig te lachen. 'Mijn naam is Silvia, Silvia

Regner. Ik ben een van de buren hier op de landtong en woon precies achter de bomen daar verderop.'

'Aha, oké. Gezellig. Ik heet Scarlett,' zei ze, en ze hield de handdoek stevig vast om haar borsten bedekt te houden.

'Mijn man is hier geboren en getogen. Zijn opa heeft het huis ooit gebouwd.'

'Kijk eens aan. Wat leuk.'

'Ja, zeker omdat het een van de mooiste huizen is in de omgeving. Hij was ook aannemer. Misschien heb je weleens gehoord van *Regners Bygg*?'

'Nee, dat geloof ik niet.'

'Of zoals wij altijd zeggen: in een huis van Regners regent het nooit in.'

De vrouw begon weer te lachen. Scarlett deed haar best om een enigszins natuurlijk lachje uit te brengen en niet al te duidelijk te laten merken dat ze het liefst van alles met rust gelaten wilde worden.

'Maar het was leuk om je te ontmoeten,' zei ze, en ze hoorde meteen hoe onaardig dat klonk. 'Echt heel leuk.' Maar het kwaad was al geschied en ze had geen puf om nog te doen alsof.

Helaas liet de buurvrouw zich hierdoor niet uit het veld slaan. In plaats van het te zien als een perfecte gelegenheid om afscheid te nemen en weer op te hoepelen, bleef ze staan, als een levend standbeeld op een of andere toeristische plek in Parijs. Maar dit gebeurde er ook als je geen bewaking had en geen hoge muren om je huis en tuin had staan. Dan kon iedereen binnenstiefelen alsof het openbaar terrein was en je zon afpakken.

'Ik wilde jullie eigenlijk vooral even welkom heten,' zei de vrouw bij gebrek aan beter. 'Zoals jullie vast wel begrijpen, zijn wij goed bevriend met de Westers, en ik heb Carl beloofd ervoor te zorgen dat jullie je hier thuis zullen voelen.'

'Bedankt, dat is heel aardig, maar wij redden ons wel, hoor. Je weet hoe het is als je eindelijk een beetje vrij hebt. Mijn man is deze week weliswaar aan het werk, maar zelf ben ik vooral van plan te relaxen en wat tot rust te komen.'

'Ja, zo zie je maar. En je man, wat doet hij voor werk, als ik zo nieuwsgierig mag zijn?'

'Hij is kunstenaar en bereidt een expositie voor, hier in Stockholm.'

'Dat meen je niet! Wat spannend. Nou ja, ik ben geen grote kunstkenner, en als ik eerlijk moet zijn, heb ik nooit begrepen hoe een paar streken op een canvas miljoenen waard kunnen zijn.'

'Nee, niet iedereen kan kunst op waarde schatten.'

'Of zoals ik altijd zeg: het is net zo belangrijk om je beperkingen te kennen als je sterke kanten. Als ik voor mezelf spreek, ik heb bijna twee jaar geleden mijn werk als onderzoeker bij de fiscale inlichtingen- en opsporingsdienst opgezegd om fulltime te gaan haken. Nou ja, eigenlijk ben ik gewoon wat eerder met pensioen gegaan, maar toch. Sommige van mijn patronen zijn aardig populair, hoewel ik nooit zover zou gaan om het kunst te noemen.'

'Nee, maar zoals gezegd ben ik hier vooral om een beetje te r...'

'O ja,' viel Silvia haar in de rede. 'Nou zou ik het belangrijkste bijna vergeten.' Ze overhandigde haar een glazen pot met een handgeschreven etiket. *Regners eigengemaakte frambozenjam.*

'Dank je wel,' zei Scarlett, en ze pakte hem aan zonder dat ze verder nog wat kon bedenken om te zeggen.

'Het is het oude recept van Bernts oma. Maar wees niet bang, ik heb alle suiker vervangen door chiazaad, dus je kunt er zoveel van snoepen als je wilt. Het is eigenlijk halvajam, geen gewone jam.' Silvia barstte in lachen uit alsof dat het leukste was wat ze in tijden had gehoord. 'Nou ja, je zult het wel begrijpen als je het geproefd hebt, want het is net zo lekker. Maar niks tegen Bernt zeggen, hoor. Alles van zijn grootouders van vaderskant is heiliger dan de Bijbel.'

'Ik zal mijn mond houden.' Ze knikte kort om het gesprek op de een of andere manier af te ronden, maar de vrouw in de tuinbroek bleef daar maar in haar zon staan, alsof die ook van de opa van haar man was geweest.

'En hebben jullie het naar je zin? Met het huis en zo, bedoel ik.'

Jezus, wat was er mis met dat mens? 'Nou ja, we zijn hier pas een dag, maar tot nu toe hebben we geen klachten. Mocht dat gebeuren, dan zal ik een seintje geven.'

'Prima. Nee, het is ook een fantastisch huis, ook al is het zes vierkante meter kleiner dan dat van ons, zoals Bernt altijd benadrukt. Nu klinkt zes vierkante meter misschien niet als veel, maar als je bedenkt hoe sterk de huizenprijzen hier buiten de laatste jaren zijn gestegen, is dat gewoon een klein vermogen.'

'Dat is mooi.'

'Trouwens, je had moeten zien in welke staat dit huis was toen de Westers het kochten. Dat kun je je gewoon niet voorstellen. Ze hebben het grondig moeten renoveren. Maar het is echt heel mooi geworden, moet ik zeggen. Echt. Dus ze gaan er natuurlijk van uit dat jullie er goed voor zullen zorgen.'

'Uiteraard.'

'Ja, jij kent Carl natuurlijk niet, maar hij is nogal een pietjeprecies. En dat is nog zachtjes uitgedrukt. Zie het als een tip van de coach.'

Was dat de reden dat ze was langsgekomen? Om een kleine waarschuwing te geven dat ze zich maar beter konden gedragen omdat die Carl blijkbaar niet iemand was met wie je in aanvaring moest komen?

'En jullie wonen in Santa Cruz, heb ik begrepen, hè?' ging Silvia na een tijdje verder. 'Vlak bij zee. Dat moet prachtig zijn, en vast ook niet goedkoop, kan ik me zo voorstellen.'

'San Francisco,' corrigeerde Scarlett nu. Haar glimlach was inmiddels stijver geworden dan een vijfennegentigjarige in een rolstoel. 'Wij wonen in San Francisco.'

'O, ik dacht dat...'

'Het huis in Santa Cruz is maar een kleine weekend-retraite, ook al is mijn man tot nu toe de enige die tijd heeft gehad om erheen te gaan.'

'Aha. Tja, zo zie je maar.' Silvia knikte, maar slaagde er niet in te verbergen dat ze moeite moest doen om de informatie te verwerken.

Deze vrouw had haar slechtste kant in haar naar boven gebracht, maar dat kon ze niet helpen. Het enige wat ze nu wilde, was haar duidelijk maken dat een paar vierkante meter meer of minder haar geen steek kon schelen. Dat hoe ver de prijzen ook omhoogschoten, zij deze hele landtong zou kunnen kopen en dan toch nog meer nullen op haar rekening zou overhouden dan waar de meesten van konden dromen.

Geld deed haar anders nooit wat. Ze had het tot haar levensmotto gemaakt om zoiets triviaals nooit de overhand te laten krijgen. Iets wat aanzienlijk lastiger was dan je zou kunnen denken. De eenvoudige waarheid was dat hoe meer je had, hoe belangrijker het werd om nog meer te krijgen. Als een drugsverslaving zonder dat echte genot.

De eerste keer dat ze dat had zien gebeuren, was met haar vader. In zijn wereld was er niets belangrijker dan het grootste deel van zijn leven te besteden aan de jacht op geld dat hij bij lange na niet nodig had. Als hij de kachel ermee had aangemaakt, had hij nog meer dan voldoende gehad voordat hij overleed.

Met haar broer Tom was het al hetzelfde liedje. Ondanks de erfenis was hij ervan bezeten geweest om het geld te laten groeien. Iets waar hij buitengewoon goed in was. Helaas had dat er, zoals je zou kunnen denken, niet toe geleid dat hij minder was gaan werken. Integendeel, hij was steeds meer gaan werken en had nooit de tijd genomen om mensen te ontmoeten en het gezin te stichten waar hij diep vanbinnen zo naar had verlangd.

Gelukkig was haar Adam precies het tegenovergestelde. Hij werkte weliswaar veel, en nu zelfs veel te veel, maar niet voor het geld. Zoals weinig anderen leefde hij voor zijn kunst. Dat maakte hem rijker dan al het geld op de wereld, zei hij altijd zei. Dat, en zijn liefde voor haar. Het was uiteraard een ontzettend bevoorrechte positie en het was maar weinigen gegund om je niet druk te hoeven maken over wat de dingen kostten, maar dat was nou eenmaal zo, en het laatste wat ze van plan was, was zich ervoor schamen.

'Hoezo, hebben jullie meer van zulke retraites?' zeurde Silvia maar door.

'Dat ligt eraan wat je bedoelt met "veel",' zei ze, zich er goed van bewust dat dit een veel te cryptisch antwoord was voor iemand als Silvia Regner. Maar die mocht zich dat daar nog best een tijdje staan afvragen. Of nog beter, het zich thuis gaan staan afvragen.

'Nou ja, dan zal ik je maar niet langer storen. Ik moet wat aan het eten gaan doen. Het is bijna avond tenslotte, ook al staat de zon nog hoog aan de hemel.'

'Ja, klopt.' Meer wilde ze niet zeggen. Niet voordat dat mens inzag dat ze daar al veel te lang had staan knikken.

'Dan wens ik jou en je man een fijne avond.'

'Insgelijks.'

'O ja, en als er iets is, wat dan ook, aarzel dan niet om langs te komen. Hier op de landtong helpen wij elkaar, zoals gezegd.'

'Oké, goed om te weten. Bedankt.' Ze maakte aanstalten om overeind te komen. Misschien was dat wat er nodig was om de vrouw te laten inzien dat haar tijd allang voorbij was.

'Nee, alsjeblieft, Scarlett, blijf lekker liggen. Ik kom er wel uit. Geen punt. Tot ziens.'

Eindelijk zette het mens zich in beweging, en naarmate de trillingen van de voetstappen over de steiger afnamen, kon ze langzaam weer ontspannen. Maar niet helemaal. Er was iets met het bezoek wat haar ervan weerhield de rust terug te vinden. Iets met het gesprek wat helemaal niet was gegaan over een opdringerige buurvrouw die haar alleen maar welkom wilde heten. Zoals dat laatste: *Tot ziens*. Was dat ook bedoeld als een dreiging? Dat voelde bijna erger dan die waarschuwing over die schoonmaakpsychopaat Carl, en iets wat ze tot elke prijs wilde vermijden.

Natuurlijk was dat mens nieuwsgierig geweest. Dat waren mensen op plekken als deze altijd zo gauw er een onbekend gezicht verscheen. Dat was zijzelf ook, ook al zou ze nooit zo opdringerig zijn.

Maar dat was niet wat haar stoorde, dat was wat anders. Iets in dat nerveuze gelach en die dolende blik. In haar krampachtige pogingen om zorgeloos over te komen, terwijl het duidelijk was dat ze een doel had, namelijk te onderstrepen hoe belangrijk het was goed voor het huis te zorgen. Zeker als je bedacht dat het niet haar huis was. Of was het gewoon goed bedoeld geweest? Een tip van de coach voor wat hun te wachten stond voor het geval ze een wijnglas uit hun handen zouden laten vallen.

Misschien dat daar het probleem lag. Dat ze geen flauw idee had waar het gesprek eigenlijk over was gegaan.

Ze ging weer overeind zitten, trok haar bikinibovenstukje aan en verzamelde haar spullen. Ze was van plan geweest een duik te nemen, maar had geen zin meer en liep terug naar het huis. Ze moest even gaan liggen. Niet onder het dekbed kruipen en diep in slaap vallen, maar gewoon een halfuurtje languit op haar rug liggen om de strijd tegen de jetlag niet te verliezen.

Onderweg over het gazon maakte ze van de gelegenheid gebruik om Adam te bellen om over het opmerkelijke bezoek te vertellen en te horen hoe het was afgelopen met de ontmoeting met de galeriehouder. Maar hij nam niet op, wat ze als een goed teken zag.

Ze liep verder de stenen trap op en om het huis heen, en bedacht dat Silvia inderdaad gelijk had. Het was beslist zorgvuldig gerenoveerd. Elk klein detail leek goed doordacht. Voor zover ze kon zien, was er niets aan het toeval overgelaten.

Alles, van de geluidloze robotgrasmaaier die het gazon helemaal tot aan het aangelegde strand keurig op lengte hield, tot de bijpassende blauwe markiezen aan de voorzijde van het huis, waar de entree een boogvormig verlengde had gekregen om de anders wat vierkante romp van het huis een zachtere uitstraling te geven en losser te maken. Zelfs het raam naast de voordeur was voorzien van kleine blauwe glas-in-loodruitjes waarin ze de vervormde schaduw van haar eigen spiegelbeeld kon zien.

Dat was in elk geval wat ze dacht, tot ze opeens bleef staan en inzag dat de schaduw in het raam doorliep en naar binnen was verdwenen. Maar wie kon dat zijn? Ze was immers alleen, voor zover Adam niet al was thuisgekomen.

Ze deed voorzichtig de voordeur open, stak haar hoofd naar binnen en luisterde, maar kon niets anders horen dan een auto die buiten op de grindweg langsreed. Kon het een schoonmaakster zijn? Ze had er niets over gehoord dat de schoonmaak inbegrepen zou zijn. Nu was Adam degene die het huis had gevonden en de communicatie met de eigenaren voor zijn rekening had genomen, en het laatste wat hem interesseerde was hoe het geregeld was met zoiets triviaals als de schoonmaak.

'Hallo? Is daar iemand?' riep ze de hal in, en ze deed de deur achter zich dicht. 'Adam, ben jij dat?' Of was ze misschien gewoon voor de gek gehouden door haar eigen spiegelbeeld? De stukjes glas in lood waren ongelijkmatig en stuurden spiegelingen in alle mogelijke richtingen. Of had die Silvia gelijk dat ze een zonnesteek had opgelopen?

Ze liep de ruime entreehal binnen en keek om zich heen of ze iets zag wat niet klopte. Iets wat kon wijzen op een onregelmatigheid. Maar zowel de keuken als de eetkamer en de woonkamer zag er precies zo uit als toen ze naar buiten was gegaan om op de steiger te gaan liggen lezen. Of er iets was veranderd in de logeerkamer en de twee badkamers kon ze niet zo een-twee-drie zeggen, maar er was daar in elk geval niemand.

Haar zoektocht was pas voorbij toen ze in de slaapkamer op de bovenverdieping kwam. Ze was weliswaar veel te moe geweest na de lange vliegreis om het honderd procent zeker te weten, maar ze meende toch beslist dat de deur helemaal achterin niet alleen dicht had gezeten, maar ook op slot was toen ze gisternacht laat waren aangekomen.

Ze had namelijk aan de deurkruk staan rukken en geprobeerd de deur open te trekken in de veronderstelling dat daar de badkamer lag, waarna Adam haar had laten zien waar de badkamer was: op de overloop. Daarna was ze naar bed gegaan en had ze geen aandacht meer besteed aan die gesloten deur. Tot nu, aangezien hij plotseling op een kier stond.

Nadat ze langs het bed was gelopen en bij de deur kwam, keek ze door de decimeter brede kier naar binnen en zag ze mahoniekleurige planken met keurig opgevouwen kleding. Het was een walk-in closet, wat verklaarde waarom de deur op slot zat. Ze wilden natuurlijk gewoon ergens hun spullen bewaren; en er was meer dan voldoende plaats voor de kleren van Adam en haar in de ladekast en de twee garderobekasten in de slaapkamer. Het verklaarde daarentegen niet waarom de deur plotseling open was.

Het geluid was onmogelijk te plaatsen en was zo zwak dat het bijna niet te horen was. Maar dat maakte niet uit, want als ze eerder haar twijfels had gehad, waren die nu verdwenen. Er was daadwerkelijk iemand daarbinnen. Iemand die zich zo zachtjes mogelijk probeerde te bewegen.

Haar reactie was helemaal niets voor haar, aangezien ze zich gewoonlijk alleen maar bang liet maken als ze alleen thuis was. Ze zou absoluut nooit de confrontatie aangaan met wie er daar nu ook binnen was. Toch was dat wat ze deze keer wél van plan was. Zonder ook maar enige aarzeling rukte ze de deur wijd open en liep ze de inloopkast in.

'Sorry hoor,' zei ze met slecht verborgen irritatie. 'Maar had jij geen avondeten dat je moest voorbereiden?'

Het was niet overdreven als ze beweerde dat ze al veel gezien had tijdens haar bijna achtendertigjarige leven. Als driejarige had ze samen met haar broer haar vader mogen vergezellen op diverse van zijn vele reizen.

Een van haar eerste herinneringen was van de Chinese Muur, en tot op de dag van vandaag moest ze, als ze de geur van oud zweet rook, eraan denken dat die lucht toen zo plakkerig en dik was geweest van alle mensen die rond haar wandelwagen drongen, dat ze door gebrek aan zuurstof bijna was flauwgevallen.

Ze had geprobeerd om om hulp te roepen, maar het enige wat er kwam, was geluidloos gesnik. Haar vader was net weggelopen om wat water te kopen en niemand had haar opgemerkt. Niemand behalve haar broer Tom, die, tien jaar oud, haar uit haar wagen had getild en naar iedereen had geroepen dat ze wat naar achteren moesten gaan om plaats voor hen te maken.

Waarschijnlijk had geen van de omstanders een woord begrepen van wat hij zei. Toch hadden ze geholpen een beschermende kring om hen heen te bouwen, zodat Tom haar op zijn schouders kon nemen, waar ze niet alleen lucht had gekregen, maar ook een uitzicht dat ze nooit zou vergeten.

Als volwassene had ze in de loop der jaren alles gezien, van de Amazone tot de Taj Mahal. Ze had gezeild in West-Indië en gereisd met de Oriënt-Express. En nu kon ze de archipel van Stockholm aan haar lijst toevoegen. Hier verdrongen de protserige, kleurrijke vrijstaande houten huizen elkaar zo ver op de rotsen dat het leek alsof ze elk moment in het water konden glijden. Je zag er villa's met prachtig houtsnijwerk, serres, keurig gemaaide gazons en zelfs kantelen en torentjes. Ook de natuur eromheen was adembenemend.

Het beste wat ze kon doen, was gewoon daar in de boot zitten en proberen zo veel mogelijk van de omgeving op te snuiven. Ze passeerden de ene landtong na de andere. Allemaal met een nieuw fantastisch droomhuis dat ze op staande voet gekocht kon hebben voor het geval dat te koop was geweest.

'Zit je lekker?' riep Adam vanaf de stuurconsole.

Ze knikte, hief haar glas en nam een slok. Dit was dé manier om het scherengebied te ervaren. Vanaf het water, samen met je man in een boot en omhuld door de zwoele avondbries. En nu had hij het wéér geflikt. Zoals zo vaak had hij haar weten te verrassen en weer een konijn uit zijn hoge hoed getoverd.

Ze had niet geweten dat hij een boot kon besturen. *Ik ook niet*, had hij met een knipoog geantwoord op het moment dat hij de trossen had losgegooid en met vertrouwde hand achteruit was weggevaren van de steiger.

De hele onderneming was zo typisch hém, en hoewel ze ernaar had uitgekeken om met een kop thee op een van die lekkere banken te gaan zitten, was dit gestoorde en onverwachte wat ze zo leuk aan hem vond.

Nadat ze met Silvia Regner was meegelopen tot aan de buitendeur en die achter haar op slot had gedaan, was ze naar de keuken gegaan om theewater op te zetten. Ondertussen had ze geprobeerd erachter te komen wat de buurvrouw eigenlijk had gewild.

Maar voordat ze een begrijpelijke verklaring had gevonden, was het fornuis er opeens mee gestopt, net toen het theewater bijna kookte. Ze had zonder succes geprobeerd het weer aan de praat te krijgen, en pas toen had ze gemerkt dat de hele keuken zonder stroom zat. Koelkast, vriezer, oven, niets deed het meer. Daar niet, en elders in het huis ook niet.

Hoewel het haar tegenstond, was ze naar de kelder gegaan, waar ze uiteindelijk de stoppenkast had weten te lokaliseren. Midden op de hoofdschakelaar, tussen alle automatische zekeringen, had een handgeschreven papier gehangen.

Thee en een goed boek op de bank – prima, maar nu gaan we het vieren.
Tot zo bij de steiger.
Kleding: mooi zomers.
Tijd: zo gauw mogelijk.
Adam

Ze kon niet begrijpen hoe hij zo'n verrassing had kunnen plannen en voorbereiden zonder dat ze ook maar had vermoed dat hij iets in zijn schild voerde. Maar daarbeneden op de steiger had hij haar opgewacht, gekleed in een smoking met vlinderdas en met een net geopende fles champagne in zijn ene hand en een glas in de andere.

Maar dat was Adam. Als je het 't minst vermoedde, stond hij daar als een duveltje in een doosje met een verrassing. Niets was onmogelijk voor hem. Dat was een van de dingen die hem zo speciaal maakten. Hij had gewoon nooit het concept van *onmogelijk* begrepen, hij haalde dat altijd door elkaar met *uitdaging*.

Gelukkig hadden paragliden, klimmen en soortgelijke machobezigheden hem nooit getrokken. Nee, zijn roeping lag in het kleine. Voor al het andere bedankte hij met een vermoeid schouderophalen en die dingen categoriseerde hij zonder erover na te denken juist als onmogelijk. Daar schitterde hij en vaak zag hij daar een weg voorwaarts, en dan werd hij de beste man die ze zich kon voorstellen, waardoor ze zich levendiger voelde dan ooit.

'Mag ik vragen waar we naartoe gaan?' riep ze, en ze dronk haar glas leeg.

'Absoluut,' riep hij terug, maar zijn brede grijns gaf aan dat ze geen antwoord hoefde te verwachten.

Een aantal baaien verder legden ze aan bij een steiger die was verlicht met gekleurde lampjes en die vol tafeltjes stond met daarop witte tafellakens. Er was een aangenaam geroezemoes te horen van gasten.

De keurig geklede obers snelden rond tussen de tafels, de dienbladen hoog boven hun hoofd. Het deed haar denken aan alle cafeetjes op de kinderkopjes in Parijs waar ze altijd een constante onrust voelde dat een van hen zou struikelen op de ongelijke ondergrond. Maar net als hun Franse collega's leek het personeel hier op de steiger elke kleine onregelmatigheid volledig onder controle te hebben en bewogen ze zich alsof ze zweefden.

'Proost.' Adam hief zijn glas zo gauw nadat ze naar hun tafeltje waren gebracht, waar haar lievelingswijn al in de koeler stond en de kaarsen brandden.

Ze schoot in de lach en liet haar glas tegen dat van hem klinken. 'Mag ik vragen wat we vieren?'

'Ons. Wat anders?'

'Geen idee. Jouw ontmoeting met die galeriehouder? Hoe heet hij ook alweer?'

'Nils. Nils von Engel.'

'Maar is het goed gegaan? Je lijkt onmiskenbaar in een goed humeur.'

Adam knikte en glimlachte van oor tot oor. 'Het kon niet beter. We delen precies dezelfde visie en ik heb het gevoel dat het echt heel goed gaat worden. Misschien zelfs wel het beste dat ik heb gedaan. Zo niet het beste dat ik ooit zal doen.'

'Hoe bedoel je "ooit"? Natuurlijk ga je nog meer doen en blijf je je ontwikkelen.'

'Dat weet ik, maar ik heb het gevoel dat het niet beter wordt dan dit. Het is lastig uit te leggen, maar iedereen heeft z'n *Sgt. Pepper* en ik weet niet of er na dit nog iets is om mee verder te gaan. Nu heb jij nog niets gezien, dus dan is het misschien moeilijk om te begrijpen, maar...'

'Nee, dat klopt, omdat iemand hier aan tafel, ik zeg niet wie, mij onder geen beding wil laten zien waar hij mee bezig is,' zei ze met een glimlach.

'Scarlett, ik weet waar je naar vist, maar dat kun je wel vergeten.'

Ze begon te lachen. 'Adam, ik heb nu al zo lang gewacht dat een paar dagen tot de vernissage komende vrijdag er ook nog wel bij kunnen. Maar ik ben heel nieuwsgierig. Je moest eens weten hoe ik ernaar uitkijk om te zien waar je zo lang achter gesloten deuren mee bezig bent geweest.'

Adam knikte, maar hij zei niets. Hij zat daar maar te knikken alsof zijn gedachten zich totaal ergens anders bevonden.

'En dan nog wat,' ging ze verder om zijn aandacht weer terug te krijgen. 'Ook al heb ik nog niets gezien, ik ben ervan overtuigd dat dit jouw carrière een echte boost zal geven. Dit is nog maar het begin. En dat gevoel heb ik al sinds je over deze reis bent begonnen. Dat het nu gaat gebeuren. Dat alles waar je zo hard voor hebt gevochten nu eindelijk op zijn plaats zal vallen.'

'Ja, je hebt misschien gelijk.' Adam haalde zijn schouders op. 'Dat gezegd hebbende, zijn er ook nog andere dingen in het leven dan werk en carrière. Maar wie dan leeft die dan zorgt; en hoe het ook gaat, ik wil dat je weet dat er deze laatste dagen nog heel veel te doen valt, dus ik zal tot aan de vernissage vrijwel elke dag in de galerie werken.'

'Adam, dat is prima. Ik had niet anders verwacht. Deze week is jouw werkweek. Eerlijk gezegd ben ik verbaasd dat je zelfs tijd hebt om hier met mij te zitten.'

'Ik wil niet dat je je eenzaam voelt en... ik weet niet...' hij haalde weer zijn schouders op, 'alleen.'

'Heus, dat is echt geen punt. Ik red me wel.'

'Zeker weten?'

'Adam.' Ze legde haar hand op die van hem en keek hem in zijn ogen. 'Dit is je kans. Dus natuurlijk weet ik dat zeker. En daarna hebben we nog drie weken samen in dit paradijs, en dan kun je fulltime aandacht aan mij besteden.' Ze wist niet hoe ze zijn opnieuw afwezige blik moest interpreteren en leunde voorover. 'Hallo? Toch? We blijven hier een hele maand. Dat ben je toch niet vergeten?'

Toen begon hij weer te stralen. 'Nee, natuurlijk niet. Maar à propos "vergeten", het lijkt erop dat jij iets vergeten bent.'

'Ik?'

Adam knikte en sloeg demonstratief zijn armen over elkaar.

'Als het gaat om wat we vieren – dat heb ik je gevraagd.'

'En wat heb ik geantwoord?'

'Je zei "ons", en omdat het niet onze trouwdag is, kan het wat dan ook zijn. Dus nee, ik weet niet of ik dat een antwoord zou noemen.'

'Oké, ik zal je matsen. Je krijgt nog een hint.' Hij keek over zijn schouder als om te controleren of er niemand meeluisterde en hij ontmoette haar blik. '*Six*.'

Ze was even in verwarring gebracht. Hij fluisterde bijna. Zei hij nou *zes* of *seks*? Ze wilde vragen of het een belofte was, maar wist zich in te houden. Het zou echt iets voor haar zijn om haar onvervulde behoeften te verdoezelen met slechte grappen. En dat was waarschijnlijk precies wat hij had verwacht. Hij wist als geen ander hoezeer ze naar hem verlangde. Of had hij nou *zes* gezegd?

Deze hele charade was vast iets wat hij gepland had. Zoals die blik over zijn schouder om de gedachten naar iets intiems te leiden. Nu ze het wist, kon ze het duidelijk aan hem zien. Dat dit raadspelletje een onderdeel was van de avond. En zoals zo vaak als het haar illusionist van een man betrof, kwam er vast meer. Iets wat je niet zag voordat je je blik afwendde van het overduidelijke.

Toen het kwartje eindelijk viel, was het zo logisch dat ze zich er bijna voor schaamde dat ze er niet meteen op was gekomen. 'Is het echt al zes jaar geleden?'

'Goed zo!' Adam applaudisseerde. 'Ik was even bang dat je misschien heel ergens anders aan dacht.'

'Echt waar. Zes jaar?'

Adam knikte. 'Ja, vandaag op de dag af. Maar om het op het

exacte tijdstip te vieren, hadden we al om vijf uur vanochtend moeten opstaan.'

Ze lachte en hief haar glas. 'Maar dan zeg ik proost, omdat je me niet hondsvroeg hebt wakker gemaakt en proost ik op ons. Maar vooral proost op jou en omdat je in Vegas geen genoegen hebt genomen met een nee. Ik weet eerlijk gezegd niet wat ik zonder jou had gemoeten.'

'Ik hou ook van jou.' Adam glimlachte, dronk zijn glas leeg en knikte naar de ober, die klaarstond om hun een toast Skagen te serveren. 'En jouw dag?' vroeg hij na een paar happen. 'Hoe is die geweest?'

'Nou, dat kun je beter niet vragen.' Ze schudde haar hoofd. 'Ik weet niet waar ik moet beginnen.'

'Zou jij niet gewoon lekker bij de steiger dat boek gaan liggen lezen? Hoe heette het ook a...'

'*Drie vrouwen*. Jawel, dat was ik wel van plan. Maar toen kwam Silvia Regner langs, net toen ik had besloten topless te gaan zonnen.'

'Wie zei je?' Adam keek op van zijn bord.

'Een van de buren op de landtong. Haar man Bernt woont daar al blijkbaar zijn hele leven, en of het niet genoeg is, is hun huis veel mooier dan dat van ons en bovendien zes vierkante meter groter.'

'Scarlett, doe jezelf een plezier en maak je daar niet druk om.'

'Jij hebt makkelijk praten, jij trekt je nooit iets aan van wat anderen vinden.'

'Zulke mensen heb je overal. Het maakt niet uit hoeveel of hoe weinig buren je hebt. Als je er maar één hebt, kan ik je beloven dat dat een idioot is. Nee, dan is het beter om het los te laten en verder te gaan.'

'Wacht maar tot je het hele verhaal hebt gehoord.'

'Dus er is meer?'

'Als je met "meer" bedoelt dat ze zonder enige waarschuwing vooraf zomaar opdook, zo voor me ging staan dat ze al mijn zon innam en mij vervolgens onderwierp aan een soort verhoor, dan is het antwoord...'

'Verhoor? Hoe bedoel je, verhoor?' Adam zette zijn wijnglas neer en ging rechtop zitten.

'Verhoor is misschien een groot woord. Ze was vooral nieuwsgierig.'

'Nieuwsgierig en verhoor zijn volgens mij twee zeer uiteenlopende...'

'Oké, ongewoon nieuwsgierig dan. Ze wilde weten wie wij waren en wat we deden. Ik kan het niet goed uitleggen, maar ze had iets gespannens en nerveus.'

'Hoe bedoel je, nerveus?'

'Ik weet niet. Alsof ze daar alleen maar was om...' Ze hield in, zuchtte en schudde haar hoofd. 'En toen kwam ze ook nog met een waarschuwing.'

'Oké? Het wordt steeds gekker.'

'Nou ja, dat was misschien het minst gekke. Het ging er eigenlijk alleen maar om dat we voorzichtig moesten zijn en goed voor het huis moesten zorgen, wilden we Carl niet op ons dak krijgen. Hij is blijkbaar ontzettend pietluttig, en tussen de regels door ook volhardend met zijn advocaten voor het geval je het met hem aan de stok krijgt.'

'Ach, wij hebben jouw juristen, en ik ben ervan overtuigd dat die zullen winnen van die van hem.'

'Misschien, maar mijn voorstel is toch dat we dat moeten proberen te vermijden.'

'We kunnen altijd proberen ons best te doen.' Adam hief glimlachend zijn glas en dronk van zijn wijn. 'En dat zogenoemde verhoor, hoelang duurde dat?'

'Een kwartier, twintig minuten. Misschien een halfuur. Maar het ergste heb ik nog niet eens verteld.'

'Je maakt een geintje.'

Ze schudde haar hoofd en constateerde dat Adams glimlach verdwenen was. Misschien was het hem ondertussen duidelijk dat het serieus was.

'Oké, vertel,' ging hij verder.

'Een tijdje nadat ze mij daarbeneden op de steiger eindelijk met rust had gelaten, ging ik terug naar het huis om te proberen wat te slapen, en wie schetste mijn verbazing toen bleek dat zij daar binnen was.'

'Hè? Wacht even,' zei Adam zo serieus als ze hem maar zelden zag. 'Hoezo daar binnen?'

'Ze was het huis binnengedrongen. Nu zat de deur op zich niet op slot, maar ze was ongevraagd naar binnen gegaan. Ligt het aan mij, of is dat onbeschoft?'

'Dat klinkt volkomen gestoord als je het mij vraagt. Maar misschien moest ze alleen even naar de wc.'

'Nee, ze was helemaal naar boven gegaan, naar onze slaapkamer en naar... O ja, zat die deur niet dicht toen wij vannacht aankwamen? Je weet wel, de deur helemaal achter in de slaapkamer. Die was toch op slot?'

Adam knikte, maar was zo diep in zijn eigen gedachten verzonken dat hij de ober niet opmerkte die een bodempje rode wijn in zijn glas schonk.

'Adam... hij staat te wachten.'

'O gut, neem me niet kwalijk.' In een veel te haastige beweging reikte hij naar het glas, dat over de tafelrand kieperde en op de steiger aan diggelen viel. 'O, nee, wat doe ik nou? Het spijt me.'

'Geen punt,' zei de ober, die al een nieuw glas tevoorschijn had getoverd van het tafeltje ernaast en weer wat wijn inschonk om te laten proeven. 'Dat ruimen we zo wel op.'

Adam dronk snel het glas leeg en knikte. 'Uitstekend. Perfect gewoon.'

'Liefje, gaat het wel goed met je?' Ze herkende hem niet. Hij noemde nooit iets *uitstekend* en rook altijd alleen maar aan de wijn om te bepalen of er iets mee was.

'Ja, hoor. Ik ben alleen maar...' Hij wachtte af tot de ober de glazen had gevuld en zijn collega klaar was met het opvegen van de scherven. 'Die deur waar je het over had, is dat die in...'

'Ja, je weet wel, helemaal achter in de slaapkamer, in de hoek. Ik weet zeker dat die gisteren op slot zat. Ik had zelfs aan de handgreep gevoeld.'

'O ja? Waarom dan?'

'Omdat ik dacht dat daar... Doet er ook niet toe. Feit is dat hij plotseling op een kier stond. Dus ik deed hem open en ging naar binnen, en daar stond ze, druk bezig iets op te ruimen.'

'Oké, even voor mijn begrip. Die Silvia bevond zich dus in de inloopkast...'

'Hoe weet jij dat daar een inloopkast is?'

Adam zuchtte. 'Hij ligt in het verlengde van een masterbedroom. Wat zou het anders zijn? Vertel liever wat ze daar te zoeken had.'

'Dat is een goede vraag. Dat vraag ik me namelijk ook af. Maar er lagen allemaal sjaaltjes en zo op de grond, dat weet ik wel. Alsof ze die per ongeluk van een plank had geveegd.'

'Oké, maar wat zei ze? Ze moet toch met een of andere verklaring zijn gekomen.'

'Ze hield een beige zijden sjaaltje met blauwe stippen omhoog dat blijkbaar van haar was. Als ik het goed heb begrepen, had Helene, je weet wel, degene die daar eigenlijk woont, dat tijdens een etentje een paar weken geleden van haar geleend. Dus dat wilde ze gewoon terug. En dat zou natuurlijk best kunnen, maar dan had ze het toch wel eerst kunnen vragen? Of ligt dat aan mij?'

Adam keek uit over het kalme water. 'Ze zijn blijkbaar heel goede vrienden die elkaars kleren en zo lenen, dus misschien lopen ze altijd zo zonder kloppen bij elkaar binnen.'

'Ja, je hebt vast gelijk. Ik begrijp alleen niet hoe ze in die inloopkast kon komen. Die zat immers op slot.'

'Ze wist zeker waar de sleutel lag. Als ze geen eigen sleutel had. Ze zijn immers buren. Maar wat gebeurde er daarna? Nadat je haar op heterdaad had betrapt?'

'We wisten geen van beiden wat we moesten doen of zeggen, dus we stonden daar een beetje stom naar elkaar te staren en wilden daar eigenlijk allebei zo snel mogelijk weg. Toen begon ze over dat sjaaltje. Uiteindelijk heb ik haar gewoon gevraagd om weg te gaan en ben ik met haar meegelopen naar de buitendeur, die ik vervolgens op slot heb gedaan.'

Adam knikte. 'En hoe heette ze, zei je?'

'Silvia Regner.'

Adam pakte zijn mobiel, en voordat ze had kunnen protesteren had hij Silvia's nummer al gevonden en belde hij haar.

'Adam, wat doe je nou?'

'Dit even rechtzetten. Rustig maar.' Hij drukte op de luidsprekerfunctie van de telefoon en legde die op tafel tussen hen in, zodat zij de signalen ook over hoorde gaan.

'Nee, joh? Kunnen we niet gewoon doen wat jij zei en het...'

'Met Silvia Regner.'

'Dag, mijn naam is Adam Harris. Wij zitten in het huis van de Westers.'

'Aha, ja, hallo. Ik heb je vrouw vandaag ontmoet.'

'Ja, dat vertelde ze net.'

'Ja, dat was misschien een beetje gek, en dan zou ik mijn excuses willen maken. Je moet begrijpen, de Westers en wij kennen elkaar door en door en we hebben de deuren nooit op slot, dus ik heb er gewoon niet bij nagedacht.'

'Geen probleem, Silvia. Denk er maar niet meer over na.'

'Dat sjaaltje dat Helene van mij had geleend, wilde ik vanavond dragen. Daarom...'

'Silvia, we begrijpen het. Toch, Scarlett?'

Ze schudde haar hoofd en gebaarde dat hij het gesprek moest beëindigen.

'Scarlett zit hier tegenover mij te knikken. En doet de groeten.'

Ze trok een zuinig mondje en had er spijt van dat ze überhaupt wat had verteld.

'Dank je. De groeten terug. Je hebt een heel lieve vrouw.'

'Ja, ik heb heel veel geluk gehad.' Hij gaf haar een knipoog. 'Maar dat was niet waarom ik belde.'

'*Niet? Wat dan?*'

'Nee, Scarlett en ik, wij zitten hier een beetje te babbelen en toen kregen we een idee, dus daarom wilde ik even vragen of jij en je man zin hebben om morgenavond te komen eten?'

Silvia leek net zo overrompeld en verrast als zijzelf voordat ze een antwoord wist te bedenken. '*Eh, tja... Waarom niet? Dat klinkt heel gezellig. Absoluut.*'

Dit was zo typisch Adam. Er was niets wat je aan het toeval kon overlaten. Alles, wat dan ook, kon je sturen en oplossen, en zoals gewoonlijk kon dat hem niet snel genoeg gaan.

Scarlett maakte de knoopjes op haar rug een voor een los en liet haar jurk op de grond vallen. Ze had haar schoenen met hoge hakken aangehouden; en toen ze daar voor de staande spiegel stond en zichzelf vanuit verschillende hoeken bekeek, kon ze niet anders dan tevreden zijn.

Haar nieuwe zwarte lingerie in combinatie met haar fraaie houding door de naaldhakken plus de kwijtgeraakte kilo's deden wonderen. De timing kon bovendien niet beter. Nu zou hij haar mogen zien. Nu, op hun zesde 'verjaardag'. Het enige wat ze hoefde te doen wanneer hij terugkwam uit de badkamer was daar voor de spiegel staan en doen alsof ze net uit haar jurk was gestapt.

Dat zou waarschijnlijk nog wel even duren aangezien het geklater van de douche nog steeds te horen was. Maar dat maakte haar niet uit. Ze zag dat eerder als een teken dat hij extra grondig bezig was en er helemaal op was ingesteld dat ze vannacht meer zouden doen dan alleen maar slapen.

Aan de andere kant wist je het nooit met Adam. Soms, wanneer ze lag te wachten tot hij naar bed zou komen, kon hij opeens naar zijn atelier verdwijnen om de hele nacht te werken. Ze had dat weleens ter sprake gebracht, maar dan beweerde hij dat hij in de nachtelijke uren het productiefst was. Wanneer alle anderen het licht uitdeden, had hij zijn beste en meest creatieve werktijd.

Dat het atelier altijd op slot zat en dat zij daar geen toegang toe had, vond ze – afgezien van het feit dat ze gewoon nieuwsgierig was – geen probleem. Ook als je getrouwd was, mocht je best geheimen hebben. Hoe zou je anders nieuwsgierig naar elkaar kunnen blijven?

Ze zag het zelfs als een van de verklaringen voor waarom ze het ondanks alles nog steeds zo goed hadden, en ze was ervan overtuigd dat veel relaties op dat punt strandden. Wat was de zin als er niets meer te ontdekken viel? Wat bleef er over als je alles al wist? Wanneer de nieuwsgierigheid was vervangen door een vorm van gemak?

En als er iets was wat Adam en zij niet waren, dan was het wel op elkaar uitgekeken. Bovendien was Adam echt haar maatje. Hij was er voor haar als ze zich zwak voelde. Degene die haar opmonterde, voor haar zorgde en troostte.

Maar zo was het niet altijd geweest. Zeker niet tijdens hun eerste jaren samen. Hij had echt moeite moeten doen voordat ze hem daadwerkelijk had durven toelaten in de warmte. De ommekeer was gekomen met het overlijden van haar broer.

In plaats van haar vrienden was Adam er voor haar geweest. Hij had de situatie feilloos kunnen aflezen, als geen ander, en voordat ze er zich zelf bewust van was, had hij al begrepen wat ze nodig had. Hij deed alles goed, en in zekere zin deed hij dat nog steeds de keren dat ze erdoorheen zat.

Maar waarom kwam hij nou niet? Ze begon pijn in haar rug te krijgen van het staan wachten. Nu zou het gebeuren. Nu zou ze zich eindelijk vertonen en hem verrassen.

Voornamelijk om wat te doen te hebben liep ze naar het lichtknopje bij de deur en dimde ze het licht een beetje. Toen viel haar blik op een van de ingelijste foto's aan de muur. Ze was er al meerdere keren langsgelopen, maar pas nu nam ze de tijd om hem te bekijken.

De foto was genomen in een fotostudio met een kostbare verlichting en achtergrond, en toonde Helene Wester die met rechte rug en met haar benen over elkaar in een leren fauteuil zat. Achter haar, met zijn hand op haar schouder, stond Carl Wester. Ze waren allebei keurig gekleed. Hij in een pak met stropdas, zij in een rok en een blouse. Het zag er gekunsteld uit en deed haar denken aan de foto van het bestuur die haar vader elk jaar per se had willen maken.

Maar waar ze op reageerde was het sjaaltje. Het beige, blauwgestippelde sjaaltje rond Helenes hals waarvan Silvia had beweerd dat het van haar was. Het was exact hetzelfde, wat bevestigde wat ze de hele tijd al vermoedde. Dat de buurvrouw in de inloopkast naar iets heel anders op zoek was geweest.

Eigenlijk zou ze het los moeten laten. Het de rug toekeren en accepteren – wat het dan ook was, zij had er hoe dan ook niets mee te maken. Maar hoelang moest ze daar nog staan te niksen? Te oordelen aan het klaterende geluid uit de badkamer zou het nog wel een paar minuten duren.

Ze draaide zich daarom om naar de deur van de inloopkast, die weer dicht was. Ze had hem zelf dichtgedaan toen ze Silvia die middag vriendelijk maar beslist de deur had gewezen. Of hij ook op slot zat, viel daarentegen niet te zien. Waarom zou hij ook op slot zitten? Voor zover er niet iemand met een sleutel was geweest in de tijd dat zij met de boot op stap waren. Ze legde haar hand op de deurkruk, drukte die voorzichtig omlaag en trok eraan.

Aan de ene kant had ze gehoopt dat de deur op slot zou zitten. Dan had ze moeten accepteren dat ze daarbinnen niets te zoeken had. Maar nu stond hij al wijd open en gezien de gebeurtenis van vanmiddag had ze geen andere keus dan naar binnen gaan en om zich heen kijken. Dat was althans wat ze zich inbeeldde.

Op de donkerblauwe vaste vloerbedekking lagen nog steeds wat sjaaltjes. Op een van de planken bovenin lagen er nog meer, keurig opgevouwen en gesorteerd op kleur in verschillende stapeltjes, waarvan het middelste ontbrak. Op de grond eronder stond een krukje, en toen ze erop klom, kwam ze op ooghoogte met de bovenste plank en zag ze een aantal elektronische apparaten met flikkerende diodes die op de achterwand waren bevestigd.

Sommige ervan herkende ze van thuis. Zoals de bewakingscamera en wat eruitzag als een router. Maar wat de andere kastjes waren kon ze niet zien. Ze was dan ook niet erg vertrouwd met elektra en techniek.

Die indruk had ze van Silvia ook niet. Maar te oordelen naar de plaats van het krukje en de sjaaltjes die op de grond waren beland, had ze zich om de een of andere reden juist wel voor de apparaten geïnteresseerd.

Mogelijk kon het de witte unit zijn. In tegenstelling tot de andere zat die niet vast aan de muur, maar hing hij los aan zijn snoeren, half verborgen achter een van de stapeltjes met sjaaltjes.

Op de voorkant kon ze de letters NVR ontwaren, gevolgd door een lange cijfer- en lettercombinatie. Aan de achterkant knipperde een gele diode naast een andere diode met een constant brandend rood lampje.

Zoals verwacht begreep ze er niets van, en dat die gepensioneerde haaknerd Silvia hier was binnengedrongen om iets te onderzoeken, kwam zo mogelijk nog absurder over.

Ze stapte weer van het krukje en begon de sjaaltjes van de grond op te rapen. Dat Carl Wester en zijn vrouw camerabewaking in hun huis hadden geïnstalleerd, was niet zo vreemd. Dat hadden Adam en zij ook gedaan. In elk geval in San Francisco. Hoe het zat met het huis in Santa Cruz wist ze niet, maar ze kon alleen maar hopen dat de Westers fatsoenlijk genoeg waren om niet constant voor hun schermpjes te zitten en elke stap te volgen die Adam en zij zetten.

Ze vouwde het laatste sjaaltje op, een rood-wit gestreept sjaaltje van zijde, en legde dat samen met de andere op een stapel op de plank voor de elektronische apparatuur. Daarna ging ze in de fauteuil zitten die in de ene hoek stond en liet haar blik over alle jurken, schoenen, hoeden en tassen glijden.

Deze kast was aanzienlijk kleiner dan haar eigen inloopkast, toch kwam het geheel exclusiever over. Die van haar was helemaal wit en had een koude, dode parketvloer waar ze zich al vanaf de eerste dag aan ergerde; maar deze was op maat gemaakt van gelakt mahoniehout met messing knoppen en details, en had een zachte donkerblauwe vloerbedekking.

Ook de verlichting was precies het tegenovergestelde. Thuis had ze drie armaturen met in elk zes felle spots. Het idee was dat ze haar outfits goed zou zien. Hier was het aanzienlijk donkerder en vooral behaaglijker doordat alle verlichting was weggewerkt in kasten, planken en uittrekbare lades.

Op de muur tegenover haar hing nog een ingelijste foto en net als die andere in de slaapkamer was dit er ook een van Helene en Carl samen. Maar daar hielden de overeenkomsten op. Deze was niet genomen in een of andere professionele fotostudio, maar op een druk plein voor een fontein, vermoedelijk ergens in Zuid-Europa. Helene en Carl zagen er allebei jonger uit, en vooral aanzienlijk vrolijker en gelukkiger.

Carl keek lachend naar Helene, die zich een halve meter boven de kinderkopjes bevond in een sprong op torenhoge hakken, haar tong uit haar mond en met een schalkse blik in haar ogen. Alsof het hele universum om hen draaide.

Dat was precies zoals ze zichzelf had gevoeld toen Adam en zij net verliefd waren. Hoe het hele leven vóór hen lag en er gewoon op had gewacht geleefd te worden. Een leven vol mogelijkheden, ver van de serieuze blikken op de foto in de slaapkamer.

Maar het was het bordeauxrode broekpak dat Helene aanhad waardoor ze opstond en naar de foto toe liep om deze beter te kunnen bekijken. Ze wist precies welk pak het was, aangezien ze zelf precies hetzelfde had gehad. Het was van zijde en van het merk Gucci, en het was een van haar absolute lievelingskledingstukken geweest wanneer ze naar een feest ging. Het probleem was alleen dat er niets zo onthullend was als een broekpak, en naarmate ze zwaarder was geworden, was het steeds lastiger geweest om het met goed fatsoen te kunnen dragen.

De vraag was hoe ze er nu in zou uitzien. Of ze het nu weer zou kunnen dragen zonder er de hele tijd aan te moeten denken haar buik in te houden en ze amper kon ademhalen. Ze zou het nooit weten, aangezien ze het aan een liefdadigheidsgala voor daklozen in Berkeley had geschonken.

Als Helene dat van haar tenminste niet nog in bezit had. Het idee voelde even verboden als verleidelijk, en na het niet één, maar twee keer te hebben verworpen, besloot ze in elk geval tussen de hangertjes met kleren te kijken.

Ze hoefde niet lang te zoeken voordat ze het aantrof tussen de jurken. Het was zelfs dezelfde maat als zijzelf had gehad, en voor ze op andere gedachten kon komen, trok ze het broekpak aan en knoopte ze het achter haar nek dicht.

Het zat perfect, precies zoals in die tijd. Precies zoals bij Helene, en zoals nu misschien bij hen allebei.

Ze liep naar de spiegel, bestudeerde haar figuur vanuit verschillende hoeken en bedacht dat ze waarschijnlijk in alles zou passen wat hier hing. Niet dat ze van plan was meer kledingstukken te proberen. Ze was al te ver gegaan, en besloot daarom het broekpak weer uit te trekken en het weer op het hangertje te hangen. Op dat moment ontdekte ze dat er een opgevouwen papiertje in de rechterzak zat.

Ze vouwde het open en las wat erop stond, en ook al waren het maar twee handgeschreven woorden, ze kreeg sterk het gevoel dat ze aan haar gericht waren. Dat waren ze uiteraard niet. Hoe zou dat kunnen? De inloopkast zou eigenlijk op slot hebben moeten zitten, en Helene en zij kenden elkaar niet. Ze hadden elkaar nooit ontmoet en dat zou ook nooit gebeuren. Toch kon ze de twee woorden DERDE LADE niet anders zien dan een aansporing.

Ze keek om zich heen, liep naar de lades en trok de derde van boven uit. Die bevatte een verzameling vintagehorloges. Alles van verschillende Rolex-modellen tot haar persoonlijke favoriet: Patek Philippe Nautilus.

In de twee bovenste lades lagen opgerolde stropdassen op een rijtje, en in de onderste lagen een verzameling manchetknopen en een aantal dasspelden. Dit waren klaarblijkelijk Carls lades, waarop ze de derde in de rij ernaast uittrok.

Die was grotendeels gevuld met kanten slipjes, allemaal zorgvuldig opgevouwen en net als de sjaaltjes gesorteerd op kleur. Daarachter lag een roze massagestaaf nog in de verpakking. Ze schoot in de lach en schudde haar hoofd. Het was natuurlijk puur toeval, maar zij had een paar jaar geleden precies zo'n zelfde van Adam cadeau gekregen. Gebruikt had ze hem daarentegen nooit. Niet omdat ze niet dacht dat dat lekker zou zijn, maar meer omdat ze bang was dat ze die dan liever zou willen dan haar man.

In haar donkerste momenten kon ze denken dat dat juist was wat hij wilde. Dat al zijn geklets over vrouwenemancipatie en baas in eigen buik er voornamelijk om ging om van haar eisen naar meer af te komen. Hij had het nooit zo gezegd, maar het leed geen twijfel dat de onbalans tussen hen twee net zo zwaar was voor hem als voor haar.

Betekende dat dat Helene en Carl soortgelijke problemen hadden? Dat Helene die massagestaaf ook mooi ingepakt had gekregen, of had ze hem zelf gekocht? Maar waarom lag hij in dat geval in een la in de inloopkast en niet in het nachtkastje bij het bed? Of gebruikte ze hem hier? In de fauteuil voor de spiegel? Kon de kast daarom op slot? Zodat ze met rust zou worden gelaten? En de bewakingscamera? Was dat het antwoord van Carl? Zijn manier om binnen te komen, zelfs als de kast op slot zat.

Maar dat verklaarde niet het opgevouwen briefje in de zak – waarom daar dan ook per se een verklaring voor moest zijn. Misschien duidde DERDE LADE op iets heel anders. Een van de vele andere lades in huis. Of niet.

Of het kwam door haar twijfel dat ze de lade helemaal uittrok, kon ze niet zeggen. Daarentegen verdween die twijfel op hetzelfde moment dat ze de losse deurkruk zag die helemaal achterin lag. De foto. De uitbundige vreugde die zij ook had ervaren, maar nu miste. Het broekpak. Haar favoriete kledingstuk. Natuurlijk was die mededeling in de zak aan haar gericht. Waaróm kon ze absoluut niet begrijpen, maar dit was voor haar.

Ze pakte de deurkruk op en woog hem in haar hand. Hij was van hetzelfde model als alle andere deurkrukken in huis. Maar dat verklaarde niet waarom hij verstopt lag in een inloopkast.

Toch begon een gedachte vorm te krijgen. Een gedachte die wel afkomstig leek uit een film. Een slechte B-film die je bij aankoop van een of ander groter filmpakket kreeg en die het amper verdiende vertoond te worden.

Niettemin slaagde ze er niet in haar gedachte tot zwijgen te brengen en bleef ze zoeken tussen alle jurken, pakken en overhemden tot ze naar de muur keek waaraan de twee ochtendjassen op hun haakjes hingen. De muur die bij nadere inspectie helemaal geen muur bleek te zijn.

Als ze het niet al had vermoed, zou ze het nooit hebben ontdekt. Zelfs niet nu ze er gewoon met haar neus bovenop stond. Maar daar was hij, de deur zonder deurkruk, in dezelfde goudbruine mahoniekleur als de rest van de inrichting.

Ook al ging het tot nu toe om niet meer dan een vaag vermoeden, Scarlett zag in dat de nacht onverbiddelijk ten einde was. De nacht die met zijn omhelzing van met dons beklede duisternis alles op pauze had gezet en haar had bevrijd van alle gedachten, gevoelens en teleurstellingen. Van haarzelf.

Daarnaast had de drank die tijdens het etentje van de vorige avond rijkelijk had gevloeid een gedaanteverwisseling ondergaan en zich ontwikkeld tot een dreigend onweer tussen haar slapen, en het enige waartoe ze in staat was, was één oog voorzichtig half opendoen om te zien of er nog een kans bestond om weer in slaap te vallen.

Maar het licht was compromisloos en gaf duidelijk aan dat er geen weg terug was. Met het vogelgekwetter buiten was het al precies hetzelfde. Van een afstand meende je misschien dat dat iets moois en harmonieus was, wat aantoonde hoe de natuur en het dierenleven – in tegenstelling tot alle onderzoeksrapporten – goed gedijden. Maar hier vanuit de slaapkamer klonk het eerder alsof ze in collectieve paniek door elkaar heen tjilpten dat de aarde ten onder zou gaan als ze niet snel opstond.

Het laatste wat ze wilde was uit bed komen, geconfronteerd worden met haar eigen spiegelbeeld en gedwongen worden om na te denken over de vraag hoe een verder fantastische avond zo verkeerd had kunnen aflopen.

Wat doe jij hier? was het eerste wat Adam had gevraagd toen hij zijn hoofd om de hoek van de inloopkast had gestoken en haar op haar knieën had zien zitten terwijl ze net de deurkruk in de deur achter de badjassen wilde duwen. Hij had niets gezegd over haar gewichtsverlies of haar nieuwe lingerie. Niets wat een aanzet kon geven tot dat waarop ze gehoopt had.

Daar en toen had ze gedacht dat het kwam doordat het daar veel te donker was om de verandering op te merken. Daarom was ze overeind gekomen en in het licht gaan staan, en had ze hem recht op de man af gevraagd of hij mooi vond wat hij zag.

Je bent prachtig, zoals altijd, had hij geantwoord op een toon die aangaf dat het hem niets kon schelen. Zo had ze het in elk geval opgevat. Maar misschien had hij ondanks alles gelijk toen hij haar hand had gepakt en haar uit de kast de slaapkamer in had getrokken. *Kom, dan gaan we naar bed.* Misschien waren ze ook veel te moe. *Morgen is er weer een dag.*

Ze had verteld dat de buurvrouw moest hebben gelogen over het sjaaltje, en ze had verteld over de elektronische apparaten en het briefje in het broekpak dat haar naar de deur zonder handgreep had geleid. Maar hij had alleen maar herhaald hoe moe hij was, en zo achteraf begreep ze wel hoe onsamenhangend en onbegrijpelijk het allemaal in zijn oren moest hebben geklonken.

Morgen is er weer een dag…

Toen had ze dat vooral gezien als een smoes. Een manier voor hem om niet te hoeven. Maar morgen was nu, en in plaats van uit te gaan van het ergste, moest ze hem misschien een kans geven om haar dronken veronderstellingen te weerleggen.

Ze hield haar ogen dicht om in de nacht te blijven en rolde over naar Adams kant van het bed. Ze wilde hem niet in de ogen kijken, om op die manier proberen uit te vinden of hij daadwerkelijk had gemeend wat hij had gezegd. Nee, ze wilde hem zien met haar handen, er op de tast achter komen hoe het zat.

Maar hoe ze zich ook uitrekte, ze kon zijn lichaam niet voelen, en toen ze eenmaal haar ogen opendeed, duurde het een paar seconden voordat die voldoende aan het licht gewend waren om te constateren dat zijn kant van het bed leeg was.

'Adam,' riep ze, en ze ging overeind zitten. Misschien was hij alleen maar naar de wc. 'Kun je niet nog even terugkomen in bed?' Of was hij in de keuken om koffie te zetten? 'Hallo? Adam?' Maar ze rook niet de geur van versgemalen bonen.

Ze stapte uit bed en wilde net haar ochtendjas om zich heen slaan toen haar oog op een papiertje naast haar mobiel op het nachtkastje viel.

Goedemorgen,
Ik hoop dat je goed hebt geslapen. Ik was vroeg op en werk de hele dag in de galerie. Kom pas eind van de middag thuis. Ik neem vlees en groente mee voor de barbecue vanavond. Als je nog wat anders wilt hebben, stuur gewoon een sms'je.
Kus,
Adam

Dat was waar ook. Ze hadden de buren uitgenodigd voor het eten. Of liever gezegd: Adam had ze uitgenodigd. Als er íéts was waar ze geen trek in had, dan was het weer met die vrouw over koetjes en kalfjes te moeten praten. En wat moest ze zeggen over dat incident in de inloopkast? Zou ze het überhaupt ter sprake brengen of kon ze beter doen of er niets gebeurd was?

De trillingen van het onbreekbare pantserglas van haar mobiel op de glasplaat van het nachtkastje brachten haar op andere gedachten. Hoewel het geluid haar zeurende hoofdpijn alleen maar aanwakkerde, voelde het als een opluchting. Een nooduitgang uit de eenzaamheid.

Buiten de belangrijkste leden van het bestuur en haar naaste vrienden had alleen Adam haar nummer. Maar het was geen van hen. Het was een Zweeds nummer en ze gokte, of liever gezegd, hoopte dat het de buurvrouw was die belde om het etentje af te zeggen. Misschien was ze samen met haar man tot de conclusie gekomen dat dat beter was en had ze besloten háár te bellen omdat Adam er juist zo op had aangedrongen dat ze zouden komen toen hij belde.

'Hallo, met wie spreek ik?' vroeg ze met haar mobiel tegen haar oor gedrukt.

'*Dag, mijn naam is Carl Wester. Jullie bevinden je momenteel in mijn huis.*'

De teleurstelling dat het etentje door leek te gaan, werd al snel vervangen door de vraag waarom Carl haar in hemelsnaam belde. En waarom juist nu? Het was thuis rond middernacht.

'*En jij bent Scarlett Harris, als ik het goed begrijp?*'

'Ja, dat klopt. Maar ik geloof dat je het best met mijn man kunt praten. Hij is degene met wie je contact hebt gehad.'

'*Ik niet. Mijn vrouw. Zij hebben dit geregeld. Maar vanaf nu neem ik het over.*'

'Sorry Carl, maar ik geloof echt dat het beter is dat je met...'

'*Je man?*' kapte Carl haar af. '*Of bedoel je misschien zijn voicemail, en ik kan je verzekeren dat ik die al helemaal heb volgepraat.*'

'O, maar ik weet niet precies wat ik moet...'

'*Ten eerste zou ik graag een verklaring willen hebben voor waar jullie mee bezig zijn. Zijn jullie ons huis aan het leeghalen of gewoon onze vakantie aan het saboteren? Hoe dan ook, ik wil dat jij en je man zo snel mogelijk je spullen pakken en ons huis verlaten. De sleutels kunnen jullie aan de Regners geven, de buren. Is dat duidelijk?*'

'Oké, even rustig aan.'

'*Rustig aan? Het spijt me als ik je teleurstel, maar rustiger dan dit zul je mij nooit meemaken.*'

'Ik weet niet of ik dit moet zien als een bedreiging.'

'*Neem maar van mij aan van wel. Dus mijn advies is dat je...*'

'Carl Wester,' onderbrak ze hem. Wat hij kon, kon zij ook. 'Als je niet wat kalmeert, hang ik op en dan kun je mijn voicemail ook helemaal volpraten. Wat jullie huis betreft, ga ik ervan uit dat wij een afspraak hebben, dus ik kan me moeilijk voorstellen dat je ons er gewoon uit kunt gooien. Maar zoals gezegd, mijn man is ervoor verantwoordelijk, en als ik eerlijk ben...'

'Hoe jullie je verantwoordelijkheden verdelen, boeit me niet. Maar praat met je man, doe dat gewoon. Als je hem tenminste te pakken krijgt. En vraag hem dan meteen wat hij in onze inloopkast te zoeken heeft. Als ik me niet sterk vergis, had ik die juist op slot gedaan zodat jullie er niet in zouden gaan rondsnuffelen.'

De plotselinge stilte verbaasde haar tot ze inzag dat zij zelf het gesprek had beëindigd. Alsof haar lichaam uit puur zelfbehoud had gereageerd voordat het te laat was.

Wat was dat voor iemand die belde en haar op die manier bedreigde? Waarschijnlijk was hij dronken. Ze kon het niet zeker weten, maar het was wel duidelijk dat hij moeite had zich in te houden.

Ze ontgrendelde haar mobiel, klikte Adams nummer aan en terwijl de signalen overgingen liep ze naar de inloopkast. *Zodat jullie er niet in zouden gaan rondsnuffelen*, had hij gezegd, en het klopte wel dat ze om zich heen had gekeken en in zekere zin ook had rondgeneusd. Maar nu doelde hij niet op haar, maar op Adam. *Vraag hem dan meteen wat hij in onze inloopkast te zoeken heeft.* Dat sloot haar en de buurvrouw uit.

'*Hallo, met Adam Harris*,' hoorde ze de voicemail aangaan terwijl ze bij de deur van de inloopkast kwam en haar hand op de deurkruk legde. '*Ik kan mijn telefoon momenteel niet beantwoorden, maar zeg iets gezelligs na de piep, dan...*'

Ze drukte het gesprek weg en duwde de deurkruk omlaag. Maar deze keer wilde de deur niet opengaan. Ze probeerde het opnieuw en duwde wat harder om zich ervan te verzekeren dat hij niet gewoon klemde. Dat was niet het geval. Om de een of andere reden zat hij weer op slot.

Scarlett was helemaal kapot toen ze op een van de bankjes aan het eind van Grevgatan neerplofte. Ze wurmde zich uit haar schoenen en keek uit over Strandvägen met de schitterende allee en daarachter het diepblauwe water dat er schoon en uitnodigend uitzag, hoewel het midden in de stad was.

Maar ze had geen puf om te genieten van al het moois. Haar tochtje naar de stad was allesbehalve doordacht geweest. Het enige wat ze wilde, was Adam te pakken krijgen om te vertellen over het telefoongesprek met de huiseigenaar, en het laatste waar ze op gerekend had was dat ze Karlavägen helemaal af had moeten lopen en aan de overkant weer terug in een hitte en met een lucht die dusdanig stilstond dat het deed denken aan Death Valley.

Door het zweet plakten haar kleren aan haar huid en waren haar voeten minstens een halve maat opgezwollen. Wat het vochttekort had gedaan voor haar hoofdpijn, daar wilde ze al helemaal niet aan denken.

Grevgatan, had hij gezegd. Daar was ze vrijwel zeker van. *De galerie aan Grevgatan*. En daar waren inderdaad galeries. Drie stuks zelfs, maar geen ervan met haar man of zijn werk erin.

Ze had sms'jes gestuurd en hem meerdere keren gebeld, maar telkens had ze zijn voicemail gekregen, waarop ze hem had gevraagd waar hij was en hem had verzocht haar zo snel mogelijk terug te bellen. Maar hij had niet gebeld of ge-sms't, en nu begon de stilte aan haar te vreten.

Het meest waarschijnlijke was dat hij het geluid van zijn mobiel uit had staan om niet gestoord te worden. Misschien had hij hem zelfs helemaal uitgezet. Dat zou niet de eerste keer zijn. Maar dat verklaarde niet waarom ze drie andere kunstgaleries in die straat kon vinden, maar niet die waar hij werkte. En dat verklaarde ook niet hoe hij in de afgesloten inloopkast had kunnen komen, als de bewering van Carl Wester bleek te kloppen, of wat hij daar te zoeken had gehad.

En daar zat de echte ongerustheid. Een ongerustheid waar ze al mee rondliep sinds ze in Zweden waren gearriveerd, of al sinds ze in de auto waren gestapt op weg naar de luchthaven. Misschien was die er zelfs al langer. Al sinds…

Nu deed ze het weer. Ze liet haar fantasie op hol slaan, en ze schudde haar hoofd. Misschien moest ze het gewoon loslaten. Naar een gezellig terras gaan, een plekje in de schaduw zoeken en een groot glas water bestellen, of waarom niet een glas rosé en wat te eten, nu ze toch helemaal naar de stad was gereisd. Daarna zou ze een beetje kunnen gaan rondlopen en mensen kijken, en iets moois kopen om vanavond bij het etentje aan te trekken.

Ze moest in de loop van de middag weer thuis zijn, en als Adam er dan ook op tijd was, zoals hij had beloofd, zou ze in alle rust, voordat de buren kwamen, kunnen vertellen over het gesprek met Carl Wester en zien of hij een verklaring had voor waar dit allemaal om ging. Bovendien zou ze hem vragen het contract naar haar juristen te sturen, zodat die het konden overnemen als de problemen aanhielden.

Maar haar handen hadden lak aan haar pogingen om de situatie wat minder somber te zien. Alsof ze een eigen wil hadden, waren ze al bezig haar telefoon te ontgrendelen en de verboden zoekopdracht in te voeren die ze tot nu toe uit de weg was gegaan.

Tentoonstelling Adam Harris Stockholm, typte ze in en drukte daarna op *zoeken*. Er kwam vrijwel meteen een lijst met hits en die leek links te bevatten naar een stuk of vijftig websites. Maar na de eerste twintig vluchtig te hebben doorgekeken, stopte ze ermee. Ze kon ze stuk voor stuk afdoen als irrelevant. Of het ging om een

Adam met een andere achternaam, óf het waren sites van een van zijn eerdere tentoonstellingen in Californië.

Kon hij haar hebben voorgelogen? Was alles met die tentoonstelling en de vernissage in feite een rookgordijn, zodat hij de hele dag weg kon zijn? Naar een ander? Was dat de reden dat ze hem de laatste tijd zo afwezig vond?

Ze voelde zich als het ijzeren standbeeld tegenover haar. Dat had zijn hoofd al verloren en stond op het punt in tweeën te worden gespleten in twee hoofdeloze helften. Hoe had ze zo dom kunnen zijn dat ze had toegestemd in deze reis? Zo ontzettend stom.

Uit pure wanhoop bestudeerde ze toch de rest van de websites op zoek naar iets om zich aan vast te klampen. Wat dan ook, dat maakte niet uit. Al was het maar een kort berichtje met zijn naam en een galerie hier in Stockholm. Maar ze vond helemaal niets, hoe ze ook met haar vinger over het scherm veegde.

Hij had haar voorgelogen. Recht in haar gezicht, zonder ook maar met zijn ogen te knipperen. Maar waarom? Wat was zijn motief?

Ze probeerde het te begrijpen, terwijl ze door de sites op de lijst bleef scrollen, maar dit ging haar verstand te boven. Maar toen, ook al had ze de hoop allang opgegeven, vond ze een link naar een pagina die volgens Google alle vier haar zoekwoorden bevatte:

Nothing but the truth
Tentoonstelling van
Adam Harris

Vrijdag 9 augustus 18.00
Galerie Kamitz, Grev Magnigatan 6, Sthlm

Daar was het! Weliswaar zo kort en bondig dat het bijna niet opviel. Maar voor haar was het meer dan voldoende. En als ze Adam een beetje kende, was dit vast de bedoeling – dat je het gemakkelijk zou missen als je niet goed oplette.

Maar ze had het gevonden, en in deze summiere informatie zat alles wat ze nodig had. Zoals dat de galerie op Grev Magnigatan lag, en niet op Grevgatan, wat verklaarde waarom ze haar niet had gevonden.

Die straat bleek vlakbij te liggen, en twee huizenblokken later stond ze met vernieuwde energie voor een protserig hoekpand met hoge ronde ramen en een deur met een ijzeren hek ervoor.

Zowel het hek als de deur zat op slot. Daarom stak ze haar hand door het traliewerk heen en klopte ze op de glazen ruit in de deur, waarvan de binnenkant was bedekt met bruin papier. Daarna deed ze haar haar goed, checkte ze of ze niet uit haar mond rook en trok een zo warm en ontspannen mogelijke glimlach als ze maar kon.

Ze had op het laatste moment besloten om hem niet meteen te confronteren met het gesprek met Carl Wester. In plaats daarvan wilde ze zien hoe hij reageerde op haar ongeplande bezoek. Of hij oprecht blij leek, of dat zijn glimlach even opgeplakt was als die van haar. Want ook al was ze opgelucht dat er een galerie bleek te zijn waar hij zou exposeren, er waren nog steeds veel te veel onbeantwoorde vragen om zich helemaal gerust te kunnen voelen.

Ze klopte weer en wachtte even af voordat ze terugliep naar de stoep, waar ze tussen de papierbanen door naar binnen probeerde te gluren. Maar ze kon helemaal niets zien, en dat was natuurlijk ook precies de bedoeling.

Er stond in elk geval wel GALERIE KAMITZ onderaan alle ramen, en eigenlijk had ze nooit getwijfeld. Niet echt. Natuurlijk zou Adam een tentoonstelling hebben. Dat was immers ook de aanleiding dat ze naar Zweden waren gereisd; en dat er niemand opendeed kon vast worden verklaard doordat het halfeen was en hij wellicht ergens in de buurt zat te lunchen. Het enige wat ze hoefde te doen was afwachten, dan zou hij zo wel opduiken.

Ze ging op het bordes voor de ingang zitten, en twintig saaie minuten later passeerde een oude man, die de portiekcode intoetste van de deur naast de galerie. Zo gauw hij in het trappenhuis was verdwenen, snelde ze naar de deur om te zien of die niet weer in het slot was gevallen.

Eenmaal binnen in het portiek wachtte ze tot ze kon horen dat de man een paar verdiepingen hoger uit de lift stapte, het lifthek weer dichttrok en een van de appartementen binnenging. Ze keek om zich heen en vond een deur die naar een binnenplaats leidde met vier ramen die allemaal bij de galerie leken te horen. De jaloezieën zaten omlaag en voorkwamen ook van deze kant inkijk. Maar een van de ramen was niet helemaal dicht en na een paar pogingen slaagde ze erin het helemaal open te doen en binnen te komen.

Het was de eerste keer van haar leven dat ze ergens inbrak. Ze had eenmaal eerder een steen door een raam gegooid en haar arm naar binnen gestoken om dat te openen. Maar dat was haar eigen raam geweest nadat ze was beroofd van haar handtas.

Deze keer wist ze niet wat ze kon verwachten. Een alarm dat afging, gevolgd door politiesirenes buiten op straat wanneer ze het huizenblok zouden afzetten?

'Adam,' riep ze, en ze deed voorzichtig een paar passen naar binnen. 'Adam, ben je hier? Ik ben het. Scarlett.'

Of zoals nu, een compacte stilte.

Misschien voelde ze zich door haar geroep wat veiliger. Zoals wanneer ze hard op de grond stampte om de spinnen weg te jagen voordat ze het strandhuisje in Thailand durfde binnen te gaan.

Na een korte gang kwam ze in een grote, halfronde ruimte met een hoog plafond. Hier zou de tentoonstelling blijkbaar plaatsvinden. Een aantal werken van Adam waren al uitgepakt en stonden of hingen inmiddels op hun plaats.

Fake news stond er op een bordje bij een eenzame plank met daarop een oude transistorradio met antenne en zenderzoeker. Daarnaast hing een werk dat hij *Can you see the truth?* had genoemd. Dat bestond uit een spiegel met een vergulde lijst, niet meer en niet minder. Ze schrok ervan hoe moe ze eruitzag en dat de wallen onder haar ogen klaarblijkelijk van plan waren daar de hele dag te blijven zitten.

Half uitgepakt in een kist op de grond lag een dwarsdoorsnede van een roestige, gebogen pijp. Het zag eruit als een oude afvoerpijp, maar wat het kunstzinnige eraan was kon ze niet zien. Nu was zij niet iemand die daarover kon oordelen, en als ze Adam een beetje kende, zat daar zeker een gedachte achter.

Net als met de ingelijste spiegel. De clou daarvan begreep ze pas toen ze op de tegenoverliggende muur het werk *The mirror* zag, dat bestond uit een scherm, eveneens ingelijst en op ooghoogte, waarop ze na een tijdje zichzelf zag staan terwijl ze de wallen onder haar ogen weer bestudeerde.

Ze vond het mooi. Tegelijkertijd had het iets onplezierigs dat een verborgen camera achter de spiegel haar gefilmd moest hebben zonder dat ze zich daarvan bewust was. Nu wist ze niet of hij die film bewaarde. Als dat het geval was, zou hij al snel weten dat ze had ingebroken en zich bovendien schuldig had gemaakt aan iets waar hij echt verontwaardigd over zou zijn.

Nu had ze enkele van zijn werken gezien voordat de tentoonstelling helemaal klaar was. Dat was nooit eerder gebeurd. Niemand mocht ze voorafgaand aan de vernissage zien. En zij al helemaal niet. Op dat punt was hij onverbiddelijk.

Maar de schade was al aangericht en ze kon niets anders doen dan teruggaan naar de gang en de rest van de galerie bekijken voordat ze weer via dezelfde weg verdween als dat ze was binnengekomen. Hier blijven en wachten tot hij zou terugkomen van zijn lange lunch leek niet meer zo'n goed idee.

Aan beide kanten van de halfronde ruimte waren nog twee ruimtes, waarvan de ene op slot zat en de andere volstond met niet uitgepakte kisten. Daarnaast trof ze ook een wc met een druppelend toilet aan, evenals een keukentje met een uitgezet, maar nog lauw koffiezetapparaat op het aanrecht. Daar lag ook een sleutelbos met drie sleutels eraan, en om niet al te grote wissels te trekken op de vermoedens die ze onmiddellijk kreeg, haalde ze haar eigen sleutelbos tevoorschijn en begon ze de sleutels te vergelijken.

Ze waren identiek. Met andere woorden: een sleutel van de voordeur en eentje van de garage. Daar was niets geks aan. Ze hadden ieder een setje voor het huis. Dat was ook logisch. Feit was alleen dat zij twee sleutels had en Adam drie.

Scarlett snelde over het gazon. Het door de robotmaaier gemaaide gras prikte onder haar voeten toen ze hoorde dat iemand haar riep.

'Hé! Wacht!'

Maar ze had geen tijd om te wachten en liep naar het huis. Ze had nergens anders tijd voor dan uitvinden wat er achter haar rug om gebeurde. Of het allemaal met elkaar samenhing, of dat het simpelweg aan haar lag.

'Pardon! Mevrouw!'

Ze kon haar ogen er niet langer voor sluiten. Dat ging gewoon niet meer. Ze had het proberen te camoufleren met zoveel foundation als ze maar kon, zodat haar ongerustheid niet te zien zou zijn. Voor anderen niet, maar vooral voor haarzelf niet, elke keer dat ze in de spiegel keek en zichzelf probeerde wijs te maken hoe goed het allemaal was.

Maar dat was het niet, en dat was het al een hele tijd niet. Adam verborg iets, en nu was ze van plan erachter te komen wat dat was. Nu, voordat hij thuiskwam.

'Hallo, u moet terugkomen,' hield de stem achter haar aan toen ze net met bevende handen de buitendeur had opengemaakt en naar binnen wilde gaan. 'U bent deze vergeten!'

Met een zucht begreep ze wat het was, en ze draaide zich om naar de taxichauffeur, die met haar veel te krappe schoenen stond te zwaaien. Ze wilde hem toeroepen dat hij ze gewoon op het gras kon mikken, maar ze wist zich in te houden. Hij wilde natuurlijk een fooi. Dat ze hem al meer dan genoeg had gegeven, deed er blijkbaar niet toe.

Eenmaal binnen smeet ze de schoenen op de grond, deed de deur op slot en liep snel naar de bovenverdieping. In de tussentijd riep ze Adams naam om zich ervan te vergewissen dat hij niet thuis was.

De derde sleutel die ze aan zijn sleutelbos had gevonden was misschien helemaal niet wat ze vermoedde. Maar toen hij niet in een van de sloten in de galerie paste, had ze geen andere uitweg gezien dan hem van de sleutelbos te halen en er snel mee naar huis te gaan. Als bleek dat ze het mis had, wist ze niet wat ze moest doen. Had ze gelijk, dan wist ze het al helemaal niet.

Adam zou uiteraard ontdekken dat de sleutel ontbrak, maar dat was dan maar zo. Hij mocht zich suf piekeren over waar die gebleven was. Hoe die plotseling gewoon verdwenen was. Hij mocht haar zelfs verdenken, wat hij uiteraard zou doen zo gauw hij de film zag waarin zij zichzelf en de wallen onder haar ogen in de spiegel bekeek. Maar wie dan leeft, wie dan zorgt. Het was nu zaak uit te vinden waar die sleutel op paste.

Het bleek allemaal eenvoudiger en sneller dan ze had durven hopen, aangezien ze hem alleen maar in het slot hoefde te steken en om te draaien. Daarna kon ze gewoon de inloopkast openen en inlopen.

Precies zoals ze had vermoed, was Adam dus degene die de deur op slot had gedaan, vermoedelijk 's nachts toen ze lag te slapen. Maar of dat ook betekende dat hij hem van het slot had gedaan zodat Silvia erin kon, was onduidelijk. Voor zover ze elkaar niet kenden. Had hij ze daarom zo snel uitgenodigd voor het eten? En van wie had hij de sleutel überhaupt gekregen? Niet van Carl Wester. Die man had volkomen duidelijk gemaakt dat hij niets liever wilde dan hen daar weg hebben.

Ze keek om zich heen maar kon niet zien of Adam iets had veranderd of verplaatst. Het zag er net zo uit als dat ze zich herinnerde van de vorige avond. De sjaaltjes lagen opgevouwen in stapeltjes boven op de plank, zoals ze ze daar had achtergelaten, en de witte badjassen hingen nog steeds op hun haakjes voor de deur.

Ze liep erheen, trok de badjassen opzij en begreep dat ze het weer bij het verkeerde eind had gehad. Adam was daar zeker wél geweest. Ze was ervan overtuigd dat ze de kruk net in de deur had gestoken toen hij haar had betrapt, maar de deurkruk ontbrak nu. Hij had met andere woorden dus niet gewild dat ze de deur openmaakte om te onderzoeken wat er aan de andere kant was.

Maar dat was niet aan hem, en ook al was het handgeschreven papiertje in de zak van het broekpak niet voor haar bestemd, zij was wel degene die het gevonden had.

Ze liep naar de rij lades, boog voorover en trok de derde lade van boven uit, net als ze de vorige nacht had gedaan.

De roze massagestaaf lag nog onaangeroerd in zijn verpakking tussen de verzameling kanten slipjes. Dat was precies zoals ze het zich herinnerde. Een deurkruk zag ze daarentegen niet. Ze trok de la helemaal uit tot hij niet verder ging en voelde met haar hand achterin. Maar daar was hij niet. Ze doorzocht ook de andere lades. Misschien had hij hem per ongeluk in de verkeerde la teruggelegd.

Of, wacht... Hoe zat het nu? Ze probeerde zich voor de geest te halen hoe het de vorige nacht precies was gegaan toen Adam was binnengekomen en haar op haar knieën met de deurkruk in haar handen voor de deur had aangetroffen. Maar dat lukte niet. Van heel zeker te zijn geweest van wat er was gebeurd en elk detail haarscherp terug te kijken, was het alsof iemand de lens had verdraaid, wat ervoor zorgde dat alles onscherp werd.

Ze kwam overeind en keek om zich heen. Zoals ze zich herinnerde had de voetenbank onder de plank met de opgevouwen sjaaltjes gestaan. Daar was ze zo goed als zeker van, omdat ze hem zelf had gebruikt om de rommel van Silvia op te ruimen. Nu stond hij in plaats daarvan bij de fauteuil in de hoek achterin.

Ze zette het bankje terug bij de plank, stapte erop en zag onmiddellijk dat ook de volgorde waarin de sjaaltjes gestapeld lagen, was gewijzigd. Ze was ervan overtuigd dat ze het rood-wit gestreepte zijden sjaaltje bovenop had gelegd. Nu lag het in het midden, zoals wanneer iemand het stapeltje in twee gelijke delen had verdeeld en ze per ongeluk in de omgekeerde volgorde had teruggelegd.

Ze schoof de verzameling sjaaltjes opzij en kon constateren dat de diodes in de elektronische apparaten op de muur erachter nog steeds knipperden. En precies zoals ze zich herinnerde, knipperde er een gele diode aan de achterkant als een bezetene naast een andere met een constant groen licht.

Het kon ook zo zijn dat die rood was geweest. Ze wist het niet meer. Maar wat maakte het ook uit? Het was toch niet zo gek dat een diode af en toe van kleur veranderde? Waren ze niet juist daarvoor? Aanzienlijk interessanter was het dat de deurkruk waar ze naar op zoek was geweest half verstopt achter het ene stapeltje lag.

Voor zover er geen sprake was van spoken, kon niemand anders dan Adam hem daar hebben verstopt. Of? Had die Silvia haar om de een of andere reden willen verhinderen om te onderzoeken wat er aan de andere kant van de deur was? Hoe dan ook, diegene had haar aardig onderschat, zoveel was zeker.

Eenmaal terug bij de deur achter de badjassen, stak ze de deurkruk in het vierkante gaatje en duwde hem omlaag. Het ging moeizaam en ze moest beide handen gebruiken voordat het slotmechanisme klikte en de deur opengleed.

Een beeld van wat haar te wachten stond, had ze zich ondanks alle gedane moeite niet gevormd. Ze had zoveel andere dingen aan haar hoofd gehad dat ze nog niet had nagedacht over wat er achter die deur schuil kon gaan.

Dat het donker was als in een onderaardse aardappelkelder was niet iets wat haar ervan weerhield om naar binnen te gaan – haar armen uitgestrekt als twee voelsprieten voor zich. Ze was helemaal niet bang. Misschien omdat het allemaal zo onwerkelijk leek. Alsof zij het niet was, maar heel iemand anders, als in een film. Een actrice die alleen een script volgde.

Zelfs het spinnenweb waar ze tegenaan liep deed haar niets, en al spoedig had ze een wandschakelaar gelokaliseerd, waarna drie naakte peertjes tot leven kwamen en een smalle houten trap toonden, die haar omhoog leidde naar een zolder vol oude meubels, zwarte vuilniszakken en op elkaar gestapelde verhuisdozen.

Hier zou ze niet in gaan wroeten. Maar ze had wel 'het mysterie met de geheime deur in de inloopkast' opgelost. Dat die bleek te leiden naar een trap naar zolder was niet erg vreemd of verrassend. Het was eerder vrij natuurlijk.

Waardoor ze toch de zolder op liep, was door dat briefje in het broekpak. DERDE LADE, had er gestaan. En ook al kon het net zo goed een briefje van Carl zijn, dat hij het als een soort seksspelletje in de kleren van zijn vrouw had verstopt opdat ze de massagestaaf zou vinden die hij voor haar had gekocht, kon ze de gedachte niet loslaten dat het de bedoeling was dat juist zíj het zou zien. Dat het feit dat zij ooit exact hetzelfde broekpak had gehad, geen toeval was.

Een stukje verderop stonden een paar kasten die samen een ruimte omsloten, en toen ze dichterbij kwam, zag ze dat die volstond met kinder- en babyspullen. Echter geen oud aftands houten speelgoed en versleten knuffelbeesten die in het kinderloze huis in het donker boven waren beland, maar nieuwe, kleurrijke spullen van kunststof, nog in de verpakking.

Alles van een hijskraan en een racebaan tot een robot en blokken met letters deelden de ruimte met meerdere beren, slangen en een pinguïn, allemaal in afwachting van het moment tot ze uit hun verpakking zouden worden losgelaten en iemand van ze zou houden, en ze zouden mogen troosten. Het prijskaartje hing nog aan de kinderwagen die naast het ledikantje en de commode stond, als ontvangstbewijs van een droom die nooit was uitgekomen.

Als ze moest gokken, waren ze in verwachting geweest van een jongen. Ze kon zich niet voorstellen hoe afschuwelijk dat moest zijn geweest, en te oordelen naar hoeveel ze al hadden gekocht, hadden ze het kind vermoedelijk aan het eind van de zwangerschap verloren.

Had Helene gewild dat ze dit zou zien?

Zelf was ze nooit zwanger geweest, maar ze had er best vaak over nagedacht hoe het zou voelen om rond te lopen met een leven in haar lichaam. Een leven met een eigen hart en een eigen wil. Maar ze had er nooit bij nagedacht hoe het zou zijn om het kwijt te raken. Alles te verliezen waarnaar je hebt uitgekeken en waarover je hebt gedroomd.

Maar het leven was broos. Dat zou je gemakkelijk vergeten als je in je veilige bubbel leefde en rondreed met airbags en veiligheidsgordels, tot over je oren verzekerd. Hoe weinig ervoor nodig was opdat het plotseling gewoon ten einde zou komen. Zoals voor haar broer, wiens leven zonder enige waarschuwing vooraf in een paar seconden van dag was overgegaan in nacht.

Nu was verdriet niet meetbaar. Ze kon alleen maar naar zichzelf kijken. Hoewel het fietsongeval van Tom al vijf jaar geleden was, ging er geen dag voorbij dat ze niet aan hem dacht. Het maakte niet uit hoe vergezocht haar associaties waren, ze landde altijd in het gemis dat ze hem niet meer gewoon even kon bellen om zijn stem aan de andere kant te horen.

Hoe Helene Wester de miskraam had beleefd kon ze alleen maar vermoeden. Iedereen had zijn eigen manier om om te gaan met een verlies en die van haar was klaarblijkelijk geweest om alles op zolder te zetten, de deur dicht te doen en de deurkruk te verwijderen. Alsof het niet gebeurd was. Of hadden ze alles bewaard om een nieuwe poging te doen als ze zich daar weer klaar voor voelden?

Zelf was ze er meer dan klaar voor. Alleen was Adam dat nog niet. Die kon zich niet indenken zijn huidige leventje en zijn carrière op te geven voor slapeloze nachten, luiers verschonen en spuugvlekken op je schouder. Dat was in elk geval wat hij altijd zei zo gauw ze het ter sprake bracht. Dat ze geld hadden voor een hele trits kinderverzorgers en hij zijn schoonheidsslaapje niet hoefde te missen, had hem niet op andere gedachten gebracht.

Maar ze kon hem wel begrijpen. Hij wilde het ouderschap niet overlaten aan iemand die daarvoor werd betaald en op gezette tijden werd vervangen. Hij wilde zich volledig kunnen inzetten, en dat zou pas gaan als hij zo stabiel in zijn kunstenaarschap stond dat hij zonder probleem een pauze van een paar jaar kon nemen zonder te worden vergeten.

Daarom was de tentoonstelling ook zo belangrijk. Ging die als verwacht, dan betekende dat niet alleen een ommekeer voor hem, maar in de hoogste mate ook voor hen beiden, als stel. Een vóór en een ná, en in het gunstigst geval kon ze hem bewegen tijdens de aankomende vakantie al een paar pogingen te doen.

Althans, zo had ze er tot een paar uur geleden over gedacht. Adam ook, als ze hem niet verkeerd had begrepen tijdens hun etentje in de archipel gisteren. Maar nu was ze er niet meer zo zeker van, van wat ze wilde. Hoeveel ze ook van hem hield, ze kon niet zo blijven rondlopen en zichzelf wijsmaken dat alles goed was.

Naarmate haar ogen beter aan het zwakke licht gewend raakten, werden steeds meer details duidelijk. Details die haar, ook al had ze Helene of Carl Wester nooit ontmoet, weemoedig maakten. Zoals het 'Mijn eerste'-album waar al mee was begonnen, met ingeplakte foto's van Helenes zwangere buik. Of het kleine groene broekspijpje van ribfluweel dat klem zat tussen de bovenste lade van een ladekast en als een verlept plantje naar buiten hing. Ze liep erheen, trok de lade uit en pakte het broekje om het op zijn plaats te leggen.

De envelop viel op tussen de stapeltjes keurig opgevouwen babykleertjes in de lade. Aanvankelijk was ze terughoudend voor hoe ver ze kon gaan, maar dat verdween toen ze de envelop oppakte en openmaakte.

Dat hij een aantal foto's bevatte, begreep ze meteen. Maar pas toen ze ze eruit haalde en ze bekeek, had ze door waar ze naar keek.

In een puur instinctieve reactie, alsof ze zich net had gebrand aan een heet fornuis, stopte ze de foto's weer terug in de envelop, terwijl ze tegelijkertijd begon te bedenken hoe ze alles zou kunnen terugdraaien en doen alsof er vanmiddag niets was gebeurd. Alsof ze niets anders had gedaan dan in een van de ligstoelen beneden op de steiger liggen en *Drie vrouwen* lezen.

Maar het was al te laat. De tijd kon niet worden teruggedraaid. De foto's van Helenes opgezwollen gezicht en haar bont en blauw geslagen bovenlichaam waren onmogelijk van haar netvlies te wissen.

Helene Wester

Santa Cruz, dinsdagochtend

Carl ging er vast van uit dat ze het grootste deel van de nacht had geslapen. Ze had dan ook geprobeerd zo stil mogelijk te liggen en met haar ogen dicht. Maar je ogen sluiten was niet hetzelfde als een oog dichtdoen. De waarheid was dat ze urenlang wakker had gelegen. Klaarwakker. De gedachten aan wat ze na dit alles zou gaan doen, als het niet zou lukken, hadden haar niet los willen laten. Als er überhaupt een *na dit alles* was, aangezien het maar de vraag was of ze het zouden redden. Iets ertussenin was er niet.

Ze was ook bang geweest om te diep te slapen omdat Carl zich duidelijk niet goed voelde. Dat hij zijn frustratie tot nu toe in toom had weten te houden zei niets over hoelang hij daar nog in zou slagen, en dat was beslist niet iets wat ze als vanzelfsprekend durfde aan te nemen. Vroeg of laat zou er een uitbarsting komen, en dan moest ze daarop zijn voorbereid.

Ze kon heel goed begrijpen dat dit voor hem aanzienlijk zwaarder was dan voor haar. Alleen al omgaan met een jetlag was iets waar hij altijd moeite mee had. Dat Stern & Ljung zich vervolgens bleven verzetten, net tijdens hun vakantie, was uiteraard niet iets wat hem in een beter humeur bracht.

Ze waren hier nu bijna twee dagen, en gisteren had hij zich het grootste deel van de dag afgezonderd. Hij had met een glas water in de schaduw gezeten en was voortdurend bezig geweest met zijn telefoon, die via een lang verlengsnoer permanent werd opgeladen. Hij had af en toe zulke vertrouwelijke gesprekken gevoerd dat hij zich telkens als zij in de buurt was, had teruggetrokken.

Tijdens de weinige momenten dat hij niet met zijn telefoon bezig was, had hij voornamelijk met een gezicht als een oorwurm rondgelopen zonder dat hij wilde zeggen wat er aan de hand was.

Ze wist heel goed dat hij zich had geërgerd aan die verstopte afvoer. Of aan die walgelijke nagel die hij in de badkamer had aangetroffen. Om nog maar te zwijgen over de rat in het zwembad. Het zou wel een tijdje duren voordat hij daar overheen was.

Aan de andere kant moest ze toegeven dat ze toen ze zag hoe groot dat beest was, ervan overtuigd raakte dat hij het idee van een maand lang in dit huis zou opgeven.

In plaats daarvan had hij haar verrast door zijn sokken uit te trekken, zijn mouwen op te stropen en ermee aan de slag te gaan. Dat hij, met zijn verleden met knaagdieren, zich niet alleen redelijk rustig had weten te houden, maar de rat ook nog uit het water had weten te halen, was gewoon een klein wonder. Een teken dat hij ondanks alles niet bereid was de handdoek nu al in de ring te gooien. Misschien had dat pelsdier zijn werk simpelweg zo goed gedaan dat Carl er vanaf nu aanzienlijk meer voor wilde doen om hun vakantie te laten slagen.

Dat pleitte toch voor hem. Ondanks alle tegenslagen, en hoewel hij een vis op het droge was, had hij zijn geloof in hen twee niet opgegeven. Dat was een garantie dat hij zijn best zou doen, wat er hun ook te wachten stond, zij het met een wisselend humeur.

Meer dan dat kon ze niet verlangen. Verandering was vrijwel altijd gekoppeld aan pijn. Zoals wanneer de knoppen aan de bomen barstten en kinderen werden geboren, ook al kon niets daarvan zich meten met hoeveel pijn het kon doen wanneer de waarheid aan het licht moest komen.

Hoe het voor hen zou uitpakken moest nog blijken, en het enige wat ze op dit moment kon doen was hopen op het beste. Een buitenstaander zou zeker hebben gemeend dat het onmogelijk was. Dat het risico te hoog was, als je bedacht hoeveel er mis kon gaan. Alles wat niet te voorzien was als de maskers waarmee ze rondliepen eenmaal afvielen en hun ware ik zou worden blootgelegd.

Maar als er íéts was wat ze had geleerd, dan was het dat niets zo onmogelijk was dat het niet een poging waard was. Zeker niet als het enige alternatief was om als twee zombies in een dode relatie voort te leven. Ze was gewoon te jong en had nog te veel jaren voor zich om dat gewoon te kunnen accepteren en te doen of er niets aan de hand was.

Gelukkig rustte niet de hele verantwoordelijkheid alleen op háár schouders. Ook al had ze zich nog nooit zo eenzaam en alleen gevoeld als nu, ze deden dit toch met z'n tweeën. Daar had ze zichzelf steeds aan moeten herinneren. Dat hoe verschillend hun problemen ook waren, ze wel in hetzelfde schuitje zaten.

Als dat niet zo was geweest, zou ze hier nooit aan zijn begonnen. Als ze er niet diep vanbinnen van overtuigd was dat ze allebei de weg terug wilden vinden naar wat ze ooit als vanzelfsprekend hadden aangenomen. Al die herinneringen die wel gisteren leken, hoewel er al zoveel jaren waren verstreken dat het ondertussen lang geleden was.

Zoals toen ze in een ingeving hadden besloten hun mobiele telefoons thuis te laten en op de bonnefooi naar vliegveld Arlanda waren gegaan om tickets te kopen voor het eerste het beste vliegtuig waarin nog plek was en ze in Florence waren beland. Dat was een van de beste weekenden van haar leven geweest en iets wat ze beiden nooit zouden kunnen evenaren.

Als ze dezelfde uitbundige vreugde maar weer zou kunnen voelen. Dat hoefde niet vaak te zijn. Af en toe was meer dan genoeg. Dat, in combinatie met het fundamentele geluk om gewoon samen te mogen zijn, en ze zou meer dan tevreden zijn.

Dat was eigenlijk niets voor haar. Gewoonlijk was ze veel meer op de toekomst gericht en was ze niet gauw tevreden, en als ze zichzelf een beetje kende, zou dat binnenkort wel weer het geval zijn. Maar op dit moment zou ze er alles voor overhebben om niet de hele tijd op eieren te hoeven lopen, constant op haar qui-vive te moeten zijn omdat ze niet wist wat er komen zou.

Ze was zich er volledig van bewust dat dit een fase was die overging, maar dat veranderde niets aan het feit dat het al het andere overschaduwde. Zoals de humor – die lag begraven onder al het plannen en onder alle Excel-sheets. Onder de ernst en onder het bezorgd fronsen. De humor die als niets anders een lach tevoorschijn kon toveren wanneer ze het het minst verwachtte.

De humor vormde onder andere het licht aan het eind van haar tunnel en hielp haar kracht te verzamelen voor weer een nieuwe dag. Om zich niets aan te trekken van Carls ochtendhumeur, dat een nieuw laagste niveau leek te hebben bereikt, te oordelen naar de geluiden die hij maakte toen hij voor de zoveelste keer tijdens de afgelopen uren zijn mobiel pakte en er als een bezetene op begon te tikken. Een gedrag dat zo goed als altijd slecht nieuws betekende.

Toen hij een paar minuten later zijn telefoon weglegde en zich met een even diepe als lange zucht naar haar toe draaide, besloot ze haar ogen nog even dicht te houden en nog een tijdje te doen of ze sliep. Om voldoende kracht op te doen om degene te zijn die ervoor zorgde dat het een goede dag werd. Degene die olie op de golven goot en hem in een beter humeur bracht.

'Goedemorgen,' zei ze toen ze eenmaal haar ogen opendeed en zijn blik ontmoette. 'Lekker geslapen?' Ze zag hoe hij moeite deed een glimlach op zijn gezicht te toveren. 'Ik heb in elk geval geslapen als een roos,' ging ze verder, en ze rekte zich uit.

'Wat fijn,' zei hij kort, en hij leek zijn glimlach al te zijn vergeten, want die werd direct slachtoffer van de zwaartekracht. 'Dan is in elk geval één van ons uitgerust. Zelf heb ik geen oog dichtgedaan.'

'Is het niet gewoon de jetlag? Dat duurt bij jou meestal een paar dagen.'

'Ja, maar dat is het niet. Het is iets anders. Iets met dit huis wat… Ik weet niet hoe ik het moet uitleggen, maar het maakt me gek.'

'Dus het heeft niets met die overname te maken?'

'Dat maakt de zaak er natuurlijk niet beter op. Maar dit is de tweede nacht zonder slaap, en ik weet eerlijk gezegd niet of ik er nog een aankan.'

'Ik begrijp het alleen niet. Als je nou zo moe bent, waarom ga je dan niet gewoon slapen?'

'Ja, dat zou je denken, en als Ragnar niet had gezegd dat hij wat van zich zou laten horen, had ik een slaappil kunnen nemen en had ik al die gekke geluiden niet gehoord. Maar dat gaat niet. Ik kan niet helemaal weg zijn. Niet zolang het contract niet is ondertekend.'

'Maar over wat voor geluiden heb je het? Ik hoor niets.'

'Nee, nu is er natuurlijk niets te horen. Dat is alleen 's nachts. Je weet wel, net als je in slaap gaat vallen. Dan komt het. Alsof iemand ons in de gaten houdt en ons gewoon wil jennen.'

'Waarom iemand dan ook in ons geïnteresseerd zou zijn,' zei ze met een lach. 'En even dat je het weet, ik heb vannacht ook niets gehoord.'

'Dat vind ik eigenlijk net zo gek als die geluiden op zich.'

'Wat zijn het voor geluiden?'

'Het klinkt alsof er iemand tegen de buizen tikt.'

'Oké. En wie zou dat dan zijn?'

'Natuurlijk zit er niet echt iemand op die buizen te rammen, maar zo klinkt het wel, en het is nooit overdag, alleen 's nachts. En niet de hele nacht, slechts af en toe, en daardoor lig je constant te luisteren en te wachten tot het weer gaat beginnen. Dat gebeurt dan natuurlijk niet. Dat is pas als je net weer in slaap valt. Boink-boink-boink. Weet je zeker dat jij het niet hebt gehoord?'

'Ja. Ik heb wel gehoord dat je een paar keer naar de badkamer bent geweest.'

'Ja, maar dat was de kraan die drupte, en dat begrijp ik ook niet.'

'Is dat niet gewoon een kwestie van aandraaien?'

'Het probleem is dat elke keer dat ik in de badkamer kwam, hij was gestopt met druppelen.' Carl haalde zijn schouders op. 'Ik heb hem zo stevig mogelijk aangedraaid en ben weer naar bed gegaan, om een uur later te horen dat hij wéér drupte. Dus ik ben weer opgestaan, en je raadt het al, hij was er weer mee gestopt toen ik in de badkamer kwam.'

'Kun je het gedroomd hebben?'

Carl schudde zijn hoofd. 'Dat was geen droom, en je hebt net zelf gezegd dat je mij de hele nacht op en neer hebt horen lopen.'

'Misschien was je aan het slaapwandelen?' Ze glimlachte om te laten zien dat ze een grapje maakte. 'Zeg... zo erg is het toch niet?' Ze leunde voorover en gaf hem een kus op zijn mond. 'Wat zeg je ervan om aan deze vakantie te beginnen en wat te gaan... Je weet wel, waar we vroeger zo goed in waren, voordat al dat andere ertussen kwam. Daarna nemen we een douche en gaan we bij een gezellig tentje ergens op de strandpromenade ontbijten. Lijkt je dat wat?'

Carl keek haar aan alsof hij niet goed wist of ze hem voor de gek hield.

'Kom op. Is het echt zo lang geleden dat je niet meer weet waar ik het over heb?' ging ze verder in een poging hem een glimlach te ontlokken. 'Weet je nog dat jij altijd begon met een glas versgeperste jus d'orange, om vervolgens een hap te nemen van een perfect geroosterd broodje met sinaasappelmarmelade met daarop kaas, precies zoals jij het hebben wilt?'

Hij schoot in de lach en schudde zijn hoofd.

'Oké, maar dan zal ik je geheugen wat opfrissen,' vervolgde ze. 'Want daarna, als je eenmaal je ergste trek hebt gestild, breng je je kopje met een versgemalen espresso macchiato naar je mond terwijl je er ondertussen aan ruikt en voelt dat je eindelijk weer tot leven komt. Zullen we daar deze dag mee starten, en daarvandaan verdergaan?'

'Helene, dat klinkt fantastisch, maar dit is niet iets om grapjes over te maken. Ik weet hoeveel werk je aan deze huizenruil hebt gehad, en het had gewoon perfect kunnen zijn met het zwembad en alles. Echt. Maar helaas moet ik aan de noodrem trekken en...'

'Lieverd, luister naar mij,' kapte ze hem af, en ze hield haar wijsvinger tegen zijn mond. 'Op dit moment moeten we niets. Jawel, één ding, en dat is goed voor elkaar zorgen. Dat is het enige.' Ze ging schrijlings over hem heen zitten en drukte hem omlaag in bed. 'Alle andere *musts* kunnen wachten. Alles behalve jij en ik. Daarom zijn we hier. Was je dat vergeten? Dat is op dit moment het enige wat telt.'

'Helene, ik weet het. Maar...'

'Nee, geen gemaar,' zei ze terwijl ze doorging met haar kalme masserende bewegingen. 'Niet wanneer er zelfs een spiegel aan het plafond hangt.'

'Even serieus. Wie hangt er daar nou een spiegel op?'

Ze schoot in de lach. 'Goeie vraag, maar wees het met mij eens dat dat best een beetje... spannend is. Dus waarom zouden we daar geen gebruik van maken voordat ze komen om het zwembad schoon te maken? We hebben een heel uur de tijd.' Ze kon voelen dat hij een stijve kreeg. En dat een deel van hem wilde terwijl een ander deel weerstand bood. Alsof hij er niet helemaal op durfde te vertrouwen dat dit daadwerkelijk gebeurde.

Helene klapte de zonneklep op de bestuurdersplaats van de Nissan Primera omlaag en ving de kleine afstandsbediening op die naar beneden viel. Daar zou hij volgens Adam Harris ook moeten liggen. 'Kijk, hier is-ie,' riep ze, en ze controleerde op welke van de twee knopjes ze moest drukken voordat ze hem op de voorruit richtte. Vlak daarna kwam de garagedeur voor hen tot leven en gleed geruisloos omhoog. 'Moet je zien hoe soepel dat gaat.'

'Ja, perfect,' zei Carl, die naast haar op de passagiersstoel zat, zijn blik stuurs voor zich uit op het niets gericht. 'Maar laten we niet te vroeg juichen, eerst maar eens zien of hij start.'

Helene draaide de contactsleutel om, waarop de motor onder de motorkap begon te spinnen als een jong katje. 'Het is geweldig. Japanse kwaliteit op z'n best.' Ze zette de auto in de drivestand en reed de garage uit. 'En wat zeg je dan? Kan er misschien nog een "goed gedaan" af?'

'Oké, ik geef me gewonnen. Goed gedaan,' zei Carl.

'Harder, ik kan je niet horen.' Ze hield haar hand tegen haar oor terwijl ze de oprit af reed.

'Goed gedaan!' riep Carl, en hij begon te grijnzen.

'Zo mag ik het horen. Nu rijden we naar de strandpromenade en zoeken we een gezellig ontbijttentje waar we gewoon mensen kunnen kijken en genieten van het uitzicht.'

'Wacht, is dat geen politie?' Carl wees omlaag naar de weg. 'Zie je?' Zo'n twintig meter voor hen was een politieauto bezig dwars op de weg te gaan staan. 'Wat zijn die nou aan het doen?'

'Geen idee.' Ze remde af, zette de auto in zijn achteruit en keerde. 'Ik denk dat we beter de andere kant op kunnen gaan.'

'Nee, wacht.' Carl kantelde de achteruitkijkspiegel. 'Een van hen komt de auto uit en gebaart.'

'Hè, naar ons?'

'Daar lijkt het wel op.'

'Moet ik stoppen? Nee, dat is vast voor iemand anders. Waarom zou de politie naar ons gebaren?' vroeg ze, en ze verhoogde haar snelheid. 'We hebben toch niks gedaan?'

'Nee, maar ik geloof toch dat het beter is dat we stoppen,' zei Carl met zijn blik in de achteruitkijkspiegel.

'Maar waarom zouden ze...' Verder kwam ze niet voordat er een sirene achter hen begon te loeien.

'Dit is de politie!' hoorden ze een mannenstem in de megafoon toen de sirene tot zwijgen was gekomen. 'Breng het voertuig tot stilstand en stap uit met beide handen zichtbaar boven het hoofd.'

'Jezus, wat gebeurt er?' Ze remde af en stopte. 'Sorry, mijn fout, maar ik kon me niet indenken dat ze ons moesten hebben.'

'Laat mij dit nu maar afhandelen.' Carl maakte zijn gordel los en stapte uit.

'Allebei,' hoorden ze de megafoonstem weer. 'Kom uit de auto.'

Na een paar keer diep ademhalen, in een poging de zaak weer onder controle te krijgen, opende ze haar portier en stapte ook uit. Een paar meter verderop zag ze Carl staan met zijn handen boven zijn hoofd en zijn blik gericht op de man die naar hem op weg was, de megafoon in zijn ene hand en zijn politielegitimatie in de andere. Ze volgde het voorbeeld van haar man en stak haar armen in de lucht terwijl de politieman, een man met dik, donker haar, een snor, een spijkerbroek en een gekreukt colbert, elke stap zette alsof hij alle tijd van de wereld had.

Ze had zoiets nog nooit meegemaakt. Ze was nooit staande gehouden door de politie. Niet eens voor een snelheidsovertreding. Toch kwam het haar allemaal zo bekend voor. Alsof het een scène was die ze al talloze keren had gezien. Maar niet in de bioscoop of thuis op tv, maar vanbinnen. Carl, zij en de zilverkleurige Nissan, juist in deze straat.

'Mankeert er wat aan jullie oren?' riep de politieman met een Latijns-Amerikaans accent, dat even breed was als zijn snor recht, in Carls gezicht.

'Het spijt me, we begrijpen alleen niet wat we hebben misdaan,' zei hij in zijn onberispelijke, maar op dit moment te Britse Engels.

'Je bedoelt buiten proberen te vluchten en weigeren een direct bevel op te volgen?'

'Luister. Ik kan u verzekeren dat wij geen plannen hebben of hadden om te vluchten. Het was alleen zo dat mijn vrouw, wat zal ik zeggen, een beetje in paniek raakte en zich niet kon voorstellen dat jullie het op ons h...'

'Paniek? Waarom dat?' De politieman draaide zich om en liep naar haar toe, opnieuw tergend langzaam terwijl hij haar van boven tot onder opnam. 'Als mensen in paniek raken, dan is dat bijna altijd omdat de persoon in kwestie wat te verbergen heeft. Dus als jullie geen betere verklaring hebben, stel ik voor dat jullie het proces kort maken en vertellen wat er aan de hand is.'

'Het spijt me, maar ik weet eerlijk gezegd niet wat er zou zijn,' zei ze in haar beste Engels. 'Ik denk dat het meer kwam omdat ik nooit eerder door de politie staande ben gehouden.'

De politieman deed nog een stap in haar richting en keek haar zo diep in de ogen dat ze moeite moest doen om geen stap achteruit te zetten. Alsof hij recht bij haar naar binnen keek en haar diepste gedachten kon lezen terwijl de seconden wegtikten en de stilte steeds tastbaarder werd. 'Hmm...' zei hij uiteindelijk, en hij streelde zijn snor. 'Waar komen jullie vandaan?'

'Zweden. We zijn eergisteravond aangekomen,' antwoordde Carl. 'En ik zou het bijzonder op prijs stellen als u ons zou willen vertellen waar dit allemaal om gaat.'

'Momenteel ben ik in gesprek met je vrouw. Dus jij kunt maar beter toekijken en je mond houden. Paspoorten en vliegtickets, graag.' Hij stak een hand uit terwijl de andere politiefunctionaris, een kleine, zwijgzame vrouw met twee lange donkere vlechten, op weg was naar hun auto.

'Geen punt. Ik heb de paspoorten in de auto.' Ze wachtte op een reactie van de politieman, die uiteindelijk knikte dat ze haar handen omlaag mocht doen en hun identiteitsbewijzen kon gaan halen. 'En hier kunt u onze tickets zien,' ging ze verder nadat ze haar mobiel had ontgrendeld. 'En als jullie onze ESTA-vergunningen ook willen zien, dan kan dat. Die zijn hier ook ergens.'

De politieman nam foto's van hun paspoorten en van de vliegtickets op het scherm van haar mobiel. 'Zijn jullie hier aan het werk?'

'Nee.' Ze schudde haar hoofd. 'Dit is puur vakantie. We blijven hier een maand.'

'Een hele maand? Dat is niet gek. Hoor je dat, Stacy?' De politieman keek naar zijn vrouwelijke collega, die bezig was de banden van de auto te onderzoeken. 'Met een oude Nissan. Waar huur je zo'n wrak?'

'Die hebben we niet gehuurd, en van het kleine stukje dat we hebben gereden, lijkt hij het best goed te doen.'

'Dus hij is van jullie?'

'Nee, hij is van de mensen in wier huis we logeren.'

'Dus jullie logeren bij vrienden?'

'Nee, dat kan ik niet bepaald zeggen.' Ze schoot in de lach, maar voelde meteen dat dat geforceerd overkwam.

'Oké, nu kan ik het even niet volgen.' De politieman keek van haar naar Carl en weer terug.

'Nou, we hebben geen ruzie of zo, dat is het niet, maar we kennen ze niet. Echt niet. We hebben alleen van woning geruild. Zij zitten in ons huis in Zweden en wij in dat van hen hier in Santa Cruz.'

'Dus er zitten momenteel wildvreemden in jullie huis?'

'In zekere zin, ja, maar we hebben...'

'Wat is hun naam?' kapte de politieman haar af.

'Adam en Scarlett Harris.'

De politieman knikte en maakte een aantekening in zijn boekje.

'Wat ik wilde zeggen, is dat we hebben gemaild, elkaar over de telefoon hebben gesproken en...'

'Neem mij niet kwalijk, maar het is misschien beter als ik het uitleg,' brak Carl in, nog steeds met zijn handen in de lucht.

'Nee, dat hoeft niet,' zei de agent, en hij draaide zich naar hem toe. 'Vertel mij liever wat jullie hebben gedaan in de nacht van 11 op 12 juli. Dat wil zeggen drie weken en vier dagen geleden.'

'Zoals we al eerder zeiden, zijn we eergisteravond aangekomen, wat ook duidelijk op de tickets staat die u net hebt gezien. En nu wil ik graag mijn handen laten zakken. Het begint vermoeiend te worden om zo te staan.'

'Wees zo vriendelijk om antwoord te geven op mijn vraag. Wat hebben jullie gedaan tussen negen en één in de nacht van 11 op 12 juli?'

'Geen idee.' Carl haalde zijn schouders op zonder zijn armen omlaag te doen. 'We zullen wel thuis zijn geweest in Stockholm, of liever gezegd op Duvnäs udde, de landtong waar ons huis staat.' Hij zweeg en keek zijn vrouw kort aan. Te kort opdat ze hem zou kunnen corrigeren en vertellen hoe de vork eigenlijk in de steel zat. 'Nu weet ik natuurlijk niet of u het over de Zweedse tijdzone hebt. In dat geval hadden we óf vrienden te eten, óf keken we tv óf lagen we te slapen,' ging hij verder, en ze zag in dat het al te laat was. 'Maar als het de lokale tijd hier aan de westkust betreft, was ik hoogstwaarschijnlijk in de gym in de stad aan het trainen, in Stockholm dus. En als ik mijn vrouw een beetje ken, zat ze thuis te ontbijten. Corrigeer me als ik het mis heb, Helene.'

Ze knikte terwijl de vrouwelijke politieagent de achterbak openmaakte en de bagageruimte begon te doorzoeken. 'Nee, dat klopt,' zei ze, en ze vroeg zich af of hij het gewoon vergeten was. 'Ik was nog thuis.' Of dat het allemaal een bewuste leugen was.

'Sorry hoor, maar waar worden we eigenlijk van verdacht?' vroeg Carl.

'Verdacht?' De politieman draaide zich naar hem om. 'Wie heeft gezegd dat jullie ergens van worden verdacht?'

'Oké, maar dan zou ik graag een verklaring willen voor waar jullie mee bezig zijn?'

'Tot tien minuten geleden waren jullie niet méér verdacht dan iemand anders hier in de buurt.'

'Aha, maar...'

'Inderdaad,' onderbrak de politieman hem, terwijl hij knikkend van de een naar de ander keek. 'Maar, maar, maar... Er is altijd een kleine "maar". Ik ben niet nieuw, hoor.'

'Nee, dat hebben wij ook nooit beweerd.'

'Ik zit al meer dan dertig jaar bij de politie.'

'Ik begrijp het. Maar als het zo is dat wij ergens van worden verdacht...'

'In mijn vorige leven was ik ook politieman, en in het leven daarvóór sheriff.'

'Oké, reïncarnatie. Wow, dat slaat alles,' zei Carl, en hij rolde met zijn ogen.

'Laat ik het zo zeggen. Door de jaren heen heb ik een enorm goed reukvermogen ontwikkeld. Met andere woorden: ik weet precies hoe het ruikt als iemand iets probeert te verbergen, en op dit moment stinkt het als de hel.'

Carl zuchtte en schudde zijn hoofd. 'Het spijt me dat ik u teleur moet stellen. Wij hebben niets te verbergen. Maar mocht blijken dat wij ergens van worden verdacht, dan zullen wij niets meer zeggen voordat wij een advocaat aan onze zijde hebben. Dus nu vraag ik het nogmaals. Is het goed dat ik mijn armen laat zakken? Het begint namelijk erg vermoeiend te worden.'

'Zolang je er maar voor zorgt dat je handen volledig zichtbaar blijven.'

Carl deed zijn armen omlaag en de politieman wisselde een blik met zijn collega, die op haar beurt haar hoofd schudde en de kofferbak dichtdeed.

'Hebben jullie meer auto's dan dat Japanse gedrocht?'
'Zoals mijn vrouw al heeft uitgelegd, is dat onze auto niet.'
'En in de garage? Zijn daar meer auto's?'
'Geen een die eruitziet of hij het laatste decennium de weg op is geweest.'
'Mag ik jullie vragen de garagedeur open te doen?'
Carl wendde zich met een vermoeide zucht tot Helene. 'Pak jij de afstandsbediening even?'
'Zeker. Geen punt. Die ligt in de auto.' Ze liep terug naar de Nissan. 'Ik zal opendoen.'
Ze voelde zich helemaal buitenspel gezet. Maar ook als haar rol was om zo veel mogelijk op de achtergrond te blijven en Carl grotendeels het woord te laten doen, moest ze het spel meespelen, vooral met de leugens. 'Hier is-ie.' Ze hield de afstandsbediening omhoog terwijl ze achter de anderen aan holde, die al op weg waren naar de oprit.
Carl en de twee politiemensen keken zwijgend toe, en het enige wat ze hoefde te doen was zo natuurlijk mogelijk de afstandsbediening op de garagedeur richten en op de juiste knop drukken. Maar hoe gedroeg je je natuurlijk in een situatie die allesbehalve natuurlijk was?
Ze wist het niet. Behalve dat het onder geen beding mis mocht gaan, waarop ze de knopjes op de afstandsbediening nog een keer controleerde voordat ze er eentje indrukte en opgelucht zag dat de garagedeur voor hen opengleed.
'Zo, hij is open,' zei Carl, en hij richtte zich tot de politiemensen. 'Maar voordat jullie naar binnen gaan, zou ik graag willen weten waarom jullie hier zijn.'
'Alright.' De politieman knikte naar zijn collega om naar binnen te gaan terwijl hij zich tot Carl wendde. 'Het is zo gelegen. Om onderzoekstechnische redenen kunnen we niet ingaan op details. Maar het gaat om een verdwijning niet ver hiervandaan, dat is alles wat ik kan zeggen. Er is veel wat erop wijst dat het om moord gaat, maar

zover zijn we nog niet. We zijn nu bezig met een buurtonderzoek waarin we vragen of iemand iets heeft gezien of gehoord.'

'Wát gezien?'

'Alles wat ons kan helpen bij het onderzoek. Of iemand zich vreemd heeft gedragen of dat er iets anders is wat jullie is opgevallen. Dus als dat zo is, moeten jullie het nu zeggen.'

'Helaas.' Carl haalde zijn schouders op en schudde zijn hoofd. 'Tot nu toe hebben we nog niet veel meer gezien dan dit huis en het zwembad aan de andere kant. Dit is de eerste keer dat we het huis verlaten.'

De politieman knikte zonder zijn blik af te wenden. Daarna draaide hij zich om naar Helene voordat hij opnieuw naar Carl keek, om uiteindelijk een blik te wisselen met zijn collega, die opnieuw kort haar hoofd schudde, terwijl ze terugkwam uit de garage. 'Alright. Dan wens ik jullie verder nog een fijne dag.'

Helene lette goed op dat ze net onder de snelheidslimiet bleef toen ze over de kustweg in oostelijke richting reed. Eigenlijk was dat de verkeerde kant op, omdat ze naar Santa Cruz wilden, dat een paar kilometer naar het westen lag. Maar ze had voorgesteld om een kleine omweg te nemen om van het uitzicht te genieten en Carl had niet geprotesteerd.

Nu was het zo dat ze geen van beiden van een uitzicht genoten, hoe weergaloos mooi dat ook was. Carl keek weliswaar door het zijraam naar buiten, maar met een blik die net zo leeg en doods was als altijd wanneer hij met zijn gedachten ergens anders was.

Tot nu toe hadden ze het incident met de politie niet aangestipt, maar het nam steeds meer plaats in – als een opzwellende ballon. De verklaring was simpel. Carl bevond zich in een soort shocktoestand en de woede van de vernedering kookte bij hem vanbinnen.

Het was niet gek dat hij kwaad was. Als ze had gedaan zoals hij had gezegd en meteen was gestopt, zouden die politiemensen ze waarschijnlijk niet als bloedzuigers op de huid hebben gezeten. Dan hadden ze antwoord moeten geven op een paar standaardvragen, hun paspoorten en reisdocumenten moeten laten zien en daarna verder kunnen rijden. Nu had het zich ontwikkeld tot een hele scène. Een strijd waar Carl uit was gekomen als de grote verliezer, en als er íéts was wat hij haatte, dan was het wel verliezen. Dat hij zich bovendien niet aan de waarheid had kunnen houden, was ook geen pluspunt.

'Wat is dat?' Carl knikte naar de berm aan zijn kant. Een aantal meters voor hen maakte het fietspad, met meer skaters dan fietsers, een bocht, om plaats te bieden aan een aantal parkeerplaatsen die volstonden met bloemen, kaarsen en foto's met berichtjes achter het afzetlint.

'Het lijkt een plek van een ongeval,' zei ze, en ze minderde vaart. 'Misschien een fietser of iemand op een skateboard die...'

'Kun je niet even aan de kant gaan staan? Ik wil zien wat het is.'

'Absoluut,' zei ze, en ze stopte een stukje van de afzetting af.

Ze kon nog maar net de motor uitzetten of Carl was al uitgestapt en op weg naar de gedenkplek – als een uitgehongerde vis die het aas rook, maar het haakje niet had opgemerkt. Zelf deed ze rustiger aan en zette ze eerst de knipperlichten aan voordat ze haar gordel losmaakte en uit de auto stapte.

Eenmaal bij de afzetting bleef ze staan met haar blik op de verwaaide tent, die er verlaten bij stond en was omgeven door graflichtjes, briefjes, kaarten en nieuwe en verlepte bloemen. De plek had iets majestueus, bijna religieus zoals die beschut door een bosje, hoog boven zee op de zanderige rotsen lag, en ze hoefde alleen haar longen maar te vullen met de zuurstofrijke lucht en een blik te werpen op het golvende wateroppervlak om in te zien hoe alles samenhing. De zon, het zand, de zee, het leven en de dood. Hoe het een het ander veronderstelde.

Zelf had ze nooit op een surfplank gestaan, maar ze voelde toch een bedwelmend verlangen om zich in zee te werpen, een stukje mee te drijven en overeind te komen om de golven uiteindelijk de rest te laten doen. In zekere zin was dat precies waar ze nu mee bezig waren, en ze kon alleen maar hopen dat ze de controle niet zouden verliezen en niet zouden worden meegezogen door de onderstromen.

Carl was al bij de plek aangekomen en zat op zijn hurken met een ingelijste foto in zijn hand, bezig de puzzelstukjes samen te voegen en te begrijpen wat er eigenlijk was gebeurd. En hoewel ze eigenlijk naar hem toe wilde gaan om hem gezelschap te houden, bleef ze op de stoep staan afwachten.

'Die ondervraging ging vast over deze man,' zei hij, toen hij weer naar haar toe kwam. 'Justin Slane. Ik zag deze foto eergisteren op een aanplakbiljet, toen we bij een kruising in de stad stopten voor een rood licht.'

'Waar heb je het over?' wist ze uit te brengen, en ze hoorde zelf hoe verward ze klonk.

'Die politiemensen, natuurlijk. Over wie zou het anders gaan?' Carl overhandigde haar de ingelijste foto van een man met door de zon gebleekt schouderlang haar en intense blauwe ogen.

Helene reed The Santa Cruz Wharf op, een grote houten steiger die vanaf Santa Cruz Beach uitstak in zee, en ze was verbaasd hoe enorm groot die was. Het leek wel een complete landingsbaan vol restaurants, winkeltjes, botenverhuur en verschillende uitkijkpunten met verrekijkers waardoor je met een beetje geluk dolfijnen boven het water uit kon zien springen.

Het was echt Amerikaans om helemaal met de auto de steiger op te kunnen rijden, waarvan de ene kant was gevuld met parkeervakken. Zeker als je bedacht hoe de lage, witgeschilderde gebouwtjes langs de andere kant zich verdrongen als in een zeer smalle sloppenwijk waar elke vierkante centimeter zonder ook maar enige architectonische basisgedachte was volgebouwd.

Het was Carls voorstel geweest om hiernaartoe te rijden omdat het inmiddels al halfeen was en ze het ontbijt dan net zo goed konden overslaan en meteen aan de lunch konden beginnen. Volgens hem ging een aantal van de beste vis- en schaaldierrestaurants daar tussen de dunne muren schuil.

Ze had geantwoord dat er geen enkel leeg tafeltje te krijgen was zo tegen lunchtijd en midden in het toeristenseizoen. Dat was in elk geval wat ze tegen haar hadden gezegd toen ze een poging had gedaan en had gebeld – en niet één, maar alle restaurants op de steiger. In plaats daarvan had ze voorgesteld dat ze op het land zouden blijven, waar zoveel lunchtentjes waren dat ze insmijters nodig hadden.

Maar Carl had koppig volgehouden en gemeend dat ze niets te

verliezen hadden en best een poging konden wagen in de hoop dat er een annulering was gekomen. *Wie weet,* had hij met een glimlach gezegd. *Misschien hebben we het geluk voor de verandering aan onze kant.*

En ze hadden inderdaad geluk gehad. Dat was in elk geval waar ze van uit was gegaan toen een parkeerwacht de afzetting bij een van de parkeervakken omhoog had gedaan en ze had gewenkt. Maar toen er zich als een heilige graal een tafeltje voor twee aan het raam had geopenbaard in het verder zo overvolle restaurant FireFish Grill, had ze begrepen dat Carl, of nog waarschijnlijker zijn assistent Mirja, aan de touwtjes had getrokken en ervoor had gezorgd dat de zee zich voor hen openspleet.

Het restaurant had een inrichting die bestond uit hout, hout en nog eens hout. De tafels en de stoelen. De roomwitte balken aan het plafond. De lange bar van gelakt mahonie. Alles was van hout. De enige uitzondering was de vloer, die was bekleed met een zwart-wit mozaïek in zulke rechte lijnen dat je, als het uitzicht er niet was geweest, je moeilijk kon voorstellen dat je je wel honderd meter uit de kust op een steiger bevond.

Dit was Carl ten voeten uit en hij nam met een tevreden glimlach de gelegenheid te baat om zich in de wijnkaart te verdiepen zo gauw ze hadden plaatsgenomen. Niemand had zo'n vermogen om tafeltjes te versieren bij volgeboekte restaurants als hij. Tegelijkertijd kende ze niemand die zo slecht was in het loslaten van de regie en de dingen gewoon te laten gebeuren. Dat deed hij uiteraard uit pure welwillendheid, en diep vanbinnen waardeerde ze het ook enorm, omdat elke recensie die ze in haar zoekopdrachten had gevonden zei dat je juist hier moest gaan lunchen.

Maar het was een hellend vlak. Ze wist maar al te goed wat de gevolgen zouden zijn als ze hem de zaak liet overnemen en hij alles naar eigen believen regelde. Als dit zou werken, zou zij óók het roer mogen vasthouden, en niet alleen vasthouden, ze zou ook een beetje mogen sturen, en als puntje bij paaltje kwam misschien zelfs méér dan een beetje. Het was natuurlijk geen eenvoudig proces om het roer uit handen te geven en het was ook niet iets wat hij uit eigen beweging zou doen. Nee, die verantwoordelijkheid lag geheel en al bij haar.

'Proost.' Carl hief zijn glas zo gauw dat was gevuld met een koude Château Suduiraut uit 2016 die de glazen liet beslaan. 'Proost op ons.'

'En omdat we zo'n geluk hadden om een parkeerplaats én een tafeltje te vinden,' voegde ze er met een glimlach aan toe en nam een slok.

'Als je bedenkt hoe deze vakantie gestart is, zou ik zeggen dat niemand meer geluk verdient dan wij twee.'

Ze proostten opnieuw, en al na een half glas zorgde de wijn ervoor dat ze alleen maar achterover wilde leunen om te genieten van het uitzicht en de oesters die Carl had besteld. Na nog een half glas zou ze vast tegen zichzelf zeggen dat dit leven ondanks alles toch niet zo beroerd was. Dat zijzelf degene was die het onderste uit de kan wilde hebben en geen genoegen kon nemen met alles wat ze wél had.

Maar dat ging gewoon niet. Alleen omdat het nu heel gezellig was, kon ze niet verdwijnen in de wijnmist. In de verloochening. Dat had ze al veel te vaak gedaan, om vervolgens weer te ontwaken en in te zien dat ze alleen maar zichzelf voor de gek had gehouden. Bovendien was zij degene die reed, waardoor ze ervoor zorgde dat ze elke slok wijn afwisselde met minstens twee keer zoveel water.

'Zeg...' zei Carl na een tijdje, en hij zette zijn glas neer. 'Ik weet dat dat huis belangrijk voor jou is. Dat je niet wilt dat we in een hotel gaan zitten met een heleboel mensen en overal personeel. Dat heb ik echt wel begrepen en ik heb ook begrepen waarom, en ben het in grote lijnen met je eens. Maar als we willen dat dit...'

'Carl,' kapte ze hem af. 'Kun je het niet gewoon een kans geven? Die zwembadjongen is al druk bezig. En ook al voelt het huis schoon aan, nou ja, buiten die nagel die jij had aangetroffen, er komt een schoonmaakbedrijf om het grondig…'

'Helene, dat weet ik, en dat is vast prima,' onderbrak hij haar. 'Maar kun je mij niet even laten uitpraten?'

'Neem me niet kwalijk. Natuurlijk.'

'Dank je.' Carl pauzeerde even alsof hij zich moest herpakken voor hij verderging. 'Ik ben me ervan bewust dat ik een ontzettende pietlut ben als het op schoonmaken aankomt. Maar daar gaat het helemaal niet om. Het is iets anders, iets met dit huis wat niet goed aanvoelt. En ik geloof dat als wij verder willen komen, jij en ik, dan moet het voor ons allebei oké voelen. Dat ben je toch wel met me eens?'

'Jawel,' zei ze, en ze knikte. 'Natuurlijk, liefje. Jij moet het uiteraard ook fijn vinden en je, misschien niet als thuis, maar in elk geval enigszins comfortabel voelen en kunnen ontspannen. Ik zou alleen willen dat je het niet zo snel opgaf. Dat je in elk geval een poging zou willen doen. Is het niet voor jezelf, dan voor mij. Voor ons.'

'Geloof me, ik doe niet anders.'

'Zijn het die geluiden waar je het vanochtend over had? Carl, dat zijn maar geluiden.'

Carl zuchtte en schudde zijn hoofd voordat hij een flinke slok wijn nam en zijn glas neerzette. 'Ik had eigenlijk niets willen zeggen, maar nu we het er toch over hebben: het zijn helaas niet alleen die geluiden.'

'Niet? Wat dan nog meer?'

'Weet je de eerste avond nog, nadat we een drankje hadden genomen bij het zwembad en ik wilde dat we nog even op zouden blijven, maar dat jij te moe was en naar bed wilde?'

'Ja, maar vanochtend was ik niet te moe.' Ze gaf hem een knipoog. 'In elk geval niet wat ik me kan herinneren.'

'Nee, zeker niet,' zei hij, en hij begon even te stralen. 'Ik ben toen in elk geval nog even gaan douchen om wat af te koelen voordat ik naar bed ging.'

'Aha, oké,' zei ze, en ze knikte. 'Ik moet al ver voor die tijd in slaap zijn gevallen. Ik geloof dat ik nooit zo moe ben geweest als die avond.'

'Nou, wees daar maar blij om. De afvoer bleek verstopt. De hele vloer stond blank.' Hij schudde zijn hoofd. 'Tja, dus ik had geen andere keus en moest op mijn knieën om onder de badkuip haren en zeepresten te verwijderen.'

'Carl, we weten hoe jij bent met schoonmaken, maar wat haren onder de badkuip is toch geen ramp?'

'Ik weet het, en daar heb je beslist gelijk in. Feit was alleen dat het lange blonde haren waren.'

'Ja, én?' Ze haalde haar schouders op. 'Ik weet niet wat dat...'

'Maar begrijp je dat dan niet? Wij hebben geen van beiden lang haar.'

'Nee, maar...'

'En dat geldt ook voor die Adam en zijn vrouw Scarlett. Hij is kaal en helemaal gladgeschoren en zij is een brunette.'

'Dus jij bedoelt dat ze van iemand anders afkomstig zijn?'

'Ze komen in elk geval niet van hen of van ons.'

'Oké, maar dan hebben ze zeker iemand op bezoek gehad of zo. Iemand die daar logeerde nu zij er toch niet waren.'

'Je bedoelt iemand die een grote teennagel armer is geworden.'

'Carl, ik begrijp niet waar je heen wilt. Wat maakt het nou uit of daar iemand is geweest? Het belangrijkste is toch dat de persoon in kwestie daar niet meer is, en dat wij er nu zijn?'

Carl keek haar een hele tijd aan zonder wat te zeggen, vervolgens keek hij de andere kant op en nam nog een slokje wijn.

'Maar,' ging ze verder. 'Kun je niet vertellen waar je nou zo bang voor bent?'

'Ik weet niet.' Hij haalde zijn schouders op. 'En ik weet ook eerlijk gezegd niet of ik het wel wil weten. Maar samen met dat gebonk in die buizen klinkt het echt alsof er iemand...'

'Carl,' viel ze hem in de rede. 'Je kunt toch niet serieus menen dat...'

'Wat ik probeer te zeggen, en dat is het enige wat ik zeker weet, is dat ik daar niet nog een hele maand kan zitten. Dat wij daar niet kunnen blijven. Het spijt me, maar dat lukt gewoon niet.'

Ze wilde protesteren. Maar dat zou niet helpen. Dit was niet iets wat te winnen viel met stemverheffing en harde woorden. Het was veel meer dan dat, waardoor ze in plaats daarvan knikte en hem aankeek. 'Dus je hebt contact gehad met Mirja?'

'Beloof me dat je nou niet boos wordt.' Carl legde zijn hand op die van haar. 'Vanaf donderdag heeft ze een accommodatie voor ons weten te regelen bij een beach resort iets verderop, richting Monterey. Met uitzicht en alles. Er is weliswaar een gemeenschappelijk zwembad, maar daar liggen vast geen ratten in te dobberen.'

In zekere zin was ze niet verbaasd. Dat hij haar plechtig had beloofd vakantie te nemen van zijn assistenten was toch al iets waar ze niet helemaal op had durven vertrouwen. Mogelijk had ze gehoopt dat hij zijn vingers wat langer van zijn mobiel af zou kunnen houden. Maar daarin was ze blijkbaar wat te naïef geweest.

'En de politie?' vroeg ze uiteindelijk. 'Hoe gaan we dat aanvliegen?'

'Hoe bedoel je?' Carl keek niet-begrijpend. 'Wat is er met de politie?'

'We hebben gezegd dat we daar een hele maand zouden blijven, en als we dan opeens verdwijnen na wat er vandaag is gebeurd, denk je dan niet dat ze dat, ik weet niet, een beetje verdacht zullen vinden?'

Carl dacht even na voordat hij zijn hoofd schudde. 'Nee, waarom zouden ze? Maar we kunnen ze natuurlijk altijd ons nieuwe adres doorgeven. Voor de zekerheid. Maar ze kunnen ons toch niet serieus ergens van verdenken? Iets wat weken geleden gebeurd is. Ik bedoel, hallo, we zijn pas eergisteren aangekomen, en voor zover we geen tijdsmachine hebben die kan...'

'Carl,' zei ze, en ze keek hem recht in de ogen. 'Je bent je er toch wel van bewust dat je tegen ze hebt gelogen?'

'Gelogen? Hoe bedoel je? Ik heb helemaal niet tegen ze gelogen.'

'Dus je bent helemaal vergeten dat je iets meer dan drie weken geleden in de VS was?'

'Hè? Waar héb je het over? Hoe kom je daar nou bij? Ik ben helemaal niet in...' Carl zweeg en trok helemaal wit weg. 'O ja... Je hebt gelijk. Ik ben in San Francisco geweest. Shit, dat was ik helemaal vergeten.' Hij pakte zijn mobiel. 'Ik bel ze meteen om dat te vertellen.'

'Nee, dat doe je helemaal niet.' Ze legde haar hand op zijn mobiel. 'Op dit moment doen we helemaal niets.'

'Hè? Maar we moeten toch contact met ze opnemen en vertellen dat ik...'

'Carl, alsjeblieft,' maande ze hem zo zachtjes mogelijk tot kalmte. 'De mensen kijken.'

'Oké,' zei hij op gedempte toon. 'Sorry.'

'Ik denk ook niet dat wij ergens van worden verdacht. Wij hebben niets te maken met die surfer, als het inderdaad om hem gaat; en dat jij toevallig in San Francisco was toen hij verdween, verandert daar niets aan. Wat ik daarentegen denk, is dat het er in de ogen van de politie niet best uit zou zien als wij plotseling onze plannen zouden wijzigen en gewoon zouden vertrekken uit Santa Cruz. Dan zouden ze misschien zelfs kunnen denken dat we proberen te vluchten.'

'Dus wat stel je voor?'

'Hier blijven en proberen te genieten van onze vakantie. In elk geval nog een week, tot het allemaal hopelijk wat gekalmeerd is. Dus laten we afwachten en kijken hoe het dan voelt. Oké? Doe het voor mij. En je kunt toch niet serieus menen dat er iemand anders in het huis is. Iemand die zit opgesloten en die 's nachts op de buizen zit te rammen. Ik bedoel, kom op. Je hoort toch zelf wel hoe dat klinkt?'

'Ik doe graag dingen omwille van jou, dat weet je. Maar als wij daar blijven, laten we zeggen tot het eind van de week, dan betekent dat ook dat zij, de eigenaren dus, in ons huis blijven zitten.'

'Ja. En? Dat is toch geen punt? Zij kunnen hier toch ook allemaal niets aan doen? Ik bedoel, je kunt ze moeilijk de schuld geven van die dode rat. Dat geldt ook voor die geluiden 's nachts. Hopelijk wen je daaraan, anders moet je maar oordopjes kopen. Erger dan dat is het niet.'

Carls blik verdween in het niets, hij keek door het raam naar de horizon en nam de tijd voordat hij antwoord gaf. 'Ik had gehoopt dat ik dit niet zou hoeven vertellen. Echt. Maar toen ik die eerste nacht op was en niet kon slapen…'

'Ik begrijp niet hoe jij wakker kon blijven.'

'En ik snap niet hoe jij kon slapen terwijl er iemand constant op die buizen aan het rammen was.'

'Carl, er is niemand die op die buizen ramt.'

'Maar zo klinkt het wel. Dus in een poging om uit te zoeken wat er aan de hand was, heb ik die buizen helemaal tot beneden in de garage gevolgd, waar ze door een muur in een kamer zonder ingang verdwijnen.'

'Kamer zonder ingang? Waarom zou je een…'

'Ik weet het. Dat klinkt gek. Maar ik kan het je laten zien wanneer we thuiskomen. Wat ik wil zeggen is dat net toen ik daar als een Manuel in *Fawlty Towers* stond en naar die deur zocht, er een berichtje binnenkwam op mijn mobiel. Een melding van ons beveiligingssysteem thuis.'

'Alsjeblieft, zeg niet dat je ze stiekem hebt zitten begluren.'

'Helene, ik kreeg een melding dat een van de camera's het niet deed. Dus wat moest ik?' Carl vulde beide glazen bij en nam een slok.

'Welke van de camera's?'

'Die in de inloopkast, die ik trouwens op slot had gedaan.'

'Maar dan kunnen zij het toch niet zijn. Wat zouden ze daar moeten? Het is vast een of andere technische storing.'

'Of niet, want ik heb gekeken wat er gebeurde in de minuten voordat die storing ontstond, en dat had ik misschien niet moeten doen, want daar kun je duidelijk zien dat die Adam de inloopkast in komt, op het voetenbankje klimt, zich rekt naar de camera en er iets mee doet zodat hij uitgaat.' Carl spreidde zijn handen.

Helene wist niet wat ze moest zeggen. 'Maar...' Ze schudde haar hoofd. 'Ik begrijp het niet. Waarom zouden ze...' Ze zag dat haar handen waren gaan trillen. 'Dat snap ik niet. Wat is daar de lol van?'

'Dat is precies wat ik me ook afvroeg. In eerste instantie althans. Want daar stopt het namelijk niet mee.'

Ze had meer wijn nodig, maar haar handen trilden te veel. 'En je weet zeker dat hij het was, en niet iemand anders? Een of andere servicemonteur die het systeem moest updaten of zo?'

'Helene, hij was het. Ik heb de foto's gecheckt. Geen twijfel mogelijk.'

'Oké. En nu dan? Die camera. Werkt die nog steeds niet?'

'Jawel, die lijkt het weer te doen.'

'Mooi zo. Er is vast een natuurlijke verklaring. Misschien was dat ding gaan piepen en ging er een of ander alarm af, en moest die Adam de inloopkast in om het snoer eruit te trekken om de camera weer te resetten. Het zou niet de eerste keer zijn dat het systeem vastliep.'

'Was dat maar waar! Maar helaas. Ik heb het logboek bekeken en daar waren geen storingscodes te zien voordat hij dat snoer eruit trok. Ik ga in elk geval contact opnemen met Silvia.'

'Silvia? Silvia Regner?'

Carl knikte.

'Waarom? Waarom zouden we die roddeltante erbij betrekken?'

'Omdat ik dacht dat een nieuwsgierige buurvrouw het minst verdacht zou overkomen. Het alternatief zou het beveiligingsbedrijf zijn of zelfs de politie, en daar wil ik liever mee wachten tot ik wat meer bewijs heb.'

'En dat is nu het geval?'

'Ja en nee.' Carl pakte zijn mobiel en zette hem aan. 'De inloopkast zat op slot toen ze kwamen, en geen van mijn horloges of iets anders lijkt te ontbreken.'

'Maar...?'

'Kijk hier eens naar.' Hij schoof zijn telefoon naar haar toe, ze pakte hem op en keek naar het beeld met daarop een aantal apparaten dat aan de muur zat en was verbonden met snoeren.

'Tja, dit zegt mij net zoveel als de zoveelste ronde bij de Formule 1.'

'Wat je ziet is het hart van ons beveiligingssysteem, en dat zit in onze inloopkast.'

'Ja, dat weet ik nog net.'

'En zie je dat kleine witte kastje dat niet aan de muur zit, maar dat los aan die snoertjes hangt?'

'Dit?' Ze zoomde in en wees op het scherm van zijn mobiel.

'Dat ja.'

'Wat is daarmee?'

'Dat is niet van ons.'

Helene volgde het blauwe achtbaankarretje met haar blik terwijl het langs de steile helling van de Giant Dipper omhoog werd getrokken – een van de vele attracties op de Santa Cruz Beach Boardwalk langs het strand. Het gekrijs dat volgde nadat het treintje de top was gepasseerd en in de eerste bocht omlaag denderde, klonk ongeveer zoals zij zich vanbinnen voelde. Net als de mensen in het treintje wilde zij het ook wel uitschreeuwen, zo hard ze maar kon, en ze dacht er serieus over na om alleen al daarom een kaartje te kopen.

Ze had zich nog niet hersteld van wat Carl zojuist had verteld. Het was alsof hij het vloerkleed onder haar voeten had weggetrokken. Alles wat ze voor zich had gezien, alle plannen die ze voor de komende dagen had gemaakt, alles was in één klap veranderd. In wát wist ze niet. Nog niet, en dat gaf haar de meeste stress. Misschien zouden ze alles moeten annuleren en weer naar huis moeten gaan.

Daarnaast was het ook hoe Carl ermee omging. In haar naïviteit was ze ervan uitgegaan dat zijn tafelreservering bij het visrestaurant een eenmalig verschijnsel was. Een uitzondering met de beste bedoelingen die ze zonder te veel ophef door de vingers kon zien. Maar nu was het dus duidelijk dat hij niet alleen het roer had overgenomen, maar het ook met beide handen krampachtig vasthield.

De vorige dag was hij blijkbaar continu bezig geweest om te onderzoeken wat er aan de hand was. In zekere zin een volstrekt natuurlijke reactie. Het probleem was alleen dat hij dat stiekem had gedaan en zich had afgezonderd zo gauw zij in zijn buurt kwam.

Het was met andere woorden precies zoals het altijd was geweest en precies zoals ze hadden afgesproken dat het niet meer zou zijn.

Maar deze keer was ze niet van plan om gewoon over zich heen te laten walsen. Deze keer wilde ze weerstand plegen en laten zien dat haar mening ook telde. Dat ze besluiten met z'n tweeën moesten nemen en de verantwoordelijkheid in aanzienlijk hogere mate moesten delen, wilde dit werken.

Het eerste initiatief dat ze had genomen was het besluit dat ze de lunch beëindigden en het restaurant verlieten. Zoals verwacht had hij er vraagtekens bij gezet en juist het tegenovergestelde voorgesteld. Maar toen ze hem had gewezen op het Zweedssprekende gezelschap twee tafeltjes verderop dat al een hele tijd niets meer zei en met steeds grotere belangstelling had zitten meeluisteren, had hij het begrepen en haar op weg naar buiten zelfs bedankt.

Daarna had ze voorgesteld om de auto te laten staan en een wandeling te maken om in alle rust te bespreken hoe ze de ontstane situatie het best konden aanpakken. En al pratend waren ze de hele lange steiger af gelopen en waren ze op de strandpromenade beland, met de speelhallen, cafés en attracties.

Volgens Carl viel er maar één ding te doen en dat was contact opnemen met de Zweedse politie. Zelf had ze hem geprobeerd ervan te overtuigen dat ze beter konden afwachten tot ze meer wisten, of er in elk geval een nachtje over hadden geslapen. De mogelijkheid bestond tenslotte dat het allemaal een misverstand was. Dat Carl, die er net als anders veel ophef over maakte hoe technisch onervaren hij was, het zich gewoon verkeerd herinnerde of gewoon niet wist dat dat witte apparaatje toch wél deel uitmaakte van hun systeem.

Maar daar ergens was hij gestopt met luisteren. Volgens hem was dit overduidelijk een zaak voor de politie, en haar voorstel dat ze eerst contact zouden moeten opnemen met Adam om hem te vragen waarom hij had zitten knoeien aan het beveiligingssysteem, had hij weggewuifd. De mogelijkheid dat er een legitieme verklaring kon zijn, kwam niet bij hem op.

'We zouden nu genoeg bewijs moeten hebben.' Carl gooide vrijwel zijn hele ijsje met alles erop en eraan weg, dat hij had moeten kopen opdat de jongeman in de kiosk onder de achtbaan zijn mobiel had willen opladen.

Ze namen een van de trappen naar het strand en liepen nog zo'n vijftig meter verder over het zand tot ze zo ver weg waren dat er geen buitenstaanders konden meeluisteren.

'Weet je het echt zeker?' vroeg ze, terwijl ze tegenover elkaar gingen zitten. 'Dat we niet nog even zullen wachten?'

'Wachten waaróp? Totdat de tijd verstrijkt en zij doorgaan met waar ze dan ook mee bezig zijn?'

'Nee, totdat we wat meer zijn uitgerust en helder kunnen denken voordat we iets overhaasts doen.'

'Helene, ik heb nagedacht. Ik heb de afgelopen dag niets anders gedaan dan nadenken.'

'Oké,' zei ze, en ze probeerde haar gedachten te bundelen in plaats van haar stem te verheffen. 'Ik geef toe dat er wat onduidelijkheden zijn, maar dat is toch altijd zo als je met andere mensen te maken hebt? Zeker als je, zoals in dit geval, elkaar niet kent. Kom op. We hebben ze niet eens gesproken. Ben jij niet degene die altijd zegt dat communicatie essentieel is?'

'Jazeker, maar ik héb met die vrouw gesproken, die – hoe heet ze ook alweer – Scarlett.'

'Hè? Waarom heb je dat niet eerder gezegd?'

'Omdat het nergens toe heeft geleid. Ze was totaal niet begrijpend.'

'Maar wacht even. Jij hebt dus...'

'Helene,' viel Carl haar in de rede terwijl hij haar aankeek. 'Dit is aanzienlijk erger dan "wat onduidelijkheden" die met een kort telefoongesprek kunnen worden opgelost. Wij kennen die mensen überhaupt niet, en op dit moment bevinden zij zich in ons huis en zijn ze bezig met ik weet niet wat. Maar er is iets, dat weet ik zeker, iets waardoor elk waarschuwingssignaal in mij afgaat.'

'Jezus, jij laat het klinken alsof wij het slachtoffer zijn van één grote samenzwering. Het enige wat wij hebben gedaan, is met elkaar van huis ruilen, zoals honderdduizenden andere mensen elke vakantie doen. Zij wilden naar Stockholm en wij wilden hierheen. Wat is er nou zo ernstig dat we de politie erbij moeten halen? Dat begrijp ik echt niet. Denk je niet dat de politie veel belangrijker zaken aan haar hoofd heeft dan bij onze gasten te gaan kijken?'

Carl leek voor de verandering na te denken over wat ze gezegd had, waarna hij diep zuchtte en knikte. 'Helene, nu is het zo dat ik gisteren al contact heb gehad met de politie, en je hebt gelijk. Zij hebben hier geen tijd voor. Ze weten ook niet of er wel sprake is van een strafbaar feit.'

'Hè? Heb je al met ze gesproken? Waarom heb je niks gezegd?'

'Omdat ik je niet ongerust wilde maken...'

'Mij ongerust maken? Carl, ik ben geen klein kind dat onwetend moet worden gehouden. Ik ben je vrouw. En het idee van deze hele reis is dat we op dezelfde golflengte komen en elkaar overal bij betrekken. Dat we opener en eerlijker zijn. Was je dat al vergeten?'

'Nee, Helene, dat ben ik niet vergeten, maar...'

'Het enige wat jij doet, is weglopen met je telefoon zo gauw ik in de buurt kom,' onderbrak ze hem. 'Je houdt mij overal buiten en focust je op van alles behalve op ons. Wat geluiden in de verwarmingsbuizen en een verstopte afvoer zijn blijkbaar veel belangrijker voor jou dan dat je vraagt hoe het met mij is. Wat ik vandaag, deze week graag wil.'

'Nee, dat is helemaal niet waar.'

'Jawel, zo is het wel en zo is het altijd al. Jij gaat je eigen gang zonder je er ook maar ietsjepietsje druk om te maken hoe het met mij is of wat ik ervan vind, en in het gunstigste geval krijg ik te horen wat je al besloten hebt. Even een paar kruimeltjes op de grond gooien en zij is ook weer blij.'

'Ik weet dat dat zo was, en dat het er nu ook zo kan uitzien. Maar geloof me, ik wil niets liever dan dat wij... elkaar weer terugvinden.

Maar om dat te kunnen, moet ik de kans krijgen om te ontspannen en het gevoel te krijgen dat het allemaal goed loopt.'

'Oké, maar dan moet ik vragen waar we eigenlijk mee bezig zijn en waarom we hier zitten? Want dat begrijp ik echt niet.' Ze spreidde haar handen en schudde haar hoofd. 'Als jij, zonder mij te hebben geïnformeerd, al contact hebt gehad met de politie en die bovendien nee hebben gezegd, waarom moeten wij dan hier in het zand zitten om...'

'Omdat Silvia al heeft gesproken met een van haar oud-collega's, die tegenwoordig forensisch rechercheur is bij de rijksrecherche,' kapte Carl haar af. 'En als ik het goed heb begrepen, heeft zij hem kunnen overhalen om een bezoekje af te leggen.'

'Oké, nu komt het ene geheimpje na het andere boven water. Dus wat jij nu zegt, is dat er een misdaadonderzoeker van de rijksrecherche bij ons thuis is geweest?'

Carl knikte. 'Als ik het allemaal goed begrepen heb, ja.'

'En welke conclusie heeft hij getrokken?' wist ze uiteindelijk uit te brengen.

'Dat is precies waar we achter moeten zien te komen. En daarom moeten we hem bellen.'

'Een oude kennis van Silvia.' Ze schudde haar hoofd. Dit liep steeds verder uit de hand, en het enige wat ze kon doen, was constateren dat alles waarop ze had gehoopt steeds dieper in het drijfzand verdween.

'Collega,' corrigeerde Carl haar. 'En Silvia is het trouwens helemaal met mij eens dat er iets niet klopt met die lui, en dan vooral met die Adam.'

'En waar baseert ze dat precies op, als ik vragen mag? Je weet zelf hoe ze is. Hoe ze zich altijd overal mee bemoeit en denkt dat iedereen minstens een martelkamer in zijn kelder verstopt heeft.'

'Nou, Bernt en zij hebben bijvoorbeeld net bij ze gegeten.'

'Hè, bij Adam en Scarlett?'

'Ja, en wat ik ervan begreep, was dat niet iets wat haar heeft gerustgesteld. Integendeel. Ze heeft dus besloten een klein onderzoekje naar hen te starten, en ze heeft beloofd wat te laten horen zo gauw ze wat concreets heeft. Maar nu moet ik die onderzoeker bellen. Hij zit namelijk te wachten, en het is thuis, hoe je het nou wendt of keert, al een flink stuk na middernacht.'

Hoezeer het haar ook tegen de borst stuitte, ze kon niets anders doen dan knikken.

Het vierde berichtje had net haar mobiel verlaten toen ze het vaatdoekje uitspoelde onder de warme kraan, het uitwrong en er een paar druppels afwasmiddel op deed voordat ze de afzuigkap nog een extra keer afnam.

Het was dan ook of alles tegelijkertijd implodeerde. Niets ging zoals ze wilde. Niet eens de net uitgevoerde schoonmaak die ze had besteld. Goed, het was schoon. Alleen niet Carl Wester-schoon.

Ze spoelde het doekje daarom nog een keer uit, deed er weer een paar druppels afwasmiddel op en nam de keukendeurtjes en de lades rond de handgrepen nog een keer af. Juist voor die plekken was hij extra gevoelig, en hij zou er nooit mee akkoord gaan om nog een paar dagen in het huis door te brengen als je daar nog steeds wat ingedroogd vuil kon vermoeden. Dat gold voor alles, van lichtschakelaars en deurkrukken tot afstandsbedieningen.

Gelukkig was hij nog even in de garage, wat haar de kans gaf om het meest in het oog springende te verhelpen. Daarna hoefde ze alleen nog de kussens op de loungebank buiten even op te schudden en de ligstoelen op het terras recht te zetten, en was ze klaar.

Die zwembadknul had zijn werk in elk geval grondig gedaan. In tegenstelling tot eerder zag het water er nu zo schoon en uitnodigend uit dat ze zeker wist dat Carl straks ook een duik zou overwegen. Ze ging op haar hurken bij de rand van het zwembad zitten, stak haar hand in het water en constateerde dat de temperatuur bijna perfect was, toen haar telefoon begon te trillen.

Ze veegde haar hand af aan haar broek, constateerde dat het zoals verwacht Carl was en nam op. 'Hoi. Ik begon me net af te vragen waar je...'

'*O ja?*' kapte Carl haar af. '*Ik vroeg me anders ook af waar jij uithing en waarom je niet komt als ik je roep.*'

Hij was in een slecht humeur. Dat was duidelijk. 'O, heb je me geroepen?'

Zijn vruchteloze poging om elk barstje waar de irritatie doorheen sijpelde te dichten. 'Nou sorry dan, dat heb ik niet gehoord. Ik ben bij het zwembad om te checken of dat goed is schoongemaakt.'

'*O, ik dacht anders dat je terug zou komen nadat je naar het toilet was geweest.*'

Het was gedurende de hele middag opgebouwd. Ook al hadden ze ruzie weten te vermijden en was het af en toe zelfs gezellig geweest in de uren dat ze hadden gewinkeld en boodschappen gedaan.

'*Jij hebt de afstandsbediening van de garagedeur,*' ging hij verder. '*En ik durf hier niet weg te gaan en alle tassen met etenswaren te laten staan zolang de deur naar de straat wijd open staat.*'

Dat hij teleurgesteld was over het gesprek met die forensisch rechercheur met wie Silvia Regner contact had opgenomen, en dat de fout niet bij haar lag, was duidelijk. En als je bedacht dat hij had verkondigd dat die woningruil op één lijn kon worden gesteld met de ondergang van de aarde, was het uiteraard frustrerend dat die oud-collega van hun buurvrouw niets concreets had gevonden. Maar het resultaat was wel dat zij nu moest dealen met die frustratie.

'O ja, de afstandsbediening. Sorry hoor, die was ik helemaal vergeten. Ik kom er meteen aan.' Ze snelde naar binnen en liep via de woonkamer en de hal naar de garage. 'Het zwembad is nu keurig schoon, dus ik stel voor dat we een duik nemen zodra we klaar zijn met het uitpakken van de boodschappen.' Ze drukte het gesprek weg op het moment dat ze de garage in kwam, waar Carl bij de auto stond te wachten met een stuk of tien boodschappentassen voor zich. 'Jeetje, hebben we echt zoveel gekocht?' probeerde ze, in de hoop dat haar glimlach ontwapenend genoeg was.

'We zullen in elk geval niet omkomen van de honger,' probeerde hij van zijn speelhelft. 'Maar als jij de garagedeur dichtdoet, ga ik vast sjouwen. Er is een aantal dingen dat in de vriezer moet.'

Hij pakte de twee zwaarste tassen en kwam in beweging terwijl zij de afstandsbediening pakte, er een vluchtige blik op wierp en een van de twee knopjes indrukte. Maar in plaats van dat de garagedeur dichtging, kwam er iets anders tot leven. Iets achter hen.

'Wat is dat nou?' Carl zette de tassen weer neer en draaide zich om naar de binnenmuur achter de oude autobanden en opgestapelde verhuisdozen. 'Wat is dat in godsnaam?' Het was geen muur, maar nog een deur.

'Geen idee,' zei ze, en ze deed een paar passen naar de deur die nu ver genoeg open was opdat ze naar binnen konden kijken. Daar stond nog een auto. Een knalrode Tesla met het laadsnoer er nog in. 'Kijk nou eens, daar is dus die tweede auto. Vanaf nu hoeven we niet meer rond te rijden in een oude Japanner. Dat is tenminste iets.'

Carl, die al op weg was naar het binnenste gedeelte van de garage, lachte niet en gaf ook geen antwoord. In plaats daarvan keek hij om zich heen in dit verlichte en aanzienlijk netter opgeruimde deel van de garage. 'Dus hier gaan ze naar binnen,' mompelde hij in zichzelf met zijn blik op het plafond gericht.

In één klap was de stemming omgeslagen. De irritatie en de opgekropte frustratie waren op pauze gezet. Hoelang viel nog te bezien.

'Wat bedoel je?' vroeg ze, en ze liep met hem mee naar binnen. Nu had ze kans om wat verloren terrein terug te winnen. 'Vertel. Waar heb je het over?' Nu hij in een beter humeur was.

'De buizen.' Carl wees op twee koperen buizen die langs het plafond boven de Tesla naar de verwarmingsinstallatie in de hoek bij de buitenmuur liepen. 'Je weet wel, waar ik het over had, met dat onregelmatige gebonk.'

'O, ja,' zei ze, en ze keek om zich heen. 'Gelukkig ligt er hier in elk geval niet een of andere vastgebonden gevangene met een hamer te veel en een teennagel te weinig.' Ze wachtte zijn reactie af, maar

Carl was zo druk bezig met het bestuderen van het buizenstelsel dat ze niet zeker wist of hij haar überhaupt had gehoord. 'Ik begrijp alleen niet wat er zo interessant is aan die buizen,' zei ze uiteindelijk, en ze liet haar blik door de raamloze ruimte glijden. 'Het zijn toch gewone verwarmingsbuizen?' Ze keek naar de auto, die van dichtbij toch niet zo mooi glansde. De spiegel aan de ene muur. De haakse slijper en al het andere gereedschap dat op een hoop op de werkbank lag. 'Ik bedoel, het is toch niet zo gek dat die een beetje tikken?' De jerrycans met gootsteenontstopper op de grond eronder.

'Nee, misschien niet in de winter als de verwarming aan is.'

'Maar misschien is die wel aan. 's Nachts. Dan is het best een stuk kouder.' Ze trok de laadkabel uit de Tesla en deed het klepje dicht. 'Kom, dan wisselen we die twee auto's even om.'

'Omwisselen?' Carl draaide zich om en keek haar aan. 'Is dat wel zo'n goed idee? Hij staat hier vast met een reden.'

'We zouden toch de beschikking hebben over twee auto's? En ze kunnen moeilijk die ouwe roestbak daar hebben bedoeld. Toch?' Helene knikte naar de amerikaan met de lekke banden.

'Dat moet je mij niet vragen. Jij hebt het contact met hen onderhouden. Niet ik.'

'Exact, en ik zeg dat dat helemaal in orde is. Als ze niet hadden gewild dat we die zouden gebruiken, hadden ze het wel gezegd. De aanleiding dat hij hier staat is natuurlijk alleen maar omdat hier de lader zit, en het is niet zo dat de auto achter slot en grendel stond.'

'Niet? Weet je dat zeker?'

'Ja, ik had gewoon niet begrepen dat dat andere knopje op de afstandsbediening van de deur hierbinnen was. En kijk. Zelfs de sleutel ligt hier gewoon open en bloot.' Ze pakte de sleutelkaart die boven op het laadstation lag en zwaaide ermee in de lucht. 'Het enige wat we hoeven te doen is die twee vuilniszakken verplaatsen.'

Maar Carl zag dat niet doordat hij met zijn rug naar haar toe stond, volledig in beslag genomen door iets op een van de buizen verderop bij de verwarmingsinstallatie. 'Alsjeblieft, kun je dat niet even laten voor wat het is en mij komen helpen,' vroeg ze in een nieuwe poging, terwijl ze de twee plastic zakken opzij trok.

'Er klopt iets niet,' zei hij zonder zich om te draaien.

'En sinds wanneer ben jij expert op het gebied van verwarmingsinstallaties? Het is vast zoals het wezen moet. Nu rijd ik in elk geval de Nissan naar buiten, als jij dan de Tesla neemt, dan doen we een rokade, oké?'

'Kom eens kijken.'

'Waarom kun je nou niet gewoon doen wat ik je vraag?'

'Omdat ik wil dat je hiernaar komt kijken.' Hij tikte met zijn wijsvinger op een beschermkap die op een van de buizen gemonteerd zat.

'Ja, oké,' zei ze, en ze liep naar hem toe. 'Wat is daarmee? Wat is dat voor iets?'

'Dat is precies wat ik me ook afvraag.' Hij probeerde de kap los te trekken, maar die zat vast. 'Voor zover ik kan zien is het iets wat op stroom gaat.' Hij toonde het elektriciteitssnoer dat door een gaatje aan de achterkant van de kap naar buiten kwam en naar een verdeeldoos liep, die op zijn beurt los aan zijn snoer hing.

'Ja, maar dat is vast iets wat daar gewoon hoort. Kom mij nu liever helpen met de auto's. Je kunt toch niet serieus menen dat we moeten blijven rondrijden in een Japanse klimaatontkenner als er een Tesla op ons staat te wachten?' Ze pakte zijn hand in een poging hem naar de Tesla te leiden, maar hij stribbelde tegen en bleef staan.

'Wacht nou even.'

'Waarom? Waarom moeten we altijd precies doen wat jij...'

'Verdomme! Kun je nou niet gewoon rustig luisteren naar wat ik zeg? Of is dat te veel gevraagd?'

'Nee.' Ze schudde haar hoofd. 'Sorry. Ik wil alleen die auto's even omwisselen.'

'Ja, dat heb ik begrepen. Maar eerst wil ik dat je hiernaar komt kijken.' Hij wees op de beschermkap. 'Ik geloof namelijk helemaal niet dat dat iets is "wat daar gewoon hoort". Neem alleen al dat snoer. Als het iets was wat daar permanent zou zitten, dan trek je zo'n snoer toch niet op zo'n slordige manier? Dan zou je het net als de andere zó aanleggen.' Hij wees op een paar snoeren die netjes langs de plint liepen.

'Dat hangt er maar net van af wie het gemonteerd heeft. Nu ga ik die Japanner naar buiten rijden en daarna doen we een drankje bij het zwembad.' Ze gaf hem een zoen, legde de sleutelkaart van de Tesla in zijn hand, waarop ze naar de Nissan liep, plaatsnam op de bestuurdersstoel en de contactsleutel omdraaide. Alles met een rustige, weloverwogen glimlach. Een mentale botox die elk spiertje en elke zenuw verdoofde.

De opluchting die volgde toen ze Carl in de achteruitkijkspiegel zag, viel bijna niet te beschrijven. Dat was zoveel meer dan het feit dat hij eindelijk in de Tesla zat, op weg om die naar buiten te rijden om plaats te maken voor de Nissan. Zoveel meer dan alleen een overwinning voor wie zijn zin zou krijgen.

Helaas was de vreugde van korte duur. Zo gauw ze de auto's hadden omgewisseld en ervoor hadden gezorgd dat de elektrische auto toch kon worden opgeladen, keerde hij terug naar het geval dat op de buis gemonteerd zat.

'Wat doe je nou? Zouden we het eten niet uitpakken en dan een drankje doen bij het zwembad?'

'Niet voordat ik hiermee klaar ben,' zei hij op weg naar de werkbank, waar hij tussen het gereedschap begon te wroeten.

'Hoezo klaar? Wat bedoel je? Waar moet je klaar mee zijn?'

'Ik moet erachter zien te komen wat dat is.' Hij kwam terug met een schroevendraaier in zijn hand. 'En als je daar problemen mee hebt, stel ik voor dat jij gaat uitpakken, een drankje neemt, gaat zwemmen of iets doet waar je zin in hebt.'

Het liefst had ze hem een draai om zijn oren gegeven. Met de vlakke hand, zodat hij bij zijn positieven kwam en besefte dat de tijd voorbij was dat hij op die manier tegen haar kon praten. Maar dat ging niet. Niet nu. Nog niet. Het enige wat ze kon doen was afwachten, terwijl hij de schroeven van de beschermkap losmaakte. Afwachten en hem laten gaan, schroef voor schroef, tot hij de schroevendraaier neerlegde als een bebloede scalpel na een geslaagde operatie en de kap verwijderde.

Ze kon zien wat eronder verstopt zat. Ze kon zelfs begrijpen wat het was. Maar hóé het precies werkte, dat ging uit boven haar begripsniveau, ook al zag ze een printkaart met onder andere een simkaart naast een diode met een constant groen schijnsel. VERIZON 4G stond er op de kaart, gevolgd door een lange cijfercombinatie. Daarnaast zat er op de buis iets wat het best te vergelijken was met een metalen wip van enkele centimeters lang waarvan het ene uiteinde werd vastgehouden door een veer. Dat uiteinde deed denken aan de kop van een hamertje dat dicht tegen de verwarmingsbuis aan zat.

'Daar hebben we de verklaring,' hoorde ze Carl zeggen. 'Daar hebben we zwart-op-wit waarom ik in dit kuthuis geen oog dichtdoe.' Maar ze kon het niet bevatten. 'Dit moet een elektrische magneet zijn, en als hij tegen...' De woorden hadden hun betekenis verloren. Hoewel hij het ene uiteinde met zijn wijsvinger naar beneden duwde om te laten zien hoe het metalen kopje aan het andere uiteinde een paar centimeter van de buis omhoogging, had ze haar handen vol aan ademhalen. Zelfs toen hij zijn vinger weghaalde en de veer op diens beurt het hamertje omlaagtrok, dat met zo'n hard metaalachtig geluid tegen de buis sloeg dat ze ervan schrok, was ze niet in staat om wat dan ook te bevatten.

Het was de derde keer dat de zon achter de horizon verdween sinds ze hier waren gearriveerd. De derde avond waarop het terras bij het zwembad in een zinderend licht baadde dat zo zacht en aangenaam was dat je in de verleiding kwam om recht in de bloedrode zon te kijken, in de waan dat juist vanuit deze hoek de atmosfeer genoeg van de schadelijke straling uitfilterde.

Maar Helene, die haar zonnebril in de keuken had laten liggen, liet zich niet voor de gek houden toen ze met de drankjes naar buiten kwam. Ze was zich er volledig van bewust dat mooie zonsondergangen en zonsverduisteringen heel verraderlijk waren omdat de reflex van het oog om te sluiten buitenspel kon worden gezet.

Ze was er daarentegen niet helemaal zeker van hoe het met Carl was. Ogenschijnlijk leek hij rustig, maar als ze moest gokken, dan was hij vanbinnen als een atoomreactor. Een reactor waar de ene ongelukkige omstandigheid na de andere hem regelrecht naar een meltdown leek te leiden. Ze kon alleen maar hopen dat zijzelf het water was dat voldoende wist te koelen.

Ze had een kwart tablet zelf genomen. De rest plus nog eentje had ze door Carls drankje gedaan. Het zou de ergste piek van een mogelijke uitbarsting afvlakken en hem helpen te ontspannen en aan andere dingen te denken dan aan verwarmingsbuizen.

Hij was er in elk geval mee akkoord gegaan om op de rand van het zwembad te gaan zitten en zat nu met zijn benen in het water, wat toch kon worden gezien als een teken dat hij op de goede weg was. Ze ging in kleermakerszit naast hem zitten en overhandigde hem zijn glas.

'Mag het een G&T zijn voor mijnheer?'

'Helene, eerlijk gezegd: ik weet niet of alcohol is wat wij op dit moment nodig hebben.'

'Als er íéts is wat we na zo'n dag nodig hebben, dan is het alcohol.'

Hij zuchtte en schudde zijn hoofd. 'Je praat alsof de dag al voorbij is.'

'Ja, dat is ook zo. In elk geval over een paar minuten.'

'Maar dat is niet hetzelfde als dat hij voorbij is.' Hij pakte het glas aan en zette het tussen zijn benen op de rand van het zwembad. 'Het voelt alsof...' Hij slikte en sloeg zijn ogen neer. 'Tja, ik weet niet, en dat is wat mij nog het meest verontrust. Dat we geen idee hebben waar dit allemaal om gaat.'

'Wat is er dat zegt dat het per se ergens om gaat?'

'Helene, je hebt het met eigen ogen gezien.'

'Ja, ik heb "het" gezien. Maar zoals je net zelf zei, weten we niet wat het is, en als je het mij vraagt, is het hoogstwaarschijnlijk iets wat bij de verwarmingsinstallatie hoort en wat daar gewoon hoort te zitten.'

'Maar hoe verklaar je dan die simkaart?'

'Als ik moet gokken is het een of andere vorm van afstandsbesturing om de verwarming op afstand aan te kunnen zetten, zodat het niet koud en guur is als je hier 's winters naartoe komt.'

'Ja, dat was volkomen logisch geweest wanneer dat ding verbonden was met een thermostaat. Maar dat is-ie niet. In plaats daarvan is hij aangesloten op iets waarvan de enige functie lijkt te zijn tegen de buis te slaan, wat, als je het mij vraagt, een van de ziekste en merkwaardigste dingen is die ik ooit heb gezien.'

'Oké, dus wat is jouw verklaring?'

'Dat is toch precies wat ik...'

'Ik weet dat jij het ook niet weet,' onderbrak ze hem. 'Maar als je zou gokken.'

Carl keek uit over zee, waar het licht was overgegaan in donkerroze nadat de zon was ondergegaan. Toen hief hij zijn glas en proefde van zijn drankje. 'Ik weet dat het volkomen gestoord klinkt, want dat is precies wat het is, maar ik geloof dat het gewoon de bedoeling is dat die buizen herrie maken.' Daarna nam hij weer een slok. 'Helemaal tot in de slaapkamer, zodat wie daar dan ook ligt onmogelijk zal kunnen slapen.'

'Hoor je nou zelf wat je zegt? Waarom zou iemand...'

'Niet íémand. We weten precies wie het zijn.'

'Oké, dus jij meent serieus dat die Adam en zijn vrouw Scarlett hierachter zitten? Dat zij om de een of andere volstrekt onbegrijpelijke reden een heleboel tijd en geld hebben besteed aan ervoor zorgen dat wij niet zullen kunnen...'

'Helene, ik weet het niet, zeg ik toch! Ik heb geen flauw idee! Maar één ding is zeker. Dit houdt allemaal verband met elkaar. Het hangt op de een of andere manier samen. Dat opmerkelijke kastje dat ze op ons beveiligingssysteem hebben aangesloten, die op afstand bestuurde geluiden in de buizen en misschien zelfs die geheime ruimte in de garage met de verborgen Tesla.'

'Word nou niet boos, maar dat binnenste gedeelte van de garage met de Tesla dat jij "geheim" noemt, gaat gewoon met een simpele druk op de afstandsbediening open. Dezelfde afstandsbediening die we van de eigenaren hebben gekregen. Dus meer geheim en verstopt is-ie niet. Ik heb gewoon op de verkeerde knop gedrukt. Snap je?'

Carl reageerde niet. Het maakte niet uit wat ze zei. Er waren geen argumenten waardoor hij zou kunnen ontspannen. Ze begreep niet waarom ze het überhaupt probeerde. Hij kon nooit naar haar luisteren wanneer hij zich gestrest voelde. Dus waarom zou hij dat nu wel kunnen?

'Maar je hebt gelijk,' ging ze verder. Voornamelijk omdat dat het enig overgebleven alternatief was. 'Ik ben het met je eens, het is heel vreemd. Vooral dat wat ze in onze inloopkast hebben geïnstalleerd, als zij het inderdaad zijn, en die installatie die je op die buis hebt aangetroffen. Ik kan het ook niet rijmen. Wat ik probeer te zeggen is dat alleen omdat wij er niet in zijn geslaagd een natuurlijke verklaring te bedenken, dat niet betekent dat die er ook niet is. En hoe graag we ook willen, dit is niet iets wat we hier en nu kunnen oplossen.' Ze legde haar hand in die van hem en omklemde die, voorzichtig en afwachtend.

Hij reageerde niet. Maar hij trok zijn hand ook niet terug, wat ze zag als een teken dat het drankje begon te werken.

'Dus ik stel voor dat we nu een pauze nemen van dit alles.'

Carl snoof minachtend en schudde zijn hoofd. 'Alsof het probleem zou verdwijnen als wij gewoon doen alsof er niets aan de hand is.'

'Nee, natuurlijk niet. Ik bedoel alleen maar een tijdelijke pauze, tot morgen, als we hopelijk beter zijn uitgerust. Dan gaan we het tot op de bodem uitzoeken. Oké? Wat vind je daarvan? Dat we er morgen mee aan de slag gaan. Lijkt je dat geen goed idee? En dan kunnen we nog een beetje genieten van deze fantastische avond. Alleen al het feit dat het zwembad schoon is, is een feestje waard, dat moet je toch wel met mij eens zijn.' Ze hief haar glas en wachtte af.

Als op bestelling ging de zwembadverlichting aan en dat verspreidde een uitnodigend licht in het water, wat maakte dat Carl, zij het met tegenzin, haar voorbeeld volgde en zijn glas hief. Daarna proostten ze en namen een slok, waarna zij naar hem toe leunde en hem kuste.

In eerste instantie was hij overrompeld en deinsde hij terug, maar ze bleef hem kussen terwijl ze tegelijkertijd met een hand over zijn poloshirt streek en onder de band van zijn short gleed.

'Helene.' Hij duwde haar voorzichtig maar beslist van zich af. 'Het spijt me, maar ik ben beslist niet in de stemming.'

'Dat maakt niet uit, en je weet hoe het is met dingen als humeur. Dat is net als het weer, het verandert de hele tijd. Dus drink dit nou maar lekker op en laat de rest aan mij over, dan zal ik zien of ik de wolken uiteen kan drijven en jou in een wat zonniger humeur kan brengen.' Ze pakte zijn glas, bracht het naar zijn mond en dwong hem het leeg te drinken. 'Goed zo, dat was niet zo gek, toch?' Daarna begon ze zijn korte broek los te knopen.

'Helene, ik kan dat niet. Niet hier. Niet onder deze omstandigheden.'

'Jij hoeft niets te doen.' Ze kuste hem nog een keer en trok tegelijkertijd zijn gulp omlaag. 'In elk geval niet méér dan mij de vrije hand te geven.'

Helenes oogleden sloten zich weer in een langzaam geknipper, en net als de laatste paar keer duurde het wat langer dan de keer daarvoor. Als het zo doorging, was er al snel geen sprake meer van knipperen maar van pure slaap. Deze dag was dan ook bijna net zo lang geweest als een heel leven. Een etmaal zonder eind waarbij de rampen elkaar aflosten. Een tweecijferig aantal uren waarin elke spier in haar lichaam constant alert had moeten zijn.

Maar er waren niet alleen tegenslagen geweest. Sommige dingen waren ondanks alles goed gegaan, en hoewel het gevaar nog niet voorbij was, was de stemming tussen haar en Carl aanzienlijk beheerster. Precies zoals ze had gehoopt, had de oxazepam hem geholpen tot rust te komen, en in combinatie met de seks was hij in zo'n goed humeur gekomen dat hij er zelfs op had gestaan dat ze nog een duik in het zwembad zouden nemen.

Daarna had zij zich teruggetrokken en een lange warme douche genomen in de badkamer voor de logés op de benedenverdieping, zodat hij de grote badkamer boven kon gebruiken. En nu was ze zo moe dat het een gevecht was om haar knipperende oogleden steeds weer te openen. Maar hoe graag ze ook wilde, ze mocht nog niet in slaap vallen. Niet zolang Carl nog in de badkamer was. Daarom stapte ze uit bed, trok haar ochtendjas aan en stak haar hoofd om de hoek van de hal.

Dat hij wat laat was, kwam vast doordat hij op het terras bij het zwembad was blijven zitten nadat zij al naar binnen was gegaan. Dat wist ze omdat ze hem had kunnen horen vanuit de gastenbadkamer;

een paar minuten nadat ze was weggegaan had hij iemand gebeld en een tijdje met diegene gesproken.

Ze was ervan uitgegaan dat het buurvrouw Silvia was omdat hij net zo kalm en bedaard klonk als anders wanneer hij met haar sprak. Maar naarmate hij steeds verontwaardigder had geklonken, had ze ingezien dat het Ragnar Severin was, die met slecht nieuws was gekomen over de overname.

Na het gesprek was hij naar boven gegaan om te douchen. Dat was overduidelijk. Het water spatte alle kanten op, het klonk alsof hij de hele badkuip had laten vollopen toen ze langsliep op weg naar de slaapkamer. Tien minuten later was het stil, onrustbarend stil, en het laatste kwartier had ze helemaal niets meer gehoord.

'Carl, alles goed daar?' riep ze vanuit de slaapkamer de hal in zonder antwoord te krijgen. 'Carl?' riep ze nogmaals terwijl ze naar de badkamer liep, waarvan het felle licht onder de deur door kwam als een onderliggend gloria. 'Hallo? Ben je daar?' vroeg ze, en ze drukte haar oor tegen de deur.

Het was weliswaar zwak, maar zijn stootsgewijze ademhaling viel niet te missen. 'Carl?' zei ze hard genoeg zodat hij haar duidelijk zou horen. 'Wat ben je aan het doen?' Maar het enige antwoord dat ze kreeg was nog wat rochelend gekreun. 'Carl, kun je antwoord geven?' Ze klopte zo hard ze kon op de deur. 'Hallo, kun je mij horen?'

'Ja,' zei hij uiteindelijk. Hij klonk helemaal buiten adem. 'Niks aan de hand. Laat me nou maar even.' Of hij klonk dronken, alsof hij niet alleen dat ene drankje had gehad dat zij voor hem had gemaakt, maar de halve fles gin had leeggedronken nadat ze naar binnen was gegaan.

'Wat ben je aan het doen?'

'Niets,' wist hij kreunend uit te brengen. 'Ga nou maar gewoon naar bed. Slaap lekker.'

Ze drukte de handgreep omlaag en voelde aan de deur, die op slot zat. 'Carl, ik wil graag dat je opendoet.'

'Niet nu, Helene. Dat gaat niet. Ga nou maar naar bed, dan kom ik zo gauw ik klaar ben.'

'Carl, je bent daar al bijna een uur. Snap je dan niet dat ik ongerust word?'

'Godverdomme, mankeer je wat aan je oren!?' schreeuwde hij in wat klonk als één lange perswee. 'Er is niks, dat zeg ik toch. Ga toch gewoon slapen.'

'Je begrijpt toch wel dat ik je hier niet zomaar kan achterlaten. Vertel me wat er gebeurd is. Voel je je niet lekker?'

'Alles! Is! In! Orde!'

'Dus er is niets wat ik voor je kan doen?'

'Jawel, mij met rust laten.'

Het was onmiskenbaar een aantrekkelijke gedachte om gewoon weer naar bed te gaan. Dit alles de rug toe te keren, oordopjes in haar oren te stoppen en eindelijk te mogen slapen. Al was het maar voor een paar uur.

Maar het zompige geluid van de andere kant van de deur maakte een eind aan alle gedachten om naar bed te gaan. Het klonk alsof hij een kletsnatte handdoek op de grond smeet en vlak daarna nog een. Maar het waren geen handdoeken. Dat kon ze onmiddellijk ruiken aan de scherpe stank die door de spleet onder de deur door kwam.

Ze kon daar niet langer blijven staan zonder wat te doen, dus ze liep snel de gang door, de trap af naar de benedenverdieping, waar ze de sleutel uit de deur van de gastenbadkamer trok, waarna ze weer naar boven rende. 'Carl, ik kom nu binnen,' riep ze tegen de gesloten badkamerdeur. 'Dan weet je dat, ik kom binnen.'

'Nee, alsjeblieft, doe dat niet,' zei Carl kreunend alsof het hem zijn laatste krachten kostte terwijl ze de sleutel vanaf de buitenkant in het slot stak. 'Ik vraag het je. Voor je eigen bestwil, laat me met rust.'

'Nee, dit gaat zo niet langer. Ik kom binnen.' Ze draaide de sleutel om tot het slot klikte.

Ze had al een vermoeden van wat ze zou aantreffen. Het gekreun en de zompige geluiden hadden samen een beeld gecreëerd van wat ze het liefst van alles niet zou willen zien. Toch was de schok zo groot dat ze verstijfde toen ze binnenkwam en de seconden erna wist ze geen woord uit te brengen.

Het eerste wat ze registreerde was de badkuip die haaks op de muur stond. Het tweede was Carl die naakt op de grond lag met zijn rechterarm zo ver het putje in dat alleen zijn schouder nog zichtbaar was. Het derde was de stank die haar tegemoetkwam. Het leek wel een massieve muur van verrotting. Op de grond lagen geleiachtige hoopjes van wat eruitzag als gestold bloed. Het vierde kon ze niet bevatten zonder dat haar maag zich zou omdraaien.

Dat hij tegen haar schreeuwde, dat besefte ze. Horen kon ze hem daarentegen niet. Maar ze hoefde alleen de paniek in zijn ogen te zien om te begrijpen dat hij wilde dat ze daar weg zou gaan. Toch bleef ze staan. Niet omdat ze dat wilde, maar omdat ze niets anders kon dan toekijken hoe hij er uiteindelijk in slaagde een langwerpige bos blond haar uit de afvoerput te trekken.

Toen drong het inzicht tot haar door en draaide haar maag zich om. Het inzicht dat dit niet gewoon nog een rode, slijmerige, vormeloze en aangevreten klont haar was die met een lichte plof op de grond landde. Dat dit aanzienlijk groter was dan de andere klonten en niet kon worden afgedaan als een gewone afzetting van vuil en haren. Dit was niets anders dan een stuk schedelhuid waarop je achter het hoofdhaar in de opeenhopingen van gestold bloed een misvormd oor kon vermoeden.

Adam Harris

Stockholm, dinsdagmiddag

Het leven was als een partij schaak. Eentje waarbij de kleinste zet beslissend kon zijn. De zet die later kringen op het water zou veroorzaken en het gevecht in een nieuwe richting zou sturen. Kringen die golven zouden worden, groot genoeg om over het bord te spoelen, de stukken om te gooien en nieuwe openingen mogelijk te maken, waarvan eentje in het gunstigste geval zou leiden tot een gevallen koning.

Nu had hij zelf nooit zo vaak geschaakt, of überhaupt andere bordspellen gespeeld. Hij zag het nut er niet van in om je tijd aan zoiets te verdoen terwijl het hele leven één groot spel was. Een 3D-spel in de hoogste resolutie, waarbij alles draaide om de mogelijkheid om snel in gedachten vooruit te spoelen door de mogelijke gebeurtenissen die om de hoek lagen te wachten. Te kijken in welke richting ze zich zouden kunnen ontwikkelen, inschatten welke naar een doodlopende weg zouden leiden, welke kansen boden of welke tot elke prijs moesten worden vermeden.

Met andere woorden het vermogen om in de toekomst te kijken.

In tegenstelling tot wat de meeste mensen dachten, waren het geen spieren, geld en geluk die de winnaars van het leven scheidden van de verliezers. Die dingen konden natuurlijk wel helpen, in sommige gevallen zelfs van groot belang zijn, maar slechts gedurende een korte periode. Op termijn was het zaak om een strategie uit te stippelen en voorbereid te zijn op elke denkbare en ondenkbare wending voordat het te laat was.

Oorzaak en gevolg. Lastiger dan dat was het niet. Maar wat maar weinig mensen wisten, was dat het geheim verborgen lag in het woordje *en*. Daar lagen de planning, de analyses en de voorbereidingen verstopt. Daar, in die heel kleine details waar niemand aan had gedacht, daar werd de daadwerkelijke slag gewonnen en kon het onmogelijke mogelijk worden.

Dat was een lijfspreuk waar hij zijn hele volwassen leven al naar leefde, en in tegenstelling tot veel anderen had hij nooit aanleiding gehad om daarop terug te komen. Dat betekende niet dat hij nooit op problemen was gestuit. Integendeel. Problemen had hij vaak genoeg. Problemen die voor de meesten onoverkomelijk zouden zijn. Maar waar het eigenlijk om draaide, was de definitie van het probleem. Het vermogen om het in kaart te brengen en af te bakenen. Als je daarin slaagde, was de oplossing altijd binnen handbereik. Zelf was hij tot nu toe nooit op een complicatie gestuit waarvoor geen oplossing bestond of die je niet kon omzeilen. Tot nu toe.

En daar lag het echte probleem.

Van de volledige regie te hebben gehad over vrijwel alle verschillende aspecten van wat hem te wachten stond, was er nu een onzekerheid binnengeslopen. Een gevoel dat alles hem langzaam uit handen gleed. Het was weliswaar nog vaag en slechts op de grens van waarneembaar. Maar het was er, en het was ongetwijfeld bezig sterker te worden. Alleen nu al, nu hij rechts afsloeg naar de landtong, langs de zeilclub reed en binnen een minuut bij het huis zou aankomen, kon hij voelen dat het in kracht aan het toenemen was.

Hoewel hij de laatste jaren elk mogelijk scenario onder de loep had genomen, bevond hij zich nu in een situatie die hij beslist niet had kunnen zien aankomen. Dat dwong hem deels om stapvoets naar het huis te rijden, zodat hij meer tijd kreeg om zich mentaal voor te bereiden, en deels om iets te doen waar hij een grote hekel aan had. Improviseren.

Alleen al om in gezelschap van Scarlett gisteravond vanuit het restaurant de buurvrouw op te bellen en haar en haar man uit te nodigen voor een etentje, was even grensoverschrijdend en ondoordacht als absoluut noodzakelijk geweest.

Hoe dat zou aflopen was tot nu toe een onbeschreven blad, en er was veel te weinig tijd om iets anders voor te bereiden dan het eten dat ze hun zouden voorzetten. Hij moest met andere woorden vertrouwen op zijn charme en, hoezeer het hem ook tegen de borst stuitte, hopen op wat geluk.

Het doel was allereerst dat Silvia Regner zou ontspannen, door te doen alsof ze het incident in de inloopkast al waren vergeten en druk bezig waren te genieten van het weer en hun heerlijke vakantie in de binnenste archipel van Stockholm.

Als hij haar bovendien kon peilen om erachter te komen waar ze eigenlijk op uit was, dan zou hij méér dan tevreden zijn. De verklaring dat ze zou hebben gezocht naar een sjaaltje, daar geloofde hij geen steek van. Dat duidde er eerder op dat ze wat te verbergen had.

Nu wist hij vrij aardig wie hij had uitgenodigd. Net als met alle andere buren op de landtong had hij zich ingelezen en zich een beeld gevormd van wat het voor figuren waren en wat op hun beurt hun relatie met Carl Wester was.

Silvia was tweeënzestig jaar en was met vervroegd pensioen gegaan van haar werk als onderzoeker van economische delicten. Iets wat weinig goeds beloofde als zou blijken dat ze er genoeg van had om vrij te zijn en een beetje in de tuin te pielen, en ze het rondsnuffelen en zich bemoeien met andermans zaken miste.

Haar man, Bernt Regner, was vier jaar ouder en sinds hij zijn derde aandeel van zijn architectenbureau had verkocht, wijdde hij het grootste deel van zijn tijd aan zijn groeiende belangstelling voor alcohol in al zijn vormen; hij zou geen groot probleem moeten zijn. Dat gold ook voor hun twee zonen van vijfentwintig respectievelijk achtentwintig jaar, aangezien de een studeerde in Toronto en de andere werkte in Singapore.

De smalle grindweg met de dichte begroeiing aan beide zijden mondde uit in een cirkel rond de daadwerkelijke landtong, waarop elk van de huizen aan het water lag. Om bij hun huis te komen, was het logisch geweest om rechts af te slaan, maar in plaats daarvan ging hij linksaf. Hij wilde langs het huis van de Regners rijden om te zien of hun blauwe Audi op de carport aan de voorkant stond, wat het geval bleek te zijn. Een teken dat ze thuis waren en waarschijnlijk op tijd zouden komen. Iets wat betekende dat hij maar iets meer dan een uur had om het eten voor te bereiden.

Maar het was te laat om daar nu wat aan te doen. Buiten al het werk dat hij al had gepland voor de schermen in de kelder onder de galerie, had hij het grootste deel van de middag moeten besteden aan het blussen van een aantal brandjes en aan ervoor zorgen dat de hele zaak niet al in de startblokken zou misgaan.

Hij had ervoor gezorgd dat het meeste eten dat hij in de Östermalmshal had gekocht alleen maar op schalen hoefde te worden gelegd. Tafel dekken wilde hij overlaten aan Scarlett, dat was toch niet te veel gevraagd, en de enige echte bereiding was de barbecue aansteken en de gemarineerde spiesen erop leggen.

Opdat de Regners, voor het geval een van hen voor het raam naar buiten stond te turen, niet zouden zien dat hij gestrest was, reed hij de auto de garage in en deed hij de garagedeur dicht voordat hij de tassen met eten uit de bagageruimte laadde en daarmee snel de trap op liep.

Eenmaal in de keuken legde hij het ijs in de vriezer en zette hij de drankjes in de koelkast, zocht een platte schaal en begon de opgerolde plakjes serranoham met de voorgesneden schijven meloen erop te schikken, waarna hij zich met het keukenmes in zijn hand omdraaide naar een snijplank.

Dat Scarlett al aan de eettafel zat, was eigenlijk niet zo gek. Het was de stilte in combinatie met haar blik die maakte dat hij het mes bijna liet vallen. Een blik die elke beweging die hij maakte volgde in afwachting van tot hij haar zou ontdekken.

'Hé, zit je hier? Ik had je niet gezien,' wist hij uit te brengen. 'Mooi, misschien kun jij dan vast de tafel op het terras dekken terwijl ik het eten voorbereid.'

'Wist jij dat ze ooit een kind verwachtten?' vroeg ze met zo'n zachte stem dat hij zou kunnen doen of hij het niet hoorde. 'Een jongetje.'

'Over wie heb je het?' vroeg hij, hoewel hij het wel begreep. 'Die Silvia en haar man?' Voornamelijk om tijd te kopen. 'Trouwens, weet jij hoe hij heet?' Tijd om uit te rekenen hoe de verschillende stukjes in elkaar passen. 'Haar man.' Wat Scarlett vanmiddag eigenlijk had gedaan. 'En ik hoop dat geen van hen vegetariër is, want vanavond eten we vlees.' Wat ze níét vertelde.

'Ik bedoel Helene en Carl Wester.'

'Hè? Die hebben toch geen kinderen? Hoe kom je daar nou bij?'

'Ik zei dat ze ooit een kind verwáchtten. Maar het moet een miskraam zijn geweest.'

'Miskraam?' Toen begonnen de dingen eindelijk op hun plaats te vallen. 'Dat klinkt niet zo leuk.' Het ene puzzelstukje na het andere.

'Is dat het enige wat je te zeggen hebt? Dat dat niet zo leuk klinkt?'

'Wat moet ik dan zeggen?' Ze was op oorlogspad.

'Sorry hoor, maar ik ben druk bezig met de voorbereidingen en het is al laat.' Als er iets was waar hij nu geen tijd voor had, dan was het Scarlett die dwars ging liggen.

'Ík ben niet degene die ze heeft uitgenodigd.'

'Nee, dat was ik, omdat jij zo'n vreemde ervaring had gehad met Silvia. Jij, niet ik. Dus het spijt me dat ik me er alleen maar van wilde verzekeren dat het allemaal in orde is en dat er geen rare dingen zijn tussen die buren en ons, aangezien we hier een hele maand blijven.'

'Rare dingen? Ik begrijp niet wat dat voor rare dingen zouden zijn. Ja, ze gedroeg zich behoorlijk vreemd, maar dat is voor haar rekening. Als zij zo nodig de behoefte heeft om tekst en uitleg te geven, had ze óns wel kunnen uitnodigen voor een etentje.'

'Oké, maar nu was ik degene die het initiatief heb genomen, en dat maakt ook niet uit. Ik knap het zelf wel op, als dat nou zo moeilijk is.' Hij laste een pauze in om te zien of Scarlett wat zei. Of ze in de tegenaanval ging. Maar de stilte hield aan. Woede vermengd met wat slachtofferschap had blijkbaar gewerkt.

'En wat betreft die miskraam,' ging hij verder om de verhoorlamp op haar te richten en om te zien hoe ver ze bereid was te gaan, 'dat moet natuurlijk afschuwelijk zijn geweest. Maar ik weet niet of er wat meer over te zeggen valt. Wij kennen ze tenslotte niet. Ik heb geen idee wat het voor mensen zijn. Jij wel? En trouwens, hoe weet jij überhaupt dat ze een miskraam hebben gekregen?'

Scarlett keek hem aan en leek elk woord zorgvuldig af te wegen voordat ze het uitsprak. 'Ik ben op zolder geweest en daar was, hoe moet ik het zeggen, bijna een soort kleine afdeling vol kinderspullen. Je weet wel, kinderwagen, ledikantje, speelgoed en kleertjes, allemaal opgevouwen in keurige stapeltjes. Alles was helemaal nieuw en zat nog in de verpakking, alsof het nog steeds wachtte om te worden gebruikt. Dus ik denk dat het heel laat in de zwangerschap is gebeurd.'

'Ja, misschien.' Hij haalde zijn schouders op en begon het stokbrood te snijden. 'Maar wat ik niet begrijp, is hoe jij boven bent gekomen. Ik heb geen trap naar zolder gezien. Ik wist niet eens dat er een zolder was.'

'In de inloopkast op de bovenverdieping. Daar is een trap naar boven.'

'De inloopkast? Maar zat die niet op slot?'

'Nee, wij zijn daar gisteravond allebei binnen geweest. Weet je dat niet meer?'

'O ja.' Hij knikte, verbaasd over het gemak waarmee de leugens over haar lippen kwamen. Geen woord over dat ze in de galerie had ingebroken en daar had rondgeneusd. Niets over de deurkruk die ze moest hebben gevonden, of hoe ze met behulp van zijn sleutel via de inloopkast naar zolder was gekomen. Een van de weinige ruimtes waar hij haar liever nog een dag of wat had willen weghouden. Voornamelijk omdat hij het zo gepland had. Maar zo achteraf was het beter geweest om de deurkruk erin te laten zitten en de inloopkast niet op slot te doen.

Het enige waartoe zijn handelen tot nu toe had geleid, was dat haar vertrouwen in hem was beschaamd, en dat was wel het laatste wat hij wilde.

'Zeg,' zei hij na een tijdje. 'Ze komen zo, dus het zou fijn zijn als jij de tafel vast kon gaan dekken. En als ik jou was, zou ik een vochtig doekje meenemen. Volgens mij moeten die tuinmeubels even worden afgenomen.'

'Eerst wil ik dat je hiernaar komt kijken.' Scarlett trok een foto uit een envelop en schoof die over tafel naar hem toe.

'Lieverd.' Hij keek hoe laat het was. 'Over minder dan veertig minuten komen ze al, en dan wil ik graag klaar zijn en ze kunnen begroeten.'

'En ik wil graag dat je hiernaar komt kijken.'

Er was geen tijd voor nog meer conflicten. Niet nu. Hij zag al voor zich hoe hun gesprek zou uitmonden in een grote ruzie. Dus hij liep naar haar toe en keek. 'Jezus,' zei hij, en hij moest moeite doen om naar het mishandelde gezicht te blijven kijken. 'Is zij dat?' Maar dat was moeilijk. 'Die vrouw die hier woont.' Vrijwel onmogelijk.

'Je bedoelt Helene.'

'O ja,' zei hij, en hij bleef kijken, ook al stond hem dat tegen. 'Denk je dat het haar man is?'

'Wie zou het anders zijn?'

'Geen idee. Ik ken die mensen net zo slecht als jij.'

'De vraag is wat we moeten doen?'

'Doen? Dit is toch niet iets waar wij wat aan kunnen doen?'

'We kunnen toch niet doen alsof er niets gebeurd is.'

'Wat moeten we dan? Ik begrijp niet waarom wij ons hiermee zouden moeten bemoeien?'

'Stel dat Carl haar heeft mishandeld. Dat hij haar misschien wel zo hard heeft geslagen dat ze haar kind is verloren.'

'Ja, dat klinkt afschuwelijk. Ik begrijp alleen niet waar wij in beeld komen.'

'Wij moeten aangifte doen.'

'Ja? Waarom?'

'Nou, als niemand dat doet, is de kans groot dat hij het weer doet. Het is alsof je door de muren heen zou horen dat iemand aan de andere kant werd mishandeld. Dan zou je onmiddellijk de politie bellen, toch? Zelfs als je in een hotel logeerde en geen idee had wie er in de kamer naast je zaten.'

'Ja, maar luister nou eens...'

'Adam.' Scarlett keek hem aan. 'Ik weet dat dit merkwaardig klinkt, maar ik heb het idee dat het de bedoeling was dat ik die foto's zou vinden.'

'De bedoeling? Hoe bedoel je?'

'Ze weet immers dat wij hier zijn. Helene dus. Ze weet dat wij in hun huis wonen, en ook al weet ik het niet zeker, het voelt alsof ze verschillende leidraden voor mij heeft uitgezet zodat ik naar zolder zou gaan en deze foto's zou vinden. Ik geloof dat het haar manier is om om hulp te roepen.'

'Scarlett, ik ben het met je eens dat dit afschuwelijk is. Ik weet niets over die Carl, maar uit wat jij hebt verteld uit jouw ontmoeting met de buurvrouw lijkt hij me niet zo aardig.'

'Nee, beslist niet. Weet je dat hij mij vanochtend heeft gebeld en me verrot heeft gescholden? Hij was ontzettend onaardig en onbeschoft en...'

'Hè? Wacht even. Heeft Carl Wester jou gebeld?'

'Ja, ik weet alleen niet hoe hij aan mijn nummer is gekomen.'

'Dat snap ik niet. Waarom heb je daar niets over gezegd? En wat moest hij?'

'Hij wilde dat wij onmiddellijk zijn huis zouden verlaten. Maar hij klonk behoorlijk onsamenhangend, alsof hij gedronken had, dus uiteindelijk heb ik gewoon opgehangen.'

'Oké,' zei hij, en hij knikte terwijl hij probeerde zijn gedachten te bundelen. 'Maar dat doet niets af aan het feit dat het Helenes verantwoordelijkheid is om aangifte te doen bij de politie, en niet die van ons.' Maar het werd niet meer dan een poging voordat het synthetische geluid van de deurbel in de hal klonk. 'Zeg niet dat ze er al zijn.'

'Wie bedoel je, de gasten?'

'Daar lijkt het wel op. Ga jij opendoen, dan maak ik het hier verder af.'

'Weet wel dat ik hier nog verder met je over wil praten.'

'Tuurlijk, maar dat kan misschien wachten tot het moment als we geen gasten meer hebben die doodleuk een halfuur te vroeg komen.'

Scarlett keek hem aan zonder ook maar aanstalten te maken om overeind te komen.

'Alsjeblieft, ga jij even. Als jij opendoet en ze naar het terras brengt, dan kom ik zo naar buiten met een hapje en een drankje.'

Toen stond ze eindelijk op en verliet de keuken zonder wat te zeggen.

Er was niets ergers dan gasten die op tijd kwamen – met uitzondering van gasten die te vroeg kwamen. Die zouden bij zonsopgang moeten worden opgesteld en neergeschoten. Maar deze keer was het een geschenk uit de hemel. Nu kon hij tenminste de schok even laten bezinken, terwijl hij ondertussen een fles bubbels uit de koelkast haalde, die in een emmer met ijs zette en vier glazen uit de vitrinekast pakte. Toen hoorde hij Scarlett bij de voordeur roepen.

'Adam! Je kunt beter even hier komen! Het is de politie!'

De politie? Wat moest die hier in godsnaam? Adam was niet in staat zich te verroeren. Alsof de rigor mortis zojuist had toegeslagen, met dat verschil dat zijn hart als een bezetene tekeerging en het zweet onder zijn armen klotste.

'Adam? Kom je even?' riep Scarlett vanuit de hal toen hij zich weer kon bewegen en naar de spoelbak liep, de kraan openzette en zijn gezicht afspoelde met koud water.

'Ik kom! Twee seconden!' Hij begreep er niets van. De politie? Wat moesten die hier in godsnaam? Die zouden niet komen. Niet nu al. Ze hadden veel te weinig om op af te gaan. Zo was het afgesproken. Het was veel te vaag om überhaupt te overwegen hier te komen.

'Adam, wat ben je aan 't doen? Ze vragen naar jou.'

'Ik kom eraan,' riep hij terug terwijl hij zijn gezicht afdroogde met een theedoek. 'Alleen even mijn handen wassen.' Daarna nam hij alle oppervlakken in de keuken waar zijn vingerafdrukken op konden zitten zorgvuldig af.

Dat was uiteraard volstrekt zinloos, maar het hielp hem op de een of andere manier om een gevoel van controle terug te krijgen, wat precies was wat hij op dit moment nodig had. Een overtuiging dat er aanzienlijk meer nodig was dan een onverwacht bezoek van de politie om hem uit zijn evenwicht te brengen.

'Adam, kom je nog? Schiet eens op!'

Juist om die reden gaf hij haar nu geen antwoord. Dat zou veel te wanhopig en angstig overkomen. In plaats daarvan wachtte hij even en focuste hij zich op zijn ademhaling tot zijn glimlach ontspannen genoeg voelde, waarop hij uiteindelijk de keuken verliet en met kalme passen door de hal haar de ingang liep.

'Het spijt me dat het even duurde,' zei hij, en hij schudde de man die in burger voor de deur stond de hand. 'We krijgen over een halfuur eters en ik stond tot aan mijn ellebogen in de marinade. Wat is er aan de hand?'

'Mijn naam is Roger Franzén. Ik ben van de rijksrecherche, en dit is mijn collega Folke Runberg.'

'Dag,' zei zijn collega met een nicotinegele glimlach.

'Er zijn namelijk enkele vraagtekens die wij graag zouden willen gladstrijken,' zei Franzén.

'Vraagtekens? Wat voor vraagtekens?'

'Laten we daarop terugkomen als we hier een beetje hebben rondgekeken.'

'Dus jullie willen binnenkomen om… Voor een huiszoeking?'

'Nou, ik zou meer zeggen dat we alleen even willen rondkijken. Als jullie dat goed vinden tenminste.'

'Natuurlijk.' Adam deed een stap opzij om hen binnen te laten. 'Voor zover wij weten valt er niets te verbergen. En mochten jullie ondanks alles toch een paar verstopte skeletten aantreffen, dan kunnen jullie beter contact opnemen met de eigenaren van dit huis. Mijn vrouw en ik logeren hier namelijk tijdelijk, voor vakantie. Maar wees gerust, we hebben al hun contactgegevens, mocht er iets zijn.'

'Dat heb ik al verteld,' zei Scarlett, en ze deed de buitendeur achter hen dicht.

'En jullie wonen in Santa Cruz, als ik het goed heb begrepen,' zei Franzén, en hij knoopte zijn ribfluwelen colbertje los.

'Nee, eigenlijk wonen wij in San…'

'U denkt misschien aan het skateboardmerk Santa Cruz,' kapte hij Scarlett af.

'Jaja…' Franzén bleef staan en draaide zich om naar Adam. 'Ik wist niet dat dat een skateboardmerk was. In mijn jeugd was ik meer van het rolschaatsen. Maar zo zie je maar. Er valt altijd wat te leren. Folke, als jij de kelder neemt, dan neem ik de bovenverdieping.'

De collega knikte en maakte aanstalten om in beweging te komen.

'Loop maar met mij mee.' Adam liet de man het huis binnen.

'Bedankt, maar dat hoeft niet. Folke redt zich prima in z'n eentje, hij is als een pas opgeladen robotstofzuiger. Maar als ik even een identiteitsbewijs mag zien, zou dat fijn zijn.'

'Absoluut. Geen punt.' Adem pakte zijn portefeuille en haalde zijn rijbewijs eruit en overhandigde dat, terwijl de politiecollega de trap naar de kelder nam. 'Dit is mijn Amerikaanse rijbewijs, maar als u liever mijn Zweedse paspoort wilt zien, kan ik dat gaan halen.'

'Nee hoor, dit is prima,' zei Franzén terwijl hij het rijbewijs fotografeerde. 'Op dit moment in elk geval.'

'En de papieren van mijn vrouw. Moet ik die ook pakken?'

'Die heb ik al gezien. Daarentegen schijnt er een inloopkast te zijn, en daar mogen jullie mij even naartoe brengen. Of een walk-in closet, zoals dat tegenwoordig heet.'

'Inloopkast? Nee, die heb ik niet gezien. Het is zoals gezegd niet ons huis, dus er zijn ook deuren die op slot zitten van ruimtes waar wij geen toegang hebben. Bovendien zijn we pas een paar dagen geleden aangekomen en hebben we nog amper tijd gehad om uit te pakken.' Hij fronste zijn voorhoofd en richtte zich tot Scarlett. 'En jij? Weet jij iets van een inloopkast?'

Scarlett keek hem aan, en hij kon zien dat ze de verschillende alternatieven afwoog voordat ze uiteindelijk knikte. 'Ja, ik weet waar die is.'

'O ja? Oké, dat is meer dan ik weet.'

'Zoals gezegd, je leert altijd wat nieuws.' Franzén glimlachte en wendde zich tot Scarlett. 'Maar dan kun je mij daar misschien naartoe brengen?'

'Natuurlijk,' zei Scarlett, en ze liep naar de trap. 'Het is op de eerste verdieping.'

Waar was ze in godsnaam mee bezig? Dat zij, zijn eigen Scarlett, de grootste bedreiging zou vormen, dat was wel het laatste wat hij had verwacht. Het enige wat hij nu kon doen was proberen mee te spelen, waarop hij een glimlach op zijn gezicht toverde en naar de trap naar de kelder liep om te controleren waar Franzéns collega mee bezig was.

'Adam, ik zou liever willen dat je met mij meeliep,' riep Franzén hem na.

'Oké.' Hij draaide zich om en liep als een slaafs hondje achter ze aan naar boven. Dat was wat hij was geworden. Een gehoorzame hond die alle moeite moest doen om het hoofd boven water te houden en niet te verzuipen.

'Hier is het.' Scarlett liep de slaapkamer binnen tot aan de gesloten inloopkast, waar ze bleef staan en zich omdraaide naar de politieman.

'En even voor mijn begrip,' zei Franzén, die zich op zijn beurt tot Adam richtte. 'Jij bent daar nooit binnen geweest?'

'Nee, dat klopt. Daar is geen aanleiding toe geweest, omdat wij onze kleding in de ladekast en de garderobekasten hier in de slaapkamer bewaren. En corrigeer me als ik het mis heb, Scarlett, maar zat die deur niet op slot toen wij kwamen? Hoe dan ook, ik ben ervan uitgegaan dat de eigenaren ons daar het liefst van weg wilden houden.'

'Ik begrijp het.' Franzén liep verder naar de gesloten deur. 'Dus jij weet niet wat er aan de andere kant zit?'

'Nee, die deur zat zoals gezegd op slot, dus ik begrijp niet hoe ik dat zou kunnen weten, hoewel ik nu heb ingezien dat er blijkbaar een inloopkast achter zit.' Hij spreidde zijn armen en zuchtte wat geïrriteerd. 'Zijn er verder nog vragen of is er nog iets waarmee ik u kan helpen? Zo niet, dan zou ik graag teruggaan naar de keuken. De gasten kunnen hier namelijk elk moment zijn.'

'Drieëntwintig minuten.' Franzén trok een wegwerphandschoen aan.

'Pardon?'

'Zeven minuten geleden zei je een halfuur. Nu ben ik nooit een ster geweest in wiskunde, maar ik kom dan toch echt uit op drieëntwintig minuten.'

'Moet ik dat interpreteren als dat ik niet terug mag naar de keuken, of zo?' Hij had veel te geïrriteerd geklonken. Nu wás hij weliswaar geïrriteerd – zo godvergeten geïrriteerd over deze hele situatie, omdat hij slechts een voorgevoel had van waar dit over ging. 'Het spijt me als ik wat geïrriteerd klink. Ik ben eigenlijk alleen wat gestrest.'

'Geen punt,' zei Franzén terwijl hij zijn hand op de deurkruk legde. 'Onder de huidige omstandigheden zou ik eerder zeggen dat dat volkomen begrijpelijk is.' Daarna duwde hij de kruk omlaag en deed de deur open, wat zonder problemen lukte. 'Aha, zo op slot zat hij dus blijkbaar niet.'

'Nou, dat is meer dan ik wist,' zei Adam, terwijl hij achter Franzén aan de inloopkast in wilde lopen. Eenmaal binnen deed hij net als de politieman en keek hij om zich heen naar alle keurig neergezette schoenen en opgevouwen kleding alsof het de eerste keer was dat hij zich daar bevond.

'Heb je nog iets van interesse gevonden?' vroeg Franzén plotseling zonder zich naar hem om te draaien.

'Pardon?' vroeg hij. 'Ik weet niet of ik het helemaal...'

'Daar hebben we het straks wel over,' viel collega Runberg hem in de rede, die geruisloos vlak achter hem was komen staan. 'En jij?'

'Ik denk dat ze dit bedoelt.' Franzén wees omhoog naar het kastje dat los aan zijn snoertjes naast de rest van het beveiligingssysteem hing, waarop hij zich tot Adam wendde. 'Misschien kun jij vertellen wat dat voor iets is?'

'Wie, ik?' Adam wees op zichzelf.

'Ja. Want jij bent degene die dat daar heeft opgehangen.'

'Eh...? Nee, zeker niet.' Hij schudde zijn hoofd. 'Hoe zou dat kunnen als dit de eerste keer is dat ik hier binnen ben? Dus, wat is er aan de hand?'

'Jij meent echt serieus dat je hier nooit eerder binnen bent geweest?'

'Ja. Hoe zou ik het anders bedoelen?'

'Tja, geen idee.' Franzén haalde zijn schouders op. 'Misschien op dezelfde manier als je beweerde dat de deur hiernaartoe op slot zat?'

'Ja, want dat was ook zo.'

'Maar blijkbaar nu niet meer, en hoe verklaar je dat?'

'Waarom zou ik een verklaring hebben? Ik weet niet hoe vaak ik het nog moet zeggen, maar ik weet hier allemaal niks van. Niet van deze ruimte, van dat apparaat of waarom de deur hiernaartoe opeens niet meer op slot zit. Dus als u een verklaring zoekt, kunt u het misschien beter aan mijn vrouw vragen omdat zij klaarblijkelijk van deze ruimte afwist.'

Dit was het laatste waar hij Scarlett aan wilde blootstellen. Zij moest er zo lang mogelijk buiten worden gehouden. Zo was het bedacht. Maar ze gaf hem geen andere keus, en nu moest ze de consequentie dragen. Zij mocht deze shit opruimen. Zij had om de een of andere reden besloten om tegen hem in te gaan en de vraag van de politie over de inloopkast positief te beantwoorden, en zij had hun ook de weg hiernaartoe gewezen. En zij was vooral degene die de deur niet weer op slot had gedaan met de sleutel die ze tot overmaat van ramp van hem had gestolen.

Zij, niet hij.

'Scarlett, zo heette je toch?' Franzén richtte zich tot haar. 'Weet jij wat dat voor iets is?' Hij knikte naar het kastje met de knipperende diodes.

'Nee, helaas.' Scarlett schudde haar hoofd. 'Ik wilde dat ik jullie kon helpen, maar techniek en ik zijn nooit een *match made in heaven* geweest, zogezegd.'

'Maar het klopt dat jij hier eerder bent geweest?'

'Ja.'

'En hoe komt het, als we er nu van uitgaan dat de gegevens van je man kloppen, dat de deur hiernaartoe op slot zat?'

‘Dat moet je mij niet vragen.’

‘Hè, dus jullie kunnen geen van beiden verklaren hoe het kan dat die deur plotseling van op slot naar open was?’

‘Nee, maar onze buurvrouw, Silvia Regner, misschien wel. Zij zou in elk geval een verklaring moeten hebben.’

‘Silvia Regner?’ Franzén fronste zijn voorhoofd.

‘Inderdaad, zij woont in het huis hiernaast. Misschien heeft ze een eigen sleutel. Gistermiddag heb ik haar namelijk op heterdaad betrapt in deze ruimte toen ze aan het wroeten was tussen een heleboel sjaaltjes. Ze beweerde dat Helene er eentje van haar zou hebben geleend, maar als u het mij vraagt is een zijden sjaaltje om je hals überhaupt niet iets voor Silvia.’

'Hoe gaat het met de jetlag?' Bernt Regner proefde buiten in de zon van zijn G&T terwijl hij ondertussen een rolletje parmaham penetreerde met een prikkertje. 'Hebben jullie daar nog last van en lopen jullie het risico om met je gezicht in je bord in slaap te vallen?'

'Nee hoor, wees maar niet bang.' Adam glimlachte. 'Niet zolang het etentje niet al te saai wordt.'

'Oké, daar moeten we dus voor oppassen.' Bernt lachte zo gemaakt dat Adam zich opmaakte om de heimlichmanoeuvre uit te voeren als de ham in zijn keel zou blijven steken.

'Het is als je naar het westen reist dat de avonden wat lastig kunnen worden,' zei Scarlett, die verstopt achter haar grootste zonnebril naast Silvia op de loungebank zat.

'Maar jij bent wel een beetje moe en hangerig, toch?' vroeg hij, en hij liep weg bij de drankentafel en om de bank heen naar haar toe om haar wat nekmassage te geven.

'Nee, ik vind van niet. In elk geval niet meer dan normaal.' Ze schoot in de lach en duwde discreet zijn handen weg.

'Nee, oké, zo zie je maar. Maar dan zal ik hier niet komen...'

'Komen wát?' kapte Scarlett hem af, en ze draaide zich naar hem om.

'Dat doet er niet toe.' Hij stak afwerend zijn handen in de lucht. 'Jij voelt wat je voelt, en dan moet ik hier niet allerlei dingen komen beweren omdat ik niet helemaal jouw beschrijving deel van... hoe zullen we het noemen? Maar nu houden we erover op. Proost en welkom.' Hij hief zijn glas voor een luchttoost en nam een slok in afwachting van te zien of hij zijn doel had bereikt of nog verder moest gaan.

'Proost,' zei Bernt, en hij nam ook een slok. 'En bedankt dat we mochten komen.'

'Natuurlijk. Het genoegen is geheel aan onze kant. Toch?'

'Absoluut.' Scarlett hief haar glas met aperol spritz en nam een flinke slok. 'Ik begrijp alleen niet sinds wanneer jij meer weet over mijn eventuele vermoeidheid dan ikzelf.'

'Lieverd, rustig maar.' Hij deed een stap opzij, meer dan content met hoe het gesprek zich ontwikkelde. 'Het was niet de bedoeling om er veel ophef over te maken.'

'Maar ik bén rustig,' zei ze, en ze nam nog een slok. 'Zo rustig als maar kan, dus ik begrijp eerlijk gezegd niet waar je het over hebt.'

'Nee, ik merk het.' Hij schoot in de lach en wendde zich tot de anderen. 'Neem het ons maar niet kwalijk. Wij hebben dus allebei blijkbaar meer last van de jetlag dan we willen toegeven. Proost op jullie.'

Iedereen, behalve Scarlett, hief het glas. In plaats daarvan zat ze vanachter haar zonnebril met haar armen demonstratief over elkaar te kijken alsof ze die aperol elk moment over hem heen kon gooien.

Het was niet zo dat hij niet had gerekend op enige vorm van reactie op zijn zet. Iets kleins, amper merkbaar voor een buitenstaander maar meer dan voldoende voor hem om op voort te borduren tot zijn punt voldoende was ingedaald om niet te worden vergeten.

Maar haar reactie was van een heel ander kaliber, wat hem verraste. Zeker als je bedacht dat ze gasten hadden en dat Scarlett er gewoonlijk alles aan deed om te voorkomen dat ze een grote scène zou maken in het bijzijn van anderen.

Wat er precies achter haar woede kon zitten was onduidelijk, aangezien niets van wat hij had gezegd ermee in overeenstemming was. Op zich waren er duizend-en-een redenen voor haar om boos op hem te zijn – alleen geen die zij kende.

'Silvia vertelde dat jij kunstenaar bent en dat je een kunsttententoonstelling krijgt hier in de stad,' zei Bernt, en hij doorbrak daarmee de stilte, waarvan hij nu pas inzag dat die veel te lang werd.

'Ja, dat klopt.' Hij knikte, dankbaar dat er tenminste één iemand aan tafel was die verantwoordelijkheid nam voor de sfeer. 'De vernissage is zelfs aanstaande vrijdag al, dus als ik in gedachten ergens anders ben, komt dat daardoor. Maar jullie zijn meer dan welkom, als jullie zin hebben.'

'Ja, waarom niet?' Bernt wendde zich tot Silvia. 'Wat zeg jij? Dat zou leuk zijn, toch?'

'Ja, misschien wel.' Silvia knikte kort.

'Is dat van die, hoe zeg je dat, moderne kunst?' ging Bernt verder.

'Ja, dat kun je wel zeggen, ook al is "moderne kunst" een vrij breed begrip.'

'Nu begeef ik me misschien op glad ijs, maar ik heb nooit begrepen waarom modern in de kunstwereld synoniem is geworden aan onbegrijpelijk. Ik weet niet hoeveel stukgeknipte lappen stof en idiote video-installaties met slechte beeldkwaliteit ik de afgelopen jaren heb gezien. Maar dat is misschien helemaal niet waar jij je mee bezighoudt?'

'Laat ik het zo zeggen: mijn kunst moet ervaren worden. Kom langs als jullie zin hebben, en anders natuurlijk niet. Ik zal er hoe dan ook voor zorgen dat jullie een uitnodiging krijgen.'

'Natuurlijk komen wij, toch, Silvia? Er zijn ook vast bubbels en hapjes.'

'Neem dat maar van mij aan.' Adam hief zijn G&T, die eigenlijk voornamelijk uit T bestond, en proostte in de lucht.

'En jetlag of niet, jullie lijken het in elk geval naar de zin te hebben.' Bernt nam een worteltje en doopte dat in de dip. 'Dat is het belangrijkste.'

'Ja, o ja, het is hier heerlijk. We hebben het prima hier, toch?'

Scarlett knikte kort en nipte van haar drankje.

'Maar als ik eerlijk moet zijn, heb ik er zelf nog niet zoveel van kunnen genieten,' ging hij verder. 'Sinds we zijn aangekomen ben ik vrijwel alleen maar in de galerie aan het werk geweest, dus Scarlett heeft veel alleen gezeten, en dat is misschien niet zo leuk. Toch?'

'Je hoort mij niet klagen.'

'Nee, maar zo gauw de vernissage achter de rug is, krijg ik wat meer rust en zal ik je weer lekker kunnen vertroetelen.'

'Dat komt vast goed, hoewel ik niet helemaal begrijp waarom ik "vertroeteld" moet worden,' zei Scarlett, en ze maakte met haar vingers aanhalingstekens in de lucht.

'Maar lieverd.' Hij veroorloofde zich een begripvolle zucht, ook al was dat misschien een stap te ver. 'Het is toch geen geheim dat je een moeilijke tijd achter de rug hebt na dat hele gedoe met je broer en zo, en dat je alle steun nodig had die je kon krijgen?'

'Nou ja, geheim, geheim.' Scarlett haalde haar schouders op en nam nog een slok. 'Ik snap alleen niet waarom je daar nou per se over moet beginnen tegenover onze gasten die we nog amper kennen.'

'Hallo daar, de avond is nog jong, mag ik jullie daar even aan herinneren?' zei Bernt lachend. 'Er kan nog veel gebeuren.'

Adam lachte mee en stak zijn handen omhoog. 'Ja mensen, het spijt me. Zoals jullie merken zitten mijn vrouw en ik vanavond niet helemaal op dezelfde golflengte, en ik wil even duidelijk maken dat dat geheel en al mijn fout is. Ik kon er niet voor haar zijn, niet alleen deze week niet, maar min of meer het laatste halfjaar, als het niet langer is. Deze tentoonstelling heeft al mijn tijd en energie opgeslokt. En nee, je hebt echt niet geklaagd. Je hebt er met geen woord over gerept, en mij gewoon mijn gang laten gaan. Maar ik weet dat het zwaar voor jou is geweest, en ik weet dat dat de komende dagen ook zo zal zijn. Dus wat ik eigenlijk probeer te zeggen, is geloof ik: sorry. Ik bedoel, iedereen hier kan merken dat je boos op mij bent, dus nogmaals sorry dat ik zoveel afwezig ben en ben geweest. Volgende week wordt het allemaal beter, dat beloof ik.'

'Het wordt vast prima.' Scarlett glimlachte zo goed ze kon, zette haar zonnebril recht en dronk haar glas leeg.

'En tegen jullie twee wil ik ook sorry zeggen.'

'Waarom dan?' vroeg Bernt.

'Omdat jullie hier onze problemen moeten aanhoren.'

'Ach, daar hoef je je toch niet voor te verontschuldigen? Integendeel, zo maken wij nog eens wat mee. Is het niet, Silvia? Wat een liefdesverklaring hebben we net gehoord! Alleen dat is al een toost waard, vind ik.' Bernt hief zijn glas, en algauw volgden ook Adam en Silvia zijn voorbeeld en namen een slok.

'Maar nu kunnen we het misschien over wat anders hebben dan over mijn "problemen",' zei Scarlett, en ze liet de aanhalingstekens weer in de lucht hangen, 'die, als jullie het mij vragen, erg zijn opgeblazen en een beetje veel focus hebben gekregen.'

'Alright, laten we het over ónze problemen hebben, dan krijgen we wat balans. Silvia, wat hebben wij voor muizenissen?'

'Praat voor jezelf, zeg,' zei Silvia, en ze nipte van haar drankje. 'Ik heb geen problemen. Ja, behalve dan met jou.'

'Nee, dat is logisch.' Bernt keek Adam aan. 'Het spijt me dat ik het zeggen moet, maar het ziet ernaar uit dat wij twee hier degenen zijn met de problemen. Proost op jou dan maar!'

Adam beantwoordde de luchttoost en bedankte Bernt inwendig omdat hij als een herdershond de groep bij elkaar wist te houden en de sfeer telkens wist te verlichten. 'En à propos, het naar je zin hebben... wat ik van Scarlett begreep, is dat jullie hier al heel lang wonen,' zei hij, en hij liep terug naar de dranktafel om een nieuw drankje in te schenken.

'Ja, Silvia woont hier nu al meer dan dertig jaar. Zelf woon ik hier al mijn hele leven en ik weet eerlijk gezegd niet wat je hier op de landtong zou moeten doen om het níét naar je zin te hebben,' zei Bernt, en hij dronk zijn glas leeg. 'Op Duvnäs udde en een leeg glas!'

'Geen nood, er komen nieuwe drankjes aan,' zei Adam, opgelucht over hoe de avond verliep. Buiten hier en daar wat zand in de machinerie was het meeste gegaan zoals gepland. Het steentje in de schoen was Silvia. Tot nu toe had ze daar alleen maar stilletjes gezeten en weinig gezegd, uitsluitend als haar wat werd gevraagd. 'En hier is-ie. Alsjeblieft.' Hij overhandigde Bernt een nieuwe G&T met verse komkommerschijfjes en hele peperkorrels en wendde zich tot Scarlett en Silvia op de bank. 'Kan ik nog iemand iets inschenken?'

'Nee, dank je,' zei Silvia. 'Ik heb nog.'

'Ik neem er graag nog zo eentje.' Scarlett zwaaide met haar lege glas in de lucht.

'Absoluut, ga ik regelen,' zei hij, en hij overlegde met zichzelf hoe sterk hij hem zou maken. Ze was al meer aangeschoten dan goed voor haar was, en als ze zo doorging, kon er van alles gebeuren, waardoor hij besloot dit rondje niet te sterk te maken.

'Hoe goed kennen jullie Carl en Helene eigenlijk?' vroeg Scarlett zo vanuit het niets, en ze wendde zich tot Silvia.

'Nou ja, kennen, kennen.' Silvia haalde haar schouders op. 'Dat ligt eraan wat je bedoelt. Hier op de landtong kent iedereen elkaar.'

'Ik dacht alleen: jullie wonen naast elkaar en misschien ben je dan wat closer.'

'Nee, dat kan ik niet zeggen,' zei Silvia, en ze pakte een worteltje.

'Oké, duidelijk. We zijn allemaal anders. Zelf zou ik bijvoorbeeld nooit kleren ruilen met anderen, alleen dan met mijn absoluut beste vrienden.'

'Dat was een eenmalig verschijnsel.'

'Hè?' Bernt leek wel een vraagteken. 'Helene en jij hebben toch nooit kleren aan elkaar uitgeleend?'

'Jawel, ze heeft vorige week mijn sjaaltje geleend, maar dat hoef ik jou toch niet allemaal te vertellen?' Silvia pakte haar glas stevig beet en nam een paar flinke slokken.

Eindelijk dronk ze wat, hoewel ze nog ver achterliep op Scarlett, die ongebruikelijk confrontatief en druk in de weer was. Dat was weliswaar goed, dan hoefde hij zelf de vragen niet te stellen, en zij wilde er om verklaarbare redenen net zo goed als hij achter komen wat Silvia in de inloopkast van de Westers te zoeken had gehad.

Tegelijkertijd kwam ze over als een granaat die op scherp stond en elk moment kon ontploffen.

'Ik begrijp dat mijn gedrag van gisteren wat vreemd kan overkomen,' ging Silvia verder, en ze proefde weer van haar drankje. 'Maar ik wilde dat sjaaltje echt terug.'

'Silvia, wat is er gebeurd?' Bernt keek voor de eerste keer die avond serieus.

Silvia zuchtte. 'Oké, ik kan het maar beter meteen even ophelderen. Ik ben met behulp van onze reservesleutels de inloopkast van de Westers binnengegaan en heb dat sjaaltje gepakt, omdat Helene, ondanks meerdere herinneringen dat ik het terug wilde hebben, het was gaan zien als dat van haar. Ze draagt het zelfs op een van haar foto's. Maar dat neemt niet weg dat ik jou had moeten informeren, Scarlett. Ik dacht in mijn onschuld dat je het niet zou merken. Ik was ervan overtuigd dat jij zou blijven zonnebaden op de steiger, en dat Helene het lang voordat ze terugkwam vergeten zou zijn.'

'Dus dan moet jij misschien ook je excuus aanbieden, nu we toch bezig zijn,' zei Bernt. 'Het lijkt wel het thema van vanavond.'

'Nee, dat hoeft helemaal niet,' zei Scarlett. 'Het was misschien wat vreemd, maar nu heb ik een verklaring.' Ze pakte haar bijgevulde glas aan en nam een slok. 'Dus als ik je goed begrijp, kennen jullie elkaar helemaal niet zo goed.'

'Is er iets in het bijzonder dat je je dat afvraagt?'

'Niet direct. Maar je wordt natuurlijk wel een beetje nieuwsgierig, dat is gewoon zo als je van woning ruilt en in elkaars huis zit. Wat zijn het voor mensen en hoe leven ze, en zo.'

'Ze zijn erg aardig, dat moet ik zeggen. En van het weinige wat ik heb gezien, lijken ze het heel goed te hebben.'

'En dat is, als ik ook wat mag toevoegen, toch best een hele prestatie als je bedenkt wat ze hebben moeten doormaken,' zei Bernt, en hij knikte om zijn eigen constatering.

'Bernt, ik geloof niet dat we moeten ingaan op…'

'Je bedoelt hun miskraam?' onderbrak Scarlett haar.

Silvia draaide zich verbaasd om naar Scarlett. 'Ja, hoe wist je...' Verder kwam ze niet voordat ze werd overstemd door haar man, die van zijn nieuwe drankje proefde.

'Allemachtig, wat heb je hier voor lekkers in gedaan? Mmm, verrukkelijk.' Hij nam nog een paar slokjes. 'Dank u, dank u.' Hij hief het glas en proefde nogmaals. 'Maar fijn te horen dat het jullie hier bevalt. Ik woon mijn hele leven al hier op deze landtong.'

'Ja, dat heb ik begrepen,' zei Scarlett.

'Het is ook echt zo.' Bernt knikte uitvoerig. 'Er zijn weinig mensen die het geloven, maar mijn opa heeft...'

'Bernt,' bitste Silvia. 'Ze zei net dat ze dat al wist, en je hebt dat vanavond bovendien ook al een keer verteld.'

'Jaja, maar ik wil toch zeggen dat dat tamelijk uniek is. Maar goed. Het punt is... of nee, niet het punt, maar de vraag! Die staat hier centraal omdat...' Bernt zweeg en nam weer een slok. 'Sorry, waar had ik het over?'

De bedwelming had bij Bernt niet op zich laten wachten. Het was zelfs sneller gegaan dan bij Scarlett. Silvia lag daarentegen een paar stappen achter en was ondanks haar goed geformuleerde leugen nog veel te controlerend en gereserveerd om te kunnen achterhalen waar ze nou eigenlijk op uit was.

'Silvia, zal ik nog even bijschenken? Je kunt ook een margarita krijgen als je dat liever wilt.'

'En ik dan?' vroeg Bernt. 'Mijn glas is weliswaar verre van leeg, maar daar kan ik snel verandering in brengen.'

'Natuurlijk, Bernt. Ik had niet het idee dat ik het moest vragen.'

'Bedankt, maar het is goed zo,' zei Silvia.

'Goed? Nu zie ik dat je je drankje nauwelijks hebt aangeraakt. Dus moet ik me beledigd voelen, of houd je gewoon niet zo van aperol?'

'Nee, nee, het is heerlijk, maar...'

'Maar?' kapte Bernt haar af. 'Silvia, je weet toch dat alles voor "maar" een pure leugen is, hè?'

'Ik kan ook iets heel anders maken, geen punt. Zeg gewoon waar je trek in hebt.'

'Dank je, maar ik sla even over.'

'Silvia, doe niet zo ongezellig.' Bernt leegde zijn glas in één grote teug.

'Hoezo ongezellig? Alleen omdat ik de controle niet wil verliezen en...'

'Altijd maar die controle.' Bernt schudde zijn hoofd en stak zijn prikkertje in een blokje kaas. 'Nu ben ik geen arts en ik weet niet wat de anderen vinden, maar ik ben ervan overtuigd dat die voortdurende controlebehoefte kankerverwekkend is. Net als stress.' Hij stak de kaas in zijn mond en prikte het stokje meteen in een nieuw dobbelsteentje.

'En dan zou alcohol de oplossing zijn?' vroeg Silvia.

'Soms, ja. Met mate natuurlijk. En ik ben me heus wel bewust van de negatieve kanten van alcohol. Maar af en toe één of twee glazen wijn om te ontspannen doet waarschijnlijk meer goed dan kwaad in dat hectische tempo waarin wij leven.'

'Amen.' Adam hief zijn glas. 'Ik had het zelf niet beter kunnen zeggen.' Daarna mengde hij nog een G&T voor Bernt en begon tequila af te meten in de shaker. 'Zeg Silvia, vertel eens. Wat doe jij voor werk? Scarlett zei iets over dat jij als onderzoeker bij de fiscale inlichtingen- en opsporingsdienst hebt gewerkt.'

'Ja, dat klopt. Maar ik heb twee jaar geleden ontslag genomen en nu ben ik voornamelijk onkruid aan het wieden in de tuin.'

'En je mist je werk niet?'

'Nee, dat kan ik niet zeggen. Ik haak ook veel, dus de dagen vliegen voorbij. Ik vraag me eerder af waar ik de tijd vandaan heb gehaald om te werken,' zei ze met een lach die in combinatie met haar dolende blik onthulde dat ze helemaal geen ontslag had genomen. Ze was eerder ontslagen en had nu moeite om haar dagen te vullen.

'Trouwens...' zei Bernt, en hij hikte zodat het drankje in het glas in zijn hand eroverheen ging. 'Oei.' Hij hikte weer, en daarna nog een keer zo heftig dat het leek alsof hij even niet kon ademhalen.

'Gaat het?' Scarlett zette haar glas neer en kwam overeind. 'Wil je wat water?'

'Nee, het gaat wel weer.' Bernt schudde zijn hoofd en dronk in plaats daarvan van zijn G&T. 'Zo, ik denk dat het nu over is. Wat ik zeggen wilde, is dat ik heb gehoord dat jullie bezoek hadden van de politie.' De woorden kwamen uit het niets, en te oordelen naar de blik die Silvia haar man toewierp, was zij het er allesbehalve mee eens.

'Ja, wat nou?' ging Bernt verder, en hij haalde zijn schouders op. 'Dat heb je zelf gezegd, en omdat jullie geen van beiden zijn opgepakt, voel ík me volkomen op mijn gemak.'

'Nou, gelukkig maar,' zei Scarlett lachend.

'Maar ik ben wel een beetje nieuwsgierig waar dat over ging. Waarom stonden ze juist bij jullie voor de deur?'

'Bernt, nou moet je ophouden, hoor,' zei Silvia. 'Dat gaat ons toch helemaal niets aan.'

'Oké, sorry baas,' zei Bernt, en hij maakte een saluut.

'Tja, nu is het niet ónze deur,' zei Scarlett. 'Maar dit is natuurlijk niet iets wat je in je vakantie verwacht, toch, Adam?'

'Nee, als ik eerlijk ben, snap ik niet wat ze nou eigenlijk wilden. Jij?'

'Niet echt. Ze maakten een op z'n zachtst gezegd verwarde indruk. Maar ze leken enorm geïnteresseerd in de inloopkast in de slaapkamer.'

'Ja, zeker. Ik heb alleen niet precies begrepen waarom. Wat daarbinnen zo interessant zou zijn,' zei hij terwijl hij de dop van de shaker erop drukte om het limoensap, de cointreau en de tequila te mengen met de ijsblokjes. 'Maar misschien kunnen jullie dat verklaren. Jullie kennen immers het huis en de eigenaren aanzienlijk beter dan wij.'

'Ja, misschien wel.' Bernt leek in zijn geheugen te graven. 'Maar waarom juist een inloopkast zo interessant zou zijn weet ik niet. Het klinkt me nogal vreemd in de oren. Maar ja, wat weet ik ervan?' Hij haalde zijn schouders op. 'Je denkt dat je je buren kent, tot het de ergste seriemoordenaars blijken te zijn.'

'Nou ja, ze moeten het maar opnemen met de eigenaren,' zei Adam, en hij schonk de margarita in een glas met een zoutrandje. 'Het is in elk geval niet iets waar wij wat mee te maken hebben. In tegenstelling tot jullie hebben wij überhaupt geen toegang tot die inloopkast. En hier komt een echte klassieker.' Hij zette het glas voor Silvia op tafel. 'Je hebt er niet om gevraagd, maar het is niettemin het proberen waard.'

'Een soort MeToo van de cocktails,' zei Bernt lachend.

'En met die woorden verlaat ik jullie om de barbecue aan te steken. Scarlett, zou jij een muziekje kunnen opzetten?' Hij verliet het terras en liep over het gras naar de barbecue terwijl Scarletts nostalgielijst met Sade, Simply Red en een paar Duran Duran-nummers op gang kwam.

De briketten waren al verzadigd met aanmaakvloeistof en er was niet meer dan een lucifer nodig om ze te laten branden. Daarna opende hij de koelbox en haalde de spiesen eruit.

'En jij mag al het werk doen,' zei Silvia, die met haar drankje in de hand naar hem toe kwam slenteren.

'Geen punt, ik ben gek op barbecueën.'

'Ik hou meer van gewoon koken. Ik ben bij ons vrijwel altijd degene die het eten klaarmaakt. Toch wil Bernt wanneer wij gasten hebben altijd per se de verantwoordelijkheid voor de barbecue.'

'Tja, wij mannen zijn soms één groot raadsel.'

'Vind je? Ik heb juist altijd het idee dat ik dwars door jullie heen kan kijken – als door huishoudfolie over een bord met kliekjes dat te lang op kamertemperatuur heeft gestaan.'

'Nou ja, zeg, niet zo giftig.' Hij schoot in de lach en schonk haar een glimlach, maar kreeg er geen retour. 'Maar vertel,' ging hij verder om de stemming op een wat meer geciviliseerd niveau te brengen. 'Waarom houden wij mannen van barbecueën?'

'Het simpele antwoord is omdat dat als mannelijk wordt beschouwd. Maar waarom het mannelijker zou zijn dan eten koken in een keuken, is voor mij een raadsel. Is het omdat jullie diep vanbinnen terug willen naar de natuur en de wildernis, waar jullie onder de blote hemel kunnen slapen, het vlees boven een vuur kunnen roosteren en met jullie handen kunnen eten? Of gaat het eigenlijk om iets heel anders? Namelijk de mogelijkheid om weg te lopen bij het gezelschap zo gauw het gesprek saai of te lastig wordt. Dus welke van de twee is jouw aanleiding? Lekker drankje trouwens.' Ze nam nog een slokje.

'Dank je. Enige waardering is altijd leuk,' antwoordde hij, en hij constateerde dat het vuur van de barbecue al gedoofd was. 'En drink gerust. Ik maak graag weer een nieuwe voor je.'

'Dat kan ik me goed voorstellen.' Haar toon was heel anders nu Bernt en Scarlett niet in de buurt waren. Aanzienlijk scherper, alsof die niet langer probeerde te verdoezelen dat hij uit was op confrontatie.

'Je weet hoe het is,' zei hij met een schouderophalen, zich er volledig van bewust dat hij ontweek om antwoord te geven op haar vraag. 'Met een beetje waardering zijn er geen grenzen voor hoeveel iemand aankan.' Hij legde er nog wat nieuwe briketten bij. 'En wat betreft een geslaagde margarita is het geheim eigenlijk alleen om het limoensap zelf te persen.' Hij hield een brandende lucifer bij de briketten, waarna ze weer opvlamden. 'Dat kost weliswaar wat tijd en is een plakkerig karweitje, maar als je die moeite niet wilt nemen, kun je het net zo goed bij rum-cola houden.'

'Of gin-tonic zonder gin.'

Hij draaide zich naar haar om. Iets te snel, en vooral iets te verrast.

'Je hebt geen antwoord gegeven op mijn vraag,' ging ze op bijna triomfantelijke toon verder. 'Heb je problemen met je mannelijkheid of werd het gesprek over het bezoek van de politie je gewoon te veel?'

Hij probeerde die aanval met een lach af te doen, maar dat werd niet meer dan een gekortwiekte grimas. Het hele idee van dit etentje was om erachter te komen wie zij was, hoeveel ze wist en vooral wat ze van plan was met die informatie te doen. Gewoon haar proberen te peilen. Maar nu waren de rollen opeens omgedraaid.

'Misschien heb ik de situatie verkeerd ingeschat,' zei hij uiteindelijk. 'Maar ik vond eerder dat jij wat onrustig zat te draaien toen de politie ter sprake kwam. Dus om antwoord te geven op jouw vraag, zou ik zeggen dat ik geen probleem heb met mijn mannelijkheid en ook niet om te praten over waar de politie op uit was. Ik vind het gewoon leuk om een beetje met vuur te spelen.' Hij legde er nog een paar briketten bij, stak ze aan, en de vlammen werden al snel nog groter.

'Jij denkt dat ik je niet doorheb, hè?'

'Jawel. Hoe zei je dat ook alweer? Als plasticfolie over verrot voedsel.' Hij bleef maar denken aan hoe gemakkelijk een ongeluk een feit kon zijn. Over met vuur spelen gesproken.

'Iets in die richting.' Ze nam een slok, zonder haar blik af te wenden. 'Je weet, ik herken er een als ik er een zie.'

'Een wát zie?' Meer was niet nodig.

'Een bluffer, want dat is namelijk precies wat jij bent.'

Natuurlijk zou hij alles doen om te proberen het vuur wat te doven, maar de paniek en zijn stuntelige handen zouden in de weg staan en ertoe leiden dat hij in plaats daarvan die hele bende brandende briketten over haar heen zou gooien.

'Dit alles,' ging ze verder, en ze maakte een gebaar richting het huis en het water. 'Dat is slechts een dekmantel, nietwaar? Een spel dat mijn man weliswaar met huid en haar heeft geslikt.'

Ook hijzelf zou een paar briketten op zich krijgen, met enkele lichte brandwonden op zijn benen tot gevolg. Voornamelijk om de politieverhoren wat te vereenvoudigen, maar het zou niets zijn in vergelijking met de brandwonden van Silvia, die lang genoeg uitgeteld zou zijn zodat het onderzoek inmiddels zou zijn afgerond.

'Misschien dat ik je teleurstel, maar ik begrijp niet waar je het over hebt.'

'Niet?'

'Nee, eigenlijk niet. Maar als je zo doorgaat, vrees ik dat ik het aanbod voor nog een drankje moet terugnemen.'

'Ach, schei uit. Ik ben net zo nuchter als jij.' Ze deed nog een stap in zijn richting. 'Dus laten we liever van de gelegenheid gebruikmaken om een serieus gesprek te voeren voordat we terug moeten naar die zuipschuiten daar verderop.'

'En exact waarover wil je het hebben?'

'Waarom jullie hier zijn. Waar jullie mee bezig zijn. Waar jullie op uit zijn.'

Hij zuchtte en schudde zijn hoofd. 'Als ik niet wist dat je al in de VUT zat, zou ik bijna denken dat dit een verhoor was.'

'Moet ik dat interpreteren als dat je geen antwoord wilt geven?'

'Het is niet aan mij om aan te geven hoe jij dingen moet interpreteren. Maar als je het nou per se wilt weten, mijn vrouw en ik zijn hier om twee redenen: ik heb een expositie bij een galerie in Stockholm, en we gaan vakantie vieren en het zo leuk mogelijk maken.'

'Vakantie en leuk.' Silvia knikte. 'Misschien ben ik de enige die het verband niet helemaal snapt tussen vakantie en leuk, en waarom je een video-opnameapparaat op het bewakingssysteem in de inloopkast hebt geïnstalleerd.'

'Eh...' Hoe had ze? 'Wát zou ik hebben geïnstalleerd, zei je?' Hij begreep het niet. 'Een video-eenheid, of hoe noemde je het?' Hoe kon ze dat allemaal weten?

'Daar had je niet op gerekend, hè?' Het viel niet te missen hoe content ze was. 'Dat die ouwe taart uit het huis ernaast wat afwist van techniek. Jij dacht zeker dat ik de hele dag thuis zat te haken, hè, wat op zich ook het geval is.'

'Silvia, je hebt het helemaal mis. De verklaring is heel simpel...'

'Ik denk dat het veel beter is als je mij laat uitpraten,' viel ze hem in de rede. 'Feit is namelijk dat ik sinds mijn tijd als onderzoeker overal ter wereld een heleboel contacten heb. We kunnen ze collega's noemen, en hun werk is juist het onderzoeken van dit soort dingen. Dus toen ik hun de foto van dat onlangs door jou geïnstalleerde apparaatje stuurde, duurde het niet lang voordat ik te weten kwam dat dat een 16-kanaals opnameapparaat was met twee terabyte geheugen en alle mogelijke formaten en functies. Dus nu blijft jouw vooraf opgenomen, nietszeggende *loop* telkens maar draaien, dag na dag, zodat Carl en Helene, als die verbinding zouden willen maken met het systeem om te zien wat jij en je vrouw eigenlijk uitspoken, niets anders zullen zien dan hun mooie, keurig opgeruimde huis. En denk maar niet dat ik niet zie hoe de tandwieltjes in jouw frontale kwab nu op hoge snelheid draaien om zo snel mogelijk met een voldoende geloofwaardige verklaring te komen voor het waarom, zodat ik kan roepen: "O, zit het zo", en kan zeggen dat het me spijt, waarna we de avond kunnen voortzetten alsof er niets is gebeurd. Maar als ik jou was, zou ik die arme radertjes een broodnodige vakantie laten nemen, want al mijn zintuigen zeggen dat er hier iets is wat niet pluis is, en ik zal me niet gewonnen geven voordat ik erachter ben gekomen wat dat is. De onderste steen moet boven komen, laat dat duidelijk zijn. Trouwens, ik denk dat je het vlees er nu wel op kunt leggen.'

De ademhaling van Scarlett daargelaten, was het vrijwel stil in de slaapkamer. Je hoorde af en toe een motorboot in de verte langsvaren, en als de trein van het lokale spoorlijntje Saltsjöbanan ook om drie uur 's nachts had gereden, zou hij waarschijnlijk het geluid van de wielen op de rails aan de overkant van de zeestraat hebben gehoord.

Zelf ademde hij zo rustig dat hij zijn eigen ademhaling niet eens kon horen. Dat was een van zijn echte superkrachten, het vermogen om zich min of meer geruisloos over een vloer te begeven of om, zoals nu, doodstil in bed te liggen.

Zo'n twintig minuten geleden hadden de slaaptrekkingen Scarletts ledematen overgenomen, nadat ze bijna een uur had liggen woelen. Ze had meer dan één keer geprobeerd met hem te praten, maar hij had daar zo onbeweeglijk en stil gelegen dat ze het uiteindelijk had opgegeven. Nu sliep ze eindelijk, ook al kende hij haar veel te goed om nu al te durven opstaan. Haar ademhaling moest zwaarder en dieper worden wilde ze niet haar ogen opslaan en vragen waar hij naartoe ging zo gauw hij aanstalten maakte om uit bed te stappen.

Zelf had hij een halve pink kunnen opofferen voor een paar uur slaap. Maar dat ging niet. Niet met die Silvia, die het als een etterige, snuffelende cockerspaniël weigerde op te geven, hoeveel je er ook naar trapte.

Klaarblijkelijk had Carl contact met haar opgenomen en gevraagd de inloopkast in te gaan en de bewakingsapparatuur te fotograferen, en in vrijwel no time was ze erin geslaagd te achterhalen wat het was wat hij had geïnstalleerd. Nu had ze feitelijk alleen nog maar wat aan de oppervlakte gekrabbeld, maar de echte hoofdpijn bestond er eerder uit dat ze er lucht van had gekregen. Waar dat dan weer toe kon leiden, daar wilde hij het liefst niet aan hoeven denken, ook al was dat juist het enige wat hij de laatste uren had gedaan.

Het was duidelijk dat zijn oorspronkelijke plan moest worden bijgesteld. Hij had nog geen idee van de manier waarop, behalve dat het aanzienlijk meer improvisatie zou vergen dan gepland. Iets wat het etentje van vanavond pijnlijk duidelijk had gemaakt, was zijn grote zwakheid.

Het licht aan het eind van de tunnel was Scarletts bodemloze ademhaling, die aangaf dat ze nu diep in slaap was en hij zonder risico voorzichtig uit bed kon stappen, de slaapkamer verlaten en naar de kelder gaan.

Het gereedschap en alle apparatuur die hij nodig had lag achter de boiler op hem te wachten, en in het licht van zijn hoofdlamp kon hij snel de hoofdkraan lokaliseren en de watertoevoer afsluiten. Daarna pakte hij een beugelzaag en zaagde hij de buis die hij al eerder had afgetekend door. Eerst op één plek, en daarna op nog een op tweeënhalve decimeter afstand van de eerste.

Met behulp van grof schuurpapier schuurde hij de scherpste uiteinden van de buizen glad en schroefde hij de s-vormige koppelingen met klemringen vast, waarna hij de hoeken van de koppelingen afstelde tot hij de eigenlijke drukschakelaar kon monteren en alles met een bahco kon aandraaien.

Het bijbehorende elektrasnoer trok hij achter de boiler naar een stopcontact, waar hij een verdeeldoos met een draadloze schakelaar in plugde. Die was op zijn beurt uitgerust met een simkaart, die hij al bij de tweede poging wist te verbinden en te bedienen met zijn telefoon.

Na de hoofdkraan weer te hebben geopend en zich ervan te hebben verzekerd dat er nergens in de nieuwe koppelingen water lekte, ging hij naar de spa-afdeling in de aangrenzende ruimte en opende de plastic zak met de vijf oogplaten die hij had aangeschaft.

Daarna pakte hij de tweecomponentenepoxylijm, perste de substanties met de twee verschillende kleuren in een hoopje op de achterkant van de verpakking en bracht vervolgens de gemengde lijm aan op de bodemplaat van de oogplaten om die uiteindelijk een voor een op hun plaats te bevestigen aan de binnenkant van de jacuzzi.

Het geheel was in ruim anderhalf uur gepiept. Toen had hij ook al opgeruimd, eventuele vingerafdrukken verwijderd en zich gewassen, voordat hij terugsloop naar de slaapkamer en onder het dekbed kroop.

Meer dan tevreden kon hij eindelijk zijn ogen sluiten en ontspannen, om een minuut later te merken dat Scarletts kant van het bed leeg was.

Adam ging rechtop in bed zitten. De adrenaline pompte door zijn lijf en scherpte zijn zintuigen aan, terwijl hij de duisternis afspeurde naar geluiden. Een ademhaling, gekraak op de vloer, wat dan ook dat hem een leidraad kon geven over waar Scarlett zich bevond.

Ze was hier ergens. Daarvan was hij overtuigd. Hij zou het hebben gehoord als ze de auto had gestart en de garage uit was gereden – in haar eentje in het donker te voet naar buiten gaan, dat zou ze nooit doen.

Een verklaring kon zijn dat ze naar de wc was. Dat gebeurde niet vaak, zeker niet om deze tijd, maar de keren dat ze dat deed, was in negen van de tien gevallen na een avondje doorzakken. Feit was dat hij niets kon horen vanuit de badkamer. Bovendien deed ze altijd het licht aan, ook al wist ze dat het later moeilijker zou zijn om weer in te slapen, en toen hij net langs de badkamer liep had hij ook geen licht zien branden.

Hij sloeg voorzichtig het dekbed opzij, stapte uit bed en sloop naar de inloopkast om zich ervan te verzekeren dat ze daar niet weer naar binnen was gegaan.

'Wie ben jij eigenlijk?'

Dat het haar stem was en dat die van ergens achter hem kwam, was duidelijk. Toch kon hij haar niet zien toen hij zich omdraaide en om zich heen keek. 'Scarlett, ben jij dat?'

'Wie zou het anders zijn?' Ze deed een stap naar voren zodat haar gezicht zichtbaar werd in het zwakke licht dat door de gordijnen naar binnen piepte.

'Maar waarom sta je daar verstopt?'

'Adam, waar ben je mee bezig?'

'Hè? Hoe bedoel je? Niets. Ik kon niet slapen en ben opgestaan, heb het laatste van het eten opgeruimd en gedoucht. Dat is alles.'

'Opgeruimd? Oké.' Ze knikte en leek elk moment te kunnen instorten. 'Hoe kan het dan dat de keuken er nog net zo uitziet als toen we naar bed gingen?'

'Heb je mij geschaduwd of zo?'

'Je liegt.' Ze kon zich niet langer inhouden. 'Je liegt me gewoon voor, glashard in mijn gezicht.'

'Kun je alsjeblieft zeggen wat er aan de hand is? Oké, ik weet dat het laat is en dat je aardig wat hebt gedronken. Maar dat wat je nu allemaal aan het doen bent...'

'Ik ben helemaal niets aan het doen. Ik ben niet degene die 's nachts rondsluipt en komt aanzetten met een heleboel leugens.'

'Scarlett, wat ik net al zei, het is laat, het is vier uur 's ochtends, en jij lijkt me eerlijk gezegd niet in staat om...'

'Het gaat hier niet om mij,' viel ze hem in de rede. 'Het gaat om waar jij mee bezig bent. Om wie jij bent. Want ik herken je niet. Ik weet niet meer met wie ik getrouwd ben.'

'Lieverd,' zei hij, en hij deed een paar stappen in haar richting.

'Blijf staan.' Ze hield haar handen voor zich omhoog. 'Ik wil dat je daar blijft staan. Hoor je me? Geen stap verder.'

'Jezus, Scarlett.' Hij bleef midden in zijn pas staan en keek haar aan. 'Ik begrijp niet wat jou opeens bezielt.' Hij zag hoe gespannen ze was, ze trilde er helemaal van.

'Ik heb genoeg van die geheimen van jou.'

'Scarlett, je bent dronken. Oké? Veel te dronken om daar te staan...'

'Ik zal je wat vertellen. Ik ben gisteren bij de galerie geweest,' onderbrak ze hem zonder haar handen omlaag te doen.

'O, oké?'

'Ik moest je spreken. Maar je was daar niet. Je had gezegd dat je daar zou zijn. Dat je daar de hele dag zou werken. Maar dat was niet zo.'

'Ik was zeker wel bij de galerie,' zei hij met de rustigste stem die hij kon opbrengen. 'Ik ben alleen even kort weg geweest voor de lunch, maar verder ben ik daar de hele tijd geweest tot ik de boodschappen voor het avondeten moest doen en hierheen ben gereden. Misschien was je daar net tegen lunchtijd. Of toen ik boodschappen aan het doen was.' Hij haalde zijn schouders op. 'Als ik geweten had dat je zou komen, had ik natuurlijk op je gewacht.'

'Ik heb je gebeld, maar je nam niet op. Ik heb je ik weet niet hoe vaak gebeld.'

'Alsjeblieft zeg, hoe vaak moeten we het daar nog over hebben? Je weet hoe ik ben als ik aan het werk ben, dat was precies waar ik tijdens het eten sorry voor heb gezegd, als je dat nog weet.'

'Jawel, maar toch voelt het alsof ik niets van je weet. Gek toch? Na al die jaren. En nu voer je iets in je schild. Vraag me niet wat, maar er is iets.'

'Natuurlijk ben ik ergens mee bezig. Daarom zijn we hier. Ik ben aan mijn tentoonstelling aan het werken. En zoals altijd, de dagen voor de vernissage, wil ik niet...'

'Ga nou niet lopen beweren dat het te maken heeft met die tentoonstelling,' bitste ze. 'Er is iets anders. Iets heel anders. Denk je dat ik dat niet begrepen heb?'

'Kun je niet gewoon even rustig luisteren...'

'Ik heb een sleutel gevonden,' ging ze verder, terwijl ze tevergeefs vocht tegen haar tranen. 'Een sleutel die precies bleek te passen op de inloopkast waar wij, ik weet niet hoe vaak je dat hebt gezegd, geen toegang toe hebben.'

'Nee, dat is ook zo. En dat komt van de eigenaren, niet van mij. Het enige wat ik heb gedaan is de informatie uit de mail doorgeven.'

Scarlett keek hem aan zonder wat te zeggen. Ze stond daar een paar seconden met haar blik in de zijne voordat ze uiteindelijk haar hoofd schudde.

'Lieverd, luister nou eens,' ging hij verder. 'Ik wist überhaupt niets van die sleutel af, oké?'

'En jij wilt dat ik dat geloof? Hij hing verdomme aan jouw sleutelbos.'

'Ja, dat begrijp ik nu. Maar daar heb ik niet aan gedacht. Die Carl of Helene moet zijn vergeten hem eraf te halen. We hebben die sleutels immers van hen gekregen. Ik ben me er heel eerlijk niet van bewust geweest dat er überhaupt een derde sleutel was. Scarlett...' Hij deed een stap naar voren.

'Blijf staan!' Ze liep naar achteren, richting de muur. 'Denk je dat ik niet weet dat je liegt? Hè? Dat je daar geweest bent? Denk je dat ik niet heb begrepen dat jij aan dat beveiligingssysteem hebt zitten knoeien? Waarom zouden de Westers anders zo ver gaan om contact op te nemen met de politie?'

'Scarlett, luister nou toch.'

'Nee, ik heb genoeg naar jouw leugens geluisterd. Nu is het jouw beurt.' Ze droogde haar tranen met de rug van haar hand. 'Nu ben jij degene die gaat luisteren.'

'Oké,' zei hij, en hij hief zijn handen in een afwerend gebaar. 'Rustig maar. Ik luister.'

'Rustig? Hoe kan ik nou rustig zijn? Heb je er dan helemaal niets van begrepen?'

'Ik bedoelde niet dat...'

'Als je het nog niet begrepen hebt, kan ik je vertellen dat het allesbehalve rustig is. Alleen omdat ik loyaal was en heb meegespeeld met dat toneelstukje van jou tijdens het eten met de buren betekent dat niet dat ik niet heb ingezien dat er iets niet in de haak is. Dus nu vraag ik het je voor de laatste keer. Leg mij uit waar dit allemaal om gaat. En geen leugens deze keer. Ik wil de waarheid horen.'

'Absoluut,' zei hij, en hij knikte. 'Je krijgt de waarheid. Je kunt zoveel waarheid krijgen als je wilt. Maar niet zo. Niet met mijn handen in de lucht en hysterische aanklachten. We moeten eerst wat kalmeren. Allebei. Snap je?' Hij zweeg en wachtte op een reactie, waarop ze uiteindelijk kort knikte en hij zij armen omlaag deed.

'Dank je, dat is beter.' Hij probeerde een glimlach op zijn gezicht te toveren terwijl hij zich ondertussen afvroeg hoe hij verder zou gaan. 'Om te beginnen, wil ik alleen even zeggen dat je helemaal gelijk hebt. Ik ben in de inloopkast geweest. En ja, het klopt ook dat ik een video-eenheid heb aangesloten die de foto's van alle bewakingscamera's kan opnemen en die ze daarna weer kan afspelen, voor het geval iemand zou inloggen op het systeem om te zien wat wij aan het doen zijn.'

'Waarom?' vroeg ze na een korte stilte. 'Waarom heb je dat gedaan?' Haar kalmte was besmettelijk.

'Voor jou, en voor mij. Voor ons. Ik kon in mijn wildste fantasie niet bedenken dat het hier allemaal toe zou leiden. Ik dacht alleen: we zitten hier een hele maand en als er iets is wat we nodig hebben, is dat ontspannen en onszelf kunnen zijn. Ik wilde dat jij hier naakt zou kunnen rondlopen zonder bang te hoeven zijn dat iemand elke beweging van jou zou registreren. Dat jij en ik intiem met elkaar kunnen zijn en het gewoon fijn kunnen hebben. Dus ik had hun gevraagd of ze die camera's in de tijd dat wij hier zijn, konden uitzetten; ik kan je dat mailtje laten zien als je wilt. Maar dat weigerden ze, en toen heb ik het op deze manier opgelost.' Hij zuchtte en schudde zijn hoofd. 'Achteraf was dat dus niet zo slim. Maar ik had nooit kunnen bedenken dat ze zouden zien dat de foto's die ze zagen één lange vierentwintiguurs-loop van onze eerste dag hier was, waarin niets gebeurde. Ik was er niet eens van uitgegaan dat ze überhaupt zouden inloggen op het systeem en ons in de gaten zouden houden. Maar dat moet het geval zijn geweest. Of het vervolgens die Carl of zijn vrouw was die contact heeft opgenomen met de politie en de buren, dat weet ik niet. Maar een van hen moet het zijn geweest. Dat is de enige verklaring die ik kan bedenken.'

'Waarom heb je niks daarover gezegd?'

'Als ik dat eens wist.' Hij haalde zijn schouders op. 'Misschien om dezelfde reden dat jij niet wilde vertellen dat jij de galerie binnen was gegaan en tussen mijn spullen had zitten neuzen.' Hij wachtte op een reactie, maar ze leek te moe en nog te aangeschoten om helder te kunnen denken.

'Zeg...' ging hij uiteindelijk verder, en hij stak zijn armen naar haar uit. 'Kom eens hier, dan kan ik je omhelzen. Je weet hoeveel ik van je hou. Ik wil alleen maar dat jij het fijn hebt.'

'Echt waar?'

'Natuurlijk hou ik van je. Ik begrijp niet eens hoe je daaraan kunt twijfelen.' Hij liep naar haar toe en omhelsde haar. Drukte haar zo stevig tegen zich aan dat ze zijn hart kon horen kloppen.

'En die deurkruk?' vroeg ze na een tijdje. 'Was jij dat ook?'

'Welke deurkruk?'

'Van de deur naar zolder. Had jij die verstopt?'

'Ik begrijp niet wat je bedoelt. De deurkruk zat toch gewoon op de deur, is dat niet meestal het geval?' zei hij na een tijdje, en hij schudde vragend zijn hoofd terwijl hij zich afvroeg of dit voldoende was of dat hij ook nog zijn schouders moest ophalen.

Als maar iets sneller tot hem zou zijn doorgedrongen dat er nog dauw op de zitkussens lag, dan zou hij direct overeind zijn gekomen uit de tuinstoel en het kussen hebben omgedraaid dat Scarlett en hij gisteren na het etentje waren vergeten binnen te halen. Maar nu was het vocht zo langzaam door zijn broek gedrongen dat het ondertussen warm was geworden, en voordat hij had kunnen reageren was het al te laat geweest.

De zon piepte in elk geval al om de hoek en was bezig het terras op te warmen, en algauw zou hij zijn zonnebril of een petje nodig hebben om de tekst in het boek te kunnen lezen waarvan hij net de pagina had omgedraaid en zag dat er een nieuw hoofdstuk begon.

Vijfentwintig dagen, veertien uur en tweeënveertig minuten, zo klonk de eerste zin van het zevende hoofdstuk. Dat klonk niet erg spannend, ook al stond er MISDAADROMAN op het omslag. Nu had hij ook vrij weinig van de eerste vijf hoofdstukken of de proloog gelezen, maar hij betwijfelde of het veel zou uitmaken. Detectives waren nooit zijn ding geweest en zouden dat vermoedelijk nooit worden.

De enige reden dat hij überhaupt een boek vasthield en de moeite nam om er met enige regelmaat in te bladeren, was dat Scarlett niet door zou krijgen dat hij eigenlijk alleen maar geïnteresseerd was in het uitzicht naar het huis van de buren. Dat de enige boeken die er binnen in de boekenkast stonden detectives waren, daar kon hij ook niets aan doen.

'Zeg, ik ga bij de steiger liggen lezen.' Scarlett stond in de deuropening met het boek van Taddeo in haar hand, met haar badjas losjes over haar schouders.

'Doe dat, liefje.' Hij deed alsof hij een alinea uitlas en keek daarna op van de pagina. 'Ik blijf hier. Misschien kom ik straks nog even een duik nemen.'

'Oké. Lees jij een detective? Ik wist niet dat je dat soort dingen las.'

'Eén keer moet de eerste keer zijn.'

'En?'

'Het stuit me tegen de borst, maar ik moet toegeven dat het me al vanaf de eerste pagina boeide.'

'Zo zie je maar. Mag ik vragen waar het over gaat?'

'Een aantal moorden, en wat politiemensen die het juiste motief proberen te achterhalen.' Hij haalde zijn schouders op. 'Ik ben nog maar bij hoofdstuk zes.'

Ze knikte en maakte aanstalten om zich om te draaien en naar de steiger te gaan, maar bedacht zich. 'Moest jij vandaag niet naar de galerie om te werken?'

'Jawel, maar pas vanmiddag. Er zijn een heleboel dingen die eerst moeten uitharden voor ik verder kan.'

'Oké.' Ze knikte. 'Dan weet ik dat. En trouwens...'

'Ja?' Hij keek op van zijn boek.

'Even over vannacht. Ik wil alleen sorry zeggen.'

'Sorry waarvoor?'

'Je weet wel waar ik het over heb, en je had volkomen gelijk. Ik had echt te veel gedronken en...'

'Nee, nee, nee, hou op.' Hij kwam overeind en liep naar haar toe.

'Jawel, ik schaam me en weet niet wat me bezielde. Ik begrijp eerlijk gezegd niet waarom ik niet gewoon naar bed ben gegaan.'

'Scarlett, luister. Ik ben degene die excuses moet maken.' Hij omhelsde haar. 'Niet jij. Wat er vannacht is gebeurd, was geheel en al mijn fout. Ik had het veel eerder moeten vertellen. Echt. En nu we het daar toch over hebben. Misschien moeten we die video-eenheid weer loskoppelen. Gewoon de boel weer in de oorspronkelijke staat terugbrengen en Carl en zijn vrouw een mailtje sturen waarin we onze excuses aanbieden. Wat vind je daarvan?'

'Tja, misschien. Ik weet niet.' Scarlett haalde haar schouders op. 'Ik begrijp niet waarom ze ons in de gaten willen houden terwijl wij hier zijn. Dus als die eenheid ervoor zorgt dat ze niet kunnen zien wat wij vannacht op het vloerkleed in de slaapkamer hebben gedaan, wil ik hem graag nog even houden.' Ze kuste hem voordat ze zich omdraaide en wegliep.

Hij bleef even staan en keek haar na. Er was geen twijfel over mogelijk, ze was afgevallen. Best veel, wel zo'n vijf, zes kilo, als het niet meer was.

Op theoretisch vlak kon hij het begrijpen als andere mannen haar aantrekkelijk vonden, en als het niet om al het andere was, had hij dat zelf misschien ook wel gevonden, zeker na alles wat ze had bewerkstelligd. Maar hij kon al het andere nou eenmaal niet buiten beschouwing laten, en juist daarom was hij zo onder de indruk van zijn eigen prestatie van vannacht.

Want dat had hem uiteindelijk gered. De beestachtige, rauwe, bezwete seks waar ze al zo'n tijd naar had gesmacht en die hij zo lang mogelijk had proberen te vermijden. Als die er niet was geweest, had ze zijn verklaringen nooit geslikt. Ze zou onmiddellijk de scheurtjes in de muur hebben ontdekt en hem met vragen hebben gebombardeerd tot zijn hele verdediging was gaan kraken in de voegen.

Nu was de stemming totaal anders. Plotseling was er een onderlinge warmte en rust waar hij niet eens van had durven dromen. Hoelang het zo zou blijven, dat moest nog blijken, en de vraag was of een kleine grondoefening de volgende keer voldoende zou zijn.

Hij keerde terug naar de fauteuil met het vochtige kussen en ging weer zitten. Het boek met het knalgele omslag legde hij weg. In plaats van op het boek richtte hij zijn aandacht op het huis van de buren. En ook al had hij tot nu toe niet meer kunnen vermoeden dan een kleine beweging achter een van de ramen, het was een duidelijk teken dat Silvia en haar man wakker waren en waren opgestaan.

Wat ze op een mooie woensdag als deze voor plannen hadden, wist hij niet. Hij had ze tijdens het etentje geprobeerd uit te horen, maar geen eenduidig antwoord gekregen en kon daarom niet meer doen dan afwachten – wachten tot de juiste gelegenheid zich zou voordoen.

Dat was dertien minuten later al het geval toen de voordeur openging en Bernt naar de carport liep en in de blauwe Audi ging zitten. Hij zette hem vlak daarna in z'n achteruit en reed weg; en om geen kostbare tijd te verspillen, verliet Adam onmiddellijk het terras en haastte hij zich naar het buurhuis.

Scarlett zou hem vanaf de steiger beneden niet kunnen zien, maar ook al was dat wel het geval, dan was dat nog geen ramp. Ze zou zich uiteraard afvragen wat hij bij Silvia te zoeken had, maar voor de verandering had hij dan precies kunnen zeggen hoe het zat.

Hij drukte op de deurbel, maar kon niet horen of die binnen overging. Na nog een paar pogingen gaf hij het op en liep hij om het huis heen naar de achterkant, waar het grootste gedeelte van de kavel lag, die net als die van hen helemaal tot aan het water liep.

Silvia was nergens te bekennen, niet bij de droogmolen met was, niet bij de bessenstruiken of ergens anders, waardoor hij de trap op liep die naar een serre leidde, waar de deur op een kier stond.

'Hallo?' riep hij, en hij klopte zo hard op de deur dat de ruiten trilden. 'Iemand thuis?'

Ze was niet samen met Bernt vertrokken, dat wist hij. Misschien was ze op de wc of nam ze een douche. Ze sliep vermoedelijk niet meer. Zij was niet het type dat laat opstond alleen omdat ze de nacht ervoor op was geweest. 'Hallo!' riep hij nogmaals, luider deze keer. 'Ik ben het! Adam van hiernaast!'

Hij was gekomen om onder vier ogen met haar te praten. Haar te proberen te kalmeren met dezelfde simpele en vanzelfsprekende verklaring die hij Scarlett had gegeven op de vraag waarom hij de video-eenheid had geïnstalleerd. Dat die actie dubieus was en alle perken te buiten ging kon hij niet ontkennen, maar het motief om zijn privéleven te beschermen zou zelfs een nieuwsgierige buurvrouw moeten kunnen begrijpen.

Maar nu wist hij niet wat hij moest doen. Of hij zou afwachten of weer naar huis zou gaan. Er was ook een derde alternatief, maar dat hield een risico in. Een aanzienlijk hoger risico, nu hij erbij nadacht. Toch hoefde hij zich niet lang te beraden om tot de conclusie te komen dat dit een risico was dat hij wel moest nemen.

Het huis van de buren vormde precies het tegenovergestelde van het huis waar Scarlett en hij in logeerden. Waar bij hen sprake was van een militaire precisie waarbij alles op z'n plaats lag, heerste hier een ongeregelde chaos met overal spullen. Bergen kleren, reddingsvesten en vishengels. Potloodstrepen op de muur met datummarkeringen die de verschillende lengtes van de zonen en zelfs van Bernt voor elke leeftijd aangaven.

De deur van de wc in de hal leek niet op slot, maar hij kon niet zien of het licht daarbinnen brandde, waarop hij voorzichtig zijn oor tegen de deur legde om zich ervan te verzekeren dat Silvia daar niet was.

De keuken stond vol glazen potten met verse frambozenjam. De vaatwasser stond aan en maakte een bonkend geluid, wat aangaf dat hij verkeerd was geladen, en op de koelkastdeur hing een kalender vol notities, zoals boodschappen doen en gasten die op bezoek kwamen, of zoals vandaag, waar stond: LANGE LUNCH BIJ SUSSIE.

De woonkamer stond zoals verwacht overvol, maar was ook huiselijk en gezellig met de vele schilderijen aan de muur en een overvloed aan meubels, waarvan sommige zo oud leken als het huis zelf.

De aangrenzende kamer was net zo groot als de woonkamer en was ingericht als bibliotheek, met van vloer tot plafond op maat gemaakte boekenkasten. Maar ook al waren er veel boeken, de meeste ruimte werd in beslag genomen door bollen garen, gesorteerd op alle mogelijke kleuren.

Midden in de kamer stond een oud bureau, bezaaid met van alles, van ingedroogde theekopjes en haaknaalden tot stapels bonnetjes van aangevangen haakprojecten en grote vellen met handgetekende patronen vol aantekeningen.

Op de vele stapels stond een dienblad met een half opgegeten boterham met kaas. Daar stak een printje onderuit dat afkomstig leek van Amazon. Hij trok het eruit en zag dat het de specificaties waren van een 16-kanaals Reolink met een resolutie van 4K en twee terabyte geheugen. Dat wil zeggen exact hetzelfde merk en model opnamemodule als dat hij zelf had geïnstalleerd.

Dat Silvia daar kennis van had, was op zich geen nieuws. Dat had ze hem tijdens het etentje gisteren al duidelijk gemaakt. Toch was het onrustbarend om het zo zwart-op-wit te zien, ook al was haar gegraaf niet geavanceerder dan dat ze een paar foto's van de eenheid had gemaakt en hulp had gekregen van oud-collega's.

Dan was de rode map gemerkt TOM HARRIS aanzienlijk erger. Alleen al het feit dat Scarletts overleden broer een eigen map had, was verontrustend, en toen Adam hem opendeed en kennisnam van de inhoud, was het duidelijk dat Silvia geen losse flodders had afgevuurd toen ze met haar onverholen dreigementen was gekomen.

Hij kon niet begrijpen hoe ze in zo korte tijd zoveel informatie had verzameld. Ze moest de hele nacht hebben zitten werken, en ook al had ze vast hulp van buitenaf gehad, hij kon zich maar moeilijk voorstellen dat dat de hele verklaring was. Zeker omdat het erop leek dat ze veel verder was gekomen dan waar de politie in Californië in was geslaagd in het inmiddels stopgezette onderzoek.

Er waren niet alleen uitdraaien van Google Maps waarop de route langs Folsom Lake die zijn zwager in de weekenden vaak fietste met rood was aangegeven. Er waren documenten met lange lijsten van reserveonderdelen van het automodel GMC Sierra, wat precies het model was waar hij zelf ten tijde van het ongeval in reed.

Daarnaast was ze erin geslaagd een aantal oude krantenartikelen op te diepen waarin het dodelijke ongeluk werd beschreven als ongeval waarbij de bestuurder was doorgereden en waarbij Tom midden op de brug over Salmon Falls door een auto zou zijn geschept. In die tijd had hij elk artikel gespeld over hoe zijn zwager ter plekke zou zijn overleden, en in het water was geslingerd, waarin hij was meegesleurd, om vier dagen later negen kilometer verderop bij Lakeridge Oaks te worden gevonden.

Hij legde de map weer op zijn plaats en raakte daarbij per ongeluk de muis van de computer aan, waardoor het scherm midden op het bureau tot leven kwam.

Tot nu toe was het niet eens bij hem opgekomen dat hij wellicht die computer aan de praat kon krijgen. Maar aangezien Silvia het blijkbaar niet noodzakelijk had gevonden om hem te beveiligen met een wachtwoord, kon hij gewoon op haar bureaustoel gaan zitten en rondklikken door de verschillende mappen en files.

Naast een overvloed aan verschillende haakpatronen en foto's van haar kleurrijke voortbrengselen vond hij de files waarvan hij op papier al kennis had genomen. Maar pas toen hij de browser opende en zag dat ze afgelopen nacht veel tijd had doorgebracht op Facebook, begon het hem duidelijk te worden wie zijn tegenstander was, of liever gezegd, wie zijn tegenstanders waren.

Hij hoefde al alleen maar de naam van de chatgroep met een handvol leden te zien om te beseffen dat het veel ernstiger was dan hij had gedacht. WIE IS ADAM HARRIS? had ze die map genoemd. En toen hij door delen van de conversatie scrolde, die vrijwel de hele afgelopen nacht besloeg, merkte hij dat hij telkens moest slikken, ook al had hij nog niets gegeten of gedronken.

De belangrijkste focus van de groep lag zonder meer op de omstandigheden rond de dood van zijn zwager, waarbij de leden elkaar hadden geholpen met het analyseren van alles van de krantenfoto's van de daadwerkelijke plek van het ongeluk tot het onderzoek van de politie. Iemand had zelfs een foto van hemzelf gevonden waarop hij in T-shirt en korte broek poseerde voor zijn roodbruine GMC Sierra met het kenteken volledig zichtbaar, en slechts een halfuur later, rond kwart over drie vannacht, waren ze er al achter gekomen dat hij die auto elf maanden na het dodelijke ongeval had verkocht aan ene Brad Hernandez in Santa Fe.

Door de zware schade aan de brugleuning, die duidelijk op de foto's van de plek van het ongeval van de kranten en de politie zichtbaar was, hadden ze beredeneerd dat het de moeite waard kon zijn om te proberen die auto op te sporen en de bumper van de auto te onderzoeken.

Daarna had het niet lang geduurd voordat iemand in de chatgroep die toevallig in de buurt van Santa Fe woonde, had aangeboden om bij de huidige eigenaar van de auto langs te gaan. Als zou blijken dat delen van het plaatwerk en de bumper waren gerepareerd en vervangen, hoefden ze alleen maar contact op te nemen met General Motors om te vragen welke garage de betreffende reserveonderdelen rond dat tijdstip had besteld.

Hij was helemaal sprakeloos over de hoeveelheid informatie die de chatgroep in maar een paar uur had weten te verzamelen, en hij had moeite zijn hoofd erbij te houden. Hij was in paniek. Zijn ademhaling, zijn hartslag, elk alarm in hem ging af en schreeuwde dat hij het gebouw moest verlaten voordat het werd opgeblazen.

Maar dat ging niet meer. Want hoe graag hij daar ook weg wilde, het plotselinge trillen van een raam gaf aan dat een van de buitendeuren werd geopend. Silvia was terug, en terwijl hij kon horen dat ze over de oude houten vloer snel naar binnen liep, zette hij de computer in de slaapstand en keek hij om zich heen of hij ergens heen kon.

Helaas waren er geen andere deuren dan diegene die terugleidde naar de woonkamer, en als hij het niet verkeerd hoorde, was ze juist fluitend daarnaar op weg.

Hij liep snel naar het ene raam; maar omdat dat was voorzien van raamsloten, zag hij geen andere mogelijkheid dan als een kind dat verstoppertje speelde achter het gordijn te gaan staan, waarvan de stof zo dun was dat hij er dwars doorheen kon kijken toen Silvia de kamer binnenkwam.

Na een paar passen bleef ze staan en keek om zich heen alsof ze voelde dat er iets anders was dan anders. Ze droeg een badjas van gebloemde badstof, en druppels van haar natte, losse haar vielen op de grond.

Hoe het kwam dat ze daar heel stil bleef staan afwachten, kon hij alleen maar raden. Feit was dat als ze daar zo bleef staan en om zich heen keek, ze hem spoedig zou ontdekken.

Maar toen viste ze plotseling haar mobiel uit de zak van haar badjas en toetste een nummer in terwijl ze bij het raam ging staan – op slechts een meter bij hem vandaan.

'Hoi Roger, met Silvia,' zei ze met haar blik door het raam naar buiten gericht. 'Ik wil allereerst even zeggen dat ik me er volkomen van bewust ben dat dit geen hoge prioriteit heeft en dat je vast veel belangrijker zaken te doen hebt. Maar de reden dat ik je bel is om te vertellen dat er vannacht veel interessante informatie aan het licht is gekomen betreffende Adam Harris.'

Ze hoefde zich alleen maar om te draaien om hem recht in zijn gezicht te kunnen kijken. Als ze dat deed, zou hij geen andere keus hebben dan de consequenties aanvaarden.

'Maar dat is, zoals je zeker begrijpt, niet iets wat ik wil inspreken op de voicemail.'

Het voordeel was dat niemand wist dat hij daar was, en mocht het tegen alle verwachtingen nodig zijn, dan zou hij Scarlett wel zover kunnen krijgen dat ze hem een alibi gaf.

'Dus hopelijk kun je me even bellen zo gauw je tijd hebt.'

Het zou problematischer worden met het stoffelijk overschot. De enige oplossing was om het er op de een of andere manier uit te laten zien als een ongeluk.

Adam zette zijn vork in de kipfilet, sneed er met het mes een stukje af en stak het in zijn mond, samen met een half blaadje bindsla en wat uitgebakken spek. Van alle salades vond hij de caesarsalad het allerlekkerst, en hij kende niemand die die zo lekker kon klaarmaken als Scarlett. Hoewel ze geen grote ster was in de keuken, kon niemand haar kloppen als het op een klassieke caesar aankwam, of anders wel een salade Niçoise.

Helaas proefde hij niets. Het was alsof al zijn smaakpapillen buiten werking waren gesteld. En wat over was, was een consistentie. Een steeds slijmeriger bal van vleesvezels die hij moest kauwen en herkauwen opdat die niet in zijn keel zou blijven steken.

Het bezoek aan Silvia had hem uit zijn evenwicht gebracht. En daar zat hij nu, geblokkeerd alsof iemand in zijn interne stoppenkast zat en bezig was zekering na zekering los te schroeven met als gevolg dat het ene vitale deel na het andere uitviel. En dan had hij nog wel het geluk aan zijn kant gehad.

'Wat een fantastische salade,' hoorde hij zichzelf zeggen toen hij er eindelijk in was geslaagd de stukgekauwde bal kippenvlees door te slikken.

'Het is het gewone recept, hoor,' zei Scarlett.

'Helemaal niet. Het is zoveel meer dan een recept. Er is niemand die zo'n lekkere caesarsalad maakt als jij.'

Dat Silvia toen ze klaar was met haar bericht aan de politie naar de keuken was verdwenen om het koffiezetapparaat aan te zetten, was zijn redding geweest. Terwijl zij bezig was met water bijvullen en koffie doseren, kon hij niet alleen gewoon door de voordeur naar buiten glippen, hij had daarnaast ook nog voldoende tegenwoordigheid van geest gehad om nog een keer in haar computer te gaan en het wachtwoord van haar Facebookaccount te achterhalen.

Maar dat was toen. Nu was hij niet in staat om verder vooruit te plannen dan de volgende hap. Alsof het hem uiteindelijk duidelijk was geworden dat de strijd verloren was en dit het begin van het einde was.

'Waarom neem je niet op?' Scarlett keek hem aan terwijl hij vocht om een volgende slijmerige bal door zijn strot te krijgen.

'Hè? Wat?'

'Je mobiel. Die gaat.'

'Ik wil niet gestoord worden tijdens de lunch.' Hij pakte de trillende telefoon toch op, maar herkende het nummer niet. Het zou hem niet verbazen als het die politieman was die nu koren op zijn molen had nadat hij contact met Silvia had gehad.

'Wie is het?'

'Geen idee.' Hij haalde zijn schouders op. 'Waarschijnlijk een of andere verkoper.'

'Stel dat het belangrijk is.'

'Dan bellen ze vast wel weer,' zei hij, en hij liet zijn mobiel zoemen tot die het opgaf.

'Hoe laat was je trouwens van plan weg te gaan?'

'Weggaan?'

'Ja, je zou toch vanmiddag naar de galerie gaan, om te werken? Je hebt vast nog een heleboel te doen voor de vernissage vrijdag.'

'O ja.' Hij knikte, hoewel hij vermoedelijk nergens toe zou komen. 'Zo gauw we hier klaar zijn.' Op dit moment kon hij niet meer doen dan een verblinde ree die midden op de weg stond.

'Ik was namelijk van plan om mee te gaan.'

'Mee waarnaartoe? Naar de galerie?'

'Nee, gewoon naar de stad. Ik ben daar gisteren wel geweest, maar heb niet zoveel gezien, en het kwam allemaal heel mooi over. Dus ik wilde een beetje rondlopen en de stad ontdekken als jij aan het werk bent, dan kunnen we misschien samen weer naar huis rijden wanneer we allebei klaar zijn.'

'Oké. Absoluut.' Hij knikte als op commando. Alsof iemand anders de touwtjes vasthield. Die een plan had waar hij zelf geen inzage in had.

De reis naar de stad ging ook als op de automatische piloot, waarbij hij de bevelen van de gps opvolgde en ervoor zorgde de auto op de weg te houden. Aanzienlijk lastiger was het om te proberen enigszins natuurlijk te knikken op Scarletts geklets, omdat de woorden in elkaar bleven vloeien.

'Hoe voel je je eigenlijk?' wist hij in elk geval op te vangen nadat hij voor de galerie had geparkeerd en de motor had uitgezet. 'Alles goed?'

'Alleen een beetje moe,' antwoordde hij, en hij besteedde al zijn energie aan het op zijn gezicht toveren van een glimlach. 'Het is nogal laat geworden gisteren.'

Scarlett schoot in de lach en knikte. 'Ja, dat kun je wel zeggen.'

Ze stapten uit en hij deed de auto op slot voordat hij haar een kus gaf en naar de galerie liep.

'Je bent je mobiel toch niet vergeten, hè?'

'Nee hoor, wees maar niet bang,' zei hij, en hij stak zijn telefoon omhoog. 'Die heb ik.'

'Mooi. Bel me als je bijna klaar bent, dan kom ik deze kant op, oké?'

'Komt goed,' hoorde hij zichzelf zeggen terwijl hij de deur van het slot deed en naar binnen ging. In de galerie haalde hij losse koperen buisdelen uit een van de dozen en begon die met behulp van een aantal hoeken en buisbevestigingen die al op hun plaats zaten op de witgeschilderde muur te monteren.

Hij kon niet uitleggen waarom, maar zo gauw alle buizen waren aangebracht liet hij om de een of andere reden zijn mobiel achter in de galerie en was hij weer op weg terug naar de auto.

Terwijl hij de stad uit reed, probeerde hij te begrijpen waar hij mee bezig was, maar zijn gedachten bleven telkens steken en maakten dat hij zich voelde als een oude bootmotor die weigerde te starten, hoe hard of hoe vaak je ook aan het touw trok.

Misschien was dit wat ze bedoelden met 'erdoorheen zitten'. Ook al had hij wel eerder onder druk gestaan, hij was nooit in de buurt geweest van een burn-out – niet in staat om 's ochtends uit bed te komen. Hij had dat altijd gezien als iets wat alleen slappelingen trof. Al die mensen die geen puf hadden. Die de druk niet aankonden en een excuus nodig hadden om niet te hoeven opstaan.

Nu was hij daar niet meer zo zeker van. Hij had nooit eerder van zoveel verschillende kanten, én tegelijk, druk ondervonden, en hij had zich nooit eerder zo hulpeloos gevoeld en het idee gehad dat hij de dingen niet meer onder controle had, dat het niet heel onrealistisch zou zijn als hij, hoewel hij 120 kilometer per uur op de snelweg reed, plotseling het idee zou krijgen om het stuur los te laten en in foetushouding in elkaar te kruipen.

Maar dat deed hij niet. Ook al had het iets aantrekkelijks om de hele zaak gewoon op z'n beloop te laten. Hij hield het stuur zo stevig vast dat zijn vingers er wit van werden. Misschien ging het om overleven. Zoals wanneer je reptielenbrein het overnam en ervoor zorgde dat je een auto kon optillen om je kind te redden. Zoveel *misschiens*. Zijn hele hoofd zat vol misschiens, en met verschillende veronderstellingen, gissingen en een met speeksel bevochtigde wijsvinger in de windstille hitte.

Hij sloeg rechts af op de dichtbegroeide weg en reed langzaam langs de bootclub. Zo'n twintig meter later bedacht hij hoe uitgestorven het overal was. Geen van de buren was te zien. Zelfs de kinderen van drie huizen verderop waren niet buiten op de trampoline aan het springen. Elk perceel op de landtong was leeg en verlaten. Er was vast een natuurlijke verklaring voor, ook al kon hij het gevoel niet kwijtraken dat hij zich in een parallelle werkelijkheid bevond waarin de gehele mensheid was uitgeroeid.

Nadat hij de auto in de garage had gereden en de garagedeur had gesloten, liep hij terug naar de tuin en verder over het gazon naar de steiger, waar de zon ondertussen hoog aan de hemel stond en zo sterk was dat de lucht ervan zinderde.

De warmte maakte dat hij zijn schoenen uittrok en zijn overhemd losknoopte. Daarna maakte hij zijn riem los, ritste zijn gulp omlaag en deed zijn broek uit, die hij opvouwde en samen met zijn overhemd op een van de twee ligstoelen legde. Uiteindelijk trok hij ook zijn onderbroek en zijn sokken uit, waarna hij op zijn rug op het hete kussen ging liggen en zijn ogen sloot.

Hij was nooit een zonaanbidder geweest. Op een zonnebed liggen bakken ervoer hij als een lichte vorm van marteling en hij zou in alle andere gevallen alles hebben gedaan om daar weg te komen. Nu lag hij daar maar op die steiger en liet hij de zon elk deel van zijn lichaam onderzoeken terwijl het zweet door zijn huid begon te dringen en kleine druppeltjes vormde, die vervolgens langs zijn borst omlaag stroomden.

Zijn ademhaling werd steeds dieper in het tempo waarmee hij ontspande. Spier voor spier. Gewricht voor gewricht. Dat, in combinatie met de volledige stilte, deed hem inzien hoe moe hij was en hoe welverdiend een kleine pauze was om in zichzelf te mogen wegzinken. Naar een plaats waar onrust, stress en alles wat grensde aan paniek geen toegang hadden.

Het was het geluid dat hem wakker maakte. Het geluid dat het spiegelgladde wateroppervlak doorbrak. Wie hij zag op het moment dat hij zijn ogen opendeed en door wie de kringen op het water steeds groter werden.

Dat zijn besluit al lang geleden was genomen, werd meteen duidelijk. Dat het de laatste uren juist hierom was gegaan. Het was alsof iemand een lange rode loper voor zijn voeten had uitgerold: en het enige wat hij hoefde te doen, was blijven doorlopen. Er was niets om in twijfel te trekken. Geen gedachte die gedacht moest worden, wat verklaarde waarom zijn hartslag zo rustig bleef dat elke smartwatch ervan uit zou gaan dat hij nog steeds lag te slapen.

Korte tijd later kon hij horen hoe ze de zwemtrap weer opklom en een radio aanzette, een oud analoog geval dat klaarblijkelijk nauwkeurig moest worden afgesteld om in het ethergeruis het juiste kanaal te vinden. En op de glijdende gitaartonen van de vingers van Ry Cooder kwam hij overeind van de ligstoel en liet hij zijn lichaam langzaam in het water zakken.

Hij herkende de muziek van een film die hij had gezien, maar kon er niet opkomen welke. Maar dat maakte niet uit. Er was niets anders wat ertoe deed dan het verkoelende water dat zijn lichaam omsloot en het schoonspoelde van zweet, terwijl hij over de zeebodem zweefde. Niets anders dan zijn langzame zwemslagen, zodat hij voldoende zuurstof had.

Van bovenaf zag het water er altijd zo kristalhelder uit dat je zin kreeg om het te drinken; hierbeneden was het een andere wereld. Een wereld in verschillende nuances groen, met alles van kleine visjes en losgerukte stukken zeegras tot roestige boeiverankeringen en andere rommel die met behulp van de tand des tijds op den duur een deel van de bruingroene smurrie zou worden.

Toen het gebrek aan zuurstof pijn begon te doen in zijn borst, zwom hij naar boven en zorgde hij ervoor dat hij het wateroppervlak zo langzaam mogelijk doorbrak. Daarna vulde hij zijn longen, niet één keer, maar meerdere keren, terwijl uit de transistorradio een vrouwenstem met een Gotlands dialect over het water schalde en bij de tonen van de bekende steelgitaar van Ry Cooder vertelde over haar jeugd.

Hij kon nog net denken aan het populaire Zweedse radioprogramma *Sommar i P1* voordat hij opnieuw onder water verdween en over de begroeide stenen zijn weg vervolgde, waar zand en grind opstoven en het zicht vertroebelden. *Sommar i P1* met muziek uit een film die hij niet alleen had gezien, maar ook echt goed had gevonden, maar waarvan hij zich de titel niet meer herinnerde. In elk geval niet meer dan dat het de naam was van een stad, of was het een land?

Een aantal oude, met arsenicum geïmpregneerde telefoonpalen in de modderige bodem hielpen hem de juiste kant op te navigeren, en daartussen, in de schaduw van de steiger daar vlak boven, kon hij ademhalen terwijl de Gotlandse vrouwenstem doormaalde over haar jeugd. Toen hij weer op krachten was gekomen, zwom hij naar de zwemtrap en klom naar boven.

'Pardon?' Silvia draaide zich om en staarde hem aan. 'Ik geloof heus dat je naar de verkeerde steiger bent gezwommen.'

'Nee hoor,' zei hij. 'Ik ben precies goed.'

Silvia leek even in verwarring gebracht, maar toen begon ze te lachen. 'Dan zeg ik: bedankt, maar nee, dank je wel. Ondanks alle jaren met kinderen, droge humor en het feit dat hij net als gisteren te veel drinkt, voel ik me nog steeds aangetrokken tot mijn man. Ik weet natuurlijk niet wat jullie thuis voor regels hebben met de buren, maar hier hebben wij niet de gewoonte om naakt op andermans steigers rond te lopen.'

'Het spijt me, maar ik kon geen zwembroek vinden.'

'Oké, maar ik zou toch graag willen dat je er weer in sprong en terugzwom naar jullie steiger. Of die van de Westers liever gezegd.'

'En anders?'

Ze keek hem aan in een poging af te lezen wat hij eigenlijk wilde, en hij kon duidelijk zien dat ze daar niet eens van in de buurt kwam.

'Wat gebeurt er anders?' herhaalde hij.

'Tja, dan geef je me geen andere keus dan Roger Franzén te bellen.' Ze kwam overeind van haar ligstoel en liep naar de tafel waar haar mobiel lag, in de schaduw van de radio. 'Dat was de politieman die gisteren bij jullie thuis was, weet je nog?'

'Jazeker.'

'Ik heb namelijk zijn rechtstreekse nummer hier.' Ze hield haar mobiel omhoog. 'En nu we het er toch over hebben, kan ik je laten weten dat hij ontzettend geïnteresseerd is in wat mijn vrienden over jou hebben gevonden in slechts een paar...'

De klap raakte precies waar hij moest komen, in haar gezicht, boven haar neus, die tegen zijn knokkel brak.

'Au! Verdomme, wat moet dat v...' Silvia greep haar gezicht beet en moest moeite doen haar evenwicht niet te verliezen.

'Sorry,' zei hij, en hij bleef zijn vuist gebald houden om ervoor te zorgen dat de pijn zich niet naar zijn arm zou verspreiden.

'Sorry? Denk je nou echt dat je er met een "sorry" van afkomt?'

'Het was de bedoeling dat je buiten kennis zou raken.'

'Jezus, wie ben jij eigenlijk?'

'Dat had het voor ons allebei zoveel eenvoudiger gemaakt, en zeker voor jou.' Hij greep haar bij de schouders en schopte haar benen onder haar vandaan, waarop ze met een gil omviel en met een bons op de steiger belandde. 'Maar dat maakt niet zoveel uit.' Hij greep haar bij de arm en trok haar naar de zwemtrap. 'Integendeel, je bent heel gehoorzaam geweest en hebt geen druppel bloed op de steiger gemorst, dus ik hoef de boel niet op te ruimen.' Met een stevige greep om haar nekhaar bonkte hij haar gezicht tegen de rand van de steiger. 'Want dat willen we hier niet hebben, toch? Hier bij dat gladde trappetje waar je zo gemakkelijk kunt uitglijden.' Om haar uiteindelijk over de rand in het water te duwen.

Silvia gilde alsof haar leven ervan afhing, waarschijnlijk zo hard ze kon, maar het werd niet meer dan een borrelend gegorgel terwijl hij haar hoofd een paar decimeter onder het wateroppervlak hield. Dat ze schopte en wild met haar armen om zich heen sloeg veranderde niets aan het feit dat hij de overhand had, hoewel hij onder de indruk was van hoelang ze weerstand bood voordat ze het opgaf en de stilte terugkeerde.

Na te hebben gecheckt of alles op de steiger eruitzag zoals het moest, dook hij terug het water in en zwom hij met haar weg, terwijl de Gotlandse vrouwenstem ongestoord verder leuterde over haar jeugd samen met haar jongere zus.

Zo'n honderd meter van de steiger af gebeurde het. Net toen hij het levenloze lichaam aan haar lot had overgelaten en terugzwom naar land, kwam hij er eindelijk op dat de muziek afkomstig was uit de film *Paris, Texas*.

BEAUTIFUL DEATH – BATHTUB

Videokunstwerk van Adam Harris, in 2015 voor het eerst vertoond bij de Geene Gallery in San Francisco

Een lucifer verlicht het donker. Wordt naar een stearinekaars gebracht. Het vuur verspreidt zich naar de pit. Verlicht steeds meer, terwijl de brandende lucifer verder gaat naar de kaars ernaast. Daarna naar weer een, en weer een.

Een badkamer. Betegelde vloer. Afwisselend zwarte en witte vierkanten. Een oude badkuip op pootjes. Langs de kant brandende kaarsen. Ergens buiten zijn ver weg de geluiden te horen van een grote stad.

De vrouw, rond de dertig, draait de kraan open. Past de temperatuur aan. Dampend warm. Laat de badkuip vollopen terwijl ze zich uitkleedt in het licht van de flakkerende kaarsen. Vouwt alles netjes op en legt het op een stapel. Kledingstuk voor kledingstuk. Maakt haar haar los. De lange donkere lokken. Stift haar lippen rood.

Het water stroomt uit de mengkraan. Vult de badkuip.

De vrouw tilt een schaal vol rode rozenblaadjes van de grond. Verspreidt ze over het water tot het oppervlak bedekt is.

Dan zet ze het water uit. Stapt erin. Eerst met haar ene voet. Daarna met de andere. Gaat zitten. Het water stroomt over de rand. Tussen de stearinekaarsen omlaag op de grond. Er komen een paar rode blaadjes mee terwijl de vrouw steeds meer plaats inneemt. Leunt achterover. Laat zich bedekken door het water. Haar borsten. Haar donkere krullen. Haar hoofd. Haar gezicht. Haar ogen. Haar open ogen.

Ze moet hoesten, maar blijft onder water. Houdt vol. Hoest nog een keer. Blijft liggen. Nu helemaal stil. Haar ogen open.

Carl Wester

Santa Cruz, de nacht van dinsdag op woensdag

Hij had tegen Helene gezegd dat ze moest kalmeren en ermee moest stoppen op de badkamerdeur te bonken. Hij had geroepen en haar ervan verzekerd dat alles onder controle was. Dat hij alleen maar met rust gelaten wilde worden. Maar ze had geweigerd te luisteren. Elk woord genegeerd en de deur van buitenaf opengemaakt.

En nu stond ze daar, bleek en grauw als een ongekookte garnaal met een maag die zich zojuist had omgedraaid. Toch bleef ze hem en zijn smerige lijf met een bijna hatelijke walging aanstaren, terwijl hij met de rand van de badkuip als steun op zijn dronken benen overeind probeerde te komen zonder uit te glijden over al die stinkende smurrie die hij uit het putje had getrokken.

Jezus christus, wat een klotezooi, was het enige wat hij kon denken. Telkens weer. Deze zogenaamde vakantie was veranderd in een stinkende, gore klotezooi.

'Ik had toch gezegd dat je je er niet mee moest bemoeien en mij dit moest laten opknappen,' wist hij uiteindelijk uit te brengen. 'Of niet soms?'

Helene gaf geen antwoord. Ze stond daar maar te staren. De verstopping was nu in elk geval opgelost. Wat hij kon zien was dat vrijwel al het water nu was weggelopen. Dat het eruitzag als een slachthuis kon hij ook niet helpen. Dat gold ook voor de intense stank, die elke ademhaling deed overkomen als een stap dichter naar de dood.

Maar dat was niet het ergste. Dat was gewoon een kwestie van schoonmaken met middelen die sterk genoeg waren. Nee, het ergste was hoe ze hem aanstaarde. Haar blik zo geschokt dat ze geen woord wist uit te brengen.

'Helene, ik ga het allemaal opruimen,' probeerde hij op kalmere toon. 'Ik weet dat het er verschrikkelijk uitziet, maar het komt goed. Dus als jij nou de badkamer uit gaat en mij mijn gang laat gaan, is alles straks weer voor elkaar. Oké?'

'Voor elkaar?' Helene schudde haar hoofd. 'Maar Carl? Zie je dat dan niet?' Ze wees omlaag naar zijn plakkerige benen en voeten. 'Hoe zal dat ooit weer schoon worden?'

'Daar zorg ik voor, zeg ik toch. Rustig maar. Als jij mij nou de boel laat opruimen en een douche laat nemen…'

'Een douche?' kapte ze hem af.

'Ja, wat moet ik anders…'

'Maar jezus, open je ogen en kijk eens goed! Zie je niet dat dat een… een…' Ze sloeg haar hand voor haar mond, maar kon niet voorkomen dat ze begon te huilen.

Pas nu kreeg hij door dat ze helemaal niet naar zijn smerige benen en voeten keek, maar naar de grote, vormeloze klomp met haar die voor hem op de grond lag, samen met de andere bloedrode slijmerige klompjes die hij had weten op te vissen.

Toen begon ze weer te praten, of eerder zo zachtjes te mompelen dat het lastig was de woorden te onderscheiden. Maar dat was geen belemmering om te horen wat ze zei. Hij verstond elk woord. Elk woord dat verklaarde wat dat voor iets was wat hij uit de afvoer had gedregd. Maar hij kon het niet bevatten. Hoewel ze het herhaalde en uiteindelijk uitschreeuwde, kon hij niet begrijpen wat ze nou eigenlijk zei. Het was alsof het indruiste tegen alle logica en iets in hem het automatisch in de spambox deed belanden.

'Rustig nou maar,' zei hij in een nieuwe poging die net zo goed tegen hemzelf was gericht als tegen haar.

'Rustig?' Helene schudde haar hoofd en begon steeds heftiger te ademen. 'Carl, wat heb je in godsnaam gedaan?'

'Gedaan? Hè? Ik? Wat bedoel je? Ik heb niks gedaan!' Helene

keek hem aan. Wilde wat zeggen, maar bedacht zich en schudde alleen maar haar hoofd.

'De afvoer zat verdomme verstopt,' ging hij verder. 'De hele vloer stond blank. Wat moest ik? Een loodgieter bellen en de boel laten overstromen in afwachting van of hij een keertje zou komen? Hè? Was dat beter geweest?'

'Nee. Nou ja, ik weet niet. Ik...' Ze bleef haar hoofd schudden terwijl ze ondertussen achteruit liep naar de deur. 'Dit gebeurt niet. Dit gebeurt gewoon niet.'

'Waar ga je naartoe?'

'Weg hier. Dat was toch wat je wilde?'

'Wacht nou even.' Hij snelde achter haar aan.

'Nee, ik wil niets meer horen.' Ze deed de deur open. 'Geen woord meer. Dit is jouw ding. Ik heb hier niets mee te maken.'

'Hoezo, mijn ding? Jij hebt er toch net zoveel...'

'Nee, ik heb dit niet gezien en...'

'Maar jezus, Helene, luister nou even.' Hij greep haar bij haar arm en trok haar terug de badkamer in.

'Raak me niet aan!' schreeuwde ze, en ze sloeg zijn hand weg.

'Wat doe je? Ik ben het maar hoor.'

Ze keek hem aan, slikte en schudde haar hoofd, stond op het punt in huilen uit te barsten. 'Ik herken je niet. Ik weet niet langer wie je bent.' Ze liep snel achteruit bij hem vandaan. 'Al sinds we hier zijn ben je als een... als een...'

'Maar ík heb dit toch niet gedaan,' onderbrak hij haar terwijl hij achter haar aan liep. 'Begrijp je dat dan niet?' Stap voor stap tot de muur achter haar verhinderde dat ze verder kon komen. 'Het is dit huis. Niet ik. Het is de schuld van dit verdomde huis.' Hij legde een hand op haar schouder. 'Ja, dat probeer ik toch de hele tijd al te zeggen sinds we...'

'Ik wil niet dat je me aanraakt.' Ze duwde zijn hand weg en probeerde los te komen. 'Ik wil hier weg.'

'Hoe bedoel je?' Hij pakte haar weer vast, verhinderde haar te ontkomen en drukte haar beide armen tegen de muur. 'Je kunt nu niet gewoon gaan.'

'Laat me los.' Ze stribbelde tegen en probeerde los te komen uit zijn greep. 'Hoor je niet wat ik zeg? Laat me los!'

'Jij had bedacht dat we hiernaartoe moesten, niet ik, en nu wil je er opeens gewoon...'

'Carl, alsjeblieft...' Maar ze was niet sterk genoeg. 'Ik vraag het je, laat me gaan.'

'Helene, ik begrijp dat je geschokt bent, maar probeer even te kalmeren en naar mij te luisteren.'

'Waarom kun je me niet gewoon laten gaan?'

'Helene, je bent in shock, oké? Dat is niet zo gek gezien dit allemaal, en ik waarschijnlijk ook. Maar we moeten proberen...'

'Help!' riep ze plotseling. 'Help!' Zo luid ze kon.

'Jezus Helene, kalmeer alsjeblieft!' Hij drukte haar steviger tegen de muur in een poging haar zachter te laten praten. Maar ze bleef gillen. Geen woorden, alleen pure angst, en uiteindelijk zag hij geen andere uitweg dan zijn hand voor haar mond te doen. 'Dit kan niet. Begrijp je dat? Het is helemaal tot bij de buren te horen, en die gaan straks bellen naar...'

Het duurde even voordat hij begreep waarom hij plotseling zijn hand had weggetrokken. Het inzicht kwam pas toen de scherpe pijn van haar beet de reactie had ingehaald. Tegelijkertijd escaleerde haar gegil tot een nieuw niveau waarin hij haar onmogelijk kon bereiken, en even abrupt als dat ze was gaan gillen kwam de stilte toen zijn hand haar gezicht raakte.

Helene greep naar haar vuurrode wang, waar wat bloed uit sijpelde van de verwonding van zijn trouwring.

'Het spijt me.' De woorden kwamen uit zijn mond, ook al was hij zich ervan bewust dat waar hij zich zojuist schuldig aan had gemaakt niet kon worden teruggedraaid. 'Het spijt me, dat was niet de bedoeling,' ging hij toch verder. 'Maar ik wist niet wat ik moest doen.'

Helene zei niets. Ze stond daar maar met gebogen hoofd en haar hand tegen haar wang gedrukt.

'Helene, je moet me vergeven. Ik zou nooit… dat weet je. Maar ik ben net zo geschokt als jij en begrijp hier ook helemaal niets van. Maar het helpt niet als we hier tegen elkaar gaan staan schreeuwen, toch? We moeten samenwerken. Begrijp je?'

Toen hief ze uiteindelijk haar hoofd op en keek hem in zijn ogen. 'Carl, ik weet wat we moeten doen. Ik weet precies wat we moeten doen.'

Scarlett Harris

Stockholm, woensdagmiddag

De wandeling van Galerie Kamitz naar Östermalmstorg had haar een kwartier gekost. Daarvandaan had ze de rode metrolijn in zuidelijke richting genomen. Het viel haar op hoe oud en versleten de metro was, met wagons die alle kanten op slingerden en wielen die zo luid in de rails snerpten dat ze af en toe haar handen voor haar oren moest houden.

Op het viaduct tussen Gamla Stan en Slussen hield het doordringende gepiep op, terwijl alles om haar heen zich ontvouwde: ze kon een paar seconden lang over het water van Riddarfjärden kijken, waar plezierboten rondcirkelden in afwachting van het moment dat ze naar Saltsjön werden gesluisd. Maar al snel werd ze weer teruggetrokken in het donker naar het volgende station, in een kakofonie van graffiti, gillende remmen en gedrang.

Het was aanzienlijk simpeler en comfortabeler geweest om een taxi te nemen, maar dit was geen reis die gedocumenteerd moest worden en in iemands boekhouding of in een of ander register dat achteraf geraadpleegd kon worden zou worden vereeuwigd.

Ze had aldoor moeten denken aan wat Helene moest hebben doorgemaakt en of dit echt een schreeuw om hulp aan háár gericht was. Ze had vanochtend geprobeerd Adams advies op te volgen en het gewoon los te laten. Ze had zich zelfs geprobeerd in te beelden dat niets van wat ze de laatste dagen had meegemaakt echt was gebeurd. In elk geval niet meer dan dat ze zich wat had verveeld en een beetje te veel had rondgeneusd in dingen die haar niet aangingen.

Maar dat was onmogelijk gebleken. Beneden op de steiger in de ligstoel had ze niet één regel in het boek van Taddeo kunnen lezen, waarop ze uiteindelijk had besloten om tot op de bodem uit te zoeken of het echt de bedoeling was geweest dat zij die foto's zou vinden. Als dat het geval bleek, had ze geen andere keus dan naar de politie te gaan.

Adam leek in elk geval niets te vermoeden. Tijdens de lunch op het terras was hij net zo gesloten en in zijn eigen bubbel geweest als altijd voor een tentoonstelling, of zoals hij zelf altijd zei: wanneer hij zich 'in een hoogst intensieve creatieve periode' bevond.

Ondanks de gebeurtenissen van de afgelopen nacht was ze er tot haar eigen verbazing in geslaagd haar kalmte te bewaren. Vermoedelijk kwam dat vooral doordat haar beeld van wat er was gebeurd zó diffuus en onduidelijk was, dat het 't eenvoudigst was om dat buiten beschouwing te laten.

Dat ze te veel had gedronken tijdens het aperitief en het daaropvolgende etentje met de buren was duidelijk. Zo duidelijk, dat ze, nu ze terugzocht in de tijd, inzag dat er niet één, maar meerdere hiaten in haar tijdlijn zaten.

Maar dat ze bang was geweest, kon ze zich duidelijk herinneren. Een angst die was gericht op Adam en die 's nachts zo hevig was geworden dat ze zich voor het eerst in al hun jaren samen bedreigd had gevoeld. Maar waar dat gevoel precies vandaan was gekomen, wist ze niet.

Ze had hem nooit als bedreigend ervaren. Natuurlijk hadden ze door de jaren heen wel conflicten gehad, en natuurlijk hadden ze tegen elkaar geschreeuwd en dingen gezegd waar ze de dag erna uitvoerig spijt van hadden gehad. Vooral zij. Maar nooit waren de ruzies gewelddadig geweest. Gisteren ook niet. Althans niets wat ze zich kon herinneren.

Tijdens het etentje was hij juist opmerkelijk overbeschermend geweest. Alsof zij zo zwak en broos was dat de kans bestond dat ze stuk zou gaan als hij er niet was en niet voor haar zou zorgen.

Haar instinctieve reactie was chagrijnig worden en zich verzetten, voornamelijk omdat het had aangevoeld of hij ten overstaan van de anderen deed of ze een klein kind was. Maar zo achteraf vroeg ze zich af wat er nou eigenlijk aan de hand was geweest, en of er iets was wat haar bijna hysterische optreden van vannacht kon verklaren.

Buiten de alcohol kwam dat vast door dat gedoe met die sleutels, het politiebezoek, de geheimen en die camerabewaking van het huis. Maar toen Adam eenmaal zijn handelen had uitgelegd, had het volstrekt redelijk geklonken, ook al was het op de grens van wat je je in andermans huis kon permitteren.

Dat gezegd hebbende waren er geen excuses om je gasten en hun doen en laten via verschillende camera's te bestuderen. Nee, op dat punt was ze het met haar man eens. Toch was er iets wat ervoor zorgde dat ze hem niets had verteld over het eigenlijke doel van haar bezoek aan het centrum van Stockholm van vandaag. *Beetje rondlopen en de stad ontdekken*, had ze gezegd. En hij had de leugen met huid en haar geslikt.

En het was zeker een mooie stad. In tegenstelling tot zoveel andere grote steden was de natuur met haar water en haar rotsen voortdurend aanwezig. In een ander leven had ze er niets op tegen gehad om gewoon wat doelloos rond te lopen om de sfeer in de verschillende stadsdelen op te snuiven.

Metrostation Liljeholmen daarentegen: ze had best zonder gekund. Je moest goed zoeken naar een naargeestiger omgeving. Beton en plaatstaal in alle richtingen. Reclame en overvolle prullenbakken. Gestreste reizigers die daar net als zij zo snel mogelijk van weg wilden. Ze liet de gps haar daarom naar het water langs Liljeholmsvägen leiden, en zoals afgesproken liep ze helemaal door tot aan de kade waar de woonboten op een rij lagen te dobberen, ook al was het water spiegelglad.

Het was onmiskenbaar een idyllische omgeving; en ook al viel die niet te vergelijken met de rust op Duvnäs udde, had de omgeving iets vredigs. Het was een plek die gemaakt was om onder te duiken zonder dat je je om die reden hoefde te verstoppen. Hoeveel hij ook zou zoeken, hij zou haar hier nooit vinden.

Ze ging op een van de roze geschilderde houten banken zitten en bestudeerde de gevels en de daken aan de overkant van het water. Ze had gehoopt dat ze het reclamebord meteen zou zien. Maar alles bleef in elkaar overgaan, en misschien was de hoek waar ze zat veel te laag.

Ze haalde een van de drie foto's die ze van Helenes mishandelde gezicht had gevonden uit haar handtas. Hoewel ze ze uitvoerig had bestudeerd, was het nog steeds zo'n onaangenaam beeld dat het pijn deed om er alleen al naar te kijken, en ze deed alles om de verwondingen en de zwellingen te ontwijken en in plaats daarvan te focussen op de neonblauwe letters die ze in de badkamerspiegel achter het gezicht kon vermoeden.

'En jij moet Scarlett Harris zijn.'

Ze stopte de foto snel terug in haar tas, draaide zich om en knikte naar de vrouw die op haar af kwam lopen.

'Dat dacht ik al.' De vrouw zette haar zonnebril in haar haar en bestudeerde haar ongegeneerd. 'Als je hier nooit eerder bent geweest, zie je er net zo uit als jij. Welkom, trouwens.' Ze stak haar hand uit. 'Mona Leander. Maar dat had je vast al wel gedacht. Kom, dan gaan we een kijkje nemen.'

Ze liepen achter elkaar aan naar het pand dat als een laatste buitenpost langs de kade lag, en eenmaal bij de voordeur drukte de vrouw een viercijferige code in.

'2408,' zei de vrouw terwijl ze de deur openmaakte. 'Die wordt elke maand gewijzigd, maar denk maar aan kerstavond in augustus, en dan in september, enzovoort, dus dat is niet moeilijk te onthouden.'

Ze liepen het trappenhuis in, dat met zijn hoge plafond en stucwerk exclusief moest zijn geweest toen het werd gebouwd, maar nu hoognodig aan renovatie toe was.

‘En hier is de lift. Niet de grootste van de wereld, zoals je ziet. Maar liever deze dan geen lift. Gelukkig heb je geen koffer bij je.’

Ze persten zich in de lift en konden met veel moeite de deur achter zich sluiten, waarop de kleine cocon zijn tocht naar boven begon.

‘Trouwens,’ zei de vrouw op wat bezorgdere toon. ‘Hoe komt het eigenlijk dat je geen bagage hebt?’

‘Bagage?’ vroeg ze terwijl ze zich afvroeg waarom ze daar niet aan had gedacht. ‘Die ligt nog in de auto.’ Een klein rolkoffertje, meer had ze niet nodig gehad.

De vrouw keek haar in de ogen. ‘Ik wil er alleen van overtuigd zijn dat jij hier zelf gaat zitten... Tja, weet ik het?’ De vrouw haalde haar schouders op. ‘Niet een of ander obscuur filmteam dat... Ja, je begrijpt wel wat ik bedoel.’

‘Wees maar gerust. Alleen ik. Niemand anders.’

‘Mooi,’ zei de vrouw op het moment dat de lift abrupt stopte en ze konden uitstappen. ‘Ja, en hier hebben we onze parel.’ Ze liep voor haar uit naar de deur van het appartement het verst weg en deed die open. ‘Ik hoop dat je het naar je zin zult hebben.’

‘Vast wel,’ zei ze, en ze was de tel ondertussen kwijt van hoe vaak ze had gelogen.

‘Dat zal zeker. Loop met me mee, dan begrijp je wat ik bedoel.’ De vrouw liet haar de spaarzaam gemeubileerde woonkamer zien en liep door naar het raam, waar ze haar armen spreidde. ‘Kijk alleen híér maar eens naar. Is dat geen schitterend uitzicht?’

Scarlett knikte. Het was inderdaad prachtig. Het water helemaal beneden, dat verder onder de Liljeholmsbrug doorliep naar Årstaviken, waar je een gekrioel van badgasten aan de kant van Södermalm kon vermoeden. De stad die aan de overkant begon, met zijn lichtgele gevels en de duizenden daken die – met uitzondering van enkele losse kerktorens – samen een horizon van zwartgelakt plaatwerk en schoorstenen vormden.

Maar dat interesseerde haar allemaal niets. In plaats daarvan was haar focus gericht op het blauwe Panasonic-reclamebord op een van de daken aan de overkant van het kanaal. Hierboven was het goed te zien, ook al was het nu niet verlicht. 's Nachts was het waarschijnlijk een ander verhaal, wanneer de blauwe neonverlichting zo fel was dat je je kon afvragen hoeveel de gemeentelijke politici toegeschoven hadden gekregen om dat toe te staan.

'Ja, en daarbinnen is de slaapafdeling.' De vrouw knikte naar de aangrenzende kamer. 'En je moet weten, er staat een uitstekend bed in. Het is zelfs het duurste meubel van het hele appartement. Maar er is dan ook niks ergers dan wakker worden met pijn in...' Ze werd onderbroken door haar mobiel, en liep een stukje bij haar vandaan. 'Ja hallo, met Mona Leander.'

Scarlett maakte van de gelegenheid gebruik om de badkamer te bekijken. Ze deed het licht aan en keek om zich heen. Ze herkende onmiddellijk het witgeschilderde metalen badkamerkastje dat net als op de foto's boven de wastafel hing.

'Nee, helaas,' hoorde ze de vrouw vanuit de slaapkamer zeggen. 'Dat is al verhuurd.'

Ze liep naar het kastje, opende het spiegeldeurtje en stelde de hoek zo in dat ze in de spiegeling door de open badkamerdeur naar achteren kon kijken en verder door het raam in de woonkamer naar buiten, waar ze zonder moeite de vier letters o, n, i en c kon lezen.

'Ja, helaas. Het spijt me.'

Daar, in de rechterbovenhoek van de spiegel, vlak achter Helenes verwonde gezicht, had ze precies die letters gezien. De scherpte had nogal wat te wensen overgelaten, maar de blauwe neonkleur had ze niet kunnen missen.

Daarna had ze alleen maar ONIC BLAUWE NEONRECLAME STOCKHOLM in het zoekveld hoeven te typen, om informatie over de grote blauwe Panasonic-reclame hoog boven op de gevel in Hornstull te krijgen. De rest was vanzelf gegaan toen ze een zoekopdracht had gegeven op Airbnb en het betreffende appartement had gevonden dat per maand werd verhuurd.

Hier had Helene dus haar toevlucht genomen van Carl. In juist deze badkamer had ze haar mishandelde lichaam gefotografeerd, waarna ze om de een of andere onbegrijpelijke reden had besloten weer naar huis terug te keren.

Helene Wester

Santa Cruz, de nacht van dinsdag op woensdag

'Niets?' Carl liep door de woonkamer achter haar aan tot aan de vitrinekast. 'Ik begrijp niet wat je bedoelt. Hoezo, niets? Wat heeft dat verdomme te betekenen?'

'Het enige wat ik zeg, is dat het volgens mij het beste is om op dit moment zo min mogelijk te doen,' zei ze, en ze pakte twee wijnglazen.

'Maar jezus, je kunt toch niet serieus menen dat we gewoon...'

'Carl,' kapte ze hem af op weg naar het bankstel, waar ze de glazen neerzette, waarna ze naar de keuken liep om een fles wijn te halen. 'Wil dit slagen, dan moet je kalmeren.'

'Ik? Ben ík degene die moet kalmeren?'

'Ja, op dit moment wel.' Ze ging op een van de twee banken zitten en begon de fles te ontkurken. 'Anders gaat het nooit lukken.'

Carl snoof minachtend. 'Jaja. Dus het enige wat wij moeten doen, is hier wijn zitten drinken?' Alsof hij de paniek met woede probeerde te verdoezelen. 'En dan komt alles als bij toverslag opeens weer goed?' Maar dat ging niet. De angst straalde gewoonweg om hem heen toen hij met een dolende blik rondkeek.

'Ik ben net zo ongerust als jij, en dat zou anders ook niet best zijn,' zei ze, en ze schonk wijn in de glazen. 'Maar op dit moment gaat ons dat niet helpen. Ik denk juist dat we moeten proberen wat te kalmeren, ervoor te gaan zitten en in alle rust te bedenken wat we moeten doen. Hóé precies is helemaal aan jou, maar mij helpt een glas wijn altijd.' Ze schoof een glas naar zijn kant. 'Dus ook al wil jij geen drank, dan kun je toch in elk geval gaan zitten, zodat we het kunnen doornemen voordat we iets overhaasts doen?'

Carl keek haar aan en schudde zijn hoofd. 'Soms begrijp ik jou niet. Minder dan een halfuur geleden stond je volledig in paniek in de badkamer om hulp te roepen en wilde je hier alleen maar weg. En nu zit je hierbeneden en vind je dat we aan de wijn moeten.'

Hij was helemaal in de war, dat was duidelijk. Hij tastte volledig in het duister en wist niet welke kant hij op moest. Zo hulpeloos en gelaten had ze hem nog nooit gezien. Nu was dat ook niet zo gek gezien de situatie waarin ze zich bevonden. Niettemin kon het verwoestend zijn als ze er niet in slaagde hem te laten inzien wat ze moesten doen. Dat was het enige wat op dit moment belangrijk was. Hem op een niveau te krijgen waarop ze konden praten.

Ze kwam daarom overeind van de bank, liep naar hem toe en gaf hem een knuffel. Het voelde alsof ze een pilaar omhelsde zoals hij daar met zijn armen levenloos langs zijn lijf stond. 'Lieverd,' zei ze, en ze bleef hem omhelzen in een poging hem te laten ontspannen en zijn dekking te laten zakken. 'Je hebt helemaal gelijk. Ik flipte helemaal daar in die badkamer. Ik was zo geschokt en in paniek dat ik niet wist wat ik moest doen. En wat jij deed… om mij weer bij mijn positieven te brengen en…'

'Helene, ik heb je geslagen,' zei Carl berouwvol. 'Ik ben over de grens gegaan, de grens die je nooit mag overschrijden, en heb je geslagen. Daar is geen excuus voor. Dat valt niet goed te praten.'

'Maar wat helpt het om jezelf te gaan bekritiseren?' vroeg ze, en ze merkte eindelijk dat de spieren in zijn rug onder haar handen ontspanden. 'En zeg nu eens eerlijk, wat had je eigenlijk voor keus? Was het beter geweest als je mij gillend om hulp de straat op had laten rennen? Nou? Carl, ik begrijp het als het hard overkomt, maar wat je hebt gedaan was precies wat ik nodig had om weer bij te komen en helder te kunnen denken.'

'En wat je nu bedacht hebt, is dat we gewoon niets moeten doen.'

'Alsjeblieft, kun je niet even gaan zitten, zodat we alles kunnen doorspreken en in alle rust kunnen bedenken wat we gaan…'

'Ja hallo, het is toch volstrekt natuurlijk dat we contact moeten opnemen met de politie,' onderbrak hij haar opnieuw en deed een stap naar achteren. 'Ik begrijp niet wat er te bespreken valt.'

'Oké, het is logisch dat je verontwaardigd bent. Dat ben ik ook. Maar...'

'Verontwaardigd?' Carl snoof minachtend. 'Helene, het gaat niet om een nieuwe kras op de auto of dat de pasta te lang heeft gekookt.'

'Nee, en toch wilde je absoluut niet dat ik zou binnenkomen en zou zien waar je mee bezig was. *Niks aan de hand*, zei je. Weet je nog? *Ga nou maar gewoon naar bed. Ik ga het allemaal opruimen. Slaap lekker.* Dus wat was je eigenlijk van plan geweest te doen? Alles opruimen terwijl ik lag te slapen? En dan?' Ze spreidde haar handen. 'Achter mijn rug contact opnemen met de politie en doen alsof er niets was gebeurd?'

Carl dacht even na voordat hij uiteindelijk een diepe zucht slaakte en ineenzakte alsof zijn batterij opeens leeg was. 'Ik weet niet,' zei hij uiteindelijk, waarna hij op de bank ging zitten en na een tijdje aarzelend van de wijn proefde die ze had ingeschonken. 'Ik weet niet wat ik dacht. Ik wilde jou er alleen buiten houden, en precies zoals je net zelf zegt, wilde ik het eigenlijk zo snel mogelijk uit de wereld helpen. Mezelf wijsmaken dat het uiteindelijk allemaal niet zo erg was.' Hij schudde zijn hoofd en nam nog een slok, een grotere deze keer. 'Ik geloof dat ik niet echt begreep wat dat voor iets was. Nou ja, ik begreep het misschien wel, maar ik wílde het niet. Ik wilde niet weten wat het was.'

'Carl, luister.' Ze ging weer op de bank tegenover hem zitten. 'De waarheid is dat we nog steeds niet precies weten wat het is.'

'O nee? Zou dat wat boven op de badkamervloer ligt geen afgesneden en aangevreten...'

'Geen idee,' kapte ze hem af, en ze haalde haar schouders op. 'En dat geldt voor jou ook. We kunnen geen van beiden met zekerheid zeggen wat het is. Wat mij betreft kunnen het ook ratten zijn!'

'Ratten?'

'Ja. Jij hebt er al eentje gevangen in het zwembad, en als er één is, zijn er vast meer. Het zou in elk geval de verstopte afvoer verklaren en al die jerrycans met gootsteenontstopper in de garage.'

'Helene, ik denk niet dat het ratten zijn.'

'Dat dénk je, maar je wéét het niet. Dat is mijn hele punt. Je weet het niet zeker, dus het enige wat ik zeg, is dat we goed moeten nadenken voordat we iets overhaast doen.'

'Wat is er zo overhaast aan contact opnemen met de politie en aangifte doen? Ze zijn déze moord aan het onderzoeken. De moord waarover in de krant heeft gestaan. Waarschijnlijk was hij degene die bij die herdenkingsplek woonde waar we gisteren langskwamen. Dat was wat de politie zei. Dat het vlakbij was.'

'Carl, ik weet het. Maar wat jij zegt, zijn slechts wat loze aannamen. Zo is de politie bijvoorbeeld helemaal niet bezig met een moord, maar met een verdwijning. Dat is het enige wat we nu met zekerheid weten. Dat een zwerver genaamd Justin Slane spoorloos verdwenen is.'

'Schei toch uit. De politie zou er nooit zoveel tijd aan besteden als ze niet het vermoeden hadden dat het om moord ging, en wie zou er anders achter zitten dan de eigenaren van dit huis? Het is gewoon een kwestie van één en één bij elkaar optellen. Het is immers hun afvoer en met grote waarschijnlijkheid ook hun cirkelzaag beneden in die verborgen garage,' zei Carl, en hij citeerde dat laatste met zijn vingers als haakjes in de lucht.

'Ja, maar dat het hun huis is, is niet hetzelfde als dat zij de schuldigen zijn. Ik ben geen politieagent. Ik weet niets van het onderzoeken van een moord, áls daar al sprake van is, en jij ook niet. Ten eerste kan dat blonde haar van vrijwel iedereen afkomstig zijn. Ten tweede weten wij helemaal niet wanneer de eigenaren dit huis hebben gekocht of wanneer ze hier voor het laatst zijn geweest. Het kunnen ook best de vorige eigenaren zijn of heel iemand anders die heeft ingebroken en het huis heeft gebruikt toen het leeg stond. Of waarom niet mensen zoals wij die van woning hebben geruild...'

'Wacht nou eens even.' Carl ging rechtop zitten. 'Meen je dat de politie ons zou kunnen verdenken?'

Ze wachtte af en dronk van haar wijn, rekte tijd en nam nog een slok om haar woorden te kunnen afwegen. 'Nee,' zei ze uiteindelijk, en ze schudde kort haar hoofd.

'Maar...? Zeg het gewoon, ik zie toch dat je iets denkt.'

'We zijn niet thuis in Zweden. Dit zijn de vs, en ook al zijn wij niet helemaal rechteloos, ze kunnen in grote lijnen alles met ons doen wat ze willen. En als je bedenkt hoe leuk die vent met die snor het leek te vinden om ons op ons nummer te zetten, en dan vooral jou, denk ik dat we ons moeten voorbereiden op zowel het een als het ander. Zeker gezien het feit dat jij je niet alleen in het land, maar zelfs in deze deelstaat bevond ten tijde van die verdwijning.'

Carl overwoog wat ze had gezegd, dronk van zijn wijn en dacht weer even na. 'Oké, je hebt gelijk. Ik bel Ragnar Severin, eens kijken wat hij zegt.' Hij pakte zijn mobiel en tikte het nummer aan.

'Carl, kunnen we niet wachten voordat we allemaal buitenstaanders gaan bellen?'

'Ragnar is geen buitenstaander, en in tegenstelling tot ons weet hij waar hij het over heeft. Daarom betaal ik hem ook een salaris dat eigenlijk veel te hoog is voor...'

'Ja, maar ik zou toch liever willen dat je je telefoon nog even weglegt. Hoe minder mensen dit nu weten, hoe beter.'

'Alsjeblieft, Helene.' Carl schudde opnieuw zijn hoofd en zuchtte vermoeid. 'Dit is niet iets wat uit zichzelf verdwijnt. We kunnen het niet gewoon negeren en net doen of het regent. Dat gaat niet.'

'Nee, daar heb je gelijk in,' zei ze, en ze dronk haar glas leeg. 'Maar we kunnen het wel in de tuin begraven en daarna doen of het regent.'

Carl keek haar aan alsof hij in haar ziel probeerde te kijken. 'Je maakt toch zeker een grapje? Zeg dat het een geintje is, Helene? Want je kunt toch niet serieus menen dat we...'

'Carl.' Ze zette haar lege wijnglas neer en keek hem aan. 'Wij hebben geen idee of dit iets met het lot van die dakloze te maken heeft. Het kan best zijn dat de politie met een heel andere zaak bezig is. In dit land verdwijnen er vast dagelijks ik weet niet hoeveel mensen. Bovendien, als nou zou blijken dat ze echt bezig zijn met het onderzoek naar die man, en als iemand hem inderdaad om het leven heeft gebracht, dan nog hebben wij er geen idee van hoe dat in zijn werk is gegaan. Dat die moord hier zou hebben plaatsgevonden is gewoon iets waar jij van uitgaat alsof het een natuurwet is. Ik ben het helemaal met je eens dat dit huis wat vreemd is. Maar dat jij een stel smerige kluiten uit de afvoer hebt opgevist is niet hetzelfde als dat er in de badkamer een beestachtige moord heeft plaatsgevonden en er iemand is afgeslacht, en zoals ik net al zei, het kunnen best een aantal ratten zijn in combinatie met de afzetting van een heleboel vet en haren dat te lang heeft staan indrogen. Mijn punt is dat we gewoon te weinig weten. Wat we daarentegen gevoeglijk kunnen aannemen, is dat op het moment dat wij onze voet in het politiebureau zouden zetten, ze alles wat met ons te maken heeft tegen het licht gaan houden. En dan bedoel ik álles.'

Carl pakte zijn glas en dronk het leeg, zette het neer en keek haar aan. Alles onder zo'n lang en vermoeiend stilzwijgen, dat ze zin kreeg om iets te zeggen, gewoon om dat te doorbreken. Maar ze wist zich in te houden. Het was hoe dan ook een teken dat hij had geluisterd en nu haar argumenten overwoog.

Wát hij precies dacht, kon ze alleen maar raden. Maar een voorzichtige aanraking met haar vingertoppen van de zwellingen en de verwondingen in haar gezicht was voldoende, meer was niet nodig opdat hij herinnerd zou worden aan de vragen die de politie met grote stelligheid zou stellen. De vragen die ongeacht de antwoorden die hij gaf in zijn nadeel zouden zijn.

Carl Wester

Santa Cruz, woensdagochtend vroeg

Een snelle blik op zijn horloge gaf aan dat het net halfvijf 's morgens was geweest. Er was echter nog geen sprake van enig ochtendgloren. Zelfs niet met wat fantasie. Het was nog steeds net zo donker als een nacht in Stockholm in november. Zo'n nacht waarin je er serieus aan kon gaan twijfelen of het ooit weer licht zou worden. Ze hadden bovendien de verlichting van het zwembad gedoofd en alle andere verlichting binnen en buiten ook, wat hen dwong af te wachten tot hun ogen aan het donker gewend waren.

Dus daar stonden ze, stil en met elke zenuw op scherp. Hij met de schep die ze in de garage hadden gevonden en zij met de emmer. De emmer met daarin alles waaraan hij niet wilde denken. Alles waarvan hij meende te weten wat het was, maar waar hij alles aan deed om het te verdringen. Waar zij helemaal niets mee te maken hadden, maar waar ze nu wel iets mee moesten.

Hij had teruggezocht in de tijd, dag voor dag, uur voor uur, maar hoe hij het ook probeerde, hij begreep het gewoon niet. Welke verkeerde keuzes ze hadden gemaakt en bij welke splitsing ze verdwaald waren, om uiteindelijk hier te belanden. Het leek wel een oude langspeelplaat, zo vol krassen en butsen dat de naald ervan oversprong. Alsof oorzaak en gevolg buitenspel waren gezet en vervangen door willekeurige, ongelukkige omstandigheden.

Zouden ze hierna de weg naar elkaar ooit weer terugvinden? Was er überhaupt een toekomst mogelijk waarin Helene weer kon lachen om iets wat hij zei? Die warme, hartelijke lach waarvan hij wist dat die ergens aanwezig was, maar die hij al zo lang niet had gehoord dat hij was vergeten hoe die klonk.

Natuurlijk kon tegenspoed versterken en verenigen. Niets was zo effectief als een gemeenschappelijke vijand. Hoe groter en dreigender, hoe beter. Maar nu wist hij het niet meer. Misschien was hun relatie wel in zoveel stukjes uiteengevallen dat die niet meer te redden viel.

Hij merkte opeens hoe vochtig de lucht was en hij vroeg zich af of het miezerde of dat dat vocht kwam van de golven die hij ver daarbeneden in het donker op de rotsen kon horen slaan. Alsof dat wat uitmaakte. Alsof dat iets anders was dan een zinloze overweging met maar één doel – zijn gedachten zo ver mogelijk van deze ellendige toestand houden.

Een deel van hem wilde uit puur protest gaan schreeuwen tot zijn stembanden het zouden opgeven. Tot de buren wakker werden en de politie belden, zodat deze nachtmerrie eindelijk zou zijn afgelopen. Maar hij schreeuwde niet en zei ook niets. Net als Helene stond hij daar maar in zichzelf gekeerd af te wachten. Alsof alle woorden zo stekelig en scherp waren geworden dat wat hij ook zei, het alleen maar pijn zou doen.

Toen Helene zich uiteindelijk naar hem omdraaide en knikte dat het tijd was, liep hij zonder protest over het gazon achter haar aan. Hij kon tegelijkertijd niet begrijpen dat ze dit daadwerkelijk deden. Dat hij echt had ingestemd met haar plan om zo weinig mogelijk te doen en verder te gaan met de vakantie alsof er niets gebeurd was. Hoe minder hij wist hoe beter, herhaalde hij in zichzelf terwijl hij in het bloemperk begon te graven.

Hoe minder ze wisten. Dat was waar ze het uiteindelijk over eens waren geworden en waardoor hij tot slot akkoord was gegaan.

Het huis voortijdig verlaten en hun intrek nemen in het hotel in Monterey kwam niet *in Frage*. Teruggaan naar Zweden al evenmin. Ergens anders naartoe ook niet. Als ze dat deden, zou het er in de ogen van de politie uitzien alsof ze vluchtten. Dat gold ook voor als ze ongewoon veel binnen zouden gaan zitten of iets zouden doen wat abnormaal overkwam. Dat wilde zeggen: de kleinste afwijking van gewoon een Zweeds stel zijn dat op vakantie is.

Hoe ze er nu in zouden slagen bepaalde delen van hun bewustzijn te wissen en zichzelf er tegelijkertijd van te overtuigen dat ze de hele nacht hadden geslapen en dat ze voor het eerst nadat ze waren gearriveerd uitgerust en in een stralend humeur wakker werden, wist hij niet. Dat was allemaal volstrekt absurd en ging in tegen alles waarin hij geloofde. Toch kon hij niet ontkennen dat Helene een punt had en dat het gezien de omstandigheden en de aanstaande overname van Stern & Ljung waarschijnlijk het minst slechte alternatief was.

Hopelijk zou het beter voelen zo gauw ze klaar waren. Zo gauw ze de emmer hadden geleegd, het gat weer hadden dichtgegooid en een lange, warme douche hadden genomen in de gereinigde badkamer. In het gunstigste geval zou de meeste angst met het water wegspoelen, en misschien, heel misschien hadden ze inmiddels de bodem bereikt en kon het hiervandaan alleen maar beter worden.

Adam Harris

Stockholm, woensdagmiddag

Messenger chat-conversatie
Wie is Adam Harris?
2 actieve leden.

George Freestone 14:12
Hoi Silvia,
Ik ben net terug van mijn tripje naar Brad Hernandez in Santa Fe, waar ik de oude GMC Sierra van Adam Harris heb onderzocht, en om te beginnen kan ik zeggen dat we in vrijwel al onze vermoedens gelijk hadden.

Het klopt bijvoorbeeld dat Brad de auto rechtstreeks van Adam Harris heeft gekocht en dat die het hele bedrag contant wilde hebben. Volgens Brad had die auto op dat moment geen enkele schade. Een interessant detail is dat hij nooit eerder zo'n keurig gepoetste pick-up had gezien. Wat betreft de bumper op die auto, die is, precies zoals we al dachten, vervangen, samen met een aantal plaatwerkonderdelen rechtsvoor. Dit is dus hoogstwaarschijnlijk de auto waarmee Tom Harris is doodgereden.

Maar of het ook zo was dat Adam achter het stuur zat, daar hebben we op dit moment geen bewijs van. Zo gauw ik tijd heb, zal ik contact opnemen met General Motors en kijken of zij een oude bestelling kunnen vinden van de betreffende reserveonderdelen uit 2014, toen het ongeval plaatsvond. Als ze mij bovendien een naam kunnen geven van de garage die de bestelling heeft gedaan, dan hebben we vrijwel al het bewijs om hem te kunnen aangeven.

Ik ben nu even met wat anders bezig, maar hoop morgen terug te komen met een aantal antwoorden. Klinkt dat niet goed, Silvia?

George Freestone 15:06
Silvia? Ben je daar?

George Freestone 15:31
Silvia, waarom reageer je niet?

George Freestone 15:40
Hallo? Ik kan zien dat je bent ingelogd. Er is toch niets gebeurd?

Silvia Regner 15:43
Nee, nee, nee... Sorry, ik zat gewoon aan de telefoon. Maar nu ben ik er weer, en ik heb ook wat nieuws over Adam Harris en zijn auto. Helaas geen goed bericht. Gebleken is namelijk dat Adam op 3 april 2014, dat wil zeggen drie dagen voor het ongeval, aangifte heeft gedaan van diefstal van zijn gmc Sierra.

Volgens die aangifte stond de auto een paar uur geparkeerd voor een winkelcentrum en men heeft daar ook glasscherven aangetroffen van een verbrijzelde zijruit. Drieënhalve week later, op 1 mei, is de auto teruggevonden op een openbare parkeerplaats een paar kilometer van de plek waar hij werd gestolen. De auto had toen schade rechtsvoor.

Adam kan met andere woorden niet degene zijn geweest die de auto over Salmon Falls heeft gereden, en al was hij dat wel, dan is dat iets wat wij nooit zullen kunnen bewijzen. Helaas.

Maar heel veel dank voor je hulp, George. De volgende keer is het mijn beurt om jou te helpen.
Alle goeds, Silvia

Adam logde uit van Silvia's Facebookaccount, wiste de geschiedenis in de browser en klapte zijn laptop dicht terwijl hij tegelijkertijd Scarlett door het Berzelii Park zag komen aanlopen. Hij zwaaide om haar aandacht te trekken en nipte van zijn espresso. Die was ondertussen koud geworden, maar dat maakte niet uit. Het ging hem om de cafeïne. Die hield hem scherp.

'Hallo, liefje.' Hij kwam overeind en gaf Scarlett een kus op haar wang.

Scarlett Harris

Stockholm, woensdagmiddag

Ze had geprobeerd de stemming af te lezen terwijl ze at. Ze had alles gedaan om zich niet te laten opfokken door de stilte. Elke hap geprobeerd te rekken, om daarmee voldoende tijd te winnen om te begrijpen waar Adam zich in gedachten bevond. Of hij überhaupt ontvankelijk was, of dat ze er het best aan deed om niets te vertellen.

In de auto op weg naar de stad een paar uur geleden had ze geen hoogte van hem gekregen. Hij had zich gedragen als een zombie op de automatische piloot; en hij had zo afwezig gereageerd op alles wat ze zei dat ze uiteindelijk maar had gezwegen.

'En hoe is jouw dag geweest?' vroeg ze nu, en ze veegde voorzichtig haar mond af om haar lippenstift niet te verknoeien.

'Geweldig,' zei Adam terwijl hij nog een espresso geserveerd kreeg. De derde sinds zij op het terras was gearriveerd waar hij had zitten wachten. 'Ik heb alleen zitten werken in de galerie, maar het liep allemaal vlot, het ging bijna vanzelf. Het is eigenlijk opmerkelijk hoeveel je in maar een paar uur tijd kunt doen.'

'Wat heerlijk,' zei ze, terwijl ze van haar ijskoude wijn nipte. Het viel haar op hoeveel geforceerde woorden hij op zo'n simpele vraag wist uit te brengen. 'Gefeliciteerd!'

'Nou! En daarom kan ik hier heerlijk zitten genieten van dit mooie weer. En van jou natuurlijk.' Hij hield zijn koffiekopje omhoog. 'Maar laten we het liever over jouw dag hebben. Dat is veel interessanter.'

'Dat weet ik niet.'

'Vast wel, kom op, vertel. Hoe heb jij het gehad?'

'Goed.'

'En wat heb je gedaan?'

'Tja, wat heb ik gedaan? Voornamelijk rondgelopen en wat rondgekeken. Je weet wel, de stad opgesnoven en een beetje etalages gekeken.'

'Niks bijzonders dus.'

'Nee, inderdaad. Niets speciaals.'

'Maar je bent toch wel in Gamla Stan geweest, hoop ik?'

'Jazeker.' Ze knikte en zag te laat in dat ze er waarschijnlijk uitzag als een leerling die indruk probeerde te maken op de leraar.

'Mooi zo. Dat mag je namelijk niet missen.'

'Nee, zeker niet. Dat er van die oude huizen zijn, prachtig! En al die smalle steegjes. Daar kun je echt spreken van het vlindereffect van de geschiedenis. Ik heb ook nog de wisseling van de wacht bij het koninklijk paleis gezien.'

'Wat leuk.'

'Ja, dus dat was het zo'n beetje.' Ze tilde haar wijnglas op, maar zette het weer neer zo gauw ze zag dat het leeg was. Ze moest het bekennen. Zo ging het niet langer. 'Zeg,' zei ze, en ze schraapte haar keel. 'Er is iets wat ik moet vertellen.'

'O, oké. Maar als het gaat over dat van vannacht, wil ik alleen maar zeggen dat...'

'Nee, nee, dat is het niet,' onderbrak ze hem, ook al was dat iets waar ze het eveneens over moesten hebben. Maar niet nu. Beslist niet nu. 'Het is heel wat anders, en ik weet niet goed hoe ik het moet zeggen, maar ik ben niet helemaal eerlijk geweest.'

'Je hebt toch niet...' Hij keek haar weer aan, maar met een blik die niet overeenkwam met zijn woorden. 'Ik bedoel, je hebt toch niet iemand ontmoet?' Iemand die verbaasd probeert te zijn, hoewel diegene ervan uitgaat dat hij al weet wat ze zal zeggen.

'Nee, nee, niet zoiets. Maar ik ben helemaal niet in Gamla Stan geweest en heb de wisseling van de wacht niet gezien.'

'Oké.' Hij knikte, er nog steeds zeker van welke kant het gesprek op ging. 'Wat heb je dan gedaan?'

'Ik ben in Liljeholmen geweest. Dat ligt even ten zuiden van stadsdeel Söder, langs de rode metrolijn.'

'Ik weet waar Liljeholmen ligt.' Zijn toon was hetzelfde: zelfverzekerd en hooghartig. Maar zijn blik was anders, plotseling iets verward. 'Wat had je daar te zoeken?' Op de grens van bezorgd.

Ze opende haar handtas, pakte de ene foto van Helenes kapotgeslagen gezicht en legde die op het tafeltje tussen hen in.

'Scarlett, wat doe je nou? We zitten bij een restaurant.' Hij pakte de foto en legde hem omgekeerd neer. 'We hadden toch afgesproken om dat met rust te laten? Dat dat iets is waar wij niets mee te maken hebben.'

'Ik weet het, maar nu wil ik toch dat je hiernaar kijkt.' Ze draaide de foto weer om en wees op de neonblauwe spiegeling in de ene bovenhoek op de badkamerspiegel achter Helenes gezicht. 'Want nu weet ik namelijk wat dat is. Wil je het horen?'

'Alsjeblieft...' Adam draaide zich om en wenkte een van de obers. 'Pardon, kunnen we afrekenen?'

'Adam, wat héb je opeens?'

'Niets. Ik vertel geen leugens en smijt geen foto's op tafel die je eetlust bederven. De vraag is eerder wat er met jóú aan de hand is.' Hij pakte de rekening aan en zocht zijn betaalpas.

'Ik begrijp niet waarom het zo'n groot probleem is om alleen maar te kijken en te luisteren naar wat ik te zeggen heb.'

'En ik begrijp niet waarom we onze kostbare tijd en vakantie daaraan moeten verdoen. We kennen die lui niet eens. We hebben geen idee wat erachter kan zitten.'

'Nee, daar heb je helemaal gelijk in. Tegelijkertijd kunnen we het niet gewoon negeren. Iemand die ergens in the middle of nowhere motorpech heeft, laat je ook niet zo staan. Dat doe je gewoon niet.'

'Ik begrijp de vergelijking niet.' Hij toetste een fooi in en pakte de pinbon aan. 'Bij motorpech kun je nog wat doen. Slepen, de motor met startkabels aan de praat proberen te krijgen, wat dan ook. Hier is niets wat we kunnen doen. Niemand die we kunnen helpen.'

'Hoe kun je daar zo zeker van zijn?'

'Scarlett, hoe vreselijk het ook is, die dingen gebeuren nou eenmaal. Het komt zelfs veel vaker voor dan je zou denken. Dus als die Helene geen aangifte wil doen, is dat haar zaak. Niet de onze.'

'Maar kun je alsjeblieft gewoon even luisteren naar wat ik te zeggen heb voordat jij beslist wat we wel en niet kunnen?'

Adam keek haar aan, zuchtte demonstratief en sloeg zijn armen over elkaar.

'Dank je.' Ze legde opnieuw haar vinger op het blauwe schijnsel in de spiegeling. 'Wat je hier ziet, zijn delen van een reclame voor Panasonic.'

'Aha. Oké.'

'Dat zit op een van de daken bij Hornstull, goed zichtbaar voor het verkeer dat over de Liljeholmsbrug de stad in rijdt. Dat betekent dat de foto ergens in Liljeholmen is genomen met uitzicht op Hornstull.'

'Ja, én?' Adam haalde zijn schouders op.

'Die is met andere woorden niet genomen in hun huis op Duvnäs udde.'

'Nee, dat snap ik, en dat is misschien ook niet zo gek als je bedenkt dat ze net is mishandeld door haar man. Als ze enige drang tot zelfbehoud heeft, is ze daar vertrokken. Naar een vriendin of zo.'

'Absoluut. Dat zou kunnen. Nu is dit op zich een selfie, maar dat maakt niet uit. Het punt is dat ik ben gaan kijken op Airbnb, en daar vond ik een appartement dat juist dit zou kunnen zijn, gezien het uitzicht.'

'Zou kunnen zijn, maar je wéét het niet.'

'Nee, dat klopt. Dus ik ben daar wezen kijken.'

'Wacht even. Je bent dus in dat appartement geweest?'

'Ja, maar ik wist het natuurlijk niet zeker voordat ik daar zogezegd was.'

'Maar ik begrijp het niet. Hoe kon je...'

'Het was gewoon een kwestie van die flat huren.'

'Oké, even voor mijn begrip. Je hebt dus een appartement geboekt en betaald waar je niet gaat logeren alleen maar om je ervan te verzekeren dat Helene daarnaartoe was gevlucht nadat Carl haar had mishandeld.'

'Ja, een hele maand zelfs.'

'Een hele maand? Ben je wel helemaal lekker? Scarlett, waar ben je mee bezig?' Adam schudde zijn hoofd. 'Ik begrijp het niet.'

'Dat was het kortste alternatief dat er was, maar toen kreeg ik ook een persoonlijke rondleiding van de verhuurder, die kon bevestigen dat Helene die flat inderdaad een halfjaar had gehuurd.'

'Oké, heel goed, dan weten we dat. Heel interessant. Zijn we nu klaar?'

'Bijna. Want het bleek namelijk dat ze hem niet op haar eigen naam had gehuurd, maar op een heel andere.'

'Ze wilde natuurlijk niet dat Carl haar zou vinden. Dat is misschien niet zo gek.'

'Nee, in elk geval niet gekker dan dat ze vierenhalve maand later terugverhuisde en zwanger werd. En beslist niet gekker dan dat ze blijkbaar helemaal ongedeerd was toen ze arriveerde bij het appartement.'

'Hè? Hoe kun je dat weten?'

'Ik liet de verhuurder deze foto zien en die was helemaal geschokt en bleef erbij dat Helene helemaal geen verwondingen had toen ze de sleutels in ontvangst nam.'

'Oké, dus... Ik begrijp het niet? Wat bedoel je dan dat er gebeurd is?'

'Zoals ik het zie zijn er maar twee verklaringen: óf Carl is erin geslaagd haar te vinden en heeft wraak genomen omdat ze bij hem weg was gegaan, óf het was heel iemand anders, en dan is de vraag wie.'

Carl Wester

Santa Cruz, woensdagochtend

Het was natuurlijk gewoon toeval – dat was het eerste wat hij dacht toen hij in de schaduw van de parasol de fotoserie op zijn telefoon bekeek. Een god in wie hij niet geloofde, had besloten om juist met hém een grap uit te halen. Een interne grap die niemand zou begrijpen, alleen Helene en hij zelf.

De fotoserie van de expositie *Beautiful death* uit 2012 van Adam Harris bestond uit vijf zwart-witfoto's van een rat in verschillende stadia van ontbinding, waarvan nummer drie het meest weerzinwekkend was. Een ander werk bestond uit een rood noodsleutelkastje met bijbehorend hamertje om het breekglas te kunnen stukslaan zodat je de cyanideampul kon pakken die op een plankje lag te wachten.

Hij had de foto's aan Helene laten zien, maar zij had er vanuit haar ligstoel alleen even schouderophalend een blik op geworpen en had haar aandacht vervolgens weer gericht op haar roddelblad. En natuurlijk, het was gewoon puur toeval dat de man die nu in hun huis verbleef een morbide kunstenaar was die een fascinatie had voor ratten en dood. Wat zou het anders zijn?

Maar hij had het aan zichzelf te wijten. Híj had erop gestaan dat ze een huis dicht bij zee zouden kiezen. Dat was zijn keus, niet die van Helene. Voor haar was het zwembad veel belangrijker, en dat soort huizen waren er te kust en te keur. Maar ze had naar hem en zijn eisen geluisterd, dus nu zaten ze met de gebakken peren en konden ze niet anders dan hopen op het beste.

Hij hield niet eens van zwemmen en was tot overmaat van ramp ook nog bang voor de zee. Zeker een dag als deze, met hoge golven en overal surfers die zich als mieren op een weggegooid ijsstokje verdrongen om de beste plek.

Eigenlijk had hij vooral voor zich gezien hoe hij elke ochtend een lange joggingronde langs het strand zou lopen. Heen en terug met de zilte spetters en het regelmatige geruis van de golven als enige gezelschap.

Hij had gelezen over de voordelen van hardlopen in rul zand, dat zou een heleboel kleine spieren activeren, je balans versterken en het risico op blessures verminderen. Hij had gemeend dat dat zijn nieuwe routine zou worden voorafgaand aan zijn espresso, het versgeperste sinaasappelsap en de ochtendkrant.

Maar tot nu toe had hij de veters van zijn sportschoenen nog niet één keer gestrikt. Van versgeperst sap en een ochtendkrant was ook al geen sprake geweest. Hij had het druk genoeg gehad met de dagen doorkomen zonder zijn verstand kwijt te raken, met gewoon rustig doorademen, en ook al bevond hij zich nu op een strand en kon hij de verkoelende mist van de golven voelen, hij wilde niets liever dan overeind komen en daarvan weglopen.

Het was Helenes voorstel geweest om de Tesla naar de stad te nemen en zich neer te vlijen op ligstoelen op het strand. *Ons gedragen als gewone toeristen*, had ze gezegd. Alsof ze ooit een openbaar strand zouden verkiezen voor een privébeachclub. Het probleem was alleen dat ze daar niet gezien zouden worden, wat volgens Helene juist het doel was van hun uitstapje. Gezien worden en laten zien hoe rustig en ontspannen ze waren. Dat ze niets te verbergen hadden.

Feit was alleen dát ze wat te verbergen hadden. Een heleboel zelfs. Hij was het tegenovergestelde van rustig en ontspannen. De paniek borrelde door zijn aderen alsof iemand zijn bloed door een bruiswaterapparaat had gehaald, en hij was de tel inmiddels kwijt van hoe vaak Helene hem al had gevraagd te kalmeren. Ze had hem voorgesteld een boek te gaan lezen, naar een podcast te luisteren of wat dan ook, zolang hij er maar niet bij zat alsof hij net was ontsnapt uit Alcatraz.

Maar wat hij ook ondernam, het voelde oncomfortabel en onnatuurlijk. Alsof hij niet langer bij zijn eigen lichaam hoorde, en door alle wantrouwige blikken van mensen om hen heen werd het er niet beter op.

Dat was natuurlijk vooral iets wat hij zich inbeeldde. Een obsessie die na afgelopen nacht niets anders was dan een volstrekt natuurlijke reactie. Niemand van alle mensen om hen heen op het strand kon immers weten wat zij hadden meegemaakt. Nee; en natuurlijk richtten die mensen hun blikken op iets heel anders dan op hen. Op iets wat zich in hun richting bevond. Misschien iemand die aan het vliegeren was, een ijscoman of simpelweg een ongebruikelijk mooi motief op een surfplank die in het zand gestoken stond.

Maar terwijl de blikken op hen gericht bleven, werd het steeds moeilijker om op alternatieve verklaringen te komen en om te doen of alles in orde was. Zeker met de twee geüniformeerde politiemensen die hun kant op kwamen.

'Nu is zelfs de politie op weg hiernaartoe,' zei hij, en hij wendde zich tot Helene, die nog steeds met haar ruisonderdrukkende oordopjes in haar oren over de problemen binnen het Britse koningshuis lag te lezen. Of was ze gewoon in slaap gevallen? Hij trok haar ene oortje eruit.

'Wat is er?' Ze ging met een ruk rechtop zitten en keek om zich heen.

'De politie. Ze komen deze kant op. We moeten hier weg.'

Helene draaide haar hoofd naar de twee agenten zo'n honderd meter verderop. 'Hoe kun je er zo zeker van zijn dat ze naar ons op weg zijn?'

'Je hoeft alleen maar te kijken, dan zie je dat ze recht hierop afkomen.'

'Schei toch uit.' Helene zuchtte en schudde haar hoofd. 'Ik begrijp niet wat je hebt. Er zijn hier ik weet niet hoeveel mensen.' Ze spreidde haar ene arm. 'Er zijn echt overal mensen, dus welke kant de politie ook op loopt, ze komen altijd recht op iemand af. Is het niet op ons, dan is het wel op iemand anders.'

'Ja, misschien wel. Maar nu zijn wij het toevallig. Ze zijn niet op weg naar die lui daar verderop of naar anderen, maar naar die twee Zweden die zo normaal mogelijk proberen te doen zodat mensen zich gaan afvragen waar wij mee bezig zijn.'

'Carl, voor de laatste keer, doe nou toch eens even rustig. Ik begrijp dat het lastig is, maar je lijkt te denken dat het hele strand naar jou kijkt, en dat is niet zo, oké? Ik zweer het, ze hebben het druk met andere dingen die ongetwijfeld veel interessanter zijn dan jij en ik.'

'Geldt dat ook voor die mannen in uniform daar verderop?'

Helene keek naar de politiemensen die nu tot een meter of dertig genaderd waren. 'Ja, ik geloof helemaal niet dat ze hierheen komen. Ik denk ook helemaal niet dat ze naar iemand op weg zijn. Volgens mij lopen ze hier gewoon rond om zichtbaar te zijn.' Ze haalde haar schouders op en keek de andere kant op. 'Maar als ze, tegen alle verwachtingen in, hiernaartoe op weg zouden zijn, is dat ook geen ramp, omdat wij niets te verbergen hebben.'

'Niets te verbergen? Meen je dat nou serieus?'

'Ja, hoezo?'

Carl keek haar aan om te zien of ze dat zelf echt geloofde. 'Ik begrijp niet wie je voor de gek probeert te houden.' Maar het enige wat hij kon zien was leegte. 'Mij overtuig je in elk geval niet. Dus nu wil ik dat we opstappen.'

'We kunnen nu niet gaan.'

'Zeker wel. Gewoon overeind komen, alles inpakken en vertrekken. Waarnaartoe doet er niet toe, zolang het maar heel ergens anders is dan dit strand.'

'Carl, luister. We zijn net een uur geleden gekomen.'

'Een uur en een kwartier.'

'Ja, en denk je niet dat het heel vreemd zou overkomen als we nu weggingen, terwijl we voor een hele dag hebben betaald? Dan zet je de mensen echt aan het denken. Iedereen kan immers dat groene papiertje aan de parasol zien.'

'Dat is dan jammer voor ze.' Hij kwam overeind. 'Ik kan hier niet langer blijven zitten als een aap in een kooi. Dat gaat niet.'

'Wat doe je? Waar ga je heen?'

'Hier weg, dat zei ik toch!'

'Je hoeft niet te schreeuwen,' snauwde ze.

'Ik schreeuw niet.'

'Jawel, je bent een hele scène aan het maken, en dat is het laatste wat we nodig hebben.'

'Ik sta op en vouw mijn handdoek op. Meer scène dan dat is het niet.'

'Die lui verderop zitten zich echter nu wél af te vragen wat er aan de hand is. Dat heb je dan mooi voor elkaar gekregen.'

'Dat doen ze al sinds we kwamen, en trouwens, dat vraag ik me óók af.'

'Carl, wacht nou even,' siste Helene tussen haar tanden door. 'Je snapt toch wel dat je nu niet gewoon zó kunt weglopen?'

'Waarom niet? Of komt het niet natuurlijk genoeg over om naar het water te lopen en een duik te nemen als de zon schijnt en je je op een strand bevindt?'

'Jawel, maar niet net nú.' Helene wierp een blik op de politiemensen een meter of twintig bij hen vandaan.

'En waarom zou dat over een tijdje zoveel beter zijn? Die politiemensen zijn, als we jou moeten geloven, immers toch niet naar ons op weg.'

'Jij houdt niet eens van zwemmen.'

'Daar heb je helemaal gelijk in. Maar wat een mens al niet doet om op te gaan in de menigte en te doen alsof hij de meest fantastische vakantie heeft die je je kunt voorstellen?' Carl liep richting het water. Terwijl hij normaliter alles deed om de lieve vrede te bewaren. Om de harde toon te vermijden, de stilte en de kou achteraf.

Zoals toen hij de verpakking van de anticonceptiepil had gevonden terwijl ze juist moeite deden om zwanger te worden. Plotseling was alles op z'n plaats gevallen. Waarom ze zich niet had willen laten onderzoeken en geen hormoonbehandeling had willen ondergaan. Waarom het ondanks alle pogingen maar niet lukte.

Dat verraad was zo groot geweest dat hij ervan overtuigd was dat hij haar nooit zou kunnen vergeven. Hij was zich er op dat moment evenwel van bewust dat hij te gekwetst en te boos was om helder te kunnen denken, en daarom had hij niets gezegd.

In plaats daarvan had hij de volgende ochtend vroeg de strip met de pil op de keukentafel gelegd voordat hij op zakenreis naar Zürich was vertrokken, en toen hij een paar dagen later terugkwam, aanzienlijk kalmer en bereid om te praten, was ze weg. Hij had haar gebeld in een poging uit te zoeken wat er eigenlijk was gebeurd, maar had te horen gekregen dat het nummer niet langer in gebruik was.

Een paar dagen later had hij een kort briefje aangetroffen waarin ze schreef dat ze tijd nodig had om na te denken over wat er was gebeurd en het liefst zou willen dat hij haar met rust liet tot ze zich sterk genoeg voelde om contact met hem op te nemen.

Vierenhalve maand later had ze hem op een avond onverwacht in de woonkamer zitten opwachten toen hij van kantoor kwam. Vierenhalve maand waarin hij had leren accepteren dat ze elkaar nooit meer zouden zien en hij zijn juristen alle noodzakelijke papieren in orde had laten maken voor een echtscheidingsprocedure.

Toch had ze alleen maar *sorry* hoeven zeggen opdat hij haar terugnam. Ook al had zij hem voor de gek gehouden en was ze daarna zonder enige verklaring bij hem weggegaan – één sorry was voldoende opdat alles weer goed zou zijn. Dat ze wilde stoppen met de pil had uiteraard ook geholpen, maar het zei toch een heleboel over hoeveel hij van haar hield.

Daarna had ze die miskraam gehad in de vorm van een grote plas bloed op de badkamervloer, en dan nu dat drijfzand waarin ze langzaam wegzakten. Misschien was het nu zíjn beurt, om bij háár weg te gaan. Om zonder enige verklaring haar voorbeeld te volgen en gewoon door te lopen over het zand tot ze hem niet meer kon zien, om daarna een taxi te nemen naar de luchthaven en het land met het eerste het beste toestel te verlaten.

Hij bleef staan en wierp een korte blik over zijn schouder om te zien of ze hem überhaupt nakeek, alleen maar om te ontdekken dat de twee politieagenten langs haar heen waren gelopen en nu steeds verder weg liepen. Blijkbaar had Helene toch gelijk gehad. Ze waren gewoon op hun ronde om zichtbaar en toegankelijk te zijn.

Dat was tenminste íéts. Misschien had ze ondanks alles de hele tijd gelijk gehad. Misschien was het helemaal niet zo'n gelopen race als hij dacht. Een berichtje waar zijn horloge dat begon te trillen op duidde.

Nieuws m.b.t. de onderhandelingen met S&L, schreef Ragnar Severin. *Eindelijk zijn ze akkoord gegaan met een ontmoeting. Morgen om 09.00 u Zweedse tijd. Ze hadden voorgesteld bij hen, maar daar heb ik voor bedankt. Ik heb Mirja gevraagd een conferentieruimte te zoeken op een neutrale locatie waar iedereen akkoord mee kan gaan. De grote vraag is of we bij een nee moeten blijven voor nog een plek in het bestuur, of dat we ze iets anders moeten aanbieden.*

We houden voet bij stuk, schreef hij. *Geen concessies. Niet nog meer goodiebags. Het contract is eens en voor altijd uitonderhandeld.*

Eindelijk waren ze een toontje lager gaan zingen en zagen ze in dat ze beter konden stoppen met dat geneuzel en tijdrekken. Dat dit contract het beste was wat ze konden krijgen en dat het nu het moment was om te tekenen.

In een aanzienlijk beter humeur verhoogde hij zijn tempo richting zee om zich op te frissen. Maar al na een meter of tien viel zijn oog op een krant die in het zand lag, en als hij de wazige foto van het bewakingsbeeld van de gezochte auto niet had gezien, was hij enigszins onbekommerd doorgelopen naar de kustlijn. Maar nu moest hij de krant wel oppakken en meer lezen over de Tesla die verontrustend veel leek op de auto waarin zij zelf rondreden.

Scarlett Harris

Stockholm, woensdagavond

Ze had het altijd al onaangenaam gevonden om onuitgenodigd iemands tuin in te lopen. Het was alsof ze een verboden grens passeerde en een wereld binnenstapte waar ze niet welkom was. Eén pas door het hek en ze voelde zich meteen een simpele inbreker die elk moment riskeerde op heterdaad te worden betrapt.

Maar nu had ze de kans. Ongenood of niet. Adam was vanavond joggen, en hoewel ze hem had beloofd niet verder te graven in Helenes opmerkelijke mishandelingsgeschiedenis, kon ze het toch niet helemaal loslaten.

Daarom belde ze aan bij de buren; zo probeerde ze het ergste gevoel van onbehagen van zich af te schudden. Het was een langeafstandsschot en zou waarschijnlijk niets opleveren. Maar ze had geen andere ideeën, en Silvia had er ondanks alles schijn van gegeven dat Helene en zij redelijk close waren.

Zou ze thuis zijn? De auto stond weliswaar onder de carport geparkeerd, maar dat zei niets. Misschien waren ze wel met de boot weg, of, zoals Adam, een rondje lopen nu het niet zo warm was. Of ze hadden gewoon geen zin om haar te ontmoeten. De sfeer tijdens het etentje gisteren was tenslotte aardig verziekt geweest.

Ze drukte weer op de deurbel en wachtte af, zonder resultaat. Toen deed ze iets wat ze nooit had gedacht dat ze zou doen: ze liet haar hand de deurkruk omlaag duwen. Dat de deur niet op slot bleek en als uit zichzelf opengleed, maakte het er niet eenvoudiger op om de verleiding te weerstaan naar binnen te gaan.

Afhankelijk van hoe je het bekeek, had ze niets te verliezen. Ze kon zichzelf niet verder verlagen. Dus het was eigenlijk gewoon een kwestie van haar hoofd om de hoek van de deur steken en hopen dat het vonnis, als alles instortte, niet te zwaar zou worden.

'Hallo?' riep ze, in eerste instantie voorzichtig, daarna iets luider. 'Hallo, is er iemand thuis? Ik ben het, de buurvrouw van hiernaast, Scarlett!'

De reactie maakte dat ze weer naar buiten wilde gaan, maar het was al te laat. Het geluid van de wc die werd doorgespoeld was nog niet uitgestorven voordat er verderop in het huis een deur opengíng.

'Hé, hallo, ben jij het?' Bernt hield zijn pas in terwijl hij zijn handen afdroogde aan zijn korte broek en vervolgens naar haar toe liep om haar te begroeten. 'Wees gerust. Het is gewoon water.' Ze schudden elkaar de hand. 'Wat gezellig. Kom binnen.'

'Bedankt, ik wilde Silvia eigenlijk even spreken, maar ik heb haar nummer niet, dus ik dacht: ik bel even aan.'

'Ja, niet alles hoeft via een omweg via de satellieten. Wil je trouwens wat drinken? Een biertje, of een glas wijn? Het is tenslotte al na negenen.'

'Nee, dank je, het is goed zo.'

'Oké, maar zeg het als je je bedenkt.'

'Goed, maar ik ben zo weer weg, ik wilde alleen een paar woorden wisselen met je...'

'Als je liever water wilt, is dat er ook,' kapte Bernt haar af, en hij liep het huis in. 'Met en zonder bubbels. Zelf neem ik een Lagunitas. Heb je hun IPA al eens geproefd? Nee? Dan heb je echt wat gemist.'

'Aha, goed om te weten. Bedankt voor de tip,' zei ze, en ze liep met hem mee naar de keuken. 'Maar Silvia, is ze thuis, of is het beter dat ik een andere dag terugkom?'

'Nee hoor, geen punt. Ze is thuis.' Bernt pakte een biertje uit de koelkast en sloeg de kroonkurk er met één simpele handbeweging tegen de rand van de snijplank af. 'Althans, dat denk ik.' Daarna opende hij de vriezer en haalde er een beslagen bierglas uit. 'De temperatuur is essentieel! Bij IPA moet alles goed koud zijn. Vergeet dat nooit.'

'Nee, ik zal het onthouden.' Ze knikte en keek om zich heen terwijl hij van zijn biertje proefde. 'Oké, maar ik zal je in alle rust laten genieten, dus als je zegt waar ze is kan ik zelf gaan...'

'Wie?'

'Je vrouw. Silvia.'

'O ja, sorry.' Hij schudde zijn hoofd en nam nog een slok. 'Tja, ik ben gewoon een beetje moe na gisteren. Dat zal jij ook wel zijn. Er is aardig wat gedronken, als ik me niet vergis.'

'Ja, dat kun je gerust zeggen. Ik hoop dat ik geen onzin heb uitgekraamd.'

'Nee, in elk geval niet wat ik me zo tussen de gaten in mijn geheugen door kan herinneren. Maar wees niet bang. Zolang ik erbij ben, ben ik vrijwel altijd degene die pijnlijke situaties veroorzaakt. Dat is de grondregel. Maar ik herinner het me juist als heel gezellig. En lekker. Jouw man weet echt hoe je met vlees op de barbecue moet omgaan. En om Silvia moet je je niet druk maken. Ze kan soms een beetje stroef en tegendraads zijn als ze mensen niet goed kent. Maar daar bedoelt ze niets mee.'

'Mooi zo. Maar à propos, Silvia. Is ze thuis, of eh?'

'Ja, absoluut. Ze zou hier ergens moeten zijn. Ik ben namelijk net een kwartiertje binnen. Ik ben even bij mijn zus geweest. Het was eigenlijk de bedoeling dat Silvia mee zou gaan, maar zij hebben elkaar nooit zo gelegen. Silvia en mijn zus, dus.' Hij schudde zijn hoofd en nam weer een slok van zijn biertje. 'En zoals verwacht ging ze inderdaad niet mee. Ze beweerde dat ze hoofdpijn had van het etentje van gisteren. Maar dat was gewoon een smoes als je het mij vraagt. Ze heeft vrijwel niets gedronken, toch?'

Scarlett haalde haar schouders op. 'Dat moet je mij niet vragen. Dat heb ik niet bijgehouden.'

'Nou, maakt ook niet uit. Ik ben alleen een beetje sikkeneurig, want ik weet dat ze de hele nacht achter de computer heeft gezeten nadat we thuiskwamen. En begrijp me niet verkeerd. Daar heb ik helemaal geen moeite mee. Van mij mag ze hele nachten opblijven zolang ze maar meegaat naar familieaangelegenheden die al meer dan een maand op de kalender staan. Wat vind jij? Is dat te veel gevraagd?'

'Nee, dat vind ik niet, alleen denk ik niet dat ik de juiste persoon ben om daar een mening over te hebben. Maar nu zou ik echt even willen praten met...'

'O ja. Sorry, ik klets maar door. Silvia!' riep hij richting de hal. 'Je hebt bezoek!' Een reactie kwam er niet. 'Silvia, hallo!'

'Misschien slaapt ze?'

'Nu al?' Hij keek hoe laat het was. 'Nee, dat zeker niet. Die gaat nooit voor twaalven naar bed. Silvia! Waar zit je? Scarlett staat hier op je te wachten!' Hij wachtte af, opnieuw zonder resultaat.

'Misschien moet je haar even bellen?'

Bernt dacht na, haalde uiteindelijk zijn telefoon tevoorschijn en klikte het nummer van zijn vrouw aan. 'Echt iets voor haar trouwens om uit de buurt te blijven als ze weet dat ik chagrijnig ben.' Hij schudde zijn hoofd, zette de luidsprekerfunctie aan en liet de signalen overgaan. Maar er werd niet opgenomen. Daarna sloeg de voicemail aan.

'Scarlett, het spijt me.' Hij drukte het gesprek weg en stopte zijn mobiel in zijn zak. 'Óf ze is nog steeds wat knorrig over mijn, laten we zeggen, onvolwassen reactie vanmiddag toen ze niet mee wilde, óf ze kan gewoon even niet opnemen. Bij haar zijn allebei die dingen heel goed mogelijk.' Hij spreidde zijn handen in een verontschuldigend gebaar. 'Dus ik kan weinig meer doen. En wat had je ook alweer gezegd? Wilde je een glas wijn of een biertje? Of was het een glas bubbels?'

Helene Wester

Santa Cruz, woensdagmiddag

Zo ver je maar kon. Dat was altijd haar voor de hand liggende keuze geweest voor hoe ver ze bereid was te gaan voor de liefde. *Zo ver je maar kon*. Ze had nooit getwijfeld. Het was het één of het ander. Aan of uit. En als je een van de gelukkigen was die in het oerwoud van relaties de ware had gevonden, dan was het zaak je daaraan vast te klampen en alles op alles te zetten. Doorvechten en het beste ervan hopen, hoe zwaar en onmogelijk het soms ook voelde.

Maar nu wist ze het niet meer. De gebeurtenissen van de laatste dagen hadden meer van haar geëist dan dat ze ooit eerder had meegemaakt. Hoewel ze alles deed om haar hoofd koel en haar gevoelens op armlengte afstand te houden, had de twijfel zich door haar huid heen gevreten en die verspreidde zich nu als een ziekte door haar lichaam. Stel dat het hun niet zou lukken? Stel dat *zo ver je maar kon* niet ver genoeg was?

Ze had niet eens op de weegschaal durven te gaan staan, want ze wist best dat ze veel te weinig binnenkreeg. Het was niet zo dat ze niet had geprobeerd te eten, maar ze had gewoon geen trek. En dat terwijl ze altijd wel wat lustte. Nu was het alsof haar lichaam had besloten het werk neer te leggen en in hongerstaking te gaan. Alsof het niet langer in staat was helder te denken en met ooglappen op de blik op het licht probeerde te houden, hoe zwak en ver weg dat ook was.

Als er niet gauw wat veranderde, zou ze eraan kapotgaan – als een honderdjarige boom die aan de buitenkant gezond lijkt, maar die langzaam maar zeker van binnenuit wegrot, zodat er binnenkort maar één zuchtje wind voor nodig was om hem als een luciferhoutje te doen omknakken.

Voor Carl was het dieptepunt al langer bereikt, wat het er allemaal niet eenvoudiger op maakte. Sinds hij haar de krant had laten zien met de dubbele pagina waarin de politie het publiek vroeg uit te kijken naar de Tesla, had hij constant zijn gal over haar gespuwd. Dat het allemaal haar schuld was, en dat zijn enige dwaling was dat hij naar haar had geluisterd.

Ik heb toch gezegd dat we naar de politie moesten gaan, had hij haar op het strand toegebeten toen hij de krant op haar schoot had gemikt. *Dat heb ik de hele tijd al gezegd.* Hij was rood aangelopen van woede. *Of niet soms?* De hele weg teruglopen naar de auto was hij blijven doorzaniken. *Maar jij weigerde zoals gewoonlijk te luisteren en bleef bij je standpunt.* Hij had zo luid gesproken dat mensen zich naar hen omdraaiden. *Want die Carl snapt er toch geen reet van. Van hem hoef je je niks aan te trekken. Ik weet het allemaal veel beter. Ik weet precies hoe we ons nog dieper in de nesten moeten werken.*

'Dus de vraag is: wat zouden we volgens jou nu moeten doen?' ging hij verder terwijl zij de parkeerschijf verwijderde die achter de voorruit lag. 'Nou? Hoezo, we zitten in de shit?'

'Alsjeblieft,' zei ze uiteindelijk, en ze legde de parkeerschijf op zijn schoot om de parkeerplaats af te kunnen rijden. 'Kun je niet gewoon proberen wat te kalmeren?' Als hij maar even zijn mond kon houden, al was het maar een paar minuten, zodat ze haar gedachten kon bundelen.

'Is dat op dit moment echt jouw grootste probleem? Dat ik niet rustig genoeg ben?' Carl schudde zijn hoofd en opende het handschoenenkastje om de parkeerschijf daarin te leggen. 'Wat is dat in godsnaam?'

'Hè?' Ze draaide haar hoofd naar hem toe. 'Wat nu weer?'

'Kijk dan.' Carl trok iets van donkergrijs metaal uit het handschoenenkastje, en toen hij het in de lucht hield, bleek het een groot kaliber revolver te zijn. 'Een wápen! Ben je nou tevreden? Hè? Was dat wat je wilde?'

'Nee, natuurlijk niet. Hoe zou ik kunnen weten dat er een...'

'Een wapen! Dat is verdomme gestoord! Dat snap je toch ook wel? Dit is echt ziek, volkomen gestoord, ontzettend...'

'Alsjeblieft, kun je even stil zijn?'

'Ik praat net zoveel als ik wil!'

'Carl, toe nou. Leg dat ding weg en geef mij een kans om na te denken over wat we moeten...'

'Wáár moet jij over nadenken? Wat is er nou zo moeilijk te snappen? We kunnen maar één ding doen! Iets wat we al veel...'

'Godverdomme!' riep ze uit. 'Kun je voor de verandering niet eens een keer je kop houden? Ik kán gewoon niet meer. Snap je dat? Ik trek het niet langer!' Schreeuwen deed ze anders nooit. Zij was altijd degene die rustig bleef en een vergevende glimlach op haar gezicht wist te toveren. Maar nu zweeg hij in elk geval, legde het wapen terug in het handschoenenkastje en liet haar zonder verdere luidruchtige kritiek naar huis rijden.

'Oké, we doen als volgt,' zei ze na een lange, broodnodige stilte terwijl ze wachtte tot de garagedeur voor hen opengleed. 'Jij rijdt de Nissan er achteruit uit, zodat ik de Tesla weer in de binnenste garage kan parkeren, waar we hem vonden.'

'Oké,' zei Carl met een lusteloze blik. 'En dan?'

'Dan zetten we hem aan de lader, poetsen we al onze vingerafdrukken weg, zeker op dat wapen, en sluiten we de binnendeur.'

'En je bedoelt dat het probleem dan zou zijn opgelost, of wat?'

'Nou ja, opgelost... Het geeft ons in elk geval wat ademruimte om na te denken over hoe we verdergaan.'

'Helene, ik weet niet hoe vaak ik het al heb gezegd, maar er is niets meer om over na te denken. Het enige juiste is dat we contact opnemen met de politie voordat zij contact met óns opnemen.'

'Nee? Oké.' Ze maakte haar gordel los. 'Dan doe ik het zelf wel.' Ze stapte uit en liep de oprit naar de garage op.

'Wacht nou even, Helene, luister!' riep Carl terwijl hij achter haar aan snelde.

'Nee, ik ben niet van plan hier buiten te gaan staan ruziën tot elke buurvrouw zich afvraagt waar we mee bezig zijn.' Met behulp van de afstandsbediening opende ze de binnenste garagedeur en liep naar de Nissan Primera.

'Dus jij meent serieus dat als we gewoon doen of we deze deur nooit open hebben gedaan en nooit in de Tesla hebben rondgereden waar de politie nu naar op zoek is, dat alles weer goed is?'

Helene trok het portier dicht om haar man niet te hoeven horen, terwijl ze de Nissan startte en in z'n achteruit zette.

'Feit is, en dat heb je zelf ook gezegd, dat wij niets te verbergen hebben,' ging hij verder zo gauw ze was uitgestapt en weer op weg ging naar de Tesla. 'Helemaal niets.'

Ze gooide het portier dicht en reed de elektrische auto naar zijn plek in de binnenste garage.

'Alles wat er vannacht is gebeurd, zouden we kunnen verklaren doordat we in paniek raakten en gewoon te moe waren om het op de juiste manier aan te pakken. Het belangrijkste is om niet te lang te wachten met contact opnemen, en ik ben ervan overtuigd dat ze het zullen begrijpen als we...'

'Maar ik niet,' onderbrak ze hem, nadat ze de Nissan in de buitenste garage had geparkeerd en de garagedeur had gesloten. 'Verre van dat. Ik ben juist bang dat ze alles zullen doen wat ze kunnen om te proberen ons dit in de schoenen te schuiven.'

'Waarom zouden ze? Zouden ze niet liever de echte schuldigen willen vinden? Zeker als je bedenkt dat wij van grote hulp kunnen zijn.'

'Daar hebben we het al over gehad. Wij weten niet wie dit gedaan kan of kunnen hebben. Wij weten niet eens of er echt een schuldige is.' Ze verliet de garage en liep verder door de gang. 'Het enige wat wij met zekerheid weten is dat de politie op zoek is naar een Tesla van hetzelfde model als dat wij net hebben gebruikt.'

‘En het kenteken,’ zei Carl, die haar op de hielen zat. ‘Vergeet dat niet. Op de foto in de krant kun je duidelijk zien dat dat net als bij onze auto begint met 6MB.’

‘Ja, en er zijn vast een heleboel Tesla’s van dat bouwjaar die...’ Verder kwam ze niet voordat de bel ging. Ze liepen net langs de voordeur en de bel maakte een schel geluid.

Ze schrok op, maar herpakte zich snel en liep verder het huis in. Haar houding was duidelijk. Het laatste waar ze nu op zaten te wachten, was bezoek. Het maakte niet uit wie er voor de deur stond. Ze waren nog niet klaar. De vingerafdrukken waren er nog en de Tesla was nog lang niet volledig opgeladen.

Maar zoals verwacht verstomden Carls voetstappen achter haar, waarop ze bleef staan en zich omdraaide.

‘Waarom blijf je staan?’ snauwde ze.

‘Omdat er wordt aangebeld. We zouden misschien open moeten doen om te zien wie het is?’

‘Vast de meteropnemer of zo. Kom, dan gaan we een emmer water halen en de auto schoonmaken.’ Ze maakte aanstalten om door te lopen. Maar Carl liep terug naar de voordeur en keek door het spionnetje naar buiten.

‘Carl, het maakt niet uit wie het is. We doen toch niet open.’

Hij deed een pas achteruit, terwijl hij een paar keer slikte en van haar naar de voordeur keek en weer terug. ‘Het is de politie.’

Carl Wester

Santa Cruz, woensdagavond

Het politiebureau zag er precies zo uit als hij had verwacht. Een even volgestouwde als aftandse kantoortuin met half omlaaggetrokken, schuin hangende jaloezieën, overvolle bureaus en veel te veel luidruchtige mensen in beweging. Het was net een samensmelting van alle Amerikaanse detectiveseries die hij door de jaren heen had gezien, van *Hill Street Blues* via *The Wire* naar *True Detective.*

De twee politiemensen hadden hun de hele keerzijde van Santa Cruz laten zien – een smerige chaos. Of dat was om hen volgzaam te maken, wist hij niet. Uiteindelijk waren ze in elk geval in een afgezonderd kantoor helemaal achter in het politiebureau beland, een ruimte zonder ramen en heel rommelig, en met zoveel lopende, of misschien wel stopgezette, onderzoeken dat de planken langs de muren ervan doorbogen. Maar er was een deur die dicht kon om de ergste uitwassen in de geluidswand buiten te dempen.

En om de stereotypering nog wat verder aan te dikken, had de zwijgzame vrouw met de vlechten koffie en mineraalwater gehaald. *Good Cop, Bad Cop.* Het was bijna lachwekkend hoe de twee politiemensen door bleven spelen, alsof ze dat al zo lang deden dat ze één waren geworden met de clichés.

Voor hem maakte dat niet uit. Hij had besloten zo eerlijk mogelijk antwoord te geven op hun vragen. Er viel niets te verbergen. Niet voor hem en niet voor Helene. Dat zij haar kop liever in het zand wilde blijven steken, kon hij ook niet helpen. Hij had al meer dan genoeg naar haar geluisterd.

Tot nu toe had ze haar mond nog niet opengedaan, wat hopelijk een teken was dat ze begon in te zien dat hij ondanks alles misschien toch gelijk had. Dat ze maar beter met hem kon samenwerken en hem niet moest tegenwerken.

'Alright, laten we beginnen,' zei de agent met de snor aan de andere kant van het overvolle bureau. 'Er wacht mij thuis een lekker etentje en jullie hebben vast ook leukere plannen voor de vakantie dan hier te zitten en op een lege maag onze smerige koffie te drinken.'

'Geen probleem,' zei hij met een glimlach. 'Als wij kunnen bijdragen met informatie die het onderzoek verder kan helpen, doen wij dat natuurlijk graag. Bovendien was de koffie niet zo erg als ik had verwacht.' Hij schoot in de lach, en de twee politiemensen ook.

'Dat hoor ik voor het eerst, maar jij bent misschien gewend aan nog erger bocht, wat weet ik van de koffie in Zweden?' Ze moesten weer lachen. Allemaal, behalve Helene. 'Het zit zo. Op een aantal bewakingsbeelden van de plaats waar Justin Slane die betreffende nacht verdween, is een auto zichtbaar. Een Tesla Model S. Het is duidelijk te zien dat het kenteken begint met 6MB. Dat kan natuurlijk toeval zijn, maar aangezien een van de eigenaren van het huis waar jullie momenteel verblijven een Tesla van hetzelfde model bezit, en het kenteken ook begint met een zes gevolgd door zowel een M als een B, moeten wij onze vraag herhalen of jullie echt niet weten waar die auto zou kunnen zijn.'

Carl wilde antwoord geven, maar hield zich in toen de politieman zich tot Helene richtte. Het laatste wat hij wilde was geforceerd overkomen.

'Nou ja, er staat een Nissan,' zei Helene, en ze wierp hem een korte blik toe. 'Dat weten we.' Ze knikte insisterend en slikte. 'Daar hebben we ook in rondgereden, maar...' Ze zweeg, slikte nog een keer en keek omlaag naar het bureau.

'Wat mijn vrouw probeert...'

'Sorry hoor, jij hebt vast ook het een en ander toe te voegen,' viel de politieman hem in de rede. 'Maar ik wil nu horen wat je vrouw te zeggen heeft. Jij komt zo aan de beurt, dat beloof ik je.'

'Ik wilde alleen maar zeggen dat mijn vrouw en ik niets te verbergen hebben.'

'Dat geloof ik graag. Maar als jij nou even rustig je beurt afwacht, zou dat mooi zijn.'

'Ik ben rustig. Zo rustig als wat.' Hij haalde zijn schouders op en leunde achterover om te onderstrepen hoe fucking rustig hij was.

'Mooi. Dank je.' De politieman wendde zich opnieuw tot Helene, die stug omlaag bleef kijken. 'Die oude Japanner, die kennen we, maar wij zijn geïnteresseerd in de Tesla. Dus mijn vraag aan jou, Helene, is of jullie tijdens jullie verblijf die auto of sporen ervan hebben gezien. Zoals een laadstation of een paar autosleutels.'

'Nou ja, wij... Ik bedoel... Als wij hadden...' Ze keek hem opnieuw zenuwachtig aan en slikte. 'Nou ja, als wij het hadden geweten... Maar dat was niet het geval. We hadden geen idee.'

'Geen idee waarvan?'

En dan weer die bedillerige blik naar hem. Waar was ze mee bezig? Hij kon niet begrijpen waar al die schuchtere aarzeling vandaan kwam.

'Dat er...' zei ze uiteindelijk na een lange pauze, 'nog een auto was.'

'Oké, en die auto waar jullie niets van wisten... dat was niet toevallig een Tesla?'

Helene deed met trillende handen haar haar goed voordat ze kort knikte. 'En het kenteken,' ging de politieman verder, 'begint dat ook met 6MB en gaat dat verder met V006?'

Helene knikte opnieuw, zij het nauwelijks merkbaar, waarop ze hem nog een van haar nerveuze blikken toewierp. Alsof ze zijn goedkeuring nodig had om de waarheid te vertellen. Dat was immers precies wat hij wilde. Hij wilde vragen wat ze aan het doen was, maar besloot zich stil te houden. Hij was van plan geen woord meer te zeggen voordat die politieman hem aansprak.

'Oké, maar dan moet ik toch vragen hoe het komt dat jullie daar niet over verteld hebben toen wij elkaar de eerste keer zagen.'

'Ik... ik wist het niet.'

'Dus jij wist het niet. Betekent dat dat je man...'

'Nee sorry, ik bedoel wé. Wij hadden daar geen idee van. Wij dachten dat er alleen een Nissan was. En die oude sloopauto zonder wielen. Dat was het enige wat wij wisten.'

'Aha, kijk eens aan.' De politieman keek hen afwisselend aan voordat hij zich opnieuw tot Helene richtte. 'En wanneer kwamen jullie erachter dat er nóg een auto was?'

'Later pas. Ik weet niet exact wanneer, maar pas nadat jullie vertrokken waren. Dat weet ik nog wel.'

'Aha. Dat kwam dan goed uit, moet ik zeggen. Heel goed zelfs.' De politieman aaide zijn snor. Hij trok aan de grijzende haartjes alsof het zijn dierbaarste bezit was. 'En, als ik mag vragen, waar hebben jullie hem uiteindelijk aangetroffen?'

'In... in...' Helenes blik ging alle kanten op. Alsof die een uitweg zocht. 'In de garage.'

'In de garage? Het is wat. Dat is zeer interessant.' De politieman knikte nadenkend. 'Oké. Even voor mijn begrip. Eerst zagen jullie die Tesla niet en jullie wisten ook niet dat die er stond, waarna jullie hem opeens zagen, en nog wel in de garage – *of all places*.'

Helene knikte.

'En waar staat hij nu?'

'In de garage.'

De politieman wendde zich tot zijn zwijgzame collega, die tegen de muur geleund zat en zich zo stil hield dat ze een deel van het meubilair was geworden. Meer dan een kort knikje was niet nodig opdat ze tot leven kwam en verdween.

'Puur uit nieuwsgierigheid,' zei de agent toen de deur weer dicht was. 'Vinden jullie het zelf niet een beetje... wat zal ik zeggen, vreemd klinken? Ik bedoel, een auto stop je niet weg in een klein hoekje.'

Helene haalde haar schouders op en sloeg haar ogen neer, waarop de politieman zich eindelijk tot hem richtte.

'Carl, jij hebt niet toevallig een betere verklaring?'

'Of die zoveel beter is, weet ik niet. Maar ik heb in elk geval een verklaring.'

'Laat horen.'

'Eerst wil ik alleen even onderstrepen dat jullie zelf in de garage hebben rondgekeken zonder een Tesla te zien.'

'Dat is helemaal juist. En daarna zou die daar plotseling – helemaal uit zichzelf – zijn verschenen, als ik het goed heb begrepen. Het lijkt wel magie.'

'De verklaring is dat hij daar de hele tijd heeft gestaan. Maar niet in de garage waar jullie en wij ons bevonden, maar in een andere ruimte, erachter. En die ruimte ontdekten wij pas toen wij per ongeluk het andere knopje op de afstandsbediening hadden ingedrukt. In plaats van de buitenste deur ging er een inpandige deur achter ons open.'

De politieman knikte zonder wat te zeggen. De stilte die volgde maakte dat Carl zich afvroeg of hij nog meer moest zeggen en misschien met meer specifieke details moest komen om overtuigender te klinken. Maar hij had in te veel onderhandelingen gezeten en had zijn lesje wel geleerd; degene die het meest praatte had het meest te verbergen.

'Oké, ik begrijp het,' zei de agent uiteindelijk. 'Maar dan denk ik dat ik antwoord heb op mijn vragen en bedank ik jullie voor jullie tijd.'

'Geen dank. Nog even voor onze planning. Wanneer komen jullie die Tesla onderzoeken?'

'We sturen een team om hem op te halen zo gauw wij hier klaar zijn. Het enige wat jullie hoeven te doen is de garagedeuren openen. Ze zouden er binnen een halfuur moeten zijn.'

'Prima. En als er nog wat is, dan horen we het wel.'

'Heel fijn.' De politieman knikte en keek Carl en Helene gedurende een iets te lange stilte afwisselend aan. 'Echt, heel fijn.'

'Ik zal me niet bemoeien met jullie werk, maar misschien is het goed om contact op te nemen met de politie in Zweden, omdat de eigenaren van de auto op dit moment in ons huis verblijven.'

'Bedankt voor de tip, maar wij staan al in contact met de Zweedse politie.'

'Aha, mooi. Als er verder niets meer is, kunnen we het hier wellicht afronden zodat dat etentje niet koud wordt.'

'Absoluut. Voor zover jullie er niets aan toe te voegen hebben.'

Hij moest er nu opeens aan denken. Dat ze niets hadden gezegd over wat ze hadden gevonden in de afvoer. Aan de andere kant hadden ze daar ook niet naar gevraagd, en misschien had Helene ondanks alles toch gelijk en was het gewoon een tweede dode rat die veel haar had verzameld en te veel gootsteenontstopper over zich heen had gekregen.

'Nee,' zei hij uiteindelijk. 'Ik kan in elk geval niks bedenken. Jij wel?'

'Nee.' Helene schudde haar hoofd. 'Ik ook niet.'

'Zoals jullie vast wel begrijpen hebben wij een paar rare, intensieve dagen achter de rug, dus het kan best zijn dat er nog wat naar voren komt wat van belang kan zijn, en dan laten we uiteraard weer van ons horen.'

'Prima.' De politieman glimlachte, maar slechts kort, waarop hij opnieuw aan zijn snor begon te trekken. 'Ook al waren wij degenen die met jullie contact hadden opgenomen en niet andersom.' Deze keer deed hij dat zo berekenend langzaam dat hij blijkbaar tijd wilde rekken. 'Nog één laatste vraagje.'

'Oké. Geen punt.'

'Niet aan jou, maar aan je vrouw.' De politieman wendde zich tot Helene. 'Die verwonding in je gezicht. Hoe ben je daaraan gekomen?'

'Eh... dat was... Ja, eh, dat...' Helene schraapte haar keel met haar blik stuurs op het bureau gericht en ze mompelde iets zo zachtjes dat het onmogelijk te horen was wat ze zei.

'Sorry, maar kun je dat laatste even herhalen en wat harder praten?'

'Dat was mijn eigen schuld.'

'Wat was jouw eigen schuld?'

'Alles… Het was allemaal mijn schuld.'

'Waarom dan?'

'Omdat… ik had hem kwaad gemaakt… Hem geërgerd…' Ze knikte alsof ze zichzelf ervan moest overtuigen. 'Dus ik had het verdiend. Ja, zo zat het.'

'Moet ik dat interpreteren als dat Carl jou heeft geslagen?'

Na een tijdje aarzelen knikte ze opnieuw zonder het bureau los te laten met haar blik.

'Carl?' De politieman richtte zich tot hem. 'Klopt dat?'

'Ja. Helaas.'

'Dus jij hebt niets in te brengen tegen wat Helene zegt?'

'Jawel,' zei hij, en hij slikte. 'Het klopt niet dat ze het op de een of andere manier zou hebben verdiend. Dat het haar eigen schuld was. Die verwonding is mijn volledige verantwoordelijkheid. Mijn geduld was op.'

'Kun je uitleggen wat er was gebeurd?'

'Het was twee, drie avonden geleden en we hadden een paar…'

'Carl,' onderbrak Helene hem terwijl ze hem aankeek. 'Het was gisteravond.'

'Nee, nee, nee, dat is niet waar. Het moet…' Hij raakte van zijn à propos, dacht na en zag toen in dat ze gelijk had. 'Inderdaad, sorry hoor, ik ben helemaal de weg kwijt. Het is inderdaad maar een dag geleden.' Het was alsof zijn hele besef van tijd buitenspel was gezet. 'Wat ik wilde zeggen was dat we een paar drankjes hadden gedronken bij het zwembad en, als ik me niet vergis, al aardig aangeschoten waren voordat de jetlag en de vermoeidheid het overnamen. Dus ik ging een douche nemen. Vraag me niet hoe laat het was, want…'

'Tien over elf,' zei Helene.

'Dat kan vast kloppen. En toen ik daar in de badkuip stond te douchen, bleek dat de afvoer verstopt was. De hele vloer stond blank. En aangezien ik eerder die dag al met ontstopper bezig was geweest, besloot ik de badkuip naar voren te trekken om te kijken wat er zat vastgeklonterd en dat te verwijderen. Op dat moment begon Helene op de deur te rammen en te vragen wat er aan de hand was. Ik wilde niet dat ze binnen zou komen en mij daar naakt op die smerige vloer zou zien liggen met mijn arm tot ver in het putje. En dat liet ik haar ook luid en duidelijk weten. Maar ze wilde niet luisteren en ging de sleutel van de andere badkamer halen, en deed de deur van buitenaf open. En ik kan haar ook wel begrijpen. Heus. Ze was gewoon ongerust, was bang dat er wat met mij was gebeurd. Dat ik was uitgegleden en mij bezeerd had. Ik was zoals gezegd allesbehalve nuchter.'

'Dus toen heb je haar een klap gegeven? Toen ze toch binnenkwam, hoewel jij dat niet wilde?'

'Nee, dat was later. Toen ze zag wat ik uit de afvoer naar boven had gehaald, raakte ze in paniek, en dat was nou net wat ik had willen voorkomen. Ik probeerde haar te kalmeren, maar ze bleef maar gillen en uiteindelijk zag ik geen andere uitweg dan haar een tik te geven, alleen maar om haar stil te krijgen. Dat was uiteraard op alle mogelijke manieren verkeerd, het heeft geen zin om die allemaal op te noemen. Maar ik werd kwaad, en daar zal ik mee moeten leven.'

'Is dat ook jouw beeld van hoe het is gegaan?' vroeg de politieman, en hij wendde zich tot Helene, die op haar beurt kort knikte.

'En wat hadden jullie uit die afvoer naar boven gekregen dat... hoe moet ik het zeggen... zo choquerend was?'

Die vraag was weinig verbazingwekkend. In zekere zin had hij die wel verwacht. Anders zou het toch wel gek zijn geweest. Toch had hij geen idee wat hij moest zeggen. Of hij de lijn van Helene moest volgen en zo weinig mogelijk zou zeggen, of vertellen wat hij vermoedde dat het was. Maar ergens diep vanbinnen had hij al besloten dat er maar één alternatief was.

'Ik weet niet hoe ik het moet zeggen,' zei hij met een blik op

Helene, die maar omlaag bleef kijken. 'Maar wat ik uit die afvoer omhoog haalde, was...'

Hij raakte van zijn stuk toen de deur achter hem openging en de zwijgzame vrouw weer terugkwam met een map in haar hand en zonder zich af te vragen of ze misschien stoorde naar de politieman achter het bureau liep, waar ze vooroverboog en iets in zijn oor fluisterde.

'Sorry hoor, maar moet ik verder vertellen, of...'

'Waar bevond jij je drieënhalve week geleden?' kapte de politieman hem af, en hij keek hem strak aan.

'Ik?' Carl wees naar zichzelf en keek oprecht vragend. Alsof hij het opnieuw vergeten was, waarna hij het zich weer herinnerde en een diepe zucht slaakte. 'O, ja. Ik weet dat jullie het de eerste keer dat wij elkaar zagen al vroegen, en ik moet heel eerlijk zeggen dat ik helemaal vergeten was dat ik hier was. Nou ja, niet hier, maar in San Francisco. Ik was er volledig van overtuigd dat ik mij in Zweden bevond, maar ik reis zoveel voor mijn werk dat het soms...'

'Dus dan kloppen onze gegevens dat jij op woensdag 10 juli in San Francisco arriveerde en de veertiende weer vertrok?' De politieman liet hem niet uitpraten.

'Hè, dus jullie hebben gegevens dat ik... Jullie hebben dat dus de hele tijd geweten.'

'Ik wil graag dat je antwoord geeft op mijn vraag of het klopt dat je hier was...'

'Ik heb uw vraag gehoord, maar...' Hij raakte de draad kwijt en kon niet anders dan zijn hoofd schudden, ook al klopte het wat de man zei. Wat was dit in godsnaam? Verdomme nog aan toe! Hij wilde alleen maar Nee roepen. Nee, nee, nee!

Het duizelde hem in zijn hoofd, zijn gedachten raakten in elkaar verstrikt in hun jacht op een uitweg. Het probleem was dat die uitweg er niet was. Het enige wat overbleef, was knikken en toegeven dat hun gegevens klopten. Inzien dat dit een politieverhoor was. Dat hoe ze ook hun best hadden gedaan om het aan te kleden als een gezellig kletspraatje, het niets anders was dan een regelrecht verhoor. Een situatie waarin hij recht zou hebben op een advocaat. Een verdediger die de regels kende en zijn zaak kon bepleiten. Maar daar kon hij in deze situatie niet om vragen. Dan zou het in hun ogen lijken of hij schuld bekende. Dat hij echt wat te verbergen had.

Helene deed ook niets om hem te helpen. Alsof dit zijn schuld was. Maar ze vond blijkbaar van wel. Dat dit allemaal niet was gebeurd als ze gewoon niet open hadden gedaan toen er werd aangebeld.

'Oké,' ging hij verder toen hij zijn gedachten enigszins had weten te bundelen. 'Het zit zo. Het is correct dat ik een paar dagen in San Francisco ben geweest, maar ik had het idee dat dat meer dan een maand geleden was. Daarom had ik...'

'Drieënhalve week is vrijwel een maand,' kapte de politieman hem af. 'Maar laten we nou niet gaan muggenziften. Vertel in plaats daarvan wat de aanleiding was van je reis.'

'Ik was daar voor de overname van een bedrijf.'

'Wat voor bedrijf?'

'Unlimited Space. Zij bezitten en verhuren grote magazijnen en loodsen in onder andere Californië.'

'En dat was het enige wat je deed voordat je weer terugreisde?'

'Ja. Zo ongeveer.'

'Zo ongeveer?'

'Ik bezit ook nog andere bedrijven die in San Francisco gevestigd zijn. Dus die heb ik ook bezocht.'

'En zaterdag de dertiende. Wat heb je toen gedaan?'

'Ik heb een paar uur gewerkt vanuit mijn hotelkamer. De rest van de dag was ik voor de verandering vrij en heb ik de stad bekeken.'

'Heb je nog mensen ontmoet die kunnen bevestigen dat jij daar was?'

'Ik moet zeggen dat het bijna klinkt alsof ik ergen...'

'Geef alsjeblieft antwoord op mijn vraag. Ben je met iemand samen geweest die kan bevestigen dat jij daadwerkelijk...'

'Nee. Ik ben de hele dag alleen geweest en heb ter afwisseling genoten van wat vrije tijd voordat ik de dag erna weer naar huis zou gaan.'

'Dus je kunt in feite overal zijn geweest. Zoals bijvoorbeeld hier in Santa Cruz?' De politieman liet zijn snor los en spreidde zijn handen.

'Ja, theoretisch gezien wel. Alleen zie ik niet in waarom ik hier geweest zou zijn.'

'Om naar het huis te kijken waarin jullie de vakantie zouden doorbrengen. Dat is in elk geval wat Adam Harris voorstelt in een mailwisseling een paar weken eerder.'

'Hè? Wat voor mailwisseling?'

'Dit schreef hij onder andere op dinsdag 4 juni. *Carl is meer dan welkom om dat weekend een van mijn auto's te lenen om naar het huis te gaan kijken.*'

Carl wist niet wat hij moest geloven. Wat gebeurde er? Wat was er in godsnaam aan de hand? Hij wendde zich tot Helene, die daar nog steeds gegeneerd zat te kijken. Alsof zij degene was die werd aangevallen en niet hij.

'Helene, weet jij hier iets van? Hallo, zeg eens wat? Jij hebt alle communicatie met die lui gevoerd. Klopt dit echt?'

'Ja,' zei Helene uiteindelijk met een kort knikje zonder hem aan te kijken.

'Hè, jij hebt dit dus gelezen?'

'Ja.'

'Maar waarom heb je daar in godsnaam niks over gezegd?'

Helene haalde haar schouders op, nog steeds met haar blik omlaag gericht. 'Je had gezegd dat ik het allemaal moest regelen. Dat jij het druk had en geen tijd had. Dus ik had niet het idee dat jij erin geïnteresseerd zou zijn om naar…'

'Nee, natuurlijk niet. Maar dit is toch gestoord, dat begrijpen jullie toch ook wel, hè? Absurd, dat is wat het is. Volstrekt absurd.'

'Niet absurder dan dat wij juist gegevens van Tesla hebben

binnengekregen dat de auto de facto op vrijdag 12 juli tegen zes uur 's avonds naar Hotel Fairmont op Mason Street is gereden. En corrigeer me als ik het mis heb, maar was dat niet het hotel waar jij verbleef?'

'Jawel, maar ik ben niet in een Tesla gestapt en hiernaartoe gereden, als dat is wat jullie denken.'

'Op dit moment denken wij niet zoveel, wij proberen ons zo veel mogelijk bij de feiten te houden.'

'Feiten? Dit zijn geen feiten. Dit is een grap. Eén grote grap.'

'In mijn ogen niet, omdat die Tesla jouw hotel diezelfde avond een paar uur later heeft verlaten en hiernaartoe is gereden rond het tijdstip waarop Justin Slane verdween. Daarna is de auto de ochtend erna teruggekeerd naar Fairmont. Dus wat jij ziet als een grap, zie ik als een heel goed mogelijk scenario waarin jij hiernaartoe rijdt om het huis te bekijken en Slane aanrijdt op East Cliff Drive. Dat was vast een ongeluk, maar in plaats van contact op te nemen met de politie, heb jij het stoffelijk overschot meegenomen naar het huis en je er daar van ontdaan.'

Carl schudde zijn hoofd. 'Ik weet niet wat ik moet zeggen, behalve dan dat dit volstrekte onzin is. Ik begrijp niet eens hoe jullie kunnen denken dat ík dat heb gedaan en niet die Adam Harris, die eigenaar is van zowel de auto als het huis. Meer wil ik eigenlijk niet zeggen voordat ik een advocaat aan mijn zijde heb.'

'Maar als jij het niet was, wie is dit dan?' De politieman pakte een van de bewakingsbeelden van de betreffende nacht uit een map en schoof die naar Carl toe.

Deze foto had hij niet eerder gezien. Die had niet in de krant gestaan. Daar hadden alleen foto's in gestaan waarop delen van de Tesla in het donker te zien waren geweest. Hier zag je ook een man vlak achter de auto staan met zijn rug naar de bewakingscamera gekeerd en zijn ene hand op de open kofferbak, en daar binnen in het donker kon je delen vermoeden van een lichaam in foetushouding.

Dan het kapsel van de man bij de auto. Dat maakte hem sprakeloos. Het donkere, licht krullende haar in combinatie met het beige linnen colbertje. De chino en de loafers. Elk klein detail dat deed denken aan hemzelf.

Scarlett Harris

Stockholm, de nacht van woensdag op donderdag

De zon was allang verdwenen, maar nu pas omsloot het donker haar. Ze zat beneden op de steiger, onder een deken met een kop thee, en was gefascineerd door de sterrenhemel, die zo totaal anders was dan thuis.

Dat was in elk geval wat ze tegen Adam had gezegd, ook al was de eigenlijke aanleiding dat ze een moment voor zichzelf nodig had. Een uurtje rust om te proberen te begrijpen hoe het kwam dat wat eerst had aangevoeld als een roep om hulp van Helene, iets totaal anders was geworden. Iets waar ze geen toegang toe had. Iets waarvan het nooit de bedoeling was dat zij dat zou zien. Alsof ze in haar drang om te helpen veel te dicht bij de waarheid was gekomen.

Het enige wat Adam had gezegd, was dat ze het moest loslaten. Dat wat het ook was, het hun zaak niet was, en in zekere zin had hij gelijk. Carl en Helene waren niet meer dan twee vreemden met wie ze van huis hadden geruild. Hoe hun verhaal er toevallig uitzag, daar hadden zij niets mee te maken. Zij niet en Adam al evenmin. Bovendien hadden ze zelf al genoeg problemen.

Toch kon ze het niet laten om aan het korstje te krabben. Ze kon niet uitleggen waarom. Hoe het kwam dat het als een magnetisch veld haar interesse wekte. Ze wilde het begrijpen, en ze wilde antwoorden vinden op alle vragen die ze had. Net zo goed als dat ze een sudoku niet kon wegleggen voordat alle vakjes waren ingevuld.

Maar het ging hier niet om het invullen van vakjes om haar nieuwsgierigheid te bevredigen. Dit was iets heel anders. Iets wat een gevoel opwekte dat ze zelf al zo lang met zich meedroeg dat ze er al niet meer aan dacht. Als een ver verwijderd, maar voortdurend aanwezig gerommel dat je na lange tijd niet meer hoorde. Maar nu was het er weer, en deze keer luider dan ooit.

Het cruciale punt was de vraag wie Helene had verwond. Want als het haar man niet was, wie dan wel?

Ze kon niet uitleggen waarom, maar iets overtuigde haar ervan dat ze daarachter moest zien te komen om dat inwendige gerommel tot zwijgen te brengen.

Adam had gemeend dat Carl heel goed de dader kon zijn, ook al was Helene ongedeerd toen ze naar Liljeholmen verhuisde. Volgens hem zou het voor iemand als Carl niet zo moeilijk zijn om zijn vrouw op te sporen, ook al had ze een ander nummer en had ze die flat onder een valse naam gehuurd.

Misschien was hij kwaad geworden omdat ze bij hem weg was gegaan, had hij gezegd, waarop hij zijn vierde espresso in één keer naar binnen had gegoten. *Als je in wezen gewelddadig bent, is dat waarschijnlijk de taal die je gebruikt wanneer je gevoelens overstromen.*

Dat had allemaal heel logisch geklonken, en toen bleek dat Silvia niet thuis was, had ze besloten dat het waarschijnlijk zo was gegaan. Dus had ze Bernt verder een fijne avond gewenst en had ze zich omgedraaid om naar de deur te lopen en weg te gaan.

Gelukkig had hij erop aangedrongen haar wat te drinken aan te bieden en had hij gegrapt dat het weigeren van zo'n gezellige uitnodiging hier op de landtong niet op prijs werd gesteld, en toen ze uiteindelijk ja had gezegd tegen een glas wijn, was hij niet alleen buitengewoon spraakzaam geweest, maar had hij geheel vrijwillig verteld over wat hij wist over Helene en Carl.

Het was al snel duidelijk geworden dat Bernt en Silvia geen van beiden veel ophadden met Helene. Ze had gevraagd waarom, maar hij had niet echt een betere verklaring kunnen geven dan dat zij moeilijk contact maakte en dat het lastig was haar goed te leren kennen – in tegenstelling tot alle anderen op de landtong. *Ze is net een glad stuk zeep in de douche*, had hij met een lach gezegd terwijl hij zijn glas bijvulde.

Om de luchtige stemming vast te houden, had ze meegelachen en hem ook haar glas laten bijvullen, terwijl ze terloops had gevraagd of Carl en Helene een goede relatie leken te hebben, of dat ze veel ruzie maakten.

Bernt had onmiddellijk gereageerd en met een plotselinge ernst gevraagd waarom ze dat vroeg, en of ze dacht dat Silvia en hij hun buren bespioneerden om vervolgens achter hun rug om te gaan roddelen.

Toen had ze hem uiteindelijk de foto's van Helenes mishandelde gezicht laten zien, en het was overduidelijk dat Bernt geschokt was. *Dat kan Carl niet geweest zijn*, had hij meerdere keren herhaald. *Dat kan gewoon niet.*

Ze had hem gevraagd hoe zeker hij daarvan was, en hij had met een wedervraag gereageerd en gevraagd hoe je ergens zeker van kon zijn wanneer dat achter gesloten deuren plaatsvond.

Daarna had hij verteld hoe Carl na een zakenreis naar Zürich bij hen had aangebeld en had gevraagd of zij Helene misschien hadden gezien of wisten waar zij was. *Hij was zichzelf niet*, had Bernt gezegd, en hij had beschreven hoe Carls gewoonlijke rust was vervangen door roodbetraande ogen en een onvaste stem. Alsof hij elk moment kon instorten.

Bernt en Silvia waren er samen in geslaagd Carl te kalmeren, en toen had hij verteld dat hij erachter was gekomen dat Helene de pil slikte terwijl ze juist probeerden zwanger te worden. Zijn teleurstelling was zo groot dat hij in blinde woede het huis had verlaten terwijl zij nog lag te slapen en hij uren voor vertrek al op de luchthaven was gearriveerd.

De dagen erna hadden ze geen contact met elkaar gehad, en toen hij was teruggekeerd uit Zürich was Helene weg, en de enige informatie waarmee Bernt en Silvia hadden kunnen bijdragen, was dat ze hadden gezien dat ze de ochtend nadat hij was vertrokken door een taxi was opgehaald en twee grote koffers bij zich had gehad.

Een paar weken later hadden de buren een paar aarzelende pogingen gedaan om de draad weer op te pakken en Carl te vragen wat er eigenlijk was gebeurd, en vooral hoe het met hem ging. Maar toen was hij alweer zijn oude ik en had hij op gebruikelijke wijze geantwoord dat alles dik in orde was. Dat hij niet lang daarvoor bij hen thuis op de bank had zitten huilen, was niet iets waar hij aan herinnerd wilde worden.

En Helene? Hebben jullie niet naar Helene gevraagd, had ze gezegd. *Ja, natuurlijk wel. Maar toen haalde hij gewoon zijn schouders op en zei hij dat we dat maar aan haar moesten vragen, als we dat zo graag wilden weten. Daarna ging hij verder met het bij elkaar harken van bladeren, en nadien hebben we het er nooit meer over gehad. Niet eens toen Helene een paar maanden later opeens terug was. We deden gewoon of er niets gebeurd was en probeerden te doen alsof het net zo was als anders. Dat was het eenvoudigst.*

Daarna had het, als je Bernt moest geloven, niet lang geduurd voordat Helene zwanger was, ook al hadden ze dat pas door toen ze haar groeiende buik niet langer kon verbergen. Silvia en hij hadden toen afgesproken een streep onder die vreemde stemming van het jaar ervoor te zetten, en in plaats daarvan te proberen vooruit te kijken naar al het leuks dat hun te wachten stond wanneer de buren gezinsuitbreiding kregen.

Ze hadden hen uitgenodigd voor etentjes, en kleertjes uitgeleend die ze hadden bewaard van toen hun eigen jongens baby waren, en volgens Bernt had het eindelijk aangevoeld alsof de goede sfeer op de landtong was teruggekeerd. Maar toen volgde die miskraam en dat veranderde alles. *Plotseling was de ambulance hier en zagen we het zwaailicht op de gevels weerkaatsen. We konden de sirenes zelfs nog minutenlang horen toen de ambulance weer op weg was naar de stad, en wat wij ervan begrepen was dat de foetus al zo ontwikkeld was, dat het kindje het had kunnen overleven als het een paar weken later was gebeurd.*

Daar ergens had Bernt gezwegen en alleen zijn hoofd maar geschud. Zelf had ze ook niet geweten wat ze moest zeggen, en zo hadden ze gezeten tot Bernt zijn glas had neergezet en zijn rug had gerecht. *Tja, ik zal maar eens een nieuwe poging wagen om mijn vrouw te bellen. Je weet wel, kijken of ze een beetje ontdooid is,* had hij gekscherend gezegd, waarop zij had bedankt voor de wijn en het gesprek, en naar huis was gegaan met het idee dat ze antwoord had gekregen op de meeste vragen en het eind van de weg had bereikt. Dat er gewoon niet meer zoveel was om over na te denken.

Maar nu ze hier in het donker zat, met het spiegelgladde water en de sterren als buren, was er een gedachte die steeds sterker werd. Een vermoeden dat haar deed inzien dat ze nog steeds geen antwoord had op misschien wel de belangrijkste vraag van allemaal.

Het was weliswaar al laat, maar daar kon zij ook weinig aan doen, overtuigde ze zichzelf ervan terwijl de signalen overgingen. Nam hij op, dan nam hij op.

'*Ja, hallo? Met Bernt.*'

'Hoi, met Scarlett nog even. Ik hoop dat ik niet te laat bel?'

'*Nee hoor. Geen probleem. Ik slaap toch niet voordat Silvia thuis is.*'

'Dus ze heeft nog steeds niets van zich laten horen?'

'*Nee, eigenlijk niet. Maar wees niet ongerust, het is niet de eerste keer dat ze kwaad is. Soms zegt ze zelfs dagenlang helemaal niets tegen me. Maar nu… ik weet niet. Het is niet zo dat ik nooit onzin uitkraam en soms wel wat* silent treatment *verdien. Maar deze keer niet, dat zweer ik. Deze keer is zij gewoon degene die wat te ver is gegaan.*'

'Je denkt toch niet dat er wat gebeurd is?'

'*Nee, nee, ik weet precies waar ze is. Ze heeft de hele week lopen zeuren dat we vanavond* Elvira Madigan *moesten gaan zien in het Vitabergspark, dus nu doet ze dat blijkbaar zonder mij en heeft ze waarschijnlijk een aantal van onze vrienden daar ontmoet en zit ze een glas wijn met hen te drinken. Ik heb haar geprobeerd te bellen, ik weet niet hoe vaak, maar wat helpt dat als haar batterij leeg is? Dat is echt iets voor haar, van huis gaan met minder dan twintig procent over. Maar dat is haar probleem. Dat is niet goed, en dat zal ik haar ook duidelijk maken wanneer ze thuiskomt. Sorry hoor, het was niet de bedoeling jou te vervelen met mijn geklets.*'

'Helemaal niet erg. Ik vind dat ook best een heftige reactie. Maar ik wilde je nog even iets vragen over Carl en Helene, als dat mag.'

'*Over die foto's die je liet zien? Hebben die je zo nieuwsgierig gemaakt?*'

'Ik weet niet. Misschien. Het lijkt of ik het niet kan loslaten voordat ik duidelijkheid heb over wat er gebeurd is. Ik weet dat het overkomt als geroddel, en dat is het in zekere zin ook. Dus zeg het als je vindt dat ik te ver ga.'

'*Het is wel goed. Vraag maar raak, ik heb toch niks beters te doen. En nu je het er toch over hebt, moet ik toegeven dat ik ook wel benieuwd ben wat er zich in dat huis heeft afgespeeld. Dus wat wil je weten?*'

'Je zei iets over dat alles eindelijk weer normaal begon te voelen toen Helene eenmaal zwanger was.'

'*Nou ja, normaal, normaal. Zij zijn altijd al wat apart, vind ik. Maar ik heb echt nooit gedacht dat hij zo ver zou gaan om haar te mishandelen. En ik heb ook nog steeds moeite om dat te geloven.*'

'We weten ook niet zeker of hij het was.'

'*Nee, dat is duidelijk. Maar wie moet het anders zijn geweest?*'

'Geen idee. Misschien iemand die ze had ontmoet in de tijd dat ze uit elkaar waren. Maar waar ik iets meer over wil horen, is de tijd dat ze zwanger was en dat ze bij jullie kwamen eten en dat jullie kleertjes en speelgoed aan hen uitleenden, en dat jullie hen als ik het goed begrijp vaker zagen dan het jaar ervoor.'

'*Ja, dat was beslist het geval. Vooral doordat Silvia er veel energie in stak. Het meeste gebeurde op haar initiatief. Zij heeft altijd een betere relatie met hen gehad dan ik. Maar zo gaat het soms met persoonlijke verstandhouding. Niet iedereen ligt elkaar altijd even goed.*'

'En nu dan? Hoe is jullie relatie nu?'

'*Nou, die is niet om over naar huis te schrijven, als ik eerlijk ben. Silvia doet nog steeds moeite hen uit te nodigen voor allerlei dingen, maar ze hebben altijd wat anders. En nu, ik weet niet. Het is zeg maar een beetje doodgebloed. We zijn nu voornamelijk beleefd tegen elkaar en verzorgen elkaars post als een van ons op reis is en zo.*'

'Misschien een rare vraag, maar hoe ervoeren jullie Helene als zwanger en als aanstaande moeder? Ik denk aan wat je vertelde over dat ze in het geheim de pil had geslikt.'

'*Grappig dat je dat vraagt, want daar hebben Silvia en ik het heel vaak over gehad. Maar dit moet echt onder ons blijven, net als dat met dat voorbehoedsmiddel. Dat was gewoon iets wat hij toen zei en vast niet iets wat hij nu zou willen weten. Maar wij vonden haar allebei, hoe moet ik het zeggen... koud.*'

'Hoe bedoel je?'

'*Koud, zoals in ijskoud. Ik heb nooit iemand zo oncomfortabel gezien met zijn eigen lichaam als Helene toen haar buik begon te groeien. Silvia meende dat ze last had van een soort zwangerschapsdepressie, of hoe dat ook heet. Maar zoals gezegd, ik wil het liefst dat je dat voor jezelf houdt.*'

Het gesprek kreeg een abrupt einde toen Scarlett een paar handen om haar nek en delen van haar hals voelde. Omdat ze geen trillingen op de steiger had gevoeld en ook niemand had horen aankomen, schrok ze op en probeerde ze die handen weg te krijgen. Maar ze bleven haar in hun greep houden en omklemden haar in plaats daarvan steeds steviger.

'Hé, rustig maar. Ontspan,' hoorde ze Adam in het donker achter zich lachen. 'Ik ben het maar, ik kom je wat broodnodige massage geven.'

'Dank je,' zei ze, en ze drukte het gesprek weg. 'Dat is lief, maar dat hoeft niet.'

'Nee, dat vind jij misschien niet. Maar als je het deze nek vraagt, zweer ik dat die wat anders zegt.' Adam drukte de topjes van zijn duimen in haar huid. 'Jeetje, je bent hier helemaal verstrakt. Ik snap niet dat je zo kunt rondlopen.'

'Maar moet je zo hard knijpen? Het doet gewoon pijn.'

'Dat spijt me, maar je weet hoe het zit. Een beetje aaien aan de oppervlakte met lekker geurende oliën en een playlist met oppervlakkige wereldmuziek lost geen zenuwknopen op. De enige manier om pijn te bestrijden is er de diepte mee in gaan. Andere manieren zijn er helaas niet.'

Ze gaf het op en deed haar best om te ontspannen terwijl hij doorging met zijn behandeling. En hij had inderdaad gelijk. Ze had al pijn in haar nek sinds ze op Arlanda uit het vliegtuig waren gestapt.

'Trouwens, wie had je aan de lijn?'

'Huh?'

'Aan de telefoon. Je zat met iemand te praten toen ik kwam.'

'O ja, dat. Dat was Bernt, je weet wel, de buurman.'

'Aha, kijk eens aan.' Adam bleef haar nek en hals kneden in een stilte die ze niet van plan was te vullen. 'En wat moest hij?' ging hij uiteindelijk verder.

'Ach, niks bijzonders. Hij wilde vooral bedanken voor het etentje van gisteren,' zei ze onmiddellijk om er geen schijn van te geven dat ze moest nadenken over wat ze zou antwoorden. 'Je moest trouwens de groeten hebben.'

'Oké. Dank je.'

'O ja, en hij bleef er maar over doorgaan dat jij zo goed kon barbecueën. Hij was zwaar onder de indruk.'

'Ik wist niet dat hij jouw nummer had.' Adam stopte net zo abrupt met zijn massage als dat hij ermee was begonnen. 'Hoe dat zo?'

Ze zou kunnen zeggen dat ze dat niet wist. Dat hij het zeker had opgezocht op internet, of het had gekregen van de eigenaren van het huis. In plaats daarvan slaagde ze erin een enigszins natuurlijke lach te produceren.

'Nou ja, Adam! Schei uit.' Ze schudde haar hoofd om haar punt te onderstrepen. 'Serieus. Je wordt op je ouwe dag toch zeker niet jaloers?' Ze bleef lachen en draaide zich om om hem over zijn wang te strelen.

Maar ze zweeg en stokte in haar beweging toen ze inzag dat Adam er met zijn gedachten helemaal niet bij was en gewoon langs haar heen het donker in keek, waar ver weg een fel blauw zwaailicht over het glanzende zwarte wateroppervlak zwiepte.

Carl Wester

Santa Cruz, donderdagochtend vroeg

Het was de eerste keer dat hij een andere man zichzelf hoorde strelen. De hijgende oppervlakkige ademhaling die staccato werd uitgestoten samen met af en toe wat gekreun dat diegene blijkbaar niet kon inhouden. Het klonk armzaliger dan dat hij zich had voorgesteld, en hij vroeg zich af hoe hij zelf in zo'n situatie klonk.

Zijn eigen reactie was vrijwel nihil. Hij lag daar maar in het onderbed met zijn blik op het bovenbed gericht. Misschien omdat dat op dit moment gewoon zijn kleinste probleem was, en ergens mocht hij dankbaar zijn dat de geluiden niet uit zijn eigen cel kwamen.

Nou ja, zíjn cel. Daar was de donkere man van honderddertig kilo in het bed boven hem het waarschijnlijk niet mee eens. Die was vast net zo geïrriteerd als hij dat hij de cel niet voor zichzelf had. Misschien bleef hij daarom wel zo stug snurken en winden laten. Alsof de lucht die er vanboven in kwam, een kwartier, twintig minuten later er beneden weer uit kwam.

Tot nu toe had hij nog niet helemaal begrepen dat hij daar niet gewoon op bezoek was, maar hier in een afgesloten ruimte lag zonder toegang tot een sleutel. Een deel van hem kon de gedachte nog steeds niet loslaten dat het allemaal één groot misverstand was, dat elk moment zou worden opgelost. Een of andere verantwoordelijke die zijn excuus aanbood, de deur openmaakte en hem naar de uitgang begeleidde, waar een taxi stond te wachten.

Dat was natuurlijk gewoon een teken dat hij nog steeds in shock was, een bescherming die de laatste gebeurtenissen op afstand hield en die voorkwam dat hij zijn verstand verloor. Dit was echt volkomen gestoord. Een ramp waarbij het ene beveiligingssysteem na het andere in die mate had gefaald dat het zo onwaarschijnlijk was dat dat eigenlijk niet kon gebeuren. Of, zoals iemand zou zeggen, een uiterst ongelukkige combinatie van min of meer onvoorstelbare gebeurtenissen die hadden samengewerkt tot een perfecte tsunami van pech.

Dat waren zijn eerste gedachten geweest toen hij op het bewakingsbeeld van de politie de foto had gezien van de man die aan hemzelf deed denken. Daarna had het niet lang geduurd voordat de twijfel zijn intrede had gedaan, gevolgd door de shock die hem sindsdien had lamgeslagen. En daar ergens bevond hij zich nog steeds, ook al waren er meer dan zes uur verstreken sinds de besnorde politieman zich tot zijn zwijgzame collega had gericht, die hem op haar beurt had aangespoord overeind te komen en met hem mee te gaan naar het detentiecentrum.

Maar stel dat het helemaal geen ongelukkig toeval en foutieve conclusies van de kant van de politie waren? Als zou blijken dat hij dat echt was op die foto, ingeplakt en gemanipuleerd om alle twijfel dat hij achter die kidnapping en waarschijnlijk ook achter de beestachtige moord op Justin Slane zat, weg te nemen. Maar dat zou de politie toch wel hebben ontdekt? Zij hadden vast experts die de hele dag niets anders deden dan beeldbewijs analyseren, en die direct zouden reageren als een pixel een verkeerde kleurnuance had – voor zover de Amerikaanse politie er niet bij betrokken was en er om de een of andere reden belang bij had hem er met vervalste bewijzen in te luizen.

Nee, dan was die Adam Harris een waarschijnlijker alternatief. Hij was weliswaar kaal, maar in het donker op een korrelig bewakingsbeeld was er niet meer nodig dan een pruik in zijn eigen haarkleur, opdat ze het idee zouden kunnen krijgen dat hij dat was. Voegde je de kleren eraan toe die zo typerend waren voor zijn eigen minimalistische stijl in donker en grijs, dan was het bovendien echt overtuigend.

Dat legde de vinger op iets wat hij had vermoed, maar wat hij had geprobeerd van zich af te slaan. Maar dat ging nu niet langer. Hij kon zijn ogen niet sluiten voor de mogelijkheid dat Adam die dakloze niet alleen had vermoord, maar dat hij ook die hele verdere werkwijze had voorbereid, met als doel de verdenkingen op hem te richten.

Die gedachte was duizelingwekkend, en zo'n scenario zou vrijwel onmogelijk zijn door te voeren. Toch kon hij het niet helemaal buiten beschouwing laten. Niets was onmogelijk. Waar een wil was, was een weg. Daar waren hijzelf en zijn bedrijf Inwesters Capital een duidelijk voorbeeld van. Nee, dan had hij een groter probleem met te begrijpen waarom. Wat voor motief kon er achter zoiets groots en onoverzichtelijks zitten?

Zoals die Tesla die zich, als je de politie moest geloven, bij zijn hotel in San Francisco had bevonden. Het was vast niet moeilijk geweest om te achterhalen dat hij daar had gelogeerd. Ook niet om daarheen te rijden en die auto te parkeren. Erger was het om helemaal naar Santa Cruz te rijden, die dakloze man te kidnappen en te vermoorden, het lichaam in stukken te snijden en een paar uur later terug te rijden naar het noorden, net op de dag dat hij zelf vrij was en daarom geen sterk alibi had.

Zou het ook onderdeel zijn van het plan dat de politie, als ze morgen de auto zouden onderzoeken, hoogstwaarschijnlijk zowel vingerafdrukken als haren van hem zouden vinden? Hij had zich zélf immers in deze netelige situatie gebracht.

Met de schoenen die hij had gedragen, was het al hetzelfde liedje. Natuurlijk zou de grond- en grindanalyse van zijn zolen aantonen dat hij op de plek van het ongeluk was geweest, en dat was ook zo. Dat dat weken later was, alleen om naar alle bloemen en briefjes van het publiek te kijken, was niet iets wat hij kon bewijzen. Een dergelijke poging tot een verklaring zou in de oren van de politie alleen maar wanhopig klinken.

Dat ze tijdens het verhoor niet meer hadden gesproken over de oorzaak van die verstopte afvoer, of wat hij in de tuin had begraven, had hij te danken aan Helene. Zelf was zijn insteek geweest om transparant te zijn en alles te vertellen. Maar zij had gelijk gehad in haar voorzorgsmaatregel om niet te liegen maar tegelijkertijd zo weinig mogelijk te zeggen. Zoals ze had benadrukt, ze zaten niet thuis in Zweden en hadden daarom geen idee waar het ene of het andere toe zou kunnen leiden.

Tijdens het verhoor had hij haar zwijgen vreemd gevonden en was hij bang geweest dat het er in de ogen van de politie zou uitzien of ze niets durfde te zeggen omdat hij naast haar zat. Dat hij de grootste bedreiging vormde. Een ongerustheid die helaas was bewaarheid toen de politieman had gevraagd naar de verwonding in haar gezicht.

Zo achteraf was het overduidelijk dat hij meer naar Helene had moeten luisteren. Ze had hem er zelfs voor gewaarschuwd dat ze naar dat letsel zouden vragen. Maar hij had haar argument niet serieus genomen. Dus nu lag hij hier afgesneden van de buitenwereld, in afwachting van of een rechtbank zou besluiten of er voldoende redenen waren hem langer vast te houden of dat hij op borgtocht vrij zou komen.

Het meeste pleitte ondanks alles toch voor een borgtocht, hoewel niets in steen was gebeiteld. Niets, behalve dat hij zo gauw hij de kans kreeg Ragnar Severin aan het werk zou zetten om te onderzoeken wie die Adam Harris eigenlijk was – buiten een middelmatige kunstenaar die momenteel in zijn huis verbleef.

Helene beschikte ook maar over weinig informatie, aangezien zij en Adam uitsluitend via de mail over de huizenruil hadden gecorrespondeerd. Hijzelf had Adam niet ontmoet en ook geen contact met hem gehad.

Althans, niet dat hij wist. Maar dat sloot niet uit dat hun wegen elkaar gekruist konden hebben zonder dat hij zich daarvan bewust was. Als dat het geval bleek, was er hoogstwaarschijnlijk een link naar zijn zakelijke activiteiten.

Het meest voor de hand liggend was de lopende overname van Stern & Ljung; het was geen geheim dat de onderhandelingen regelmatig waren ontspoord, en het zou heel goed kunnen dat hij iemand op de tenen had getrapt. Dat zou in dat geval niet de eerste keer zijn. Maar of diegene banden kon hebben met Adam Harris, liet hij ongezegd.

Duidelijk was wel dat zo gauw de Zweedse pers er lucht van zou krijgen dat hij vastzat wegens ontvoering en eventueel zelfs moord, hij de deal verder wel zou kunnen vergeten. Ook al zou later blijken dat hij onschuldig was – dat maakte niet uit, dan was het kwaad al geschied. In zijn wereld was een gerucht gelijk aan de waarheid en was verdacht hetzelfde als veroordeeld, wat betekende dat iedereen rond de vergadertafel hem zou gaan zien als een paria.

Scarlett Harris

Stockholm, donderdagmiddag

Tot een paar dagen geleden hadden ze elkaar nog nooit ontmoet, en nu stond ze hier in zijn huis met haar armen om hem heen terwijl hij geluidloos op haar schouder uithuilde. Tussen al het verschrikkelijke en afschuwelijke voelde dat als het enige natuurlijke. Dat ze eigenlijk vreemden waren, deed er niet toe. Wat ertoe deed was dat ze mensen waren wier wegen elkaar toevallig hadden gekruist.

Het had de vorige avond best even geduurd voordat ze doorhad wat dat blauwe zwaailicht was dat over het donkere wateroppervlak had geschenen. Adam was aanzienlijk sneller geweest in het leggen van de puzzelstukjes, en toen er een uur later twee politieauto's bij het huis van de buren waren gearriveerd, was het wel duidelijk.

Silvia Regner was verdronken en een paar honderd meter van haar eigen steiger gevonden. Dat wat alleen anderen overkwam en waarover je in de lokale krant kon lezen, was nu in het huis van de buren gebeurd, en het nieuws was ingeslagen als een bom.

Adam had het snel geverifieerd op het Twitteraccount van de politie, waar stond te lezen dat *de waterpolitie een levenloze ongeïdentificeerde vrouw van in de zestig uit het water van de Lännerstasund had gehaald, vlak buiten Duvnäs udde*. Exact hoe en waarom was nog onduidelijk.

Volgens Adam waren er drie mogelijke oorzaken waar het komende onderzoek van de politie volgens hem op zou uitkomen. Ze was misschien verstrikt geraakt in zeewier en andere waterplanten, wat de beste zwemmer kon overkomen. Zeker als je iets te lang in het water was geweest en onderkoeld was geraakt met een verslechterd bewegingsvermogen als gevolg. Een alternatief was dat ze te ver in de vaarroute was gaan zwemmen en was overvaren door een motorboot. Het derde en misschien meest waarschijnlijke scenario was dat ze was gevallen, bewusteloos was geraakt en in het water was beland. Misschien was ze uitgegleden op de steiger, had ze haar evenwicht verloren en was ze tijdens haar val met haar hoofd op de rand terechtgekomen.

Hij had ongetwijfeld gelijk. Voor haar was het totaal onbelangrijk hoe het was gegaan. Silvia was een afschuwelijke dood gestorven en had een man en twee zoons met een groot verdriet achtergelaten. Daar kon geen onderzoek ter wereld verandering in brengen.

Toen de twee politieauto's die nacht weer waren verdwenen, had Adam voorgesteld om erheen te gaan om te horen wat er gebeurd was en om te vragen of ze iets konden doen. Maar ze was niet in staat geweest om erheen te gaan en steun te bieden aan iemand die ze amper kende. Dat was ze nú pas, nu Adam was vertrokken om de laatste hand aan de tentoonstelling te leggen die morgen haar deuren zou openen.

'Ik begrijp gewoon niet hoe het kan zijn gegaan,' herhaalde Bernt voor de vijfde keer. 'Ze was zo'n goede zwemster.' Zelf had ze daar niets aan toe te voegen, ook al weerklonk Adams verklaring in haar achterhoofd. 'Ze was zelfs de beste van onze hele gezin,' ging hij verder, zijn stem nasaal en onvast van al het gehuil. 'Toen de jongens klein waren gaf ze altijd zwemles hier op onze steiger. Alle kinderen van de landtong waren er, en elk jaar stond ze erop om zelf het speldje te halen dat wordt uitgereikt als je 200 meter kunt zwemmen. Anders kon je niet zeggen dat je kunt zwemmen, meende ze. Dat was Silvia ten voeten uit.'

Ze had eerder iets troostends geprobeerd te zeggen. Iets over alle mooie jaren die Silvia en hij hadden gehad, en dat het leven, hoe hard en onrechtvaardig het nu ook voelde, doorging. Voor hem en voor zijn twee zoons. Maar dat was eigenlijk nietszeggend.

Gelukkig had hij niet naar haar geluisterd en was hij onafgebroken zelf aan het woord geweest. Hij zei meerdere keren hetzelfde, alsof zijn kortetermijngeheugen tijdelijk was uitgeschakeld. Maar af en toe kwam er iets geheel nieuws in de vorm van een zijspoor dat hem in een onverwachte richting kon brengen.

Zoals wie nu alle planten water moest geven, of dat hij was vergeten gehakt te kopen voor de taco's die ze vanavond zouden eten. En dat hij vandaag van plan was geweest de foto's in zijn computer uit te zoeken, maar dat hij daar niet toe gekomen was.

Uiteindelijk had ze ingezien dat ze maar het best gewoon kon luisteren. Daar had hij het meest behoefte aan. Iemand die zijn armen om hem heen sloeg en zijn herhalingen aanhoorde.

'Het is mijn schuld,' ging hij verder, en daar bleef hij maar over doorgaan. 'Dit had allemaal niet hoeven te gebeuren als ik me er niet mee bemoeid had.'

'Bernt,' zei ze, en ze streek met haar hand over zijn rug. 'Het is helemaal jouw schuld niet. Dit heeft niets met jou van doen. Niets.'

'Jawel, zeker wel. Dat is het 'm juist. Ik heb haar twee weken geleden gedwongen de software van haar mobiel te updaten. Dat wilde ze niet en ze zei dat ze had gehoord dat haar batterij dan veel eerder leeg zou zijn. Maar ik hield voet bij stuk en bleef maar doorgaan over bugs en veiligheidslekken, en toen heb ik het toch gedaan, ondanks haar protesten.' Hij zweeg en schudde zijn hoofd. 'Anders was ik er niet van uitgegaan dat haar batterij leeg was toen ze niet opnam. Dan had ik vast sterker gereageerd op het feit dat ze niet terugbelde en was ik naar binnen gegaan om te kijken waar haar mobiel zich bevond. Want wij deelden onze positie met elkaar. We wisten dus altijd waar de ander was. Anderen vonden dat raar, maar Silvia en ik niet. Wij hadden geen geheimen voor elkaar. Maar ik ben niet eens naar binnen gegaan om te kijken. Had ik dat maar gedaan, dan had ik gezien dat haar telefoon hierbeneden op de steiger lag en misschien... misschien had ik haar kunnen redden. Begrijp je wel? Dan had ik haar daar misschien zien liggen en was ik in het water gesprongen en naar haar toe gezwommen. Maar dat heb ik niet gedaan. Ik zat maar hier binnen en ging ervan uit dat ze chagrijnig was en dat haar batterij leeg was.'

'Zeg.' Ze deed een stap naar achteren met haar hand op zijn schouder en probeerde zijn blik te vangen. 'Zal ik een kop koffie zetten? Of thee? Wil je dat liever?'

Bernt schudde zijn hoofd. 'Ik wil een glas whisky.'

'Whisky? Maar het is pas...'

'Ik weet wat je denkt,' onderbrak hij haar. 'Maar dat is wat ik wil. Dat is wat ik nodig heb.'

'Oké.' Ze keek in de keuken om zich heen. 'En waar vind ik die?'

Bernt draaide zich om en verliet de woonkamer. Ze liep achter hem aan naar de aangrenzende kamer, die een werkkamer leek te zijn, met ingebouwde boekenkasten langs de muren en een groot bureau bezaaid met papieren.

Hij stak zijn hand in een diepe groene vaas op een van de planken en viste er een sleutel uit. 'Silvia verstopt hem eens per maand op een nieuwe plek, en twee, drie weken later had ik hem weer gevonden.' Helemaal achter in de hoek van de kamer zakte hij op zijn hurken voor een van de onderkasten, deed die van het slot en haalde een halfvolle fles Dalmore tevoorschijn. 'De vraag is wie de sleutel nu moet gaan verstoppen.' Hij pakte twee glazen uit de kast ernaast en liep weer terug.

'Bernt, niet voor mij. Ik hoef niet.'

'Oké, maar zeg het als je je bedenkt.' Hij zette de glazen op het bureau, trok de kurk uit de fles en vulde het ene glas.

'Weet je echt zeker dat je het op deze manier wilt?'

'Nee, maar wat ik wél weet is dat ik geen behoefte heb aan iemand die mij de wet voorschrijft.'

'Bernt, het enige wat ik probeer te zeggen, is dat alcohol geen problemen oplost.'

'Nee, dat is niet waar. Als er iets is waar drank goed in is, dan is het dingen oplossen.' Hij leegde zijn glas in één teug en vulde het meteen weer bij. 'En op dit moment lost het al mijn problemen op.'

'Oké, maar dat is dan je laatste glas, en dat meen ik echt. Want als je van plan bent jezelf kapot te drinken en...' Ze zweeg en raakte van haar stuk toen haar oog op een van de vele mappen op het bureau viel. 'Bernt, wat moet dit voorstellen?' vroeg ze zonder een ander antwoord te krijgen dan het klokkende geluid van zijn derde glas dat werd volgeschonken, waardoor ze in plaats van de vraag te herhalen de vrijheid nam om de rode map te openen die was gemerkt met *Tom Harris*.

Carl Wester

Santa Cruz, donderdagochtend

Zijn gevoelens deden alles om hem ervan te overtuigen dat hij minstens een halfuur had zitten wachten, ook al gaf de van tralies voorziene wandklok duidelijk aan dat het niet meer dan zes minuten was. Maar ook een paar minuten konden een eeuwigheid duren. Zeker als je je zoals hij achter een dikke glasplaat met zoveel vettige handafdrukken bevond dat je er hier en daar amper doorheen kon kijken.

Feit was dat Helene nooit laat was, en elke keer dat de deur aan de andere kant van de bezoekersruimte opengingom weer iemand anders dan haar binnen te laten, werd hij steeds ongeruster. Maar hij was het gewoon niet gewend om te hoeven wachten. Normaliter was hij degene die te laat kwam, met een lullig smoesje dat eigenlijk aangaf dat hij zijn eigen tijd belangrijker vond dan die van anderen. Nu had hij plotseling alle tijd van de wereld. Of niet.

Het enige wat hij kon doen, was daar zitten wachten en de minuten tussen zijn vingers door laten glippen, wat een van de ergste dingen was die hij kende. Dat er niets gebeurde. Niets anders dan dat hij ouder werd. Een uur, een minuut, een seconde dichter bij de dood. Hij kon alleen maar hopen dat Helene vannacht alles had gedaan waar hij haar om had gevraagd terwijl hem zijn rechten waren voorgelezen en voordat ze uit elkaar waren gehaald.

Maar waarom zou ze dat níét doen? Natuurlijk had ze ervoor gezorgd dat het werd geregeld. Dus waarom kwam ze maar niet? Het was nu zeven minuten na de afgesproken bezoektijd, en omdat die maar een halfuur was, werd het voor hem steeds lastiger de twijfel op afstand te houden.

Er was vast een plausibele reden waarom ze zo laat was. Iets waar zij niets aan kon doen. Een overijverige bewaarder die elke lippenstift in haar handtas aan een grondig onderzoek onderwierp voordat ze de veiligheidscontrole door kon.

Maar dat deed niets af aan het feit dat er nu al bijna acht minuten verstreken waren. Tweeëntwintig minuten om alles door te nemen. Misschien niet meer dan twintig of vermoedelijk nog minder als je zag hoeveel problemen iedereen leek te hebben om de telefoons aan beide kanten van het glas naar behoren te laten werken.

Toen hij haar eindelijk zag binnenkomen, maakte het opeens niet meer uit dat er al twaalf minuten van hun tijd verstreken waren. Hij was alleen maar opgelucht dat het wachten voorbij was en zwaaide om haar aandacht te trekken, en toen ze eenmaal tegenover hem zat, wees hij naar de hoorn aan haar kant terwijl hij ondertussen die van hem omhooghield, naar zijn oor bracht en wachtte tot ze zijn voorbeeld zou volgen.

'Dag schat, wat fijn om je te zien,' zei hij, en hij kon haar zien praten. 'Helene, kun je mij horen?' Haar mond bleef heen en weer gaan, maar hij verstond er geen woord van. 'Helene, dit heeft geen zin. Ik kan je niet horen, en het lijkt erop dat jij ook niet hoort wat ik zeg.' Hij wees op het snoer naast zijn hoorn en gaf aan hoe ze eraan moest trekken, net zoals hij sommige anderen had zien doen die met hetzelfde probleem kampten. 'Hallo? Kun je mij nu horen?' vroeg hij toen hij een krakend geluid in de hoorn hoorde.

'*Ja, ik kon jou de hele tijd horen,*' hoorde hij eindelijk, zij het met enige vertraging en een gemeen geknetter op de achtergrond. '*En jij? Kun je mij horen?*' Alsof ze ieder aan een andere kant van de aarde met elkaar communiceerden.

'Absoluut. Geen punt.'

'*Carl, ik weet dat ik laat ben. Maar dat kwam doordat de taxi veel te...*'

'Helene, dat maakt niet uit,' kapte hij haar af. 'Nu ben je hier, dat is het enige wat telt.'

'*Maar dat was helemaal niet de bedoeling. Ik snap niet hoe...*'

'Lieverd, laat nou maar. Je bent er en we kunnen elkaar zelfs horen, dus alles is goed. Maar we hebben weinig tijd, dus laten we beginnen.'

'*Toch wil ik zeggen dat het me spijt.*'

'Hoe bedoel je? Wát spijt je?'

'*Dit allemaal.*' Ze maakte een gebaar met haar arm en leek elk moment te kunnen instorten. '*Het is verschrikkelijk, en het is allemaal mijn schuld.*'

'Nee, schei uit, waar heb je het over? Waarom zou het jouw schuld zijn?'

'*Ik moest zo nodig dat huis huren. Niet jij, ik.*'

'Helene, alsjeblieft... dit leidt nergens toe. Bovendien heb je het helemaal mis. Hoe had jij kunnen weten dat...'

'*Maar als ik je niet onder druk had gezet. Als we niet gewoon hadden gedaan wat jij had gezegd en in een hotel waren gaan zitten. Dan was jij rustig en ontspannen geweest, en...*'

'Helene, hou eens op, dit heeft geen zin,' snauwde hij, steeds gestrester. 'Het belangrijkste is nu om vooruit te kijken en...'

'*Met die auto is het al net zo,*' onderbrak ze hem en ze barstte in tranen uit. '*Echt iets voor mij om ondanks jouw protesten toch door te drijven dat we in die Tesla moesten gaan rijden, alleen omdat die mooier en flitsender was.*'

'Misschien wel. Maar...'

'*Je ging ermee akkoord, hoewel je het eigenlijk absoluut niet wilde. Ik weet niet waarom ik mijn zin zo nodig moest doordrijven. Uiteindelijk stemde je ermee in. Voor mij, en omdat je zo ontzettend lief bent. En nu zitten we hier allebei aan weerszijden van...*'

'Helene, alsjeblieft, luister nou even. Hier hebben we geen tijd voor. Het is al zestien minuten over en...'

'*Of dat wat er gebeurd is in de badkamer. Je had mij uitdrukkelijk gevraagd niet binnen te komen. Je hebt het zelfs een paar keer gezegd. Dat ik gewoon naar bed moest gaan, dat jij het zou regelen. Maar heb ik daarnaar geluisterd? Nou? Nee, mooi niet.'*

'Schei uit, dat doet er niet toe. Vertel me liever hoe het is gegaan met alles wat we...'

'*Ik wilde alleen maar helpen. Ik kon tenslotte horen dat er iets mis was. Dat was wel duidelijk.*'

'Helene, ik weet het. Maar kunnen we niet gewoon proberen...'

'*En ik weet dat ik jou beslist niet in de weg moet staan als jij zo'n humeur hebt. Toch ging ik die sleutel halen en...*'

'Verdomme!' kapte hij haar af, en hij sloeg met zijn hand op het blad voor zich. 'Moet je daar nou over blijven doorzeuren?' De warmte verspreidde zich van zijn handpalm naar zijn vingers en deed hem inzien hoe hard hij geslagen moest hebben. Blijkbaar zo hard dat een van de bewakers nu op weg was naar Helene, die geschrokken achteruit was gedeinsd en met haar blik omlaag zat. 'Helene, het spijt me. Ik wilde niet tegen je schreeuwen. Het is alleen dat we zo weinig...'

Het knetterende gekraak in de hoorn verdween en werd vervangen door stilte op het moment dat de bewaker bij Helene was. Iemand had de verbinding dus verbroken terwijl de bewaker met haar sprak. Hij kon met andere woorden niet horen wat ze zeiden, zag alleen dat ze knikte. Misschien iets te enthousiast. Net als haar glimlach, die er meer geforceerd uitzag dan natuurlijk.

Maar het was vooral de stilte in de hoorn die zijn gedachten in beslag nam. Hoe hun onderlinge communicatie plotseling gewoon was afgesloten. Betekende dat dat iemand hen zat af te luisteren? Het gesprek misschien zelfs wel opnam? En in dat geval, hadden ze iets gezegd wat kon worden gebruikt... Verder kwam hij niet voordat de knetterende achtergrondruis terug was.

'*Carl, kun je mij horen?*'

'Ja, maar we hebben weinig tijd. Ik heb gezien hoe ze hier op de minuut af de binnenkomst regelen en na precies een halfuur de gesprekken afbreken. Dus laten we proberen ons te focussen op het belangrijkste. Oké?'

'*Oké.*'

'Want ik wil allereerst weten hoe het gegaan is. Of je alles hebt kunnen doen wat we hadden afgesproken.'

'*Ja, volgens mij wel. Bijna in elk geval.*'

Hij wilde vragen wat ze bedoelde met bijna, maar hield zich in omdat dat nog meer kostbare seconden zou kosten. 'Maar je hebt Ragnar toch wel te pakken gekregen en hem alles verteld?'

'*Ja,*' zei ze, en ze knikte op die ijverige, op de grens van vernederende manier. '*Hij is bezig een advocaat te zoeken die ons kan vertegenwoordigen. Voor zover ik weet, heeft hij al contact met een van de beste.*'

'Oké, mooi. En het geld? Hoe gaat het met het geld voor de borgtocht?'

'*Ja, ik denk dat Ragnar daaraan werkt.*'

'Helene, werkt hij daaraan of niet?'

'*Je kent Ragnar toch. Hij is niet bepaald lui. Het probleem is alleen dat het lastig is erachter te komen om hoeveel geld het gaat als de rechtbank eenmaal haar besluit neemt. Áls er überhaupt sprake is van een borgsom. Zoals het mij is uitgelegd, zijn de aanklachten zo ernstig dat dat nog helemaal niet zeker is.*'

'Nee, nee, nee, alsjeblieft, zeg dat niet. Alsjeblieft!' Hij schudde zijn hoofd. 'Ik kan hier geen minuut langer blijven dan noodzakelijk. Dat gaat niet.'

'*Carl, ik wil ook niets liever dan dat ze je laten gaan. Maar het beste dat we nu kunnen doen, is proberen ze een stap voor te zijn, en daarom moeten we alle mogelijke scenario's bekijken zodat we die op de best denkbare manier kunnen pareren.*'

'Ik weet het.' Hij knikte, was met tegenzin onder de indruk van haar energie en plotselinge besluitvaardigheid. 'Dat is alleen niet zo makkelijk als je aan deze kant van het glas zit.' Dit was een kant van haar die hij niet eerder had gezien: doortastendheid was gewoonlijk meer zíjn ding. 'Feit is dat elk uur dat ik hier zit vernietigend is voor de deal met Stern & Ljung. Daarom moet ik hier zo snel mogelijk weg, snap je?'

'*Carl, we doen alles wat we kunnen om het hier zo kort mogelijk te laten duren. Het meeste wijst er ondanks alles op dat het een borgsom wordt, zij het een hoge. En omdat ze je maar vierentwintig uur mogen vasthouden...*'

'Wacht even,' onderbrak hij haar. 'Wie bedoel je eigenlijk met "we"? Er zijn toch niet meer...'

'*Alsjeblieft, laat me nou even uitspreken, want dit is belangrijk. Het is blijkbaar niet onwaarschijnlijk dat ze de periode van voorarrest verlengen tot achtenveertig uur, wat aangeeft hoe ernstig ze de verdenkingen vinden en het aanwezige risico dat jij het land verlaat inschatten.*'

'Het land verlaat? Denken ze nou serieus dat ik het land zou verlaten om nooit weer terug te kunnen komen?' Hij snoof minachtend. 'Ik heb niks gedaan. Ik ben verdomme onschuldig en heb niets om van weg te vluchten.'

'*Ik weet het, maar als je het Zweedse consulaat moet geloven, wijst de hele gang van zaken erop dat dit iets is wat de politie niet lichtzinnig opvat.*'

'Wacht even,' onderbrak hij haar, en hij leunde tegen het smerige glas voorover.

'*En zelfs als jij op borgtocht wordt vrijgelaten,*' ging Helene verder, zonder nota van hem te nemen. '*Moeten we ervan uitgaan dat ze je paspoort en je meeste creditcards in beslag zullen nemen.*'

'Jaja, maar je zei iets over het Zweedse consulaat. Wat heb ik gemist?'

'*Ja, je weet wel, het consulaat in San Francisco.*'

'Helene, ik weet waar dat zit. Ik had alleen het idee dat het klonk alsof je contact met hen had gehad, en ik hoop echt dat dat niet het geval is.' Vanaf het moment dat hij werd opgepakt had hij daar al zo'n bruin vermoeden van gehad. 'Want op dat punt kon ik niet duidelijker zijn geweest.' Dat het zo zou gaan. 'Toch? Ik heb volgens mij uitdrukkelijk gezegd "niemand anders dan Severin"?' Dat de hele zaak hem met elke seconde dat hij vastzat méér uit handen zou glippen.

'Jawel, maar luister nou en laat mij...'

'Niemand anders dan Severin,' herhaalde hij. 'Wat is er in godsnaam toch zo onduidelijk aan die vier woorden?'

'Carl, zij hebben contact met mij opgenomen! Oké? Zij belden. Niet ik. Dus wat moest ik doen? Ophangen en weigeren weer op te nemen? Was dat zoveel beter geweest?'

'Nee, ik weet niet.' Hij schudde zijn hoofd alsof hij daarmee meer tijd kon winnen. Want dat was wat hij nodig had. Tijd om na te denken. Om te begrijpen wat er in godsnaam aan de hand was. 'Maar...' ging hij na een tijdje verder. 'Hoe komt het dat zij contact met jou opnamen? Ik bedoel, als jij het niet was, hoe komen ze dan aan die informatie?'

Helene haalde haar schouders op. '*Geen idee. Maar ik denk dat dat hier gebruikelijk is als ze een buitenlander in detentie hebben. Dat gezegd hebbende, geloof ik niet dat je daar bang voor hoeft te zijn. Het enige wat zij willen is helpen en je bijstaan met informatie, meer niet. Zo zal Ragnar het geld bijvoorbeeld naar hen kunnen sturen, en dan zorgen zij ervoor dat die borgsom zo snel mogelijk wordt betaald.*'

'Oké. Het is alleen zo lastig om overzicht te krijgen als je aan deze kant zit. Maar het zal wel zijn zoals jij zegt. En dat is vast wel oké. Zolang niets hiervan uitlekt. Dat is het allerbelangrijkste.'

'Ze vroegen wel of er familie in Zweden was die geïnformeerd moest worden. Maar ik heb nee gezegd.'

'Prima, Helene. Heel goed. Je hebt volgens mij alles gedaan wat een mens kan verlangen, en zelfs meer dan dat.'

'Ja, maar er is één ding dat we moeten...'

'Nee, nu is het jouw beurt om naar mij te luisteren,' kapte hij haar af. 'Want het zit zo. Het laatste waar ik bang voor ben, is dat ik word veroordeeld en hier een lange gevangenisstraf moet uitzitten.'

'Ik weet het, maar als je het consulaat moet geloven...'

'Dat gaat niet gebeuren,' onderbrak hij haar weer. 'Geloof me. Hoe dieper ze graven, hoe duidelijker het zal worden dat dit alleen maar is om mij erin te luizen.'

'*Jou erin luizen?*'

'Ja. Iemand heeft een val gezet en wij lopen er met open ogen in.'

'*Carl, ik geloof echt in jouw onschuld, heus. Maar er is iets anders wat we moeten...*'

'Nee, ik ben nog niet klaar, en nu wil ik dat je heel goed luistert, want dit is belangrijk.' Hij zweeg en priemde haar vast met zijn blik. 'Het grote, en ik zou zeggen enige, gevaar is dat de pers thuis hier lucht van krijgt. Kun je mij volgen? Want op het moment dat zij hierover gaan schrijven, kunnen we die overname wel op ons buik schrijven. Feit is dat we überhaupt alles wat met zakendoen te maken heeft kunnen vergeten. Ik zal voor de verdere toekomst gebrandmerkt zijn. Daarom is het essentieel dat niets hiervan naar buiten komt.'

Hij wachtte op een reactie die aangaf dat ze instemde met wat hij zei. Maar ze zat hem daar maar aan te kijken met die blik die hij na al die jaren nog steeds niet kon duiden. 'Helene, hoor je wat ik zeg?' ging hij verder. 'Het is belangrijk dat je de ernst hiervan inziet.'

'*Ik begrijp het,*' zei Helene en knikte. '*Ik begrijp het precies. Het probleem is alleen dat het al te laat is.*'

'Hè?' zei hij, ook al had hij elk woord gehoord.

'*Dat is wat ik de laatste vijf minuten de hele tijd probeer te zeggen.*'

'Maar ik begrijp het niet. Hoezo, te laat?' vroeg hij, hoewel hij het antwoord al bijna kon raden. 'Wat is er te laat?'

'*Ik weet niet wie zijn mond voorbij heeft gepraat, maar in de taxi op weg hiernaartoe zag ik dat zowel* Aftonbladet *als* Expressen *het op de voorpagina heeft staan.*'

Terwijl hij de grond onder zich voelde wegzinken, kon hij Helene aan de andere kant van het raam zien knikken. Hij kon haar bovendien horen praten. Ze zei iets over dat nieuwszender TV4 had gebeld voor een commentaar, net op het moment dat ze haar mobiel bij de veiligheidscontrole had moeten afgeven. En hij had nog wel gedacht dat ze het laagtepunt al hadden bereikt. Dat hij onmogelijk nog dieper kon zinken.

Adam Harris

Stockholm, donderdagavond

Het hoofdkantoor van Inwesters Capital was gevestigd aan Sture-plan 19 in de chique wijk Östermalm. Een verbazingwekkend onaanzienlijke ingang die lag ingeklemd tussen Ålandsbanken en een lingeriezaak. De intercom was uitgerust met een groothoekcamera, maar hij hoefde zijn gefingeerde naam niet op te geven of zijn vervalste perskaart te laten zien om binnen te komen. Eén druk op de bovenste knop, meer was niet nodig opdat het slot in de deur openklikte.

Eenmaal binnen ontving een lift hem met open deuren, en pas daar kreeg je het gevoel dat geld geen probleem was. Buiten een discrete camera aan het plafond was er alleen een rode knop met daarop het woord STOP, en alsof de lift al wist waar hij heen moest, bracht deze hem helemaal naar boven en ging de deur vervolgens open aan de andere kant dan waar hij was ingestapt.

De receptie vormde een regelrecht contrast met de alledaagse entree op de begane grond. Hier werd niet onder stoelen of banken gestoken hoe succesvol en rijk het bedrijf was. Zo was er een lambrisering van licht Scandinavisch hout, lag er visgraatparket op de vloer en hingen er gigantische verlichtingsarmaturen aan het goed geproportioneerde, gewelfde plafond. Op de muur achter de balie bevond zich een houten wereldkaart met een aantal analoge wandklokken, eveneens van hout, die de tijd in alle hoeken van de wereld aangaven.

De vrouw in het mantelpakje en de strikblouse achter de balie glimlachte met een iets te ontspannen glimlach, en zonder de telefoon bij haar oor weg te halen, gebaarde ze dat hij verder kon lopen naar rechts, waar een van de deuren in de lambrisering geluidloos opengleed.

Toen de deur achter hem dichtging, moest hij even blijven staan om zich erover te verbazen hoe verrassend eenvoudig het was geweest om binnen te komen bij iets wat alleen kon worden aangeduid als het heilige der heiligen van Carl Wester.

Dat de receptioniste hem niet had voorzien van een bezoekersbadge die aangaf dat hij te gast was of hem had gevraagd zich te legitimeren met iets anders dan zijn wereldwijze glimlach, was iets waar hij gewoon van was uitgegaan, gezien de situatie waarin ze zich op dit moment bevonden. Maar desalniettemin was het een schandaal.

Algauw bleek dat de vrouw achter de receptie verre van alleen was. Maar zonder ook maar enige reactie van een van de medewerkers kon hij vrijelijk rondlopen en in de verschillende delen van het kantoor om zich heen kijken. Er was niemand die vroeg wie hij was en of hij naar iemand op zoek was. Niemand die aanbood hem een handje te helpen. Geen veiligheidsroutines zo ver het oog reikte.

'Ja, het klopt dat Carl Wester al bijna een etmaal in Santa Cruz in hechtenis zit,' hoorde hij een stem achter een dubbele deur die iets verderop op de gang op een kier stond. 'Maar op exact welke gronden is niet iets waar ik op dit moment op kan ingaan.'

Adam liep verder en keek door de deuropening bij een kleine zaal naar binnen, waar een twintigtal verslaggevers bij elkaar zat, hun blikken gericht op een klein podium waar een man achter een katheder stond, een aantal microfoons op zich gericht.

'Wat ik daarentegen wél kan, is jullie ervan verzekeren dat Carl Wester onschuldig is aan alle aanklachten,' vervolgde de man vanaf het podium.

Adam herkende hem onmiddellijk van de foto's die hij had bestudeerd. Het zilvergrijze achterovergekamde haar, de opvallende wenkbrauwen en vooral het vlinderdasje dat zijn kenmerk was geworden. Dat was Ragnar Severin, Carls vertrouweling en zonder meer zijn meest competente man. Als Ragnar er niet was geweest, was Inwesters Capital slechts een fractie van wat het nu was.

'Wat wij hier zien, is niets anders dan een poging om Carl Wester zwart te maken en in het verlengde daarvan heel Inwesters Capital,' ging Severin verder. 'Maar wij gaan ervan uit dat hij morgen op borgtocht wordt vrijgelaten. Hij zal dan naar een studio gaan waar hij via een link direct op al jullie vragen antwoord zal kunnen geven. Als jullie op weg naar buiten je e-mailadres aan Mirja geven, zal zij ervoor zorgen dat jullie alle benodigde informatie krijgen.'

Severin was onmiskenbaar rustig. Indrukwekkend kalm, gezien de omstandigheden. Ze deden er natuurlijk alles aan om de schijn te wekken dat alles onder controle was en dat er niets was om je druk om te maken. Dat het allemaal niet meer was dan een ongelukkige dwaling van de Amerikaanse politie.

Maar de heksenjacht was een feit en viel onmogelijk te stoppen. Vanaf nu zou alles draaien om Carl Westers eventuele schuld, en al snel zouden de grootaandeelhouders zich meer zorgen gaan maken over de koers van hun investering dan over de vraag wie het meerderheidsbelang zou overnemen en daarmee de leiding.

Hij liep verder door een van de gangen en bleef staan voor een deur met een messing naamplaatje met de ingegraveerde letters C. WESTER, om met een snelle blik over zijn schouder zijn hand op de deurkruk van een van de dubbele deuren te leggen.

Wie na Carl op de directeursstoel zou gaan plaatsnemen moest nog blijken. Zelf was hij van plan zich op de achtergrond te houden, ook al moest hij toegeven dat hij zich al na een paar stappen thuis voelde in de directiekamer, die zo groot was als een klein appartement.

Hij liep naar het bureau, opende zijn schoudertas en pakte de plastic tas van de Walmart waarin de chino, het overhemd en het beige linnen colbert met bloedspetters erop gepropt zaten. Nadat hij de tas achter een aantal ordners in een van de kasten had geperst, liep hij naar de glazen gevel en keek omlaag naar Stureplan en de mensenmenigte rond de winkels en de vele terrassen. Een meeuw scheerde vlak langs zijn raam en het trof hem hoe duizelingwekkend het allemaal was, en dat het erop leek dat het zou slagen.

Er resteerden nog wel een paar details voordat alles tot een succesvol einde zou zijn gebracht, en niet alles was verlopen zoals gepland. Verre van dat, als hij eerlijk moest zijn. Het toeval had een aanzienlijk grotere rol gespeeld dan waar hij op had gerekend. Dingen die hem onbelangrijk hadden geleken, waren in no time uitgegroeid tot zoiets groots dat ze alles dreigden omver te werpen.

Maar ook al was hij nooit zo goed geweest in improviseren, hij had uit puur instinct de juiste koers weten te varen. Iets wat hem zo achteraf nog het meest verbaasde. Dat hij door een paar ballen te volleren de hele operatie zou gaan redden, daar had hij in zijn wildste fantasie niet van durven dromen.

Carl Wester aan de andere kant meende vast dat hij het probleem had getackeld en samen met Severin goed bezig was een begaanbare weg te vinden voor hoe om te gaan met de ontstane situatie door persconferenties en ontkenningen. De waarheid was dat ze geen idee hadden van hetgeen waaraan hij was blootgesteld, en als ze eenmaal de doodsteek hadden ingezet, zou hij geen kans hebben om te beseffen wat er eigenlijk aan de hand was voor het te laat was.

Scarlett Harris

Stockholm, donderdagavond

Het signaal van de deurbel was net zo onverwacht als doordringend en maakte dat ze midden in de hal bleef staan. Ze kon zich niet herinneren dat hij zo klonk. Ze had het idee dat die bel aanzienlijk zachter was, een synthetische poging om een xylofoon te imiteren. Dit leek meer op een kapotte tandartsboor die steeds dieper in je zenuw groef.

Nu vertrouwde ze noch op haar eigen geheugen noch op hoe ze verschillende indrukken ervoer. Sinds ze was thuisgekomen van Bernt was ze zichzelf niet en had ze zoveel moeite om in haar eigen verwarring te navigeren, dat ze net twee slaappillen had willen nemen, alleen maar om een paar uur pauze van zichzelf te krijgen.

Ze kon met geen mogelijkheid begrijpen wat de documenten over het ongeluk en de dood van haar broer op Silvia's bureau moesten. Waardoor was de buurvrouw hier in Zweden daarin gaan graven? Ze had woedend gereageerd en Bernt het mes op de keel gezet, maar ze had na een tijdje ingezien dat hij het al net zomin begreep als zij.

Het was net zoiets als je blindstaren op een van Oscar Reutersvärds onmogelijke tekeningen met stromend water. Hoe je ze ook wendde en keerde, je snapt niet hoe het water loopt. Het enige waar het geluid van de bel nu in resulteerde, was hoofdpijn. Ze stond als aan de grond genageld, en beefde als een doorgefokte hond in de winter.

Ze kon niet eens besluiten of ze naar de voordeur zou lopen om open te doen of dat ze het doordringende geluid gewoon zou negeren tot de persoon aan de andere kant van de deur het opgaf. Wie het dan ook was die op dit tijdstip zo nodig moest storen.

Adam kon ze het ook niet vragen. Ze had hem meerdere keren geprobeerd te bellen, maar zoals zo vaak de afgelopen dagen waren de signalen tevergeefs overgegaan.

Ze had zijn reactie willen horen op de map met de documenten over de dood van haar broer. Misschien zou hij haar een redelijke verklaring kunnen geven voor hoe het kwam dat juist Silvia in dat stopgezette onderzoek was gaan spitten. En misschien had hij zelfs een antwoord op de vraag wie de brutaliteit had om zo lang bij iemand aan te bellen.

Ze zag de diepe afdruk van de bel in de wijsvinger van diegene al helemaal voor zich. Hoe het een paar minuten zou duren voordat de bloedsomloop er weer in geslaagd was de huid te egaliseren.

Voor zover ze wist, had ze in geen van de kamers licht aangedaan. Nu was het weliswaar nog niet helemaal donker buiten, maar dat was in elk geval wát. Bovendien stond ze midden in de hal en er was geen raam met directe inkijk naar binnen. Misschien deed ze er maar het best aan om gewoon te blijven staan waar ze stond en te wachten tot het voorbij was.

Mooi zo, dat was tenminste een gedachte die ze helemaal kon volgen tot een concreet besluit. Misschien was ze toch niet bezig haar verstand te verliezen. Een minuut later was ze ervan overtuigd dat dat toch wél het geval was, toen de voordeur voor haar met een gekraak openvloog en de contouren zichtbaar werden van een man met een gigantische boormachine in zijn hand, die opzij stapte zodat twee andere mannen naar binnen konden gaan.

'O, neem mij niet kwalijk,' zei een van de twee, en hij bleef stilstaan. 'We gingen er niet van uit dat er iemand thuis was.' Zijn stem kwam haar vaag bekend voor. 'We dachten dat jullie na de laatste gebeurtenissen ervoor hadden gekozen om naar een h...'

'Laatste gebeurtenissen?' kapte ze hem af zo gauw ze doorhad aan wie die stem toebehoorde. 'Wat voor laatste gebeurtenissen?'

'Eh...' Roger Franzén raakte van zijn à propos en keek zijn collega aan. ‘Dus jullie zijn niet geïnformeerd dat Carl Wester is opgepakt en vastzit op verdenking van kidnapping en eventueel doodslag?’

‘Hè? Nee. Maar wacht even. Bedoelen jullie dat de man die hier eigenlijk woont iemand om het leven zou hebben gebracht?’

‘Verdacht is niet hetzelfde als schuldig. Maar naar wat wij begrepen hebben, wordt hij op waarschijnlijke gronden vastgehouden.’

Scarlett wilde iets zeggen, maar haar systeem was zo overbelast dat ze nergens anders toe in staat was dan te zwijgen.

‘Je man en jij kunnen gerust zijn. Dit heeft niets met jullie van doen,’ ging Franzén verder, en hij legde een geruststellende hand op haar schouder. ‘Wij zijn alleen hier voor een snelle doorzoeking van het huis en dachten dat er niemand meer was. Mijn excuus.’

‘Mag ik vragen waar jullie naar op zoek zijn?’

‘Primair computers, harddisks en dergelijke. Jullie hebben dergelijke apparatuur niet toevallig gezien tijdens jullie verblijf hier? Misschien in een werkkamer.’

Scarlett schudde haar hoofd en liep terug naar de woonkamer. Ze moest iets drinken, wat dan ook, en even zitten zodat ze zich niet zou bezeren mocht ze tegen de vlakte gaan.

Franzén moest haar signalen hebben opgevangen, omdat hij zonder verder commentaar achter haar aan liep naar een van de zitbanken en haar een groot glas water aanreikte, dat zijn collega zonder dat ze het had gemerkt moest hebben gehaald. Nu was de collega verdwenen en vermoedelijk druk bezig om het huis te doorzoeken.

‘Zo, dus nu zijn jullie weer hier,’ zei ze, en ze nam een slokje water.

‘Ja, een vreemde samenloop van omstandigheden, moet ik zeggen,’ zei Franzén terwijl hij om zich heen keek.

‘Denkt u dat er een verband kan zijn?’

‘Met wat?’

‘Dit allemaal en de dood van Silvia Regner.’

‘Hè? Nee, nee, nee,’ zei hij, en hij liep naar haar toe. ‘Dat was een ongeluk. Dat is op zich mijn zaak niet, maar dat is wat ik ervan heb begrepen. Een tragisch verdrinkingsongeval, dat is helaas niet zo ongebruikelijk in deze tijd van het jaar.' Hij zweeg en zijn blik was even afwezig. 'Maar nu we het er toch over hebben, zij was degene die mij in eerste instantie had gevraagd om hier een bezoekje af te leggen.'

'Hè, dat was dus niet Carl Wester?'

'Hem heb ik ook gesproken. Maar dat was pas nadat ik hier was geweest. Nee, er was eigenlijk geen politionele grondslag om langs te komen, dat deed ik alleen omdat ik Silvia kende.'

'Sorry hoor, maar nu weet ik niet of ik het goed begrijp. Kennen Silvia en jij elkaar?'

'Nou ja, kennen, kennen.' Franzén haalde zijn schouders op. 'Wij waren oud-collega's bij economische delicten. Maar dat is al even terug.'

'Hé, kijk nou eens wie hier gezellig zitten te babbelen.'

Scarlett draaide zich om en zag Adam aankomen vanuit de hal.

'Mag ik vragen waar jullie het over hebben?' Hij bleef midden in de kamer staan en spreidde zijn handen.

'Mijn fout,' zei Franzén, en hij liep op Adam af. 'Wij zijn hier om te kijken of we computers en dergelijke kunnen vinden en waren er niet van uitgegaan dat jullie hier nog zaten.'

'Ja, ik hoorde net op de radio over die arrestatie.' Adam schudde de politieman de hand. 'Maar ik ben de hele dag aan het werk geweest en ik kom, zoals u ziet, nu pas thuis.'

'Maakt niet uit. Zoals ik al tegen je vrouw heb gezegd, was ik ervan uitgegaan dat iemand van ons jullie had geïnformeerd.'

'Dat is misschien ook wel zo. Ik heb nog geen tijd gehad om alle gemiste gesprekken te bekijken. Maar geef het aan als we hier weg moeten. We hebben weliswaar over een halfuur, drie kwartier een etentje, maar we kunnen over een paar uur onze spullen hebben gepakt en het huis hebben verlaten.'

'Nee, nee, geen probleem. Zolang het goed is dat wij hier een beetje rondkijken.'

'Natuurlijk. Jullie kunnen hier rondkijken zoveel je wilt, en zeg het alsjeblieft als wij wat kunnen betekenen.'

Franzén knikte en keek even om zich heen alsof hij overwoog waar hij zou beginnen.

'En hoe is het met jou, schatje?' ging Adam verder, terwijl hij dichter bij haar ging staan. 'Heb jij een beetje goede dag gehad?' Hij boog voorover en gaf haar een kus op haar hoofd.

'Ik weet niet.' Ze haalde haar schouders op en deed haar haar goed na die vreemde kus. 'Ik heb je geprobeerd te bellen. Meerdere keren zelfs. Maar je...'

'Ik weet het. Ik heb het gezien,' viel hij haar in de rede. 'Sorry hoor, maar ik moest de laatste hand aan de tentoonstelling leggen. Maar nu ben ik hier en alles is klaar.' Hij spreidde zijn handen.

'Wat voor etentje had je het over?'

'O ja, Nils komt straks langs om het alvast een beetje te vieren voor morgen.'

Ze knikte, ook al was dat het laatste waar ze zin in had: een etentje met een galeriehouder die ze nooit had ontmoet. 'O, maar ik heb niets kunnen voorbereiden.'

'Maak je daar maar niet druk om. Ik zorg overal voor. Trek gewoon iets moois aan, dan is iedereen blij.' Adam glimlachte en wendde zich tot Franzén, die naar de boekenkast was gelopen, waar hij de titels bekeek. 'Mag ik vragen hoelang jullie denken nodig te hebben?'

Franzén haalde zijn schouders op. 'Lastig om dat precies te zeggen. Maar ook al zou het even duren, we zijn niet van plan het hele huis overhoop te halen.'

'Oké, het maakt op zich niet uit hoor. Als wij maar niet in de weg lopen, en zoals gezegd, als we iets kunnen doen, laat het weten.'

'Bedankt. We zijn in eerste instantie op zoek naar een kantoor of een werkplek. Maar wat ik van Scarlett begreep, hebben jullie zoiets niet gezien.'

'Nee, eigenlijk niet. Maar als ik jullie was, zou ik beginnen met het kantoor in de stad. Carl leek, in tegenstelling tot de meeste anderen, heel goed in het scheiden van werk en privé.'

'Absoluut, je hebt helemaal gelijk. Het probleem is alleen dat het meer papierwerk vereist voordat we daar naar binnen kunnen gaan om een heleboel computers in beslag te nemen.'

'Alright, dan ga ik aan de slag in de keuken. U en uw collega moeten maar doen of jullie thuis zijn.'

'Adam, kun je heel even wachten?' vroeg Scarlett nadat ze moed had verzameld. 'Het heeft hier vast niets mee te maken, maar er is toch iets wat ik moet vertellen.' Ze was er verre van overtuigd dat dit het juiste moment was. 'Eerder vandaag was ik in het huis van de buren, bij Bernt, Silvia's man.'

'O ja, hoe dat zo?' Adam liep weer terug naar haar. 'Wat deed je daar?'

'Zijn vrouw is net omgekomen bij een tragisch verdrinkingsongeval, dus ik wilde kijken of ik wat kon doen.'

'Oké, maar is dat niet een beetje eh... gek? Ik bedoel, we kennen hen amper.' Adam keek naar de politieman. 'Ze hebben hier een keertje gegeten. Dat is alles.'

'Ik weet het,' zei ze, en ze nam een laatste slok water. 'Wat ik wil zeggen, was dat ik een map met wat documenten op Silvia's bureau zag liggen.'

'Oké. Wat voor documenten?' vroeg Adam.

'Van alles, van uitgeprinte kaarten en krantenartikelen over het ongeluk van Tom, tot delen van het stopgezette politieonderzoek.'

'Wat voor politieonderzoek?' Franzén liep vanaf de boekenkast naar hen terug.

'Mijn broer Tom is iets meer dan vijf jaar geleden bij een ongeluk om het leven gekomen. Hij was op een fietstocht bij de Salmon Falls toen hij werd aangereden. De dader is doorgereden en men is er nooit achter gekomen wie het heeft gedaan.'

'Dat spijt me.'

'Dank je. Ik dacht dat ik er nu zo langzamerhand wel overheen zou zijn, maar er gaat geen dag voorbij zonder dat ik aan hem denk. Het is een wond die, zolang het raadsel niet wordt opgelost, nooit goed heelt.'

'Maar lieverd, ik begrijp niet wat je zegt.' Adam liep naar haar toe. 'Bedoel je dat er bij de buren documenten lagen over Tóm? Dat klinkt... Ik weet niet wat ik moet zeggen... gestoord.'

'Ik weet het. Maar het is toch echt zo.'

'Weet je zeker dat je het niet verkeerd hebt gezien? Ik bedoel, het kan niet iets anders zijn geweest wat daarop leek?'

'Nee, Adam. Ik heb het niet verkeerd gezien. Het lag op Silvia's bureau. Een map met de naam van mijn broer erop.'

'Ik begrijp het niet. Waarom zou zij zich hebben geïnteresseerd voor dat ongeluk?'

'Dat is precies wat ik me ook afvraag. Maar ongeluk of niet, nu is zij ook plotseling dood, en ik vraag me af of er misschien een verband is.'

'En wat zou dat voor verband moeten zijn?' vroeg Franzén.

'Ik heb geen flauw idee.' Ze zuchtte en voelde dat haar energie opraakte. 'Ik denk alleen dat ik hoopte dat jullie misschien een verklaring hadden. Want als het weer gewoon toeval is, vind ik dat er wel heel veel toevalligheden zijn. Of ben ik de enige die dat vindt?' Ze richtte zich tot Adam, die daar gewoon voor zich uit stond te staren. 'Adam? Hallo?'

'Ja?'

'Waarom zeg je niets?'

'Sorry hoor, ik ben gewoon een beetje... beduusd en weet eerlijk gezegd niet goed wat ik moet zeggen. Ik kan het gewoon niet rijmen. Ik kan niet begrijpen waarom zij zich zou interesseren voor de dood van jouw broer. Ik bedoel, zoals ik al eerder heb gezegd, we kennen die mensen nauwelijks. Aan de andere kant...' Hij zweeg met een diepe zucht.

'Aan de andere kant wát?'

'Ik moest even denken aan toen ze hier te eten waren en hoe stil

Silvia werd toen jij vroeg hoe Carl en Helene het samen leken te hebben.'

'Wat heeft dat hier nou mee te maken?'

'Geen idee. Maar als ik het goed heb begrepen, was zij een voormalig onderzoeker.'

'Ja, en een hele goeie bovendien,' zei Franzén.

'En gezien de foto's die jij had gevonden, is het niet onmogelijk dat zij, hoe moet ik het zeggen, hem in de gaten hield. Carl dus.'

'Wat zijn dat voor foto's waar jullie het over hebben?' vroeg Franzén.

Scarlett kwam overeind en liep weg om haar handtas te halen. 'Dit vond ik tussen een heleboel kinderkleertjes in een ladekast op zolder.'

'Hebben ze kinderen?' Franzén pakte de envelop aan en maakte hem open.

'Nee, Helene had een miskraam.'

Franzén zei niets toen hij de foto's bekeek, ook al was het duidelijk dat hij zich moest herpakken voordat hij ze weer terugdeed in de envelop en haar aankeek.

'En jullie denken dat Carl Wester zich daaraan schuldig kan hebben gemaakt?'

'Nee,' zei ze, en ze schudde haar hoofd. 'Wij denken niets. We weten niet wie...'

'Het enige wat ik bedoel, als ik wat mag zeggen,' onderbrak Adam haar, 'is dat het erop leek dat Silvia iets wist over Carl en Helene wat ze ons tijdens dat etentje niet wilde vertellen. Misschien had zij die foto's ook gezien. Misschien niet. Misschien wist zij af van datgene wat je nu in de avondkranten kunt lezen, namelijk dat Carl ervan wordt verdacht een dakloze te hebben doodgereden.'

'Tot nu toe is hij alleen verdacht van kidnapping,' zei Franzén.

'O ja, sorry. Mijn punt is dat het misschien, precies zoals jij al zei, Scarlett, gewoon nóg een toevallige samenloop van omstandigheden is. Of...' Adam laste een pauze in en haalde zijn schouders op. '... niet.'

'Wacht even,' zei ze. 'Je meent toch niet serieus dat Carl Wester mijn broer zou kunnen hebben doodgereden?'

'Dat heb jij zelf gezegd. Hoeveel toevalligheden kun je hebben voordat die een patroon gaan vormen? Maar ik meen niets. Ik ben niet van de politie. Ik weet niet eens of hij zich in de VS bevond op het moment dat Tom is verongelukt.' Adam wendde zich tot Franzén. 'Maar dat is misschien iets wat jullie kunnen nagaan?'

'Grappig dat je dat vraagt.' Franzén haalde zijn mobiel tevoorschijn en begon op het scherm rond te klikken. 'We hebben namelijk een verzoek binnengekregen van onze Amerikaanse collega's of wij konden helpen met het in kaart brengen van Carls reizen van de laatste jaren, en als ik me niet vergis, moeten we de laatste gegevens nu ongeveer wel binnen hebben. Wanneer was dat ongeluk?'

'In het voorjaar van 2014.'

'Zondag 7 april rond lunchtijd, bij Salmon Falls,' vulde Scarlett aan.

'Oké,' zei Franzén, en hij klikte verder met zijn blik op het scherm. '2014. Hier... hier hebben we het. En april, zeiden jullie...' Hij scrolde omlaag. 'Hm, ik snap niet waarom ze dat zo lastig maken. Deze schermen zijn gewoon niet gemaakt voor die dikke vingers van mij. Aha nu. Eens even kijken... Nee, niets. Hij is nergens heen geweest, zelfs niet in Zweden zelf, voor zover ik kan zien...' Franzén schudde zijn hoofd met zijn blik op het scherm gericht. 'Helaas.'

'Het was maar een idee.' Adam haalde zijn schouders op. 'Maar als jullie mij willen excuseren, ik moet nu naar de keuken.' Hij gaf haar nog een kus op haar hoofd en verdween richting de hal.

'Ja, en ik ga wat feestelijkers aantrekken,' zei ze, en ze kwam overeind van de bank, hoewel ze het liefst naar bed had willen gaan. 'En zeg het als wij iets kunnen doen.'

'Absoluut.' Franzén knikte, nog steeds in beslag genomen door zijn scherm. 'Dat ligt er een beetje aan hoe ver Folke is. Als hij niet gauw wat van belang vindt, zie ik geen reden om hier nog veel langer te blijven. Maar o ja... Dat is waar ook... Dat ik daar niet aan dacht.'

Ze bleef staan op weg naar de hal en draaide zich om. 'Waaraan?'

'Aan dat jullie in de *States* maand en dag omdraaien, toch?'

Ze knikte.

Franzén krabde in zijn nek. 'In dat geval is hij, als ik het niet verkeerd zie, inderdaad op donderdag 3 april 2014 naar San Francisco gereisd en een week later teruggekomen. Carl Wester dus.'

'Dus wat jij zegt is dat hij daar dus was, toen mijn broer overleed?'

'Hij was in elk geval in San Francisco. Maar ik weet niet hoe ver dat is van Salmon... Hoe zei je dat het daar heette?'

'Salmon Falls.'

Dat was niet meer dan twee uur rijden van San Francisco. Maar dat hield ze voor zich. Het laatste wat ze wilde was te veel zeggen, ook al was het lastig om überhaupt iets te zeggen. Het idee dat Carl niet alleen een dakloze zou hebben doodgereden, maar ook haar broer, voelde volstrekt onwaarschijnlijk.

Niet dat ze hem kende. Integendeel, ze had er geen idee van wie Carl eigenlijk was. Of hij echt zijn vrouw had geslagen of niet. Of hij een slechte chauffeur zonder moraal was, of dat hij gewoon een kick kreeg van onschuldige mensen doodrijden en 'm vervolgens smeren. Er waren geen grenzen voor waar mensen opgewonden van raakten.

Maar dat verklaarde niet de link met haar broer en het feit dat juist zij ervoor hadden gekozen om met elkaar van huis te ruilen. Te oordelen naar Franzéns halfopen mond worstelde hij met de vraag of dit echt weer een onwaarschijnlijk toeval in de lange reeks kon zijn.

'Roger,' hoorden ze een bescheiden stem vanuit de deuropening naar de hal. 'Ik denk dat we Börjes hulp weer nodig hebben.'

'Waar dan?'

'Beneden in de kelder. Kom, dan zal ik het je laten zien.'

Scarlett liep achter de twee politiemensen aan naar de kelder, langs de spa-afdeling, tot een deur aan het eind van de gang, die op slot zat. Ze had die deur niet eerder opgemerkt.

Deze keer hoefde de slotenmaker het slot niet open te boren. Een paar minuten peuteren met twee smalle metalen staafjes was voldoende voordat het slot bezweek en de deur open kon.

Ze reageerde meteen op de binnenkant van de deur. Dat die door de geluidsisolatie wel een decimeter dikker was. Het tweede wat haar opviel was het gebrek aan ramen. Het derde dat alles zwart was. De dikke vaste vloerbedekking, maar ook de muren en het plafond, wat haar in combinatie met het gedempte licht van de ingebouwde plafondspots dwong haar ogen dicht te knijpen om überhaupt iets te kunnen zien.

'Een oude thuisbioscoop of zo?' vroeg Franzén.

Zijn collega knikte. 'Daar lijkt het wel op. Je weet wel, dat is de sauna van nu, alleen honderd keer duurder.'

Zo was het natuurlijk. Een geluiddichte filmzaal met projector, geluidsinstallatie en dergelijke. Of althans, dat was het geweest.

'Een van mijn buren had zijn halve kelder verbouwd tot home cinema,' ging zijn collega verder. 'Alleen het beste was goed genoeg. Hij heeft er vast een fortuin voor neergeteld. Alles zat erop en eraan, er stond zelfs een popcornmachine. Maar ik overdrijf niet als ik zeg dat je de films die hij daar gezien heeft op één hand kunt tellen, want hij was er al snel op uitgekeken, en nu, zes jaar later, staat die ruimte vol grofvuil dat ze nog steeds naar de stort moeten brengen.'

Hier was de thuisbioscoop verbouwd tot een werkkamer. Met een groot bureau, twee fauteuils en langs de wanden een aantal boekenkasten. Midden op het bureau stond een monitor met een toetsenbord en een muis, en de twee politiemensen waren al druk bezig om de stationaire computer onder het bureau te onderzoeken.

Zelf was ze totaal niet geïnteresseerd in een computer. Daarentegen werd haar aandacht getrokken naar de stapels op de planken. Het was duidelijk dat het er niet zo uit hoorde te zien. Te oordelen naar de rest van het huis, waren Carl en Helene allebei extreem ordelijk.

In deze kamer echter was ordelijkheid ver te zoeken. Om te beweren dat het een chaos was, was wat overdreven, maar opgeruimd was anders. Er lag van alles, van oude rekeningen en allerhande documenten tot fotoalbums en sleutels. In een mand zaten een aantal laders en een paar oude mobiele telefoons. In een andere lagen diverse betaal- en lidmaatschapskaarten evenals een rol dollarbiljetten.

Dus hier hadden ze alles neergelegd waar Adam en zij niet bij mochten komen. Ze had gedacht dat dat in de inloopkast boven was, maar het was dus hier, in de oude, dure thuisbioscoop.

Haar blik bleef hangen op de stapel jaarboeken met klassenfoto's van het Östra Real. Ze pakte de bovenste van het jaar 2000 om te zien of Carl of Helene daarop gezeten had. Ze wist niets van die school, maar gokte dat die middelbare school ergens in de wijk Östermalm zat, het chiquere en meer exclusieve stadsdeel van Stockholm.

Maar ze kon ze geen van beiden vinden. Het enige wat ze kon zien toen ze door de klassen met leerlingen bladerde, waren anonieme, puisterige en te veel opgemaakte tienergezichten. Toch werd haar gevoel van onbehagen steeds sterker. Ze kon niet uitleggen waar dat vandaan kwam, maar toen ze de hele schoolgids had doorgebladerd was het zo sterk geworden dat ze gewoon de volgende jaargang van 2001 wel móést oppakken.

Ze hoefde de schoolgids alleen maar te openen om een verklaring te vinden. Ze begreep er alleen niets van. Niet voordat ze hem zag. Of nee, ze begreep het nog steeds niet. Ze begreep er helemaal niets van. Absoluut niets. Hoewel ze zag dat hij de derde van links op de voorste rij was, kon ze het niet begrijpen. Hij had immers op het

Södra Latin gezeten, niet op het Östra Real. Zelfs toen ze de naam een stukje verderop op de pagina las, kon ze het niet rijmen.

ADAM SVENSSON

Adam.

Haar Adam.

Carl Wester

Santa Cruz, donderdagmiddag

Het was de tweede keer dat hij Helene probeerde te bellen. Maar hij kreeg weer de ingesprektoon. Op zich was het niet gek dat ze aan de telefoon zat. Ze had vast een heleboel te doen, en te oordelen naar haar bezoek aan het detentiecentrum vanochtend, was ze niet aan het luilakken.

Het was ook niet per se noodzakelijk dat hij haar nu te pakken kreeg. De taxi was toch al bijna bij het huis, en het was vast veel belangrijker om te praten met degene met wie ze aan de telefoon zat dan met hem. Het enige wat hij wilde, was haar stem horen en haar omhelzen.

Ze waren niet meer dan een etmaal van elkaar gescheiden geweest. Toch miste hij haar aanzienlijk meer dan wanneer hij op zakenreis was, en dan was hij soms weken van huis. Maar een etmaal in een gevangenis was klaarblijkelijk iets heel anders. Hij voelde zich zelfs uitgelaten, alsof hij op weg was naar een date met de vrouw van wie hij niet eens had durven dromen.

Misschien was hij alleen maar verliefd. Nou ja, alleen maar. Met alles wat ze hadden doorgemaakt, was dat niet slecht. Maar misschien was dit precies wat ze nodig hadden om het vonkje weer te laten overslaan. Om zo ver in het zwarte gat weg te zakken dat een deel van hem er serieus bang voor was geweest dat ze elkaar nooit meer zouden zien. Dat hij zo lang in die stinkende cel zou moeten liggen dat zij er uiteindelijk genoeg van kreeg om te blijven wachten.

Maar nu was hij tegen alle verwachtingen in veel eerder op vrije voeten gesteld dan ze hadden durven denken omdat zijn zaak als eerste was behandeld. Hij was dan wel veroordeeld tot het betalen van een belachelijk hoge borgsom, maar dat was geld dat hij terug zou krijgen als hij werd vrijgesproken, dus alles bij elkaar genomen was het verrassend soepel verlopen.

Om die reden zat hij nu al op de achterbank van de taxi en perste hij de laatste procenten uit de batterij van zijn telefoon, hoewel het thuis in Zweden al avond was.

'*Ha, Carl,*' hoorde hij Ragnar Severin aan de andere kant van de lijn zeggen. '*Ik zat er al op te wachten dat je wat van je zou laten horen.*' Hij klonk vermoeider dan anders. Maar niet moe alsof hij uit een diepe slaap was gewekt, maar moe alsof hij de laatste vierentwintig uur constant aan het werk was geweest zonder zoiets als een douche of een kwartiertje om je ogen te sluiten. '*Hoe gaat het daar?*'

'Goed, ik ben nu op borgtocht vrij en al op weg naar het huis.'

'*Heerlijk. Dat is tenminste iéts wat werkt, ook al zal het problemen in de boekhouding geven als we het geld niet terugkrijgen.*'

'Waarom zouden we het niet terugkrijgen? Ik ben onschuldig, vergeet dat niet.'

'*Natuurlijk. Maar omdat er zo weinig tijd was, staat het niet zo fraai in de boeken, zachtjes uitgedrukt.*'

'Ik begrijp het. Maar het is maar tijdelijk, en je moet weten dat ik ontzettend blij ben met alles wat je hebt gedaan en nog steeds doet.'

'*Ik doe gewoon mijn werk. Als je iemand moet bedanken, is het Helene. Zij heeft er constant bovenop gezeten. Als zij er niet was geweest, was ik er nooit mee akkoord gegaan om zo'n groot bedrag over te maken.*'

'Ik weet het. Er is niemand zo volhardend als zij. Het leuke is dat ze niet weet dat ik al ben vrijgelaten. We gingen ervan uit dat dat op z'n vroegst vanavond laat zou worden, of nog waarschijnlijker morgen. Dus dat zal een leuke verrassing worden. Maar zeg, mijn telefoon is bijna leeg en ik wilde eigenlijk alleen maar horen hoe het daar gaat.'

'*Als ik eerlijk moet zijn, het is één grote chaos. Het staat op alle voorpagina's, en ook al kan het de meeste mensen geen reet schelen, er is geen ander nieuws, en dat is het grote probleem. De mensen hebben niets anders om over te praten.*'

'En hoe hebben Stern & Ljung gereageerd?'

'*Zoals verwacht hebben ze alle contact met ons verbroken, en dat is misschien het beste tot dit is overgewaaid.*'

'Ja, als dat ooit zal gebeuren.'

'*Ik was van plan om dit morgenochtend met je te bespreken, maar dat kan ik net zo goed nu doen. Ik heb een idee voor hoe we dit moeten aanpakken. Het zal niet eenvoudig worden, maar het zou kunnen slagen.*'

'Je klinkt niet erg overtuigd.'

'*Sorry hoor, het is pas kwart over acht 's avonds, maar ik ben helemaal kapot en was net onder mijn bureau gaan liggen toen je belde. Maar in het kort denk ik dat we in plaats van te ontkennen en geen commentaar te geven dit moeten proberen in ons voordeel om te buigen.*'

'En hoe dacht je dat te doen? Ik word tenslotte wel verdacht van kidnapping. Tot overmaat van ramp van een dakloze, om de zaak nog erger te maken. Het is volslagen absurd, maar niettemin niet iets wat we zomaar kunnen...'

'*Carl,*' onderbrak Ragnar hem. '*Het laatste wat we moeten doen is erover praten in termen van dat jij ergens van wordt verdacht, en in het ergste geval zal worden aangeklaagd voor doodslag. In plaats daarvan moeten we het erover hebben in bewoordingen als dat jij ergens het slachtoffer van bent geworden, niet andersom.*'

'Het slachtoffer waarván?'

'*Een complot. Jij bent niet de dader in dit drama. Jij bent het slachtoffer. Eén of meer mensen zijn er klaarblijkelijk op uit om jouw reputatie te bezoedelen, en zij kennen geen grenzen voor hoe ver ze bereid zijn te gaan. Natuurlijk zullen we iedereen ervan verzekeren dat je onschuldig bent. Maar hoe waarschijnlijk het ook is dat je zult worden vrijgesproken, als we daar geen verandering in brengen, zullen de mensen zich de verdenkingen jegens jou herinneren.*'

'En hoe zou dat in zijn werk moeten gaan?'

'Het eerste wat we moeten doen, is het narratief overnemen, en dat gaan we morgenmiddag al doen als jij een lang interview gaat geven. Ik heb al een tv-studio in Santa Cruz geboekt en ben druk bezig de juiste journalist te vinden die geloofwaardig genoeg is om de Zweedse televisie mee aan boord te krijgen. Maar je krijgt morgenochtend alle details. Het enige wat jij nu moet doen is ervoor te zorgen dat je uitgerust bent.'

'Oké. En die Adam Harris? Wat zijn jullie over hem te weten gekomen?'

'Daar is Sven mee bezig. Ik heb hem een uur geleden gesproken, en toen had hij niet veel meer dan wat we al wisten. Maar hij is uitvoerig aan het spitten en komt morgen hopelijk met nieuwe informatie. O ja, wacht, hij had iets gevonden wat wel een beetje raar was. Of behoorlijk raar eigenlijk, nu ik erover nadenk…'

Carl wachtte op een vervolg. Maar er kwam niets. 'Ragnar, wat had hij gevonden wat zo raar was? Hallo? Ragnar, kun je mij horen?' Hij nam zijn telefoon van zijn oor en zag dat het scherm zwart was en onmogelijk weer tot leven te wekken.

Hij had meer willen horen over wat Sven over Adam gevonden had, en had vooral Ragnar willen vragen Sven te laten onderzoeken of er een link was tussen Adam en de eigenaren van Stern & Ljung.

Maar dat moest wachten tot morgen als zijn mobiel was opgeladen en hij zelf meer uitgerust. Misschien was dat zelfs wel beter. Hij was beslist niet de enige in deze zaak die wel een paar uur slaap kon gebruiken.

Na een flinke fooi te hebben betaald, stapte hij uit de taxi en liep over de oprit naar de ingang. Hij stak de sleutel in het slot om daarna te beseffen dat de deur niet op slot zat. Hij ging naar binnen. Eenmaal binnen deed hij de deur voorzichtig achter zich dicht, trok zijn schoenen uit en hing zijn jack op een hangertje.

Hij had dit huis nooit gemogen. Eerder had hij een direct gevoel van weerzin gehad zo gauw hij zijn voet over de drempel zette. Zelfs de eerste keer voordat alles uit de hand was gelopen. Al toen had zijn instinct hem gezegd dat hij daar zo snel mogelijk weg moest.

Maar deze keer niet. Nooit hadden zijn voetstappen zo licht gevoeld als nu.

Het was niet dat alle problemen waren opgelost en dat hij ervan overtuigd was dat alles goed zou komen. Nee, waarschijnlijk stonden hem grotere en ernstiger problemen te wachten dan dat hij nu kon vermoeden.

Maar op het moment dat hij de deur achter zich dichtdeed, was het alsof alles op pauze werd gezet. Alsof hij voor de verandering moest accepteren dat er niet veel was wat hij kon doen en hij daarom maar het best zo lang mogelijk kon proberen te ontspannen en te genieten.

Hij liep naar de keuken en pakte twee hoge glazen en een fles champagne uit de koeling. Een zakje gezouten amandelen, een halfvol blikje olijven en wat restjes kaas en parmaham moesten deugen als snacks. Toen hij alles in verschillende bakjes had gedaan, zette hij alles op een blad.

Daarna pakte hij de fles, haalde het folieomhulsel eraf en draaide het staaldraad los, waarna hij de kurk loswrikte tot die uit zichzelf uit de monding omhoogkwam. Hij hield hem tegen met zijn duim, zodat er niet meer te horen was dan een zwak sissend geluid.

Uiteindelijk trok hij zijn overhemd uit, waste zich met wat afwasmiddel onder zijn armen en droogde zich met het overhemd af. Deodorant had hij hierbeneden niet. Wel vond hij een ongeopend pakket tandenborstels en tandpasta, en met een naar menthol ruikende adem pakte hij het blad beet en liep met bloot bovenlijf de trap op.

Op de overloop boven deed hij zijn haar voor de spiegel goed, voordat hij doorliep en eindelijk Helenes stem kon horen. Ze zat nog steeds aan de telefoon. Het was veel te stil om te kunnen horen wat ze zei. Maar van wat hij kon onderscheiden, klonk het als Zweeds, en gezien het tijdsverschil gokte hij dat ze iemand van het Zweedse consulaat aan de lijn had.

Zijn oorspronkelijke idee, toen hij maar geen contact met haar kreeg, was geweest om haar te verrassen met een plotselinge entree. Een *tada-hier-ben-ik-met-bubbels-en-een-bloot-bovenlijf*. Maar het laatste wat hij wilde was haar storen midden in een gesprek dat, te oordelen naar de discrete gefocuste toon, belangrijk leek. In plaats daarvan besloot hij de deur zo voorzichtig mogelijk open te doen, naar binnen te gaan en af te wachten tot ze klaar was.

Hij liet het blad met zijn ene hand los om de deurkruk met de andere omlaag te kunnen drukken. Een evenwichtsoefening die hem deed denken aan hoe hij als jonge jongen een zomer in de Dykarbar op Sandhamn had gewerkt, en een blad vol flessen en glazen op het asfalt had laten vallen. Tot op de dag van vandaag herinnerde hij zich het bedrag van 581 kronen dat de eigenaar van zijn salaris had afgetrokken.

Deze keer ging het gelukkig beter. De deur opendoen was geen probleem. Bovendien bleef alles netjes op het blad staan, en hij kon zelfs neuriënd een paar danspasjes maken op weg de slaapkamer in.

Het enige wat niet in het beeld paste, was de verraste gil van Helene. Die was niet heel lang en klonk meer als een kreet, meer verschrikt dan verrast.

'Ik ben het maar,' zei hij, en hij keek op van het blad. 'Met een fles lekkere champagne.' Ergens daar had hij door dat het te laat was.

Haar mobiel had ze van de schrik al laten vallen. Erger was het met de revolver die ze omhooghield en die met zo'n dunne en holle knal een schot loste dat hij er in eerste instantie van uitging dat het niet echt was. Zelfs toen hij zijn evenwicht verloor en het blad liet vallen, begreep hij niet wat er was gebeurd.

Dat gebeurde pas toen hij omlaag keek en het bloed langs zijn borst zag stromen, op de fles die zijn kostbare druppels met een klokkend geluid in een steeds groter wordende plas over de vloer liet stromen.

Scarlett Harris

Stockholm, donderdagavond

Ze was al veel te lang beneden in de kelder. Ze had daar maar naar die oude klassenfoto staan staren tot haar ogen begonnen te tranen omdat ze was vergeten te knipperen. Maar ze begreep toch niet waar ze naar keek. Behalve dan dat het een jonge Adam was met zijn middelbareschoolklas.

Het kon natuurlijk zo zijn dat ze het gewoon verkeerd zag. Dat het iemand was die aan Adam deed denken en toevallig ook zo heette. De foto was hoe dan ook achttien jaar oud, en omdat ze niet zoveel foto's van vroeger van hem had gezien, wist ze eerlijk gezegd niet goed hoe hij er in die tijd uitzag. Behalve dat *Adam Svensson* een relatief veelvoorkomende naam was hier in Zweden. Meer dan 160 stuks als je haar zoekopdracht op internet moest geloven.

Feit was alleen dat ze het niet verkeerd had gezien. Ook al wist ze dat hij op het Södra Latin had gezeten en niet op het Östra Real, ze was er volledig van overtuigd dat hij het was. Voor zover hij niet tegen haar had gelogen over de middelbare school waar hij op had gezeten.

Het enige wat ze over het Södra Latin wist, was dat daar alle kunst- en cultuurminnende leerlingen naartoe gingen. Jonge talenten die later succesvolle acteurs en musici werden, wat heel goed bij Adam moest hebben gepast. Of had hij naar die school willen gaan, maar was hij daar niet geplaatst en had hij genoegen moeten nemen met het Östra Real? Een andere verklaring kon bij haar zelf liggen. Dat zij het zich óf gewoon verkeerd herinnerde óf dat ze alles wat ze zag domweg verdraaide tot iets wat pijn deed, haar in verwarring bracht, haar deed instorten en steeds onzekerder maakte over zichzelf.

Misschien had Adam toch gelijk gehad toen hij aan de buren had verteld hoe gevoelig en broos ze was. Dat hij er het laatste halfjaar niet voor haar had kunnen zijn en zij nu bezig was haar verstand te verliezen. Want was dat niet wat er aan de hand was? Hij had dat gewoon eerder ingezien dan zij. Of: ze was helemaal niet ziek en had simpelweg geen antwoorden op haar vragen.

Eigenlijk zou ze gewoon naar boven moeten gaan om hem ermee te confronteren. De kaarten op tafel leggen en een verklaring eisen. Eens en voor altijd van die onzekerheid af, die daar op de achtergrond lag te smeulen en een steeds groter deel van haar gezichtsveld in beslag nam. Als ze het nu niet deed, wanneer dan wel? De gelegenheid was allerminst goed, maar een betere zou zich de komende dagen niet voordoen, dus ze kon het maar beter hebben afgehandeld.

De twee politiemensen hadden het huis twintig minuten geleden verlaten, en ze hadden uit het raamloze kantoor onder andere de stationaire computer meegenomen, twee externe harddisks en een aantal USB-sticks. Tot haar verbazing had ze alleen een *fijne avond* van Adam gehoord toen ze het huis verlieten. Gewoonlijk moest hij altijd precies weten wat er in zijn omgeving gebeurde, en nu leek hij zich er niet eens druk om te maken dat er politie in huis was geweest.

'Scarlett!' Adams plotselinge geroep vanuit de hal boven haar deed haar opschrikken. 'Ben je nog steeds daarbeneden?'

'Ja,' riep ze, en ze legde het jaarboek terug op de plank. 'Maar ik ben klaar en kom nu naar boven.'

'Klaar waarmee? Ik begrijp niet wat je daar aan het doen bent. Die lui van de politie zijn allang weg.'

'Ik weet het, maar ik moest naar de wc en heb me een beetje opgefrist, nu we gasten krijgen. Maar ik kom eraan, rustig maar.' Ze verliet het kantoor, liep door de gang, langs de spa-afdeling de trap op.

Eenmaal boven was het met pure wilskracht dat ze niet nog een verdieping doorliep, naar de slaapkamer. Haar instinct wilde haar daar weg hebben, maar dat ging niet. Niet nu. De problemen die dat zou veroorzaken waren onmogelijk te overzien, waardoor ze zoals verwacht doorliep naar de keuken.

'Ah, daar ben je.' Adam keek op van het schaaltje dipsaus, waar hij vervolgens de reepjes wortel en selderij in zette die hij had voorgesneden en die in twee glazen water stonden te wachten. 'Ik begon bijna ongerust te worden.'

'Ongerust voor wat?'

'Geen idee wat jullie vrouwen zo lang kunnen uitspoken in de badkamer. Maar dat is misschien maar goed ook, toch?'

'Ik ben het helemaal met je eens,' zei ze, en ze stemde in met zijn geforceerde gelach. 'Maar wat ruikt er hier zo lekker? Dat is veel interessanter.' Ze liep naar de oven om hem niet in de ogen te hoeven kijken. 'Mag ik vragen wat het is?'

'Niks bijzonders. Wat drumsticks met wortelgroente, tzatziki en wat andere lekkere dingetjes.'

'Mm, precies waar ik zin in heb,' zei ze, ook al had ze absoluut geen trek. 'Kan ik ergens mee helpen?'

'Ja, misschien kun jij de tafel dekken. Dat kan ik hier de ergste rommel opruimen.'

'Prima, doe ik.' Ze pakte borden, glazen en bestek en dekte voor drie. In een kast vond ze stoffen servetten, die ze vouwde en onder het bestek legde, en in de tuin plukte ze wat bloemen en een paar sierlijke berkentwijgjes, waarmee ze de tafel versierde.

Ze merkte dat ze het hele proces wat rekte. Dat elk detail op de gedekte tafel belangrijk leek. Alsof alles daarvan afhing. Maar ze moest moed verzamelen om hem te confronteren. Dit was niet iets wat ze er met een schouderophalen uit kon gooien. Dit zou zwaar worden. Het zou dingen oprakelen en de sfeer verpesten. Maar daar kon ze niets aan doen. De alternatieven waren zo mogelijk nog erger.

'Zeg, er is iets waar we over moeten praten.' De woorden kwamen precies zoals ze bedacht had. Niet te geforceerd of nerveus.

'O, oké,' zei Adam terwijl hij de oven opendeed en de kip checkte. 'En het is niet iets wat kan wachten?'

'Nee, ik wil het graag nu uit de wereld helpen.'

'Uit de wereld helpen?' Hij deed de ovendeur dicht en draaide zich naar haar toe. 'Dat klinkt ernstig. Moet ik me zorgen maken?'

'Dat weet ik niet.' Ze deed moeite om niet de andere kant op te kijken. 'Misschien.'

'Nou, ik ben niet vreemdgegaan, hoor. Dat zweer ik.' Hij schoot in de lach, maar zweeg zo gauw hij zag dat zij geen spier vertrok. 'Sorry, vertel. Wat heb je op je hart?'

'Je weet wel, die kamer in de kelder die de politie heeft opengebroken.'

'Nee, wat voor kamer? Ik weet niks van een afgesloten ruimte.' Adam schudde zijn hoofd. 'Ik ben de hele tijd hier boven in de keuken geweest.'

'Oké, het bleek een oude thuisbioscoop te zijn die was verbouwd tot kantoor.'

'Aha, dat verklaart waarom er hier in huis niet eens een werkhoek of zo te vinden was.'

'Je hebt toch wel gezien dat de politie boven kwam met een computer en nog wat andere kantoorspullen?'

'Nee, het enige wat ik heb gehoord was dat ze hier door de hal liepen, dat is alles. Maar dat doet er niet toe, kom ter zake. Het is bijna halfnegen.'

'Ik weet het, neem me niet kwalijk. Hoe dan ook, in die ruimte vond ik iets, hoe moet ik het zeggen, raars. En ik vroeg me af of jij daar een verklaring voor kon hebben.'

'Aha... En waarom denk je dat?'

'Dat zul je wel zien,' zei ze, en ze slikte.

Daarna zweeg ze om de een of andere reden. Waaróm kon ze niet uitleggen. Maar iets deed haar aarzelen, hoewel ze eindelijk een besluit had genomen. Ze stond daar met een groeiende brok in haar keel in plaats van het hem ronduit te vragen. Hij zou hoogstwaarschijnlijk een volstrekt natuurlijke verklaring hebben. En achteraf zou ze zich afvragen waarom ze dat niet meteen had gezien.

'Lieverd, we hebben niet de hele avond.'

'Sorry. Ik weet dat dit een ongelukkige timing is, maar...' Ook al had ze besloten dat het nu moest gebeuren, het xylofoongeluid van de deurbel voelde toch als een redding nu ze het niet meer zo zeker wist. 'Nou ja, we hebben het er later wel over,' zei ze, en ze wuifde het weg met een handbeweging. 'Als we weer met z'n tweeën zijn.'

'Zeker weten?'

'Ja, we kunnen moeilijk je galeriehouder daarbuiten laten wachten. Ga jij opendoen, dan verkleed ik me even snel.'

Ze verliet de keuken voordat Adam kon protesteren en liep snel naar de slaapkamer. Daar wisselde ze haar broek en T-shirt om voor een rode jurk, koos een paar grote oorbellen en werkte haar make-up bij om ten slotte haar haar los te maken en dat er met behulp van een paar pufjes haarspray enigszins acceptabel te laten uitzien.

Terug in de keuken liep ze rechtstreeks naar de man met het overdreven dikke brilmontuur en de verplichte zwarte coltrui, hoewel het hartje zomer was. 'Hallo, Scarlett Harris,' stelde ze zich voor. 'En jij moet Nils zijn. Leuk om je te ontmoeten.'

'Het genoegen is geheel aan mijn kant,' zei de galeriehouder met een glimlach. 'Maar voordat ik eraan gewend ben en het als vanzelfsprekend aanneem, moet ik je complimenteren met je fantastische Zweeds. Dat is zelfs beter dan dat van Dolph Lundgren, de bekende acteur. En van Izabella Scorupco, die zangeres, je weet wel.'

'Jeetje, dank je. Dat hoor ik niet vaak.'

'Dat komt doordat iedereen ervan uitgaat dat je van hier bent.'

'Ze heeft dan ook een fantastisch goede leraar gehad,' zei Adam terwijl hij drie glazen vulde met champagne. 'Toch?'

'Ik had het zelf niet beter kunnen zeggen,' zei ze, en ze pakte een van de glazen aan. 'Proost.'

'Precies wat ik wilde zeggen.' Adam hief zijn glas naar Nils, die dat van hem ook omhoogstak. 'Proost en welkom.'

'En als ik nog wat mag zeggen,' zei Nils, nadat hij van zijn champagne had geproefd, 'dit is gewoon één grote gelukwens voor jullie beiden. Voor jou Scarlett, voor je foutloze Zweeds, en voor jou Adam, voor een expositie die zijn weerga niet kent. Zoiets heb ik nog nooit gezien. En ik heb al heel wat langs zien komen, moet je weten.'

'Hou op, voordat ik ga blozen.'

'Nou Adam, dat kun je wel vergeten. Het laatste wat ik van plan ben, is ophouden. Ik ben nog niet eens begonnen. Want het zit zo. Waar wij morgen de deuren voor openen, is iets wat de kunstscene in Stockholm tot nu toe nog nooit heeft gezien. Voor jou is het misschien simpelweg weer een volgende expositie. Maar voor ons gewone stervelingen niet. Het is verrekte goed werk. Ik beloof je, er zal een vóór en een ná morgen achttien nul nul uur zijn. Proost!'

Adam en Nils dronken hun glazen leeg. Zelf bracht ze haar glas voornamelijk voor het oog naar haar mond. Gewoonlijk bedankte ze nooit voor champagne, maar nu zou ze het 't liefst in de gootsteen willen kieperen. In plaats daarvan probeerde ze iets passends te bedenken om te zeggen in de stilte die volgde op de toost, maar het enige wat ze kon verzinnen waren verschillende excuses om enigszins ongemerkt de keuken te kunnen verlaten zodat de mannen de avond zonder haar konden voortzetten.

'Ik bedoel, neem alleen al die hele waarheidsthematiek,' ging de galeriehouder verder terwijl Adam hem bijschonk. 'Volstrekt geniaal, als jullie het mij vragen. Dat niemand daar eerder aan heeft gedacht, is in mijn ogen gewoon onbegrijpelijk. Zeker als je bedenkt dat de tijd en de wereld waarin wij leven zijn gegaan van zekerheid naar dat we nu vrijwel overal aan twijfelen. Van feiten naar fake.'

'Wow, is dat je welkomstspeech voor morgen?' Adam doopte een stengel selderij in de dipsaus.

'Ja en nee. Ik...' Nils zette zijn bril goed. 'Je weet... ik ben wat aan het uittesten. Is het oké, of is het te veel van het goede?'

Adam haalde zijn schouders op. 'Misschien een beetje.'

'Oké, geen probleem.' Nils frunnikte opnieuw aan zijn bril. 'Ik kan het wat afzwakken...'

'Nee, waarom zou je? Ik maak maar een grapje. Dat klonk prima. Proost, Nils, op jou.' Adam hief lachend zijn glas en proostte met Nils, die opgelucht ook begon te lachen.

'Als je maar weet dat ik elk woord meen. Heus. Elke lettergreep is serieus bedoeld. Neem de jeugd van tegenwoordig. Hebben we ooit een hele generatie gehad die zo twijfelt aan zichzelf en haar eigen vermogen? Die zich te dik voelt, of te hetero, en die erdoorheen zit zonder dat ze ook maar hebben gewerkt. Ze staan in de spiegel naar zichzelf te kijken en weten niet eens meer wat ze zien. Toch? Misschien heb ik het bij het verkeerde eind, hoor, maar de grote massa heeft geen idee meer van wat boven is en wat onder, of wat waar is en wat niet. Voor sommigen is de aarde plat, voor anderen vierkant. We kunnen verdomme niet eens meer op ons kompas vertrouwen omdat de magneetpolen de hele tijd blijven bewegen!'

'Dat is een goeie. Die moet ik onthouden.' Adam wendde zich tot Scarlett. 'Vind je ook niet?'

'Ik?' Scarlett bracht haar glas naar haar mond zodat ze niet als een dwaas voor zich uit stond te staren. 'Tja, ik heb nog niets gezien, maar het klinkt beslist heel spannend. Dat moet ik zeggen.'

De galeriehouder keek van haar naar Adam en weer terug. 'Ik hoop echt dat ik het verkeerd heb gehoord. Het kan toch niet waar zijn dat Adam jou nog geen van zijn werken heeft laten zien? Of eh...?'

'Jawel, dat klopt wel degelijk. Ik heb helemaal niets gezien. Ik hoor nu zelfs pas over het thema.'

Nils wendde zich tot Adam. 'Alsjeblieft. Zeg dat ze me voor de gek houdt. Toch?'

Adam schudde zijn hoofd. 'Waarom zou ze?'

'Waarom? Eh... Ze is je vrouw. Jullie zijn voor deze tentoonstelling samen de halve wereld over gereisd.'

'Ja, en dan wil jij dat ik haar ervaring zal verpesten door haar een heleboel half klare ideeën te laten zien?'

'Nou ja, verpesten, verpesten. Dat is natuurlijk helemaal aan jullie. Maar mijn man zou helemaal gestoord worden, om er nog maar over te zwijgen dat hij heel jaloers zou worden als ik niet alles zou delen wat ik...'

'Wacht even,' kapte Adam hem af. 'Even – zodat ik het goed begrijp. Jij hebt mijn werken voor de vernissage aan je man laten zien?'

'Eh... Nou ja...' De galeriehouder slikte en dronk zijn glas leeg. 'Het is niet zo dat ik... En ik bedoel, hij zou nooit...'

Adam begon te lachen. 'Ho, rustig maar. Ik vroeg me alleen af wat hij ervan vond.'

'Zeker weten? Nou, hij vond het schitterend en wilde *Fake news* al bijna kopen. Maar als ik je op de tenen heb getrapt, spijt me dat enorm.'

'Nee, schei uit, zeg. Natuurlijk mag je het aan je man laten zien. Ik heb daar geen enkel probleem mee.'

'Oké, gelukkig.' Nils knikte en pakte een wortel. 'Ik was even bang.'

'Nee, nee, nee, echt. Dat is juist leuk. Hoe meer mensen het zien, hoe beter.' Adam schonk de glazen weer bij. 'De enige reden dat ik Scarlett nog niks heb laten zien, is dat ik dit doe voor háár.' Adam spreidde zijn handen. 'Begrijp me goed, Nils, maar dit is allemaal omwille van mijn vrouw. Jij en alle anderen zijn eigenlijk niet meer dan toeschouwers. Jullie zijn absoluut belangrijk, dat is het niet, maar ik wil indruk maken op Scarlett. Haar wil ik verrassen en choqueren, en hoe minder ze weet voordat ze morgen bij de galerie arriveert, hoe beter. Je hebt maar één kans om een eerste indruk te maken, heeft iemand ooit eens gezegd, en dat trucje probeer ik met elke tentoonstelling te herhalen. Kun je het nog volgen?'

Nils knikte en hief zijn lege glas. 'Amen en halleluja.'

Scarlett verslikte zich bijna in haar champagne. Ze kon het niet meer aan. Ze voelde het in haar hele lijf. Hoe de angst zich als een hongerige anaconda langs haar dijen omhoog slingerde. Nog één minuut met die geforceerde glimlach op haar gezicht of haar benen zouden onder haar vandaan glijden.

Adam wilde haar glas bijvullen, maar ze wist dat met haar hand tegen te houden. 'Nee, dank je, het is goed zo. Ik hoef niet meer.'

'Waarom niet? Dit zijn jouw lievelingsbubbels.' Hij hield de fles omhoog. 'Die heb ik speciaal voor jou gekocht.'

'Bedankt, maar ik sla even over. Gaan jullie rustig door, ik moet alleen even...' Ze liep naar de hal.

'Waar ga je naartoe?'

'Nergens. Ik ben zo terug.'

'Maar het eten is vrijwel klaar.'

'Alleen even naar de wc, als je dat nou zo nodig moet weten.' Ze verliet de keuken, terwijl haar hart zo hard bonkte in haar oren dat de stemmen van Nils en Adam op de achtergrond werden verdrongen.

Bovendien bleek de toenemende druk op haar borst met elke ademhaling een strijd om voldoende zuurstof binnen te krijgen. Haar evenwicht werkte ook niet naar behoren, en daarmee kwam ook de misselijkheid opzetten. Het was alsof alle onbeantwoorde vragen en vreemde toevalligheden samensmolten in één grote braakneiging.

Met haar hand op de leuning liep ze voorzichtig de trap af, één trede tegelijk om niet te vallen. Misschien was er meer in dat kantoor. Meer dan jaarboeken met klassenfoto's. Iets wat haar een samenhang en een verklaring kon geven.

Ze liep door de keldergang naar de deur helemaal aan het eind. Doordat de politie het slot had geforceerd kon ze de deur gelukkig gewoon openen, zodat ze bij een betere gelegenheid kon terugkeren en in alle rust om zich heen kon kijken. Nu was dit allesbehalve een betere gelegenheid, en rustig voelde ze zich al helemaal niet. Maar daar kon ze ook niets aan doen. Ze moest antwoorden hebben, en wel nu. Ze wist bovendien precies waar ze moest beginnen met zoeken. In de stapel waar ze het jaarboek had gevonden, hadden niet alleen nog twee jaarboeken met klassenfoto's gelegen, maar ook een oud fotoalbum, en met een beetje…

'Scarlett, wat doe je?'

Met een schok bleef ze staan en draaide zich om. 'Hè?' Ze zag Adam de trap af komen. 'Niets. Ik moest alleen even naar de wc.'

'Maar daar ben je toch al langsgekomen? Die is daar.' Hij wees op de deur tegenover de spa-afdeling.

'O ja. Je hebt helemaal gelijk.' Ze schudde haar hoofd om haar eigen stommiteit en liep terug. 'Ik ben gewoon een beetje in de war, gelukkig dat jij er bent.'

Adam liep de laatste treden af en kwam naar haar toe. 'Ik snap het niet, je gaat nooit hierbeneden naar de wc.'

'Nee, en daarom liep ik ook verkeerd.' Ze haalde haar schouders op, probeerde onaangedaan over te komen en niet te laten merken dat haar hart tekeerging als een oude naaimachine. 'Ik had geen puf om naar boven te gaan en wilde de gastentoiletruimte niet gebruiken, voor het geval Nils zou moeten. Hoezo? Waarom is dat nu plotseling zo belangrijk?'

'Nee, gewoon.' Adam haalde zijn schouders op. 'Alles goed met je?'

'Ja, wat dan?'

'Ik vind dat je een beetje… Ik weet niet. Ben je niet blij voor mij? Als je Nils moet geloven, kan dit mijn grote doorbraak worden, en dat is precies wat wij de hele tijd gehoopt hadden, toch? Dat al die jaren zich eindelijk zullen terugbetalen.'

'Natuurlijk ben ik blij voor je. Heel blij.'

'Maar…?'

'Er is geen maar. Behalve dat ik nu naar de wc wil. Iets wat ik graag alleen doe, als je dat goed vindt. En ja, ik ben ook best moe. Vraag me niet waarom, of dat het nog steeds de jetlag is, maar reken er niet op dat ik zo laat opblijf als jullie. Morgen is immers een belangrijke dag, en dan wil ik uitgerust zijn.'

'Oké.' Adam knikte en maakte aanstalten om weer naar boven te gaan. Maar toen bedacht hij zich. 'Je bent toch net ook al naar de wc geweest? En je bleef daar een hele tijd bovendien. Of ben ik de enige die het zich verkeerd herinnert?'

'Adam, ik weet niet waar je mee bezig bent. Maar als dit een verhoor over mijn wc-bezoeken moet voorstellen, moet ik zeggen dat het tijdstip wel slecht gekozen is, aangezien ik nu echt naar de wc moet en jij een gast hebt die boven op je wacht.'

'Ik probeer alleen maar te begrijpen wat er met je aan de hand is.'

'Jezus, hou toch eens op met dat gedram. Mag ik nu even rustig naar de wc, of...'

'Ga nou niet beweren dat er niks aan de hand is,' kapte Adam haar af. 'Want zo onnozel ben ik niet.' Hij was inmiddels hoogrood aangelopen.

'Oké. Maar als jij nou zo slim bent,' – ze draaide zich om en liep door de gang terug naar de raamloze werkkamer – 'dan kun je mij misschien iets uitleggen.' Ze kon horen dat hij achter haar aan kwam. Maar eindelijk kon dat haar niet meer schelen.

'Waar ga je naartoe?' riep hij. 'Moest jij niet naar de wc?'

'Je wil toch zo graag weten wat er met mij is?' zei ze op weg naar het kantoor. 'Ik vond zelf dat het wel even kon wachten, maar jij blijkbaar niet. Dus geef mij hier maar eens een goede verklaring voor.' Ze draaide zich om met het jaarboek met klassenfoto's in haar hand.

'Wat is dat?'

'Ga nou niet zeggen dat je dit niet herkent.'

'Ik zie dat dat een schoolgids is, maar...'

'Herken je deze knul ook niet?' onderbrak ze hem terwijl ze het boek opensloeg en haar vinger op de klassenfoto plaatste.

Adam keek, of beter gezegd, staarde naar de foto. In stilte.

'Ik ga ervan uit dat je ziet dat jij dat bent,' ging ze verder.

'Eh, ik weet niet. Ik zie dat hij wat weg heeft van...'

'Adam, schei uit. Waag het niet. Natuurlijk ben jij dat. Maar waarom ligt jouw oude jaarboek nou precies hier, nota bene in dit huis? Heb je daar een verklaring voor?'

Adam keek zwijgend naar de foto. De stilte duurde met elke seconde die voorbijging een uur langer.

'En als je toch aan het nadenken bent,' ging ze verder, 'dan kun je misschien ook uitleggen hoe het komt dat jij op het Östra Real zat en niet op het Södra Latin, zoals je altijd hebt beweerd?'

Adam keek langzaam op en ontmoette uiteindelijk haar blik, nog steeds zwijgend alsof hij diep vanbinnen naar de juiste woorden zocht. Wat dan ook, zolang het maar woorden waren die in een enigszins natuurlijke volgorde kwamen.

'Waar wacht je op?' vroeg ze na nog een paar urenlange seconden. 'Ik ben een en al oor.'

Voor de verandering had zij nu de overhand. Ze kon het aan hem zien, hoe hij de controle probeerde terug te krijgen door een antwoord te bedenken. Maar de tijd die hem dat kostte, de tijd die voor eeuwig was verbruikt, pleitte ervoor dat hij een leugen aan het bedenken was. Een leugen waar zij genoegen mee zou nemen, zodat de avond ongehinderd verder kon gaan alsof er niets gebeurd was.

Maar dan vergiste hij zich. Deze keer was ze niet van plan alleen maar te glimlachen om een grote scène te voorkomen. Dit was namelijk al een scène. Een scène die wat haar betreft gigantisch mocht worden, zolang ze maar de waarheid te horen kreeg.

Uiteindelijk slaakte hij een zucht en maakte aanstalten om iets te zeggen. Maar er kwamen geen woorden, alleen nog een zucht. Zoals zo vaak wilde ze de stilte vullen, maar deze keer wist ze zich in te houden en die in plaats daarvan te omhelzen en zich eigen te maken.

Bij de derde zucht liet hij haar eindelijk los met zijn blik en keek hij opnieuw omlaag naar de schoolfoto. 'Zoals gewoonlijk heb je het belangrijkste over het hoofd gezien,' zei hij op bijna spottende toon.

'Wát over het hoofd gezien?' vroeg ze, onvoorbereid op de plotselinge wisseling in zijn toonhoogte.

'Zij hier.' Adam plaatste zijn vinger op het tienermeisje dat naast hem stond.

Het was niet de eerste keer dat ze naar de jonge vrouw keek. Net als bij alle anderen op de foto had ze uitvoerig de geblondeerde lokken bestudeerd waar de krultang doorheen was gegaan, en het gouden kettinkje met het hartje dat uit de kraag van haar coltrui omhoog hing. En juist van dit meisje, dat in het jaarboek Helene Clemens heette, had ze zelfs gemeend dat ze wat bekends had. Iets wat een belletje had doen rinkelen, waardoor ze niet één, maar twee, zelfs drie keer extra had gekeken. Toch was ze er niet in geslaagd de jonge vrouw te plaatsen.

Maar nu wel. Op het moment dat Adam haar aanwees, viel alles op z'n plaats.

Helene Wester

Santa Cruz, donderdagmiddag

'O nee!' wist ze uiteindelijk uit te brengen. 'Wat erg.' Haar gehuil en de trekkingen in haar borst maakten het moeilijk om adem te halen. 'Lieverd, het spijt me zo.' De revolver had ze al uit haar hand laten glijden. 'Sorry, sorry, sorry...' Maar ze had de revolver niet op de grond horen vallen en begreep dat hij op het bed was beland. 'Je moet me geloven. Dat was niet de bedoeling. Hoor je wat ik zeg? Het was niet de bedoeling.' De tranen stroomden, besmetten de andere en werden er algauw meer. 'Ik zweer het, zo had het niet moeten lopen. Helemaal niet.'

Na een tijdje durfde ze dichterbij te komen en liep ze voorzichtig om het bed heen. Ze zag Carl met gesloten ogen levenloos op zijn rug liggen, een klein gaatje in zijn rechterborst. Zo minuscuul dat het moeilijk te begrijpen viel dat hij toch echt dood was. Dat hij daar vlak voor haar op de grond lag, door een schot dat zij had gelost. Zelfs de groeiende rode plas onder hem, die getuigde van een aanzienlijk grotere uitschotopening, kon het haar niet helemaal doen bevatten.

'Carl,' ging ze verder terwijl haar gesnik en het geschok steeds heftiger en onregelmatiger werden, 'ik had niet door dat jij het was. Het ging allemaal zo snel.' Ze kon de tranen op haar wangen voelen. 'Ik dacht dat het iemand anders was. Begrijp je? Iemand die het op mij had voorzien.' Haar tranen drupten op de grond. 'De eigenaren van het huis of een dakloze die uit was op wraak, of wie dan ook.'

Toen keerde ze terug naar haar plek op het bed, pakte haar mobiel en toetste het nummer in van de politie.

'Hij is dood,' riep ze zo gauw de signalen waren gestopt en de gesprekstijd op het scherm begon te tikken.

'*Wie dan?*' hoorde ze de politieman met de grote snor aan de andere kant vragen. '*Hallo, wie is...*'

'Alsjeblieft,' viel ze hem in de rede, en ze liet de paniek los die haar stem in reepjes sneed. 'Jullie moeten me helpen. Hij ligt hier levenloos op de grond.'

'*Pardon, maar wie is er...*'

'Mijn man Carl! Wie anders? Hij is dood, en dat is mijn schuld. Het is allemaal mijn schuld.'

'*Sorry hoor, maar met wie spreek ik precies?*'

'Helene. Helene Wester.' Ze barstte weer in huilen uit. 'Bent u mij nu al vergeten?' Haar tranen vochten om plaats met haar woorden. 'We hebben elkaar pas no...'

'*Helene, ik ben niks vergeten. Maar probeer te kalmeren en vertel...*'

'Te kalmeren? Mijn man is dood. Hoe moet ik nou kunnen...' Ze liet haar tranen de vrije loop, ze begon te snotteren en ze bleef steken in haar woorden. 'Hoort u niet wat ik zeg? Hij is dood! Mijn Carl is dood!' Ze liet alle remmingen varen. 'Jullie moeten komen.' Ze begon er eindelijk in te komen. 'Stuur een ambulance, of wat dan ook. Als er maar iemand komt.'

'*We komen meteen. Vertel alleen waar jullie zijn. Is dat in...*'

Ze drukte het gesprek weg, een simpele druk op de rode cirkel, en liet haar mobiel vallen. Ook deze keer kon ze niet horen dat hij viel, maar ze zag hem naast Carl landen. Ze merkte op dat de plas bloed onder het lichaam steeds groter werd en spoedig bij haar mobiel zou zijn. Ze bedacht dat die volgens de reclame waterdicht moest zijn en een paar minuten op een paar meter diepte aan zou kunnen.

Dat het huilen was gestopt, was iets wat ze nu pas merkte. Dat was onbedoeld, maar waarschijnlijk noodzakelijk. Huilen vereiste aanzienlijk meer energie dan wat je zou denken, en ze moest zich herpakken voordat het weer tijd was. Maar ze liet de zoute vloeistof zitten en indrogen op haar wangen. Dat droeg bij aan het geheel.

Een geheel dat zo echt en goed gepatineerd moest zijn dat er niet aan te twijfelen viel.

Dat gold ook voor de laatste voorbereiding die ze moest doen voordat de politie kwam. Ze had dat één keer eerder gedaan en kon zich de ongekende pijn nog goed herinneren. Een pijn die ze het liefst van alles niet opnieuw had willen beleven. Maar zonder die pijn zou het niet kloppen, bracht ze zichzelf in herinnering, terwijl ze zich afzette en haar hoofd zo hard ze kon tegen de muur ramde, telkens weer. Voelen en zielig doen was geen optie. De enige weg voorwaarts was doorgaan tot het bloed begon te stromen en er voldoende zwellingen waren.

Toen dat eenmaal gebeurde, had haar lichaam al zoveel endorfine in haar gepompt dat ze alleen maar een dof geklop in haar gezicht voelde toen ze op haar knieën naast hem zakte.

'Je moet het niet persoonlijk opvatten,' zei ze, en ze keek omlaag naar Carls gezicht, waarop de rimpels waar ze nooit aan had kunnen wennen, vrijwel verdwenen waren. 'Er was toch niets wat je anders had kunnen doen. Niets.' Alsof alles onder de huid opgelucht ademhaalde en eindelijk ontspande. 'Of nou ja, misschien wel. Best wel veel, als ik erover nadenk. Maar niets wat in het grote geheel iets zou hebben veranderd. Het is maar dat je het weet. Wat je ook had gedaan, het had zo zullen eindigen. Dus het heeft geen zin om jezelf de schuld te geven. Want je dacht toch niet echt dat dat aan jou was? Dat jij daar iets over te zeggen had, of dat het van jou afhing. Van jou en die goede wil van je. Je hebt het nooit gezegd, maar geef toe dat je het zo zag. Dat ik degene was die dankbaar moest zijn. Voor alles wat ik kreeg. Voor het leven dat jij mij gaf. Een leven dat grotendeels bestond uit het uithouden, alle gevoelens naar binnen keren en te focussen op wat er echt toe deed. Op alles wat maakte dat jij en niet ik daar op je rug ligt en medelijden met jezelf hebt. Maar dit is niet meer dan billijk. Jij hebt dan misschien wel alle rekeningen betaald, maar ik heb ook een prijs betaald. Dat begrijp je toch wel? Een prijs om het al die jaren met jou uit te houden. Met jou en die droge humor van je die niemand begreep, maar waar ik plichtsgetrouw om lachte. Een prijs voor elke keer dat ik eraan werd herinnerd dat jij het niet was. Dat jij het nooit kon worden. Het maakte niet uit hoeveel jij probeerde het goede te doen. Probeerde te vergeven en verder te gaan. Niets van dat alles maakte uit.'

Ze schoot in de lach en schudde haar hoofd. 'Het is eigenlijk ontzettend oneerlijk, als je erover nadenkt. Hoe jij zo vaak probeerde dat beetje extra te doen, en dat ik alleen maar mijn tijd kon afwachten. Dat ik geduldig op mijn rug moest liggen terwijl jij daar lag te kreunen.' Ze leunde voorover tot hun gezichten elkaar raakten. 'Aan de andere kant, wie heeft gezegd dat het leven rechtvaardig moet zijn? Wie heeft...'

De stuiptrekking kwam zo plotseling en onverwacht dat ze geen kans had om te reageren voordat er een rode, slijmerige waterval van bloed uit zijn mond spoot en haar in het gezicht raakte. Een paar seconden was de schok verlammend voor haar, en ze probeerde zichzelf ervan te overtuigen dat de plotselinge hoestaanval een vorm van een laatste verkramping was.

Het inzicht van hoe het écht zat, drong pas tot haar door toen ze voelde dat Carl haar bij haar arm greep en haar naar zich toe trok terwijl hij wat probeerde te zeggen. Maar het enige wat uit zijn mond kwam, waren rode luchtbelletjes. Zinloze belletjes die verder geen invloed hadden of iets veranderden. Net als de sirenes die op afstand hoorbaar waren en steeds dichterbij kwamen. Dat maakte allemaal niet meer uit.

De afloop was in steen gebeiteld, en die ging vergezeld van een waarheid waar ze jarenlang aan had gewerkt en die ze onder geen beding van plan was te verdraaien tot een leugen van onherkenbaarheid. Dat hij terugvocht met een kracht die haar soms verraste, dan weer imponeerde, was zelfs geen streep door de rekening. Het was niets.

Een simpele kneep in zijn neus, meer was er niet nodig opdat de tijd zijn recht zou krijgen en de rust zou weerkeren. Het was bijna alsof een buitenstaander het geluidsbeeld had gedirigeerd toen de sirenes buiten synchroon tot zwijgen kwamen en werden vervangen door autoportieren die open- en dichtgingen, gevolgd door een grote hoeveelheid voetstappen op de oprit.

De deurbel was ook niet iets waarop ze hoefde te reageren. Ze zouden spoedig aan de niet afgesloten deur voelen en binnenstormen. Aanzienlijk belangrijker was het om weer in de juiste stemming te komen en haar tranen weer op te roepen.

Adam Harris

Stockholm, donderdagavond

Langzaam, langzaam vulde hij zijn longen terwijl hij de seconden telde en zijn eigen spiegelbeeld bestudeerde, en dan vooral dat spiertje vlak onder zijn linkeroog. Hoewel hij daar al een paar minuten stond en probeerde te ontspannen, bleef dat maar trillen en een eigen leven leiden.

Toen hij tot acht had geteld, begon hij weer bij nul. Deze keer hield hij zijn adem in, met zijn longen gevuld, opnieuw acht seconden. Daarna ademde hij gedurende tien seconden uit, waarna hij met de volgende cyclus begon.

Langzaam ademhalen was beslist de snelste manier om terug te gaan naar een gewone polsslag en een normaler adrenalineniveau, waarbij het lichaam zich niet meer in staat van paraatheid bevond, maar het zich kon veroorloven de schouders wat te laten zakken. Terug naar een kalmte waarin de avond onbekommerd kon doorgaan.

Toch duurde het nog een paar ademhalingscycli voordat het spiertje onder zijn oog durfde te hopen dat het gevaar geweken was, in elk geval voor de komende uren. En dat was voldoende opdat hij verder kon gaan met de volgende stap en hij zich boven de wastafel begon te wassen met water dat zo heet was dat hij zijn handen niet langer dan telkens heel kort onder de straal kon houden.

Die kleine blunder van vanavond had hij niet ingecalculeerd, maar het maakte gelukkig weinig verschil. Misschien zou het zelfs een voordeel blijken te zijn dat dit een paar uur eerder was gebeurd dan oorspronkelijk de bedoeling was geweest.

Terwijl hij zijn handen droogde aan de lucht ging hij naar de keldergang en liep hij naar de ernaast gelegen wasruimte. Daar pakte hij de onlangs aangeschafte huishoudhandschoenen die daar in de schoonmaakkast lagen te wachten, samen met de emmer en de mop.

Terug in de spa-afdeling pakte hij de rode jurk die op de grond lag, vergezeld van het slipje en de bh. Daarna vouwde hij alles netjes op en legde het in een keurig stapeltje op het krukje naast de jacuzzi.

Hij vulde de emmer met warm water uit de douche samen met een paar dopjes schoonmaakmiddel, waarna hij naar de gang liep en de grond dweilde tot die blinkend schoon was.

De tegelvloer in de spa-afdeling was ook geen probleem, en voor de zekerheid zakte hij op zijn knieën en scheen hij met behulp van de zaklamp van zijn mobiel over de grond. De paar haartjes die hij tegenkwam pakte hij met de hand op, gooide ze in het toilet en spoelde dat samen met het sop weg. Hij trok nog twee keer extra door.

De toiletpot kreeg ook een beurt met een doekje, en toen die blonk alsof hij zou worden tentoongesteld in een museum, spoelde hij de huishoudhandschoenen onder dampend water schoon, trok ze uit en legde ze over de rand van de emmer om te drogen, waarna hij de emmer en de mop terugzette in de schoonmaakkast, waarvan hij de deur met zijn voet dichtdeed.

Hij was vrijwel klaar, hoefde alleen de mouwen van zijn overhemd weer omlaag te doen en de manchetknopen vast te maken voordat hij weer terug kon gaan naar boven. Helaas dwong een rood vlekje op de linkermouw hem zijn overhemd los te knopen en uit te trekken. Hij had wel gemerkt dat ze hem op zijn onderarm had gekrabd in een poging te ontkomen. De verwonding was ondiep, maar blijkbaar toch diep genoeg, want het bloed was door de stof gedrongen en had een millimeter groot vlekje gevormd. Gelukkig had hij eraan gedacht ossengalzeep te kopen en na een tijdje wrijven onder stromend water was de vlek verdwenen.

Een strijkijzer, daar had hij echter niet aan gedacht. Er was er boven eentje in de slaapkamer, maar daar kon hij onmogelijk naartoe zonder dat Nils hem zou ontdekken en zich zou afvragen wat er aan de hand was. In plaats daarvan trok hij het overhemd met de natte mouw weer aan, liep terug naar de spa-afdeling en zocht de föhn die hij daar ergens had zien liggen, en kon hij vijf minuten later terugkeren naar Nils.

'Ah, daar ben je.' Nils was op de bank gaan zitten met zijn mobiel als gezelschap. 'Dat duurde even, zeg.'

'Ik weet het. Je moet het me maar niet kwalijk nemen.' Hij spreidde zijn handen. 'Maar je weet hoe het is. Soms ontstaan er situaties die niet kunnen wachten.'

'Hoezo, is er wat gebeurd?' Nils kwam overeind en liep naar hem toe.

'Nee, nee, nee. Of nou ja, in zekere zin wel. Maar wees niet ongerust. Alles is onder controle.'

'Vertel.'

Hij zuchtte en schudde zijn hoofd. 'Tja, het is niet de eerste keer dat het gebeurt, dus ik voelde het al een beetje aankomen. En dat is maar goed ook, want anders was ik niet naar beneden gegaan en had ik nog steeds nietsvermoedend hier met jou hier boven gezeten.'

'Wat bedoel je precies? Wat is er gebeurd?'

'Scarlett wil liever niet dat ik erover praat, maar tegen jou kan ik het wel zeggen.' Hij laste een pauze in om zich te concentreren, ook al wist hij precies hoe hij verder moest gaan. 'Zoals je weet ging ik naar beneden om te kijken hoe het met haar was, en toen gebeurde het, net toen ik de trap af liep, stortte ze in, alsof er – ik weet niet – alsof er opeens iets in haar knapte.'

'Hoezo "stortte ze in"? Begon ze te huilen of zo?'

'Ja, dat ook,' zei hij, en hij knikte. 'Maar het is zoals gezegd niet de eerste keer, dus het komt wel goed.'

'Maar waar komt het door? Wat maakt haar zo... Wat zal ik zeggen, labiel?'

'De dood van haar broer.' Adam zuchtte en schudde zijn hoofd. 'Hoewel het meer dan vijf jaar geleden is dat hij overleed, is ze er nog steeds niet overheen. En doordat ik zo druk ben geweest sinds we zijn aangekomen, was ze nogal op zichzelf aangewezen, en dan die jetlag die haar blijkbaar niet wil loslaten.' Hij zuchtte nogmaals en haalde zijn schouders op.

'Nee, dat klinkt niet zo goed. Misschien is het beter dat ik naar huis ga en jullie met rust laat, zodat jij je kunt wijden aan...'

'Nee, nee, geen denken aan. Het enige waar zij nu behoefte aan heeft, is rust. Dat is het enige wat helpt. Ze heeft een pil genomen, misschien zelfs twee, dus ik ben ervan overtuigd dat ze al diep in slaap is. De vraag is eerder of jij het ook ziet zitten dat we vanavond maar met z'n tweeën zijn.'

Helene Wester

Santa Cruz, donderdagavond

Ze kon niets zien. Het licht van de lamp in de krappe onderzoekskamer dwong haar haar ogen te sluiten terwijl de arts de verwondingen in haar gezicht inspecteerde. Maar ze kon zijn suizende, bijna fluitende ademhaling horen, die niet alleen aangaf dat hij zijn neus moest snuiten, maar ook dat hij op een decimeter afstand of misschien zelfs nog minder over haar heen gebogen zat.

De geur viel ook niet te missen. Een muffe mengeling van koffie, zure oprispingen en oude voedselresten die tussen zijn tanden waren blijven plakken en al een aardig eind op weg waren in het verrottingsproces. Hopelijk had hij zijn kruit bewaard voor een goede handhygiëne aangezien het onderzoek aardig lang duurde.

Klaarblijkelijk waren de verwondingen erger dan waarvan ze was uitgegaan, en elke keer dat de arts de wondjes aanstipte om schoon te maken, prikte het zo erg dat het wel leek alsof hij haar alleen maar pijn wilde doen.

Maar noch de pijn, noch de slechte adem of het gevoel dat de arts op elk moment op het idee kon komen om andere delen van haar lichaam te onderzoeken, maakte dat ze zich beroerd voelde. Integendeel – ze kon zich niet heugen wanneer ze zich voor het laatst zo goed had gevoeld.

Het was niet zo dat ze de overwinning voortijdig wilde binnenhalen, maar ze realiseerde zich toch dat het nu bijna allemaal voorbij was. Dat alles wat ze in al die jaren had gepland en voorbereid, alles wat ze had moeten verdragen en uithouden, eindelijk ten einde was. Zeker, ze was er nog niet, maar dat was niets in vergelijking met wat ze had doorgemaakt. Niets, herhaalde ze bij zichzelf terwijl de arts in haar verwondingen wroette. Niets.

Het geluid van de deur zorgde ervoor dat ze haar ogen opendeed en merkte dat de man klaar was met zijn onderzoek en op weg was naar buiten. In plaats daarvan kwamen de twee politiemensen de ruimte binnen. Ze keken elkaar bezorgd aan toen ze zagen hoe zij eraan toe was.

'Dag, Helene,' zei de welbespraakte, terwijl zijn collega de deur dichtdeed. 'Hoe voel je je?'

'Ik voel me vast zoals ik verdien.' Ze probeerde een glimlachje te produceren, maar dat deed te veel pijn.

'De reden dat ik dat vraag, is dat ik graag wil weten of je in staat bent te praten en antwoord te geven op een paar vragen. Of dat je liever wilt dat we wachten tot morgen.'

'Stellen jullie je vragen, dan zien we wel hoeveel ik er kan beantwoorden.'

'Zeker weten? Je ziet er namelijk aardig afgemat uit.'

'Dat is niets vergeleken met hoe ik me voel. Begin maar, dan hebben we het gehad.'

'Oké.' De politieman trok een kruk bij en ging naast de onderzoekstafel zitten. 'Laat ik duidelijk zijn. Dit is geen informeel gesprek, maar een regelrecht verhoor waarbij alles wat wordt gezegd tegen jou gebruikt kan worden. Dus als je liever wilt wachten tot je bent uitgerust en we hier een pro-Deoadvocaat hebben die jouw zaak kan bepleiten, is dat...'

'Luister,' kapte ze hem af, en ze trotseerde zowel de pijn als de vermoeidheid door overeind te komen en op de rand van de onderzoekstafel te gaan zitten. 'Ik heb niets te verbergen. Helemaal niets. Dus stel jullie vragen, zodat ik eindelijk naar huis kan. Maar het kan natuurlijk ook zo zijn dat jullie mij willen oppakken, dat is aan jullie.'

De politieman wisselde opnieuw een blik met zijn collega, waarop hij zich tot haar wendde en knikte. 'Oké, daar gaan we dan.' Hij haalde zijn mobiele telefoon tevoorschijn, zette de opnamefunctie aan en legde het toestel naast haar op de onderzoekstafel. 'Dit is het eerste verhoor met Helene Wester. Aanwezig zijn ikzelf, Gene Roberts, en mijn collega Stacy Ward. Het is achttien minuten over acht op de avond van 8 augustus 2019. Helene, heb jij je man Carl Wester eerder vanmiddag doodgeschoten?'

'Ja, dat klopt,' zei ze, en ze knikte.

'Wil je vertellen wat er is gebeurd?'

Ze zuchtte. 'Ik kan het proberen. Ik herinner me bijna niets. Het ging allemaal zo snel.'

'Laten we bij het begin beginnen.'

'Oké, ik was bijna de hele nacht op geweest om ervoor te zorgen dat het geld voor de borgsom op tijd aankwam, dus ik was eigenlijk net wakker toen de deur van de slaapkamer opeens openging.'

'Dus je was je er niet van bewust dat hij op dat moment terug zou komen?'

'Nee, ik dacht dat dat op zijn vroegst tot de avond zou duren. Maar plotseling stond hij daar in de deuropening met een blad in zijn handen, en ik... ik...' Ze pauzeerde, haar onderlip begon te trillen. 'Ik had geen schijn van kans.'

'Geen kans voor wát?'

'Jullie weten niet hoe hij kon zijn, maar hij kon ontzettend kwaad worden.'

'Sorry hoor, maar ik begrijp niet wat je bedoelt met "geen schijn van kans".'

'Om daar weg te komen. Maar dat was pas later. In het begin was hij aardig en kwam hij blij over. Hij had zelfs champagne meegenomen om te vieren dat hij weer op vrije voeten was. Maar toen was het opeens alsof de stoppen bij hem doorsloegen. Vraag me niet waarom. We hadden het over die borgsom en waarom het Zweedse consulaat was ingeschakeld.'

'Dat is gewoon routine. Dat gebeurt altijd wanneer er iemand wordt vastgezet die geen Amerikaans staatsburger is.'

'Ik weet het. Of nee, dat wist ik niet, maar dat was in elk geval wat ik zei – dat het zo kon zijn. Maar hij weigerde te luisteren, en ik zag aan zijn blik dat hij razend was. Dat hij iemand nodig had die hij de schuld kon geven, aangezien het nieuws over zijn arrestatie thuis in Zweden was uitgelekt. Ik heb hem geprobeerd te kalmeren, uit te leggen dat ik de hele nacht had gewerkt om ervoor te zorgen dat het geld voor de borg werd overgemaakt. Maar ik kon hem niet bereiken. Dat lukte op zich nooit als hij zo witheet was. Het was alsof hij, ik weet niet, helemaal geblokkeerd was en niet kon horen wat ik zei. Dus toen hij dat blad op de grond smeet, probeerde ik daar weg te komen, de kamer uit, maar hij weigerde mij erlangs te laten en...' Ze zweeg weer en wachtte tot haar traanbuizen eindelijk overstroomden. 'Hij had iemand nodig om zich op af te reageren. Dat was altijd als dingen niet liepen zoals hij wilde, en zoals gewoonlijk was ik de dupe. Wat het ook was, het was altijd mijn schuld.'

'En wat was deze keer jouw schuld?'

'Alles.' Ze schudde haar hoofd en liet haar tranen stromen. 'Gewoon alles.'

'Kun je een voorbeeld geven?'

'Ja, alleen al dat hij was opgepakt en had moeten overnachten in de cel.'

'Dus volgens hem was dat jouw schuld.'

'Ja, natuurlijk. Van wie anders? Het kwam door die verwonding in mijn gezicht dat jullie hadden gereageerd. Als die er niet was geweest, hadden jullie hem ooit opgepakt. Volgens hemzelf in elk geval.'

'Dat hadden we uiteindelijk toch wel, en hij was wel degene die jou had geslagen.'

'Ja, maar logica stond bij hem nooit hoog aangeschreven als hij in zo'n humeur was. Het was alsof hij zich in een andere werkelijkheid bevond waar niets doorheen kon dringen.'

'Maar hij heeft ons uiteindelijk wel binnengelaten toen we gisteren aanbelden.'

'Ja, maar eerst weigerde hij. Daarom moesten jullie zo lang wachten. Hij meende serieus dat we ons het best hier in huis koest konden houden tot jullie het opgaven. Ons verstoppen en doen alsof we niet thuis waren. Maar ik hield voet bij stuk en wist hem er uiteindelijk van te overtuigen dat jullie het niet zomaar zouden opgeven, maar juist zouden vinden dat wij ons dan nog merkwaardiger en verdachter gedroegen. Alsof we echt wat te verbergen hadden, en op dat moment was ik ervan overtuigd dat dat niet het geval was.'

'Ben je daar nu nog zo van overtuigd?'

Ze deed alsof ze haar woorden woog voordat ze haar hoofd schudde. 'Toen, een week geleden, toen we in het huis arriveerden, begreep ik niet waarom hij zich zo wonderlijk gedroeg. We waren immers op vakantie en zouden het alleen maar leuk hebben. Dat was tenminste waar ik van uitging. Maar hij was zo geïrriteerd en prikkelbaar dat het was alsof ik op een mijnenveld liep waarbij de kleinste misstap hem tot ontploffing kon brengen.' Ze slikte de brok door die er niet was. 'Mag ik een beetje water?'

'Ja, natuurlijk.' De politieman knikte naar zijn collega, die naar buiten liep. 'En wat zijn jouw gedachten rond de Tesla en het feit dat wij jullie die eerste dag nadat jullie waren aangekomen min of meer een verhoor afnamen?'

'Ik weet niet.' Ze haalde haar schouders op. 'Ik ging ervan uit dat het gewoon een ongelukkig toeval was. Dat het niet iets was wat concreet met ons van doen had. Ik had nooit gedacht dat Carl iets te verbergen kon hebben. In elk geval niet hier in de VS. Pas gisteren op het bureau, toen jullie met al die vragen kwamen, werd het mij duidelijk.'

'Wat werd je duidelijk? Dat hij wat te verbergen had?'

Ze sloeg haar ogen neer. 'Dat het geen afzonderlijke gebeurtenissen waren, maar een gedrag. Zo achteraf snap ik niet dat ik dat niet veel eerder zag, maar zo is het. Ik ben naïef geweest. Zo ontzettend naïef.'

'Waardoor kreeg je het idee dat je dat veel eerder had moeten zien?'

'Van alles en nog wat. Kleine en grote dingen. Maar ik zal wel te bang zijn geweest, denk ik. Te bang om te durven zien wat er eigenlijk aan de hand was, hoe duidelijk dat ook was. Bang voor waar het toe zou leiden als ik het aan een buitenstaander zou vertellen. Te bang, gewoon.'

De vrouwelijke collega kwam binnen met een glas met water, dat Helene met trillende handen aanpakte en naar haar mond bracht. Ze zorgde ervoor dat ze kleine slokjes nam. Tijdrovende slokjes die haar van haar allerzwakste kant lieten zien.

'Je zei "van alles en nog wat",' memoreerde de politieman met de snor zo gauw ze het glas had neergezet. 'Kun je wat concreter zijn?'

Ze schudde haar hoofd. 'Het zijn zoveel verschillende dingen, dat wordt mij nu pas duidelijk. Maar zoals die verwonding in mijn gezicht, waar u op reageerde.'

'Wat is daarmee?'

'Dat was zo'n gebeurtenis. Net zoals hij zelf zei, zat de afvoer verstopt. Maar wat hij nooit heeft verteld, is wat hij daaruit omhooghaalde.'

'En wat was dat?'

Ze wachtte even en sloot kort haar ogen, alsof ze zich moest herpakken. 'Ik kon horen dat er iets was in de badkamer. Iets wat niet klopte. Wat helemaal niet zo was als het zou moeten zijn. Ik wilde naar binnen, om te kijken wat er aan de hand was. Of hij hulp nodig had. Maar hij weigerde open te doen. Hij schreeuwde dat er niets aan de hand was en dat ik hem met rust moest laten. Ik dacht dat hij was uitgegleden en zich daarvoor schaamde, dus ik liep snel naar de gastentoiletruimte op de benedenverdieping, waar zo'n zelfde soort sleutel was en die ik kon gebruiken om de deur van buitenaf open te doen.' Ze zweeg en schudde haar hoofd, probeerde het te laten lijken of elk woord een strijd was.

'Helene, ik begrijp dat dit moeilijk is, maar wat zag je?'

'Ik weet niet.' Ze schudde haar hoofd. 'En ik weet ook niet of ik het wil weten. Maar het zag eruit als... als delen van een...'

Toen zweeg ze weer en slikte, eerst één keer en toen nog een keer. 'Een afgehakt hoofd, maar toch ook weer niet. Allemaal haren en bloed en... Ik wilde dat we contact met jullie zouden opnemen, zodat jullie het konden onderzoeken. Maar dat wilde Carl niet. Hij weigerde, en op dat moment, toen ik voet bij stuk hield, werd hij opeens woedend.'

'Oké, ik begrijp het. En wat hebben jullie gedaan met dat wat hij uit de afvoer omhoog had gehaald?'

'Begraven in de tuin. Ik vond dat belachelijk, maar dat was wat hij wilde.'

De politieman knikte en dacht na terwijl hij aan zijn snor trok. 'En die revolver. Waar had je die vandaan?'

'Die lag in de Tesla.'

'Pardon? Die hadden jullie toevallig in die auto gevonden?'

'Nou ja, gevonden... Ik denk dat Carl precies wist dat die in het handschoenenkastje lag. Hij was in elk geval degene die hem eruit haalde.'

'Wacht even. Meen je dat dat pistool van Carl was?'

Ze wachtte af en liet de stilte overkomen alsof ze nadacht. 'Nee, dat is meer dan ik weet. Maar hij leek niet erg verbaasd dat die er lag, en bovendien was-ie geladen, dat kan ik wel zeggen. Hij had er ook geen probleem mee om te laten zien dat hij wist hoe hij ermee om moest gaan als dat nodig was om zijn zin door te drijven.'

'Dus hij bedreigde je?'

'Nee, niet rechtstreeks. Die dreiging was er de hele tijd. In zijn blik. In zijn ademhaling. Zijn hele lichaamstaal was op dat moment één grote dreiging, dus ik durfde er niet op aan te dringen dat we contact met jullie zouden opnemen.'

'Wat denk je dat hij in dat geval zou hebben gedaan?'

Ze maakte aanstalten om iets te zeggen, maar bedacht zich en stak in plaats daarvan haar kracht in het verkrijgen van die trillende onderlip en de hele evenwichtsoefening op de rand van tranen voordat ze verderging. 'Ik weet dat jullie het nu maar van één kant horen, maar geloof me. Hij zou zoveel verder zijn gegaan dan mishandeling. Dat was vandaag ook zo. Hij was zo kwaad, zo ontzettend kwaad, dat hij nooit zou zijn opgehouden als ik niet had gedaan wat ik gedaan heb.'

'En hoe kun je daar zo zeker van zijn? Hij is alle andere keren tenslotte toch wel opgehouden.'

Helene droogde haar tranen en herpakte zich. Daarna haalde ze haar mobiel uit haar zak, ontgrendelde hem en ging naar haar Dropboxaccount, waar ze de juiste map opzocht. 'Dit was iets meer dan twee jaar geleden.' Ze gaf hem haar mobiel met de foto's van haar mishandelde gezicht. 'Dat was niet de eerste keer dat hij geweld gebruikte, maar het was wel de eerste keer dat hij niet kon stoppen voor ik bewusteloos was.'

Scarlett Harris

Stockholm, vrijdagmiddag

Ze werd wakker van de kou. Een kou die, ook al was het niet heel koud, haar lichaam deed huiveren en bij bewustzijn liet komen. Hoelang ze buiten kennis was geweest was onduidelijk, evenals waar ze zich bevond.

Het liefst van alles wilde ze gewoon terugzakken in de grauwe, gewichtloze toestand waar ze zich nergens druk om hoefde te maken. Maar dat ging niet. Haar gedachten waren tot leven gewekt en werkten meteen al onder hoge druk om verklaringen te vinden voor wat haar was overkomen.

Daarnaast was de ondergrond waarop ze lag zo hard en oncomfortabel dat ze begon te begrijpen wat al die mensen die over hun rugpijnen klaagden doormaakten.

Tot nu toe was ze ervan overtuigd dat ze zich ergens buitenshuis bevond. Maar de lucht stond zo stil als alleen binnen het geval kon zijn. Dat stelde haar gerust. Althans, eventjes. Echt bang werd ze pas toen ze van houding probeerde te veranderen en merkte dat dat onmogelijk was. Dat ze zich niet kon omdraaien of rechtop kon gaan zitten omdat haar armen, benen en hals vastzaten aan de ondergrond.

De paniek verspreidde zich als een elektrische schok door haar lichaam en maakte dat ze wilde gaan schreeuwen. Maar haar mond bleek dichtgeplakt te zitten met stevige tape die weigerde ook maar enig geluid door te laten.

Wat was er gebeurd? Waar was ze aan blootgesteld? Dit was toch gestoord. Dat was het enige wat ze kon denken. Volkomen gestoord.

Maar dat was een gedachte die haar niet zou helpen. Ook de paniek of haar bonkende hart niet. Niets van alles wat haar instinct haar zei te doen, bood een oplossing. Ze moest rustig worden om helder te kunnen denken. Doorademen en zichzelf inspreken dat er een redding was.

Ze had ruzie gehad met Adam, zoveel kon ze zich nog herinneren. Hem dusdanig onder druk gezet dat het hem opeens rood voor de ogen was geworden. Wat ze tegen hem had gezegd dat hem zo kwaad had gemaakt, wist ze niet meer. Haar herinnering was überhaupt vluchtig en onsamenhangend, en naarmate ze verder bij bewustzijn kwam, zag ze in hoe weinig ze eigenlijk wist over de laatste uren van haar leven. Of misschien zelfs wel de laatste dagen.

Haar ogen had ze tot nu toe niet geopend. Voornamelijk omdat ze zich er nu pas van bewust was dat ze ze dicht hield. Maar ze wist wel dat ze ze moest openen, ook al stuitte het haar tegen de borst en voelde het veiliger om ze gesloten te houden. Alsof dat wat ze niet zag ook niet bestond. Alsof wat het ook was, minder bedreigend werd zolang ze er niet van wist. Maar dat ging nu bijna niet meer. Net als water in een zinkend schip had de ongerustheid een weg langs haar gesloten oogleden gevonden, langs de illusie van geborgenheid, en de controle overgenomen.

Het licht was zo fel dat het even duurde voordat ze begreep dat ze omhoogkeek naar een witgeschilderd plafond. Toen ze haar ogen neersloeg en de witte, halve meter hoge wanden zag die haar gezichtsveld afschermden, begon ze te begrijpen waar ze was; en toen ze het bedieningspaneel voor de massagestralen in het oog kreeg, was alle twijfel verdwenen.

Ze wist dat er een spa-afdeling in het huis was, maar ze had er niet eens over nagedacht die eens te proberen. Er hadden zoveel andere zaken belangrijker geleken dan omsloten door warm borrelend water in een bad te gaan liggen. Maar nu lag ze hier toch, op haar rug en zonder een draad aan haar lijf, vastgesjord met riemen die leken te zijn bevestigd in ogen aan de binnenkant van de jacuzzi, die zo groot was dat ze zonder problemen rechtuit op de bodem kon liggen.

Kon Adam hier echt achter zitten? Wat had ze gedaan dat zo vreselijk was dat ze dit in zijn ogen verdiende? O ja, ze had hem geconfronteerd met dat jaarboek met klassenfoto's, en voor de verandering had ze niet toegegeven, maar hem een verklaring afgedwongen.

Maar het kon niet alleen daarom zijn. Dat kon gewoon niet. Het moest iets anders zijn. Iets wat hij al lang had gepland. Dit was niet iets wat hij uit emotie deed omdat ze hem toevallig boos had gemaakt. Nee, net als met al het andere als het om Adam ging, diende dit een doel. Waarom hij haar kleren had uitgetrokken en haar had vastgegespt in een lege jacuzzi. Waarom hij een kussen onder haar hoofd had gelegd en ervoor had gezorgd dat de binnenkant van de riemen waarmee ze vastzat was voorzien van een zacht, dempend materiaal.

In een andere wereld zou het een vorm van zieke seksfantasie kunnen zijn die hij had besloten uit te leven. Maar dit was geen andere wereld, en behalve de oefening op de slaapkamervloer onlangs, was Adam vrijwel aseksueel. Dus ze kon absoluut niet begrijpen wat het doel hiervan was, ook al had ze geen verdere informatie nodig om in te zien dat dit niet gelukkig zou aflopen. Van hieruit was er geen weg terug. Er waren geen woorden die konden rechtvaardigen wat hij haar had aangedaan. Geen misverstanden die de schuld konden krijgen.

Dit was geen dans die ze met z'n tweeën dansten. Geen oorzaak en gevolg waar ze grotendeels zelf schuld aan had. Wat haar ook te wachten stond, dit zou nooit meer ongedaan gemaakt kunnen worden. En daar was hij zich ongetwijfeld net zo van bewust als zij. Het was met andere woorden dus aan haar of ze het zou overleven.

Ze had al een keer geprobeerd los te komen, zowel met haar armen als haar benen – een eerste poging om daar zo snel mogelijk weg te komen toen de angst eenmaal had toegeslagen. Maar die poging had nergens toe geleid. Geen van de riemen had meegegeven, en voor zover ze kon zien hadden de oogplaten die in de jacuzzi waren vastgelijmd de belasting zonder probleem doorstaan. Door het zachte materiaal aan de binnenkant van de riemen had ze zelfs geen schaafwonden rond haar enkels en polsen.

Die poging was dan ook niet erg doordacht geweest. Ze had zich niet tot het uiterste ingespannen. Mogelijk met haar armen, maar niet met haar benen. Verre van dat, en daar zaten toch de grootste spiergroepen.

Het probleem was de houding waarin ze lag en hoe ze was vastgegespt. Hoewel er genoeg plaats was, had ze niet genoeg bewegingsruimte om zich goed te kunnen afzetten en haar kracht te kanaliseren. Haar benen waren al uitgestrekt. Als die in plaats daarvan gebogen waren, had ze kunnen schoppen en op die manier veel meer kracht kunnen zetten. Nu kon ze ze alleen maar proberen omhoog te duwen en ze naar zich toe trekken, wat verre van optimaal was.

Desondanks deed ze een poging waarbij ze zich zo veel mogelijk afzette met haar linkerbeen, dat het sterkst was van de twee. Maar dat leidde nergens toe. In plaats daarvan probeerde ze haar rechtervoet naar de linker te draaien en slaagde ze er na een paar pogingen in haar tenen onder de hiel van haar andere voet te wurmen. Op die manier kon ze zowel haar linker- als haar rechterbeen gebruiken om te proberen beweging te krijgen in de oogplaat. Maar die zat te stevig vast.

Haar hoofd had ze tot nu toe nog niet getracht te bewegen, en elke beweging resulteerde in een steeds steviger wurggreep om haar hals. Geen adem kunnen halen was haar grootste angst. Dat hoeveel ze ook inhaleerde, ze haar longen niet kon vullen. Maar ze moest toch een poging wagen. Er bestond ondanks alles toch een kans dat dat oog niet zo vast zat als de vier andere. Die kans was weliswaar vrijwel nihil, maar er was geen andere manier om daarachter te komen dan haar adem in te houden en uit alle macht te trekken, ook al zou dat haar vast wat verbrijzeld kraakbeen in haar keel kosten.

Bernt Regner

Stockholm, vrijdagmiddag

Het was pas halfeen 's middags. Toch had hij al vier biertjes naar binnen gewerkt. Dat dat er minstens drie te veel waren, wist hij maar al te goed. Hij zou überhaupt niet moeten drinken. Een inzicht en een zelfherkenning die ondanks alles konden worden gezien als een teken dat hij tot nu toe nog niet zoveel had gedronken dat hij zich er niet van bewust was dat hij te veel had gedronken. Dat was toch altijd iets, dacht hij, en hij belde opnieuw aan.

Om zo onaangekondigd langs te komen, lag hem eigenlijk niet. Dat was meer iets voor Silvia. Zij kon in een fractie van een seconde een gedachte omzetten in een handeling. De hoorn opnemen en een nummer intoetsen of gewoon naar mensen toe lopen en aanbellen. Het maakte niet uit waar het om ging. Voor haar was niets te gênant. En nu stond hij hier zelf het knopje al voor de derde keer in te drukken.

Maar Scarlett had gezegd dat hij gewoon langs kon komen als hij behoefte had aan gezelschap. Ze kenden elkaar eigenlijk nauwelijks, en misschien stelde hij haar gezelschap daarom wel zo op prijs. Er was een soort onvoorwaardelijk respect dat maakte dat hij zichzelf kon zijn, en dat was precies wat hij nodig had. Want bij zijn zus kon hij dat niet. Om nog maar te zwijgen over Silvia's zus, die boos was omdat hij nog niet in staat was een afspraak te maken met de begrafenisondernemer.

Maar waarom deden ze niet open? Ze waren toch thuis. De auto stond immers nog in de garage, en hij had ook niet gezien dat ze waren opgehaald door een taxi. Misschien was het gewoon iets wat

Scarlett op dat moment had gezegd en eigenlijk niet had gemeend. Het was wellicht toch beter om naar huis te gaan, en met een stevige grog op de veranda te gaan zitten.

Want waar moest hij zich anders mee verdoven dan met alcohol? Tv? Porno? Was dat zoveel beter? Of moest hij gewoon voor zich uit gaan zitten staren in het niets. Zich in slaap huilen en wakker worden met het inzicht dat het nog minstens zestien helse uren zou duren voordat hij weer naar bed kon gaan.

Toen de deur eenmaal werd opengedaan, had hij net de gedachte aan gezelschap al opgegeven en zich omgedraaid om naar huis te gaan, wat ervoor zorgde dat hij van zijn à propos raakte en helemaal vergat wat hij had willen zeggen. En het was ook niet Scarlett die opendeed, maar haar man Adam, gekleed in een lichtblauw linnen kostuum met bijpassende pochet, overhemd met de bovenste knoopjes open en een paar donkerblauwe bootschoenen.

'Hallo, ik ben het maar,' zei hij, en hij stak zijn hand uit terwijl hij zocht naar iets anders om te zeggen.

'Hallo, Bernt,' zei Adam en schudde hem de hand. 'Sorry, ik heb vanavond mijn vernissage en ben er niet helemaal bij. Maar hoe gaat het met je? Scarlett heeft verteld wat er is gebeurd, en dat klinkt afschuwelijk. Van harte gecondoleerd.'

'Dank je.' Bernt knikte in afwachting tot Scarlett zou verschijnen om te kijken wie er had aangebeld. 'Is Scarlett thuis?'

'Ja, maar ze is aan het rusten.'

'Aha, ja. Ze is toch niet ziek, hoop ik?'

'Nee, nee, niks aan de hand. Ze voelde zich gisteravond niet helemaal top en is vroeg naar bed gegaan. Nu heeft ze volgens mij vooral rust nodig, zodat ze haar krachten kan sparen voor de happening van vanavond.'

'Ik begrijp het. Zo'n vernissage eist ook vast wel het een en ander van haar, met veel netwerken en al die bubbels.'

'Ja, en het wordt er niet gemakkelijker op dat ze introvert is en het haat met mensen te moeten praten die ze niet kent. Ikzelf vind het vooral leuk, maar bij haar vreet het energie. Kan ik trouwens iets aan haar doorgeven?'

'Ja, ik wilde dit aan haar geven.' Hij overhandigde Adam de map met documenten die hij bij zich had. 'Dat was iets wat Silvia aan het onderzoeken was, en wat ik ervan begreep had het te maken met de dood van Scarletts broer.'

'O ja, dat zei ze gisteravond.' Adam fronste zijn voorhoofd en keek naar de map gemerkt TOM HARRIS.

'Ja, maar vraag me niet waarom. Silvia was altijd wel ergens mee bezig nadat ze was gestopt met werken. Misschien waren er nog wel wat vraagtekens in het politieonderzoek. Je weet wel, eenmaal onderzoeker, altijd onderzoeker.'

'Dat kan ik me bijna niet voorstellen, maar evengoed bedankt. Ik zal ervoor zorgen dat Scarlett dit krijgt.' Adam hield de map in de lucht en maakte aanstalten weer naar binnen te gaan, maar stopte toen hij zag dat Bernt in tranen was.

'Sorry.' Bernt veegde met de achterkant van zijn hand onder zijn ogen. 'Het was niet de bedoeling om hier een potje te gaan staan gr...' Hij raakte van zijn stuk terwijl de tranen bleven maar stromen.

'Jeetje, Bernt.' Adam trok de pochet uit zijn borstzak en overhandigde die. 'Gaat het een beetje?'

'Of het gaat?' Bernt veegde zijn ogen af. 'Hoe zou het kunnen gaan na alles wat er gebeurd is?'

'Het spijt me, dat was een stomme vraag. Ik bedoelde alleen dat...' Adam wist even niet wat hij moest zeggen en schudde zijn hoofd om zijn eigen lompheid. 'Sorry, vergeet het, ik weet niet wat ik bedoelde. Ik ben denk ik een beetje in de war. Heb je hulp nodig? Is er iets wat ik kan doen?'

'Eigenlijk niet. Maar is het goed als ik even binnenkom?'

'Eh... Ik weet niet of ik je helemaal... Je bedoelt gewoon even hier binnenkomen?'

Bernt knikte, ook al kon hij begrijpen dat die vraag wat opdringerig overkwam. 'Scarlett heeft gezegd dat ik altijd even kon langskomen als ik me alleen voelde.' Hij was wanhopig op zoek naar gezelschap. Van wie maakte niet uit. 'Wanneer dan ook, zei ze.'

'Ik begrijp het.' Adam slaakte een slecht verborgen zucht. 'Alleen zitten wij momenteel midden in...'

'Weet je,' kapte Bernt hem af in een poging het lijden voor hen allebei te verkorten. 'Ik begrijp het. Rustig maar. Je bent vast ontzettend gestrest en dan kom ik aanzetten met mijn problemen. Het spijt me. Ik had alleen wat gezelschap nodig, maar ik kom later wel terug als Scarlett zich weer wat beter voelt.'

'Als ik haar een beetje ken, zou het mij verbazen als Scarlett voor vanavond nog iemand wil zien.'

'Jij kent haar beter dan ik, maar ik zal straks nog een poging wagen.' Hij haalde zijn schouders op gaf de pochet terug. 'Doet ze open, dan doet ze open.'

'Nou, dan denk ik dat het beter is dat je nú even binnenkomt.' Adam deed een stap opzij om Bernt binnen te laten.

'Nee, nee, nee. Het laatste wat ik wil is me opdringen. Het kwam alleen door wat Scarlett had gezegd, maar misschien was dat alleen om aardig te zijn. Jij hebt genoeg te doen nu.'

'Denk daar nou maar niet aan. Ik heb gewoon een beetje moeite met improviseren. Maar kom binnen, ik ben toch vrijwel klaar en hoef pas over een halfuur weg.'

'Zeker weten?'

'Ja, en na dit alles zou het bijna beledigend aanvoelen als je niet even binnenkwam.'

'Als het lastig is, kan ik...'

'Bernt, het is goed,' snoerde Adam hem de mond, en hij legde zijn hand op Bernts schouder. 'Kom binnen. Ik heb niets tegen op wat gezelschap voordat ik wegga. Het is juist goed om even ergens anders aan te denken. Kom, dan gaan we in de woonkamer zitten. Wil je trouwens wat drinken? Thee? Koffie? IJswater?'

'Je hebt geen... bier?'

'Jawel, natuurlijk. Je kunt ook een G&T krijgen, als je dat liever hebt. Of misschien een whisky?'

'Whisky is prima. En een glas water.'

'Whisky en water, *on its way*.' Adam verdween richting de keuken terwijl hij zelf doorliep naar de woonkamer, waar hij op de bank ging zitten.

Het viel hem op hoe comfortabel die was, niet te zacht of te hard, en hij moest eraan denken dat Silvia precies dezelfde had willen kopen toen ze een paar jaar geleden bij de Westers waren wezen dineren. Maar hij had nee gezegd met als argument dat het erg gênant zou zijn als de buren het zouden merken. En nu zat hij hier, en kon het hem niet meer schelen of iets gênant was of niet.

Adam kwam binnen, zette de glazen op de salontafel en ging tegenover hem zitten. 'Ik heb een lekkere bel ingeschonken, dus houd je niet in, en wil je meer, dan zeg je het maar. Zelf moet ik het helaas doen met water, want ik moet zo nog rijden.'

'Ik zou het eigenlijk zelf ook bij water moeten houden,' zei Bernt, en hij bracht het glas naar zijn mond. 'Dat was een van de redenen dat ik langskwam. Want als ik alleen ben is de alcohol mijn enige gezelschap. Maar nu zit ik hier toch te...' Hij nam een slok van de rokerige drank en voelde het branden in zijn keel, proefde het aroma in zijn mondholte.

'Je hoeft je omwille van mij niet te verontschuldigen. Ik veroordeel niemand. Zeker niet iemand in jouw situatie.'

'Dank je, dat waardeer ik enorm.' Hij nam nog een slok en het frappeerde hem wat een lekker spul dit was. 'Weet je, normaliter heb ik er geen enkele moeite mee om alleen te zijn. Ik vind het bijvoorbeeld heerlijk om 's morgens vroeg te gaan vissen. Om daar gewoon te mogen zitten met de natuur als enige gezelschap en met niemand te hoeven praten. Maar nu...' Hij haalde zijn schouders op en nam nog een slok. 'Nu kan ik mijn eigen gezelschap niet eens aan zonder dit.' Hij hield het glas naar zichzelf omhoog als in een toost en nam een slok.

'Nu kennen wij elkaar natuurlijk niet zo goed, maar als je problemen hebt met drank is dat wellicht iets waar je wat aan moet gaan doen, hoewel misschien niet nu. Dat kan wel wachten tot, ik weet niet hoe ik het moet zeggen, het ergste voorbij is.'

Bernt knikte en nam nog een slok, zag dat zijn glas leeg begon te raken en dat Adam al met de fles klaarstond om het bij te vullen.

'Sorry dat ik het vraag. En zeg het gewoon als je geen antwoord wilt geven,' ging Adam verder, en hij zette de fles weer neer. 'Maar weten ze al wat er eigenlijk gebeurd is?'

'Het meeste wijst erop dat ze is uitgegleden op de steiger en bewusteloos is geraakt toen ze in het water viel. Men heeft blijkbaar sporen van haar bloed aangetroffen op de rand van de steiger en op het trapje. Maar zelf vind ik het allemaal volstrekt onbegrijpelijk en snap ik niet hoe dat heeft kunnen gebeuren.' Bernt haalde zijn schouders op. 'Silvia verloor nooit zomaar haar evenwicht en de steiger en de zwemtrap zijn geen van beide erg glad. Ik heb zelfs antislipstrips aangebracht op de trap.'

'Ik weet niet wat ik moet zeggen. Maar zo is het meestal, toch. Het maakt niet uit hoe onwaarschijnlijk het is, de kans bestaat toch altijd dat het gebeurt. Ik kan zelf onmogelijk begrijpen hoe een rondje zwemmen in dit paradijs op deze manier kan eindigen. Oké, dat je kunt uitglijden, dat kan zeker de beste overkomen, maar dat dat zou leiden tot...' Adam zweeg en schudde zijn hoofd.

'En jij?' vroeg Bernt, en hij probeerde oogcontact te krijgen. 'Heb jij iemand verloren die je dierbaar was?'

'Alleen mijn ouders.'

'Dus die zijn allebei overleden?'

'Ja, maar wij waren nooit erg close. Pas toen Scarletts broer overleed, leerde ik verdriet van dichtbij kennen. Net als in jouw situatie veranderde alles van de ene op de andere dag.'

'Ja, ik kan nog steeds niet begrijpen dat Silvia er niet meer is. Dat ze niet even een boodschap aan het doen is of een wandelingetje aan het maken en zo weer thuiskomt. Begrijp je? Ik kan het gewoon niet bevatten. Dat ik haar nooit meer kan omhelzen.' Hij voelde dat de tranen niet ver weg waren en nam een flinke slok van zijn whisky in een poging ze te stoppen. 'Wat heb ik verdomme gedaan dat ik dit verdien? Nou? En wat heeft zij verdomme gedaan? Het is zo godvergeten oneerlijk.' Hij schudde zijn hoofd en leegde zijn glas, zag in dat het een veel te grote slok was, maar dwong zichzelf toch de brandende vloeistof door te slikken.

'Tja, op die vragen is geen antwoord. Hoe onrechtvaardig het ook is en hoe hard het ook kan klinken, je kunt niets anders doen dan proberen het te accepteren en verdergaan. Dat is in elk geval wat Scarletts therapeut zegt. Hoe sneller je de eisen op een antwoord laat varen, hoe sneller je...'

'Zeg, ik moet even naar de wc,' kapte Bernt hem af, en hij kwam op onvaste benen overeind. 'Is het goed als ik hier even ga?'

'Natuurlijk.' Adam stond op en wierp een blik op zijn horloge. 'Maar daarna moeten we er een eind aan breien. Ik moet namelijk over een paar minuten weg.'

'Oké,' zei Bernt, en hij liep naar de hal. 'Ik beloof je dat ik zal opschieten.'

Hij merkte nu pas hoe dronken hij al was en dat hij moeite moest doen om niet al te veel te slingeren op zijn weg door de hal. Het was alsof de whisky in zijn bloed bleef pompen elke keer dat hij zijn polsslag in zijn slapen voelde bonken, en eenmaal op het toilet was hij zo ver heen dat het alleen al lastig was om het lichtknopje te vinden.

Zo kon het niet doorgaan. Dit was pathetisch. Hij kon niet eens zijn broek open krijgen en zijn gulp omlaag trekken zonder met één hand op het fonteintje te steunen.

Scarlett had dat ook al gezegd toen ze bij hem was. Dat alcohol geen oplossing was. Dat dat op dat moment goed leek en in het beste geval het verdriet wat kon dempen. Maar je kon het niet verdrinken. Zo gauw je weer nuchter was, kwam dat verdriet met vernieuwde kracht terug.

Om niet te vallen, ging hij wijdbeens staan toen hij moest plassen.

Beide voeten tegen de plinten gedrukt, zodat hij kon ontspannen en de straal het wateroppervlak in de toiletpot kon laten stukslaan. In de tussentijd meende hij iets te horen wat klonk als drie korte metaalachtige tikjes. Het was niet luid, maar toch duidelijk genoeg om zijn focus te verliezen, waarop hij prompt naast de pot richtte.

Verdomme nog aan toe. Nu had je de poppen aan het dansen. Alles ging voor zijn ogen op en neer en voordat hij zijn evenwicht had hervonden, was er in de ene hoek al een flinke plas ontstaan.

Toen hij klaar was, ritste hij zijn gulp dicht en maakte hij zijn broekband vast, waarna hij op zijn knieën zakte, een meterslang stuk wc-papier van de rol trok en de urine begon op te dweilen; op dat moment meende hij opnieuw het metaalachtige getik te horen. Drie keer snel, gevolgd door drie langzamere tikjes en meteen daarna weer drie korte.

Dat was vast niets, redeneerde hij en hij gooide het papier in het toilet, trok een nieuw stuk los en droogde de vloer in de hoek helemaal tot onder de wc-borstel. Elk huis had zijn geluiden. En dat het klonk als een signaal, misschien zelfs een noodsignaal, was ongetwijfeld gewoon toeval. Hij verbeeldde het zich vast.

Toen hij het laatste had opgedweild, kwam hij overeind en spoelde door. Daarna waste hij zijn handen en draaide zich om naar de deur om die van het slot te doen. Maar in een plotselinge ingeving besloot hij nog even af te wachten. Je kon het OCD noemen, een dwangstoornis, of wat dan ook. Dat kon hem niet schelen.

Hij had te veel verhalen gehoord over hoe overleden familieleden op verschillende manieren wat van zich hadden laten horen voor een laatste vaarwel, om het geen kans te geven. Niet dat hij geloofde in allerlei hocus pocus, maar als het Silvia zou blijken te zijn die contact met hem probeerde te krijgen, wilde hij dat niet missen. Maar hij hoorde geen geluid meer, hoewel hij best een tijdje bleef staan luisteren.

Toch kon hij de gedachte niet loslaten dat er iets niet in de haak was, en hoe het ook zij, er zat een buis in de hoek, precies waar hij de grond droog had gemaakt. Daar liep waarschijnlijk de afvoer, en het was niet onmogelijk dat het geluid zich daarin had voortgeplant. Áls er al een geluid was geweest.

Zijn gedachten vlogen alle kanten op, alsof hij drugs had gebruikt, maar uiteindelijk besloot hij het los te laten en huiswaarts te gaan. Daarom draaide hij zich weer om naar de deur, haalde die van het slot, deed het licht uit en liep de hal weer in. Een paar passen later, vlak bij de trap naar de kelder, bleef hij opnieuw staan, niet wetende of het iets concreets was of gewoon een ingeving in zijn alcoholmist. Nóg een poging van Silvia.

Of het kwam door het verre geklop dat hij had gehoord in de gastentoiletruimte, daar zou hij nooit achter komen, maar hij besloot naar beneden te gaan om met eigen ogen te kijken. Het een kans te geven, al was het maar om er een streep onder te kunnen zetten. En zolang hij voorzichtig was en zich aan de leuning vasthield en één trede tegelijk nam, zou het geen probleem moeten zijn.

Het was vast gewoon een idee-fixe, maar daar kon hij niets aan doen. Als hij nu niet naar beneden zou gaan om te kijken, zou hij dat niet kunnen loslaten zodra hij thuiskwam. Dan zou hij daar de hele nacht zichzelf liggen te vervloeken omdat hij Silvia geen laatste kans had gegeven.

Nog twee treden, dan was hij beneden.

Hij besefte dat het de eerste keer was dat hij hierbeneden was. Alhoewel hij zijn hele leven hier op de landtong had gewoond, was hij nooit bij de buren in de kelder geweest. Er waren meer deuren dan hij verwachtte. Maar als het geluid zich had verspreid via een stampijp, zou het niet zo lastig moeten zijn om te bedenken waar die in de kelder omlaag kwam.

'Hallo daar. Waar ga je naartoe?' hoorde hij Adam achter zich roepen. 'De uitgang is hier boven!'

'O, ja... sorry.' Hij draaide zich om en zag Adam bovenaan de trap staan. 'Ik weet niet wat mij bezielde. Ik moet verkeerd zijn gelopen.'

'Tja, daar lijkt het wel op. Maar dat kan de beste overkomen, zeker als je wat te diep in het glaasje hebt gekeken. Kom, dan loop ik met je mee naar huis.'

Eigenlijk wilde hij dat niet, maar misschien was het wel beter, dacht hij toen hij de leuning beetgreep en langzaam weer naar boven liep, treetje voor treetje. Hij kon het maar beter zo snel mogelijk accepteren en verdergaan.

Helene Wester

Het IJslandse luchtruim, vrijdagmiddag

Nadat ze op haar plaats was gaan zitten en in de comfortabele stoel achteroverleunde, had het niet lang geduurd voordat een van de jongere mannen van het cabinepersoneel naar haar toe was gekomen en haar een glas champagne had aangeboden. Dat was verleidelijk geweest. Zo verleidelijk dat ze zelfs haar hand al had uitgestoken om het glas aan te pakken voordat ze zich had bedacht en toch vriendelijk maar beslist nee had gezegd.

Ze moest de overwinning niet al bij voorbaat opeisen – als er íéts was wat ze niet mocht of wilde, dan was dat het wel. Zo hadden ze het afgesproken. Dat er niets klaar was voordat het helemaal af was. Hoeveel kilometer ze ook al hadden gerend, ze waren er pas als de laatste meter was afgelegd.

Ze had daarom prioriteit gegeven aan het krijgen van de slaap die ze nodig had, en óf ze geslapen had. Zo diep dat ze zich niet kon herinneren dat het vliegtuig had getaxied of zelfs maar was opgestegen. Ze wist niet eens meer dat ze haar veiligheidsriem had vastgemaakt, maar een van de stewardessen had zich vast voorovergebogen en hem vastgeklikt zonder haar wakker te maken.

Dat waren van die dingen waar je op kon rekenen als je businessflex vloog. Dat gold ook voor het uitgeklapte tafeltje naast haar, waar twee dienbladen met eten op haar stonden te wachten. Eén met ontbijt en eentje afgedekt met folie dat nog warm was toen ze haar hand erop legde. Voor zover ze kon zien was geen van de andere passagiers in haar afdeling aan het eten, wat betekende dat het personeel moest hebben gezien dat ze bezig was wakker te worden en het eten snel weer warm had gemaakt, zodat ze er niet om zou hoeven vragen.

Dat was precies zoals haar leven er vanaf nu uit zou zien – of over een paar uur om exact te zijn. Een leven met een voortdurend gouden randje waarin ze nooit meer nee zou hoeven zeggen tegen iets wat ze hebben wilde. Zich nooit meer zou hoeven schamen omdat zij degene was die geen geld had. Die altijd het verkeerde merk spijkerbroek droeg en steken onder water kreeg omdat haar moeder degene was die hun wc's schoonhield. Zij zou vanaf nu iemand zijn met wie je maar beter rekening mee kon houden.

Natuurlijk had ze zich in haar jaren met Carl aanzienlijk meer kunnen permitteren dan waar de meesten van konden dromen, maar met dat beetje extra had hij nooit ingestemd. Dat waar niemand eigenlijk geld voor overhad.

Zo had hij bijvoorbeeld altijd business-classic geboekt, alleen om een paar duizend kronen uit te sparen. En in zekere zin had hij gelijk dat er op papier weinig verschil zat tussen die twee prijsklassen, behalve dan de mogelijkheid dat je bij het wat duurdere ticket kosteloos kon annuleren. Anders was het hetzelfde: het eten, de luxe stoelen en de service. Op papier, ja.

In werkelijkheid was het verschil gigantisch. De service was bijna niet te vergelijken en lag op een totaal ander niveau voor de weinigen die die extra toeslag hadden betaald. En dat was precies waar het allemaal om draaide. Dat beetje extra. Dat wat niet viel af te lezen van een stukje papier – en wat gewone stervelingen niet konden zien.

Maar Carl had constant geweigerd. Hoewel hij zwom in het geld, had hij altijd overal op bezuinigd, ook al was dat nergens voor nodig, en daardoor kreeg ze juist nu dat gevoel dat ze haar hele leven had gemist. Het gevoel dat hoeveel het ook kostte, ze het zich altijd zou kunnen veroorloven. Dat ze zo verheven was boven alle anderen dat niemand haar wat kon maken.

Ze pakte haar mobiel en wekte die tot leven, liet hem verbinding maken met het internet, waarna ze de versleutelde berichtendienst Signal opende en *Wakker* typte. Daarna koos ze het ontbijtblad en bestelde een cappuccino met gewone melk, hoewel het rond drie uur 's middags lokale tijd moest zijn en hoewel ze gewoonlijk zelden ontbeet. Maar dit was zo ver van wat gewoon was als maar kon.

Ook al resteerde er nog een aantal kleinigheden, ze voelde zich nu al als herboren. Dat was misschien overdreven, maar dat was toch zoals ze zich voelde. Alsof haar echte leven nu pas kon beginnen. Het leven dat ze altijd had willen leven.

De reis hiernaartoe was lang en allesbehalve eenvoudig geweest, maar ze was zo gefocust en er helemaal in opgegaan dat ze het simpelweg had gezien als een stap in de goede richting. Pas nu werd het haar duidelijk hoe ver ze eigenlijk was gegaan om hier te komen.

Voor iedereen zou de te betalen prijs te hoog zijn geweest. Maar niet voor haar. De waarheid was dat ze geen seconde zou aarzelen om het allemaal weer precies zo te doen als dat zou moeten.

Getwijfeld had ze daarentegen wel. Getwijfeld aan de goede afloop. Of hun minutieuze planning voldoende waterdicht was. Of hun plan überhaupt uit te voeren was of gedoemd te mislukken. Er kon van alles gebeuren wat buiten hun macht lag, iets irrelevants wat ze niet voorzien hadden en wat later allesbehalve irrelevant zou blijken.

Maar zo achteraf kon ze alleen maar constateren dat, ook al was lang niet alles de afgelopen week volgens plan verlopen, ze het geluk aan haar kant had gehad. Iets wat inhield dat ze de boel uiteindelijk toch min of meer had kunnen afmaken zoals in eerste instantie was bedacht.

Nu hing het op zich niet alleen af van geluk. De dode rat in het zwembad had het kleed definitief onder hem vandaan getrokken. Hetzelfde gold voor de verwisselde foto's van de inrichting van het huis in de mailconversatie. Hij die nooit aan zichzelf en zijn eigen oordeel twijfelde, was dat nu wel gaan doen. Vervolgens de geluiden in de buizen, om nog maar te zwijgen over de plotselinge temperatuurwisselingen in de douche of de verstopping van het afvoerputje: alles wat had meegeholpen om hem in een paar dagen te laten instorten en tot een nerveus wrak te maken, was in hun voordeel geweest.

Maar dat was niets anders dan techniek. Hoe zorgvuldig uitgedacht en voorbereid het ook was, het was niets anders dan signalen in de vorm van enen en nullen die door kabels en lucht naar verschillende besturingseenheden werden gestuurd en die zich precies zo gedroegen als waarvoor ze geprogrammeerd waren en hun ding deden.

Anders was het met alle toneellessen die ze al die jaren had gevolgd. Als ze die niet had genomen, had ze dit allemaal nooit gekund. Ze had nog nooit zo vol inleving en overtuiging gespeeld als in de afgelopen week. Alleen al dat de twee politiemensen er na het verhoor mee akkoord waren gegaan dat ze het land mocht verlaten, ook al zou de sectie op Carl pas over een paar dagen klaar zijn, was op zich een grotere erkenning dan een Oscar voor de beste vrouwelijke hoofdrol.

Wat haar nu te wachten stond, was niets anders dan de overwinning incasseren. En die bestond uit niets anders dan landen, de laatste sporen uitwissen en haar bont en blauw geslagen, maar verdrietige gezicht tonen op de begrafenis.

Als ze heel eerlijk moest zijn, zag ze nog het meest op tegen de landing. Niet dat ze vliegangst had, integendeel, ze was dol op vliegen. Wat ze daarentegen haatte was het landen. Deels omdat de tijd waarin ze kon slapen en ontspannen dan bijna ten einde was, deels omdat juist bij de landing de meeste ongelukken gebeurden.

Elke keer dat de wielen aan de grond kwamen en het hele toestel dusdanig heen en weer schudde dat het leek alsof het doormidden zou breken, hoeveel je ook voor je ticket had betaald, ze was er een fractie van een seconde van overtuigd dat ze het niet zou overleven. Op dat moment maakte het niet uit dat het risico slechts één op elf miljoen was of dat het achttien keer veiliger was om te vliegen dan thuis te blijven.

In haar gedachten bestond er altijd een mogelijkheid dat het voorste landingsgestel niet helemaal was uitgeklapt, of dat de ene vleugeltip juist op het meest kritieke moment door een plotselinge rukwind de grond zou raken. Of nog waarschijnlijker, dat er iets fout was gegaan in de verkeerstoren, die een ander vliegtuig groen licht had gegeven om te starten.

Om die reden durfde ze pas goed uit te ademen toen het vliegtuig veilig aan de grond was gekomen en de snelheid voldoende was verminderd, opdat ze naar de gate konden taxiën. Pas dan, als het lampje VEILIGHEIDSRIEMEN VAST uit was en ze overeind kon komen, het toestel kon verlaten en het versleutelde berichtje kon versturen dat ze geland was. Pas dan zou ze echt kunnen ontspannen.

Voor Adam waren de volgende uren daarentegen aanzienlijk kritieker. Maar ze was ervan overtuigd dat hij dat net zo galant zou afhandelen als alle andere dingen de afgelopen jaren. Er was niets wat hij niet aankon, haar Adam. Haar geliefde Adam naar wie ze zo had verlangd en die ze spoedig in haar armen kon sluiten om hem nooit meer los te laten.

Adam Harris

Stockholm, vrijdagavond

Het scherm van de laptop was opgedeeld in zes even grote vierkanten, waarbij elk vierkant een ander deel van het huis in Santa Cruz liet zien. De keuken, de slaapkamer en de badkamer op de bovenste rij en de garage, het zwembad en de tuin op de onderste. De tijdsaanduiding helemaal linksonder stond op 9.23 uur lokale tijd. Maar te oordelen naar de intensieve activiteit in alle ruimtes had het politieonderzoek op de plaats delict de hele nacht geduurd.

In de garage was de Tesla afgevoerd en twee forensisch rechercheurs in witte pakken waren bezig de jerrycans met oplosmiddel te onderzoeken en monsters te nemen van onder andere de cirkelzaag en enkele andere stukken gereedschap. In de badkamer was de wastafel langs de onderkant van het beeld zichtbaar, aangezien de camera achter de badkamerspiegel verstopt zat. Midden in het beeld was te zien dat de badkuip opzij was geschoven om het afvoerputje bloot te leggen, waar een volgende forensisch rechercheur in beschermende kleding op zijn knieën zat en bezig was monsters te nemen en de boel te onderzoeken.

De slaapkamer zag je daarentegen vanuit vogelperspectief met het tweepersoonsbed er recht onder, en politiemensen in beschermende kleding die foto's maakten en alles onderzochten, van de revolver en haren in de lakens tot de plas bloed op de grond waar Carl gelegen had.

Als een koekoeksklok, dacht hij terwijl hij in het vakje rechtsonder kon constateren dat de politiemensen eindelijk op de juiste plek aan het graven waren en spoedig de lichaamsdelen zouden vinden. Als een klein wonder aan de muur waarbij alles op de nanomillimeter nauwkeurig was afgestemd en de veertjes op het juiste moment werden gespannen en de tandwieltjes precies op de juiste manier in elkaar haakten opdat alles naar behoren zou functioneren.

Hij klapte de laptop dicht en stopte hem in zijn tas, waarna hij de trap op liep, terwijl hij zijn mobiel uit zijn zak viste en die opnieuw liet bellen. Hij kon niet contenter zijn met hoe de hele zaak zich had ontwikkeld. Toch moest hij een redelijk bezorgd en gestrest gezicht zetten, gekruid met een toenemende ongerustheid zonder dat het te overdreven werd.

'*Hallo, ik kan je gesprek momenteel niet beantwoorden*,' hoorde hij Scarletts vooraf opgenomen stem in zijn mobiel terwijl hij de deur achter zich dichtdeed en om een groep gasten heen liep terwijl hij om zich heen keek, alsof hij een plekje zocht waar hij zich een beetje kon afzonderen. '*Maar spreek een bericht in, of – nog liever – stuur een mailtje, dan neem ik zo gauw mogelijk contact met je op*.'

Dit was de vierde keer het laatste halfuur dat hij zich goed zichtbaar even terugtrok, zijn mobiel tegen zijn oor gedrukt in afwachting van tot de piep aangaf dat hij een bericht kon inspreken. 'Dag schat, is er iets gebeurd?' vroeg hij, en hij knikte stijf glimlachend naar enkele keurig geklede bezoekers met een glas champagne in hun ene hand en een hapje in de andere. 'Waar blijf je toch? Je had hier al een halfuur geleden moeten zijn. En waarom neem je niet op? Ik word ongerust, dat snap je toch wel? Bel me zo gauw je dit hoort. Hou van je.'

Hij beëindigde het gesprek, wisselde naar Signal en constateerde dat er geen nieuwe mededelingen waren gekomen sinds het berichtje van anderhalf uur geleden: *Gate*. Tegelijkertijd wierp hij een blik op een aantal bezoekers dat naar de tentoongestelde transistorradio *Fake News* durfde te lopen en hem aanzette.

De radio werd tot leven gewekt en begon luid genoeg te ruisen opdat meerdere gasten die zich daar in de buurt bevonden zich nieuwsgierig omdraaiden. Het apparaat trok nog meer de aandacht toen er iemand aan de kanaalkiezer begon te draaien en in het geruis een zender wist te vinden.

'*Een onlangs uitgevoerd klimaatonderzoek, een van de grootste in zijn soort, is vandaag gepubliceerd,*' hoorde je een manlijke nieuwslezer in het Engels uit de knetterende luidspreker komen. '*Dat heeft vastgesteld dat de uitstoot van kooldioxide van de laatste decennia geen noemenswaardige invloed op het klimaat heeft gehad. In plaats daarvan gaat het volgens het rapport om tijdelijke, maar volkomen normale fluctuaties in...*'

Zijn mobiel trilde, en toen hij Signal weer opende, zag hij dat er eindelijk een nieuw berichtje was gekomen: *Grand.* Tegelijkertijd stelden de bezoekers achter hem met groeiend enthousiasme een andere zender in. Deze keer met een vrouwelijke nieuwslezer.

'*Dat de aarde plat is, is allang een algemeen aanvaarde waarheid. Maar de laatste jaren zijn steeds meer mensen ervan overtuigd geraakt dat deze eigenlijk vierkant is...*'

'Hoi, hoe gaat het?' Dat was Nils die naar hem toe kwam, net toen hij op het punt stond de app YOYOPower op zijn mobiel te openen. 'Heb je haar al te pakken gekregen?'

'Nee, ze neemt niet op,' zei hij, en hij stopte zijn telefoon weer in zijn zak. 'Ik heb haar net nog geprobeerd te bellen, maar nog steeds geen gehoor. Ik kom meteen in de voicemail.'

'Ze duikt vast zo meteen op, dat zul je zien.' Nils legde zijn hand op zijn schouder. 'Ze is tenslotte pas een halfuur te laat, en we zijn hier nog minstens twee uur. Misschien vond ze het gewoon moeilijk om te bepalen wat ze aan zou trekken. Gerhard vond dat in elk geval knap lastig.' Nils barstte in lachen uit.

Zelf maakte hij geen aanstalten om te lachen, maar schudde alleen zijn hoofd. 'Dit is alleen niks voor haar. Scarlett is nooit laat. Ik bijna altijd, maar zij nooit.'

'Oké, je denkt toch niet echt dat er wat gebeurd is?'

'Nee, eigenlijk niet. Ik bedoel, wat zou dat moeten zijn?'

'Nou ja, ze was gisteravond niet bepaald in topvorm.'

'Dat is waar, en ze was vandaag ook niet op haar best, als ik het zo zeg.'

'Dus je hebt haar wel gesproken?'

'Ja, absoluut. Ik heb een heerlijk ontbijt voor haar gemaakt. Je weet wel, met verse jus d'orange, roerei, de hele mikmak, alleen maar om haar in een betere stemming te brengen. Ze had gisteravond immers niets gegeten.'

'Maar dat hielp niet?'

'Ze at bijna niks, zat daar maar naar de tafel te staren. Uiteindelijk vroeg ik wat er aan de hand was, of ik iets voor haar kon doen, maar het enige wat ze zei was dat alles goed was en dat ik me niet ongerust moest maken, en er gewoon voor moest zorgen dat ik zo snel mogelijk weg kwam. Ze beloofde zelfs dat als ze maar een beetje met rust gelaten zou worden, dat ze vast in een beter humeur zou zijn als ze vanavond hiernaartoe zou komen.'

'Nou, daar heb je de verklaring. Ze is gewoon nog steeds bezig om in de juiste stemming te komen. Het is met andere woorden omwille van jou dat ze de tijd neemt. Om het feest niet te verpesten.'

'Alleen... Scarlett is iemand die gewoon een glimlach op haar gezicht kan toveren als dat nodig is. Maar ja...' Hij zweeg en knikte.

'Maar ja, wat?' vroeg Nils.

'Ze is zichzelf de laatste tijd gewoon niet.'

'Op welke manier?'

'Ze is, wat moet ik zeggen, op de een of andere manier extreem broos. Zoals gisteren. Je hebt zelf gezien hoe ze opeens gewoon wegliep en het wel twintig, vijfentwintig minuten duurde voor ze weer zover bij haar positieven was dat ik haar ertoe kon bewegen om naar bed te gaan. Zo down is ze nooit eerder geweest.'

'En jij denkt dat het met de dood van haar broer te maken heeft.'

'Ik wéét dat het met de dood van haar broer te maken heeft. En zij weet dat ik het weet, en we weten allebei dat we daar niets aan kunnen doen. Tom is dood, en hoe afschuwelijk dat ook is, zal hij dat de rest van ons leven ook blijven. Feit is alleen dat het deze keer erger is dan anders.'

'Adam.' Nils keek hem aan. 'Heb je het gevoel dat je naar huis moet?'

'Hoe bedoel je, nu?'

'Ja, om zeker te weten dat alles in orde is en dat er niet... je weet wel, iets gebeurd is.'

'Maar dat kan niet. Wat moeten de mensen wel niet denken? Iedereen is er net en dan ga ik er gewoon vandoor.'

'Nee, dat is natuurlijk niet optimaal, maar de gasten kunnen best een tijdje zonder jou, gezellig met elkaar babbelen en bubbels drinken, als dat nodig is om...'

'Nils, rustig maar,' onderbrak hij hem. 'Ik ben alleen een beetje nerveus. Natuurlijk blijf ik.'

'Zeker weten?'

'Ja, ik weet toch hoeveel energie jij erin hebt gestoken om al die mensen hier te krijgen. Om nog maar te zwijgen over hoe druk ik er zelf mee ben geweest.'

'Dat is waar, en ik zou het echt heel jammer vinden als je je eigen feest zou moeten verlaten. Het enige wat ik probeer te zeggen is dat als jij het gevoel hebt dat je moet gaan, dat je dat ook moet...'

'Nils, dat is echt heel attent van je, en dat waardeer ik enorm, heus. Maar zoals je zelf net zei, is ze vast gewoon wat laat en zal ze zo wel komen. Laten we liever proberen wat kunst te verkopen.'

'Oké,' zei Nils, en hij knikte. 'Ik wilde namelijk net mijn welkomstpraatje houden en je voorstellen. Daarom kwam ik ook naar je toe. Om te horen of je er klaar voor bent. En wees niet bang. Alles wordt verkocht. Misschien niet meteen vanavond, maar de komende weken beslist, daar ben ik van overtuigd. Het belangrijkste is dat jij nu ook een beetje moet proberen te genieten. En wat plezier hebt. Het is immers jouw feestje.'

'Oké, ga jij je toespraak houden, dan beloof ik dat ik zal gaan genieten zo gauw Scarlett er is.'

Nils knikte, gaf hem en klap op zijn schouder en verdween in het gedrang.

Hij haalde opnieuw zijn mobiel tevoorschijn, ontgrendelde die en opende YOYOPower, waarna hij de schakelaar genaamd WATER opzijschoof en afwachtte tot er een melding kwam dat de drukschakelaar was geopend.

'Hallo, ik ben Gerhard von Engel,' zei een man die zonder dat hij het had gemerkt op hem af was gelopen. 'En jij bent Adam Harris, als ik me niet vergis.'

'Dat klopt.' Hij keek op van zijn mobiel en gaf de man een hand. Hij was groot en lang, geheel gekleed in het wit met een stevige groene ketting om zijn nek en een bijpassende bril op zijn neus. 'En jij bent vast de man van Nils.'

'Jazeker, in hoogsteigen persoon. Ik was benieuwd naar die transistorradio. Je weet wel, *Fake News*. Heeft die een eigen ingebouwde FM-zender, of hoe heb je dat...'

'Sorry, maar kun je me even excuseren,' onderbrak hij hem.

'Ja, natuurlijk, geen punt. Ik heb de hele avond. Dat komt later wel.'

'Dank je, ik probeer namelijk steeds mijn vrouw te pakken te krijgen, ze zou hier al meer dan een halfuur geleden geweest zijn.'

'Jeetje. Er is toch niets gebeurd?'

'Daar ben ik een beetje bang voor, maar er zal vast niks zijn.' Hij liep een stukje bij hem vandaan terwijl hij Scarletts nummer aanklikte en opbelde.

'*Hallo, ik kan je gesprek momenteel niet beantwoorden*,' begon de voicemail terwijl hij rondliep met het toestel tegen zijn oor gedrukt. '*Maar spreek een bericht in, of – nog liever – stuur een mailtje, dan neem ik zo gauw mogelijk contact met je op.*'

'Scarlett, hoe vaak moet ik je bellen?' vroeg hij, iets luider deze keer. 'Waar blijf je toch? Ik begrijp er niets van. Als je niet snel komt, moet ik hier weg bij de galerie om me ervan te verzekeren dat er niets gebeurd is. Dus alsjeblieft liefste, laat in elk geval even wat horen, zodat ik me niet ongerust hoef te maken. Oké? Kus.'

Aan de andere kant van de ruimte tikte Nils tegen zijn glas om de aandacht te trekken terwijl hij naar voren liep en voor de gasten ging staan. 'Eindelijk kan ik jullie allemaal verwelkomen bij *Nothing but the truth*, de eerste expositie van Adam Harris hier in Stockholm en in Zweden. Ja, zelfs in Europa.' Er brak een spontaan applaus uit en Nils hief zijn glas voor een luchttoost voordat hij gebaarde dat hij nog niet klaar was. 'Ik zeg éíndelijk, niet omdat jullie een halfuur hebben moeten wachten om welkom te worden geheten, maar omdat het een paar jaar heeft geduurd voordat dit project gerealiseerd was. Maar net als bij een goede kwaliteitswijn zijn sommige dingen het wachten waard, en zoals de meesten van jullie al zijn gaan begrijpen, is deze expositie ook zoiets. Ik durf namelijk te beweren dat jullie nooit eerder zoiets hebben gezien. Nooit. En zeg eens eerlijk: hoe vaak gebeurt dat? Iets totaal nieuws.'

Terwijl Nils zijn inwijdingsspeech hield, ging Adam weer naar Signal en typte *Water loopt*.

'Ik ben me ervan bewust dat dat grote woorden zijn. Maar het is dan ook een grote tentoonstelling,' ging Nils verder. 'Misschien niet groot in aantallen werk en qua oppervlakte, maar groot zoals in met welke millimeterprecisie de expositie haar vinger op een van de meest tere punten van deze tijd zet, namelijk de waarheid. En zoals sommigen van jullie zeker al zijn gaan vermoeden, is het niet zo eenvoudig om te weten wat waarheid eigenlijk is. Is er maar één, of kunnen er meer zijn? Kunnen we überhaupt vertrouwen op onszelf? En hoe kunnen we dat doen, wanneer alles in twijfel kan worden getrokken? Wanneer alles waarmee wij gevoed worden dingen zijn die we al weten? Als wij geen idee meer hebben van wat boven is en wat onder, wat in steen gebeiteld staat of gewoon onze eigen foutieve opvatting is? Of misopvatting. Wanneer elk klein detail een antithese heeft die beweert de enige waarheid te zijn. Wanneer sommigen ervan overtuigd zijn dat de aarde plat is en anderen menen dat die vierkant is, en geen van ons überhaupt kan vertrouwen op zijn kompas omdat de magneetpolen zich voortdurend verplaatsen.'

Adam kon bij de gasten hier en daar gelach horen terwijl hijzelf met een half oog op zijn mobiel zag dat hij een duimpje omhoog-emoji had ontvangen.

'Maar nu zal ik jullie niet langer vervelen.' Nils hief zijn glas. 'In plaats daarvan is het tijd voor Adam om wat te vertellen over de thematiek van de getoonde werken en hoe het was om eraan te werken. Dus dames, heren en vooral: lieve kunstliefhebbers. Welkom bij de waarheid! De echte, valse, twijfelachtige en dubbelzinnige waarheid die wij allemaal graag haten. Een groot warm applaus voor Adam!'

Adam wrong zich door de applaudisserende groep gasten heen en zorgde ervoor dat hij precies geforceerd genoeg glimlachte.

Scarlett Harris

Stockholm, vrijdagavond

Ze had eigenlijk alleen maar liggen wachten tot het zou gebeuren. Toch was ze geheel onvoorbereid toen het koude water plotseling boven haar was gaan stromen. Aanvankelijk waren het stootsgewijze cascades, vermengd met een heleboel lucht. Alsof de mengkraan zich niet goed voelde en zijn maaginhoud vlak boven haar ophoestte.

Pogingen om te begrijpen wat er gebeurde en hoe dat in z'n werk ging, leidden tot niets. Zoals wie het water had aangezet, en waar die persoon zich bevond. Uit wat ze kon horen was er niemand anders dan zijzelf in de spa-afdeling, en ze was ervan overtuigd dat Adam niet meer in het huis was.

Nou ja, overtuigd. Ze had vrijwel geen feiten waar ze op af kon gaan, eigenlijk alleen haar wensgedachten, ook al had ze een paar uur geleden gemeend het gepiep van de garagedeur te horen toen die was opengedaan en vlak daarna de auto die slippend de onverharde weg op was gereden.

Maar dat maakte allemaal geen verschil. Ze hoefde niets te begrijpen om in te zien welk lot haar wachtte. Zoals waarom het water nu pas kwam en niet eerder. Voor haar stond de afloop vast. Waarom en hoe zouden daar nooit wat aan kunnen veranderen.

Het water stroomde nu gelijkmatig de mengkraan uit en was niet meer zo koud als bij de eerste oprispingen. Als ze moest schatten, was het ergens rond de twintig graden. Toch had ze het zo koud dat ze helemaal lag te bibberen, en met elke millimeter dat het wateroppervlak onder haar steeg verkilde ze nog meer. Tegelijkertijd, als de keus aan haar was geweest, was ze veel liever doodgevroren.

Voor zover ze wist, kon het lichaam alleen tot een bepaalde hoogte waarnemen dat het het koud had. Daarna verloor je je gevoel, en als het maar koud genoeg was, kon je dat zelfs ervaren als warm terwijl je langzaam wegzakte. Blijkbaar was het niet ongebruikelijk dat mensen die 's winters doodvroren al hun kleren hadden uitgetrokken en naast zich neer hadden gelegd in de sneeuw.

Om niet te kunnen ademen, was heel wat anders. Verhinderd te worden om zoiets natuurlijks te doen als je longen te vullen met lucht – alleen de gedachte daaraan was al onaangenaam. Daarbij kwam de pijn die al na een minuut zou volgen en met elke seconde exponentieel erger zou worden tot het vacuüm in de longen zijn tol eiste.

Hoe het zou voelen om water in te ademen als er niets anders meer mogelijk was, daar had ze nog niet eens over nagedacht. Vermoedelijk verschrikkelijk. Ze kon alleen maar hopen dat het lijden kort zou worden en dat het over zou zijn zo gauw ze haar instinct om haar longen te vullen opgaf.

Het water was met circa anderhalve decimeter gestegen en was op weg naar de twee. Haar lichaam was nog steeds niet helemaal bedekt, ook al was er niet veel meer over. Daarna zou het nog vijf, zes centimeter duren voordat haar gezicht ook onder water zou staan.

Exact hoelang het zou duren was moeilijk in te schatten. Als het een gewone badkuip was geweest, was ze vast allang verdronken. Nu was de jacuzzi van een groter model, waar meerdere mensen tegelijk in konden, dus het zou vermoedelijk wel even duren. Aan de andere kant waren de wanden niet recht. Op sommige plekken waren ze gevormd als banken om op te zitten, maar in hoeverre dat het tijdsverloop zou beïnvloeden kon ze niet inschatten. Ze had niet eens bijgehouden hoeveel tijd er was verstreken sinds het water was gaan stromen.

Alsof vijf minuten hier of een halfuur daar in het grotere geheel nog wat uitmaakte. Uiteindelijk zou ze toch worden gedwongen haar adem in te houden, iets waar ze nooit zo goed in was geweest. In elk geval niet voor langere tijd. Sinds het water was gaan lopen had ze het een paar keer geprobeerd, maar ze had nooit tot meer dan veertig kunnen tellen voordat ze lucht nodig had gehad.

Veertig seconden voordat het over was. Misschien zou ze het kunnen oprekken tot vijfenveertig, vijftig, maar beslist niet veel meer.

Ze had er nooit eerder over nagedacht hoe ze zou reageren in een situatie waarin het ging om leven of dood. Wanneer al het andere was uitgewist en onbelangrijk was geworden, en het enige wat resteerde de vraag was of je kon ademhalen of niet. Of ze zo iemand was die het opgaf en het einde liet komen, of dat ze tegen alle verwachtingen in zou blijven vechten.

Logischerwijs was het 't slimste om het op te geven en het proces zo kort mogelijk te maken op het moment dat alle andere mogelijkheden waren verbruikt. Haar longen vullen met water zo gauw dat maar mogelijk was. Maar of de logica echt zoveel te zeggen had als het eenmaal zover was, dat viel nog te bezien.

Zo'n twintig minuten later bevonden haar ogen zich afwisselend boven en dan weer onder het wateroppervlak. Evenals haar mond. Tien armzalige minuten, of was het een kwartier later, stak alleen haar neus er nog bovenuit. Maar alleen als ze zich tot het uiterste inspande en haar hoofd zo ver achterover perste als de riem om haar hals het maar toeliet.

En plotseling was het zo vanzelfsprekend. Alsof de twijfel er eigenlijk nooit geweest was. Nu wist ze het. Nu wist ze het zeker. Ze wilde niet dood. Niet nu en beslist niet op deze manier. Ze hoefde nergens meer over na te denken of dingen te analyseren. Geen voordelen die moesten worden afgewogen tegen de nadelen. Haar hele lichaam riep dat het wilde overleven. Brulde dat het niet uitmaakte hoe, zolang ze er maar voor zorgde niet nu dood te gaan. Koste wat het kost aan pijn.

En op het moment dat ze haar longen tot het uiterste vulde in haar laatste ademhaling dacht ze er niet langer over na hoe het voelde. De pijn was er ongetwijfeld en die nam ook toe in sterkte, maar dat deed haar weinig. In plaats daarvan was haar focus gericht op het inhouden van haar adem en op alles te doen wat ze kon om overeind te komen. Een laatste poging.

Dus daar lag ze de seconden te tellen terwijl het lauwe water bleef stromen dat het waterniveau verhoogde, millimeter voor millimeter.

Dertien...

Dat ze niet los kon komen, was niets nieuws. Dat wist ze na alle eerdere pogingen.

Tweeëntwintig...

Maar dat weigerde haar lichaam te accepteren en dat ging daarom onverstoord door met de hopeloze strijd.

Eenendertig...

Ook al maakte ze weinig kans, elke spier vocht.

Negenendertig...

Ook haar linkerhand weigerde het op te geven en bleef met haar trouwring tegen de metalen monding onder haar tikken, ook al wist ze dat het huis verlaten was.

Drieënveertig...

Maar nu kon ze bijna niet meer, niet meer vechten of haar adem inhouden, en een steeds groter deel van haar begon ernaar uit te kijken dat het binnen niet al te lange tijd voorbij zou zijn.

Tweeënvijftig...

En op dat moment liet het los. Net zo plotseling als een kokosnoot uit de boom viel, liet de oogplaat waarmee haar rechterhand vastzat los. Een hand die, ook al durfde ze het niet te geloven, nu vrij was en zich naar de mengkraan kon uitrekken.

Achtenvijftig...

Omhoog en opzij om de kraan dicht te draaien en het water te stoppen.

Vijfenzestig...

Om daarna met haar vingertoppen als ogen verder te zoeken langs de binnenkant van de jacuzzi naar de afvoerknop om het bad te laten leeglopen.

Bernt Regner

Stockholm, vrijdagavond

Hij pakte een van de flesjes *A ship full of IPA* die in de deur van de koelkast stonden te wachten, wipte de kroonkurk eraf en nam een slok. Niet gewoon één slok en iets later nog eentje. Nee, hij klokte het bier naar binnen alsof hij zojuist de Sahara had doorkruist. Alsof dat het enige was waar het in het leven om draaide. Om het flesje zo snel mogelijk leeg te drinken zodat hij verder kon gaan met het volgende.

Eigenlijk was *A ship full of IPA* van Brutal Brewing helemaal niet zijn favoriete bier. Hij vond het zelfs niet eens zo lekker, en als hij eerlijk moest zijn, begreep hij niet waarom hij het elke keer weer kocht als hij in de staatsdrankwinkel was. Niet vanwege de smaak in elk geval. Een IPA moest weliswaar bitter zijn, maar dit was te bitter, of op de verkeerde manier bitter, hij kon het niet beter uitleggen, en alsof dat nog niet genoeg was, kreeg hij na een half flesje altijd een licht allergische reactie in zijn mondholte.

Wat hij daarentegen mooi vond, waren het etiket en de naam, en daarom legde hij altijd een paar flesjes in zijn mandje voordat hij doorliep naar de merken die hij echt lekker vond. Maar nu waren zijn lievelingsbiertjes op, en je kon zeggen wat je wilde over dat schip, het alcoholpercentage deed in elk geval zijn werk. Dat het een beetje kriebelde in zijn mond was ondanks alles een overkomelijke prijs.

Hij was eerder vandaag, bij Adam thuis, veel te dronken geworden. Zo dronken dat hij, nadat hij met hulp was thuisgekomen, zijn vingers in zijn keel had moeten steken voordat hij op de badkamervloer in slaap was gevallen. Uiterst beschamend, en als Silvia nog had geleefd had ze dagenlang niet met hem gesproken.

Maar hij had geen puf om zich druk te maken om wat er beschamend was of niet. Zolang hij niet trilde of iemand kwetste, mocht hij zich gedragen zoals hij dat wilde. Hij was zijn vrouw verloren, zijn Silvia, dus als iemand wat had aan te merken op de manier waarop hij omging met zijn verdriet, moesten ze gewoon hun bek houden. En als ze dat niet konden, zou hij ze wel een handje helpen.

Hij voelde zich in elk geval al iets beter. Zijn hoofdpijn was vrijwel verdwenen, en hij had zijn evenwicht grotendeels weer terug. Het probleem was alleen dat als hij zo doorging, hij zo meteen helemaal nuchter zou zijn, waarop hij zichzelf dwong een nieuwe scheepslading soldaat te maken.

Het laatste wat hij wilde was in evenwicht komen en zo helder te denken dat hij alles precies moest zien zoals het was. In elk geval niet voordat de jongens thuis waren en ze samen aan de slag konden met de boedelbeschrijving en de begrafenis. Al te dronken wilde hij ook weer niet worden. Daar sprak de pijn in zijn rug na al die uren op de badkamervloer zijn duidelijke taal. Nee, daar wilde hij in godsnaam niet weer belanden, wat gemakkelijker was gezegd dan gedaan.

In balans te blijven en toch enigszins beneveld te zijn, was een kunststukje waarbij het zaak was om precies op het juiste moment de juiste hoeveelheid te drinken. Een evenwichtsoefening waarop hij in zijn jeugd veel had getraind, toen het Roskildefestival elke zomer het vanzelfsprekende hoogtepunt was geweest.

Het derde flesje maakte hij uit routine open zonder er überhaupt bij na te denken. Waar hij daarentegen op reageerde was dat de kroonkurk drie keer op het aanrecht stuiterde voordat hij in de spoelbak viel en op de stapel ingedroogde vaat landde. Of hij daardoor moest denken aan het metaalachtige geluid dat hij in de gastentoiletruimte bij de buren had gehoord, wist hij niet. Misschien had hij er de hele tijd aan gedacht, maar nu borrelde het om de een of andere reden opnieuw naar de oppervlakte.

Drie korte tikjes gevolgd door drie lange, en als hij het zich goed herinnerde weer gevolgd door nog drie korte. *Du du du, daa daa daa, du du dut...* Dat was morse voor het internationale noodsignaal sos. Dat wist hij zeker. Maar of het iets was wat hij echt had gehoord, was minder vanzelfsprekend.

Als je bedacht hoe hij zich op dat moment voelde, kon het net zo goed iets zijn wat zijn benevelde brein had gemeend te horen. Zoals met de kroonkurk die op het aanrecht stuiterde. Een heel natuurlijk geluid dat per toeval zijn ongerustheid had getriggerd. Hij snoof minachtend. Alsof hij nog iets had om zich ongerust over te maken nu het absoluut ergste al was gebeurd.

Du du du, daa daa daa, du du dut...

Maar waarom kon hij het niet gewoon loslaten? Verdergaan en zich druk maken om de echte problemen. Daar was immers geen gebrek aan, dat was één ding dat zeker was. Aan de andere kant was het niet een opeenvolging van geluiden die gewoon zo uit het niets kwam. Dat was het gewoon niet.

Du du du, daa daa daa, du du dut...

Nee, het minste wat hij kon doen, was gaan kijken wat het was. Al was het maar om zeker te weten dat het niets was. En Adam was in elk geval niet thuis. Hem had hij met de auto horen wegrijden vlak voordat hij op de badkamervloer in slaap was gesukkeld. Hij had de banden door het grind horen slippen als in een heuse Bondfilm.

Du du du, daa daa daa, du du dut...

Scarlett had hij daarentegen niet gehoord of gezien. Nu was hij de laatste uren weliswaar knock-out geweest, maar toch. Iets zei hem dat zij zich nog steeds in het huis bevond. Misschien was ze moe en lag ze te slapen. Het gekke was alleen dat de gordijnen in hun slaapkamer niet dicht zaten. Hij kon het natuurlijk mis hebben, maar het leek wel of ze precies zo hingen als eerder vanochtend voordat hij was gaan drinken.

Hij had er niet eerder over nagedacht, de dorst had alles overschaduwd, maar nu bedacht hij dat Scarlett geen ochtendmens was. Integendeel, zij was wat Silvia een echte langslaper zou noemen. Nee, het was allemaal wat vreemd, dat was gewoon zo.

Du du du, daa daa daa, du du dut...

Nu was het zijn zaak verder niet. Naar de buren lopen en weer aanbellen, zou gewoon stom zijn. Adam had uitdrukkelijk gezegd dat dat een slecht idee was omdat zijn vrouw met rust gelaten moest worden.

Bovendien zou er toch niemand opendoen, hoelang hij ook met zijn duim op de bel bleef drukken. Adam was immers zoals gezegd niet thuis en Scarlett waarschijnlijk ook niet, en als dat wel het geval was, voelde ze zich vast nog niet goed en zou ze hem gewoon laten bellen.

Du du du, daa daa daa, du du dut...

Nou hoefde hij eigenlijk helemaal niet aan te bellen, bedacht hij opeens. Hij had immers de sleutels van het huis. Die hingen gelabeld in het sleutelkastje, samen met die van de andere buren. Dat had Silvia al geregeld toen Carl het huis had gekocht en hij er samen met Helene was ingetrokken. Dus als hij het per se wilde, zou hij binnen kunnen rondkijken zonder dat iemand dat hoefde te weten.

Maar eerst zou hij nog een IPA nemen. Of misschien een whisky. Dat was hij na dit alles toch wel waard. De vijf zat immers allang in de klok. Ja, dus dat was het eerste wat hij ging doen voordat hij verder ging nadenken over wat hij daarna zou gaan doen.

Een IPA en een flinke bel whisky.

Scarlett Harris

Stockholm, vrijdagavond

Honderdtweeëndertig...

De krachtige tape over haar mond was het eerste wat ze met haar vrije hand had weggetrokken nadat ze de kraan had dichtgedraaid en erin was geslaagd de stop te vinden om de jacuzzi te laten leeglopen. Het idee was geweest om om hulp te roepen, maar zover was ze nog niet gekomen toen ze inzag dat dat onnodig veel energie zou kosten en vooral zuurstofrijke lucht, die meer van nut was voor haar longen dan als luchtbellen in het water.

Want ook al was het wateroppervlak aan het zakken, ze lag nog steeds onder water. Het was daarom zaak nog even vol te houden, ook al ging het langzaam.

Honderdveertig...

Twee minuten en twintig seconden. Dat ze haar adem zo lang kon inhouden zonder het op te geven of haar bewustzijn te verliezen, had ze nooit durven hopen. Meer dan eens had ze op het punt gestaan toe te geven aan haar reflex om adem te halen, maar in plaats van te vechten tegen de kloppende pijn in haar borst, had ze alles gedaan om zuurstof te sparen en te ontspannen, vastbesloten om te overleven. Eén seconde tegelijk. Weer een ademhaling die moest wachten.

Honderdvijfenvijftig...

Alleen nu zou ze het niet lang meer volhouden. Hoewel het waterniveau nog maar een centimeter boven haar neus was en nog steeds zakte, voelde ze dat haar lichaam het bijna zou opgeven en dat het elk moment lang en diep zou ademhalen en haar longen zou vullen.

Honderdeenenzestig...

De schaduw veranderde alles. Plotseling was die daar gewoon, vlak boven haar. Alsof iemand zich over haar heen boog. Maar ze was helemaal alleen. Of kwam er iemand haar te hulp? Iemand die de signalen met haar trouwring had gehoord.

Honderdachtenzestig...

Misschien was het gewoon wishful thinking? Ze bewoog zich om te laten zien dat ze in leven was. Een laatste poging om het nog een paar seconden uit te houden. Te laten zien dat er nog steeds kans was om haar te redden.

Honderdzevenenveertig...

Het was geen gezichtsbedrog. Geen luchtspiegeling die ontstond doordat haar brein aan het afsluiten was. Ze kon het nu zien. Er stond inderdaad iemand boven haar. Een levende ziel die zijn ene hand naar haar uitstrekte. Het water in, naar haar voorhoofd, wat vreemd was. Waarom niet onder haar nek? En waarom maakte diegene de riem rond haar hals niet los en hielp haar omhoog?

Honderdeenentachtig...

Ze snapte het niet en bedacht dat ze het niet goed gevoeld had. Dat het precies andersom was als hoe ze het ervoer. Dat die hand haar eigenlijk omhoog trok en haar hielp lucht te krijgen. Maar ze had het niet verkeerd. De hand op haar voorhoofd duwde haar wel degelijk weer terug omlaag. Helemaal terug naar de bodem van de jacuzzi.

Dat was de laatste gedachte die ze van begin tot eind kon volgen voordat haar brein werd uitgeschakeld. *Naar de bodem van de jacuzzi... bodem... van... jacu...* Daarna kon ze niet meer denken of seconden tellen. Alsof de kakofonie van gedachten ineens op niets uitliep. Op stilte.

Maar haar hersenen waren één ding, haar ruggenmerg was iets anders. Ze zou nooit te weten komen of dat de controle over haar lichaam had overgenomen. Dat dat maakte dat haar vrije arm de hand wegtrok die haar hoofd omlaag duwde. Die haar dwong haar hoofd ver genoeg op te tillen zodat haar neus een paar korte seconden boven het onrustige wateroppervlak kwam voordat ze opnieuw onder water werd geduwd.

Ruggenmerg of niet, dat maakte niet uit. Dat was toch geen vraag die ze zichzelf kon stellen. Er was geen plaats voor verwondering. Geen mogelijkheid om te begrijpen wat er gebeurde.

Het enige wat iets betekende, was dat het bloed in haar aderen was voorzien van zuurstof en nu op weg was naar haar spieren, waarop ze er met vernieuwde krachten in slaagde grip te krijgen op diegene boven haar en de persoon in kwestie in het water te trekken, dat op zijn beurt met zulke hoeveelheden over de rand spoelde, dat ze eindelijk lucht kon krijgen. Zoveel lucht en zuurstof dat haar hersenen opnieuw tot leven werden gewekt.

Maar de enige gedachte die ze kon formuleren was te overleven. Om hoe dan ook te overleven. Daarom bleef ze als een bezetene inslaan op degene die op zijn rug boven op haar was terechtgekomen en nu vocht om omhoog en uit de jacuzzi te komen. Ze sloeg tegen het hoofd, het gezicht, alles wat haar vrije hand maar kon raken.

Soms bevond haar gezicht zich boven het wateroppervlak, soms eronder. Maar naarmate er steeds meer water door de afvoer onder haar en over de rand verdween, kon ze veel vaker ademhalen. Kreeg ze veel vaker zuurstof binnen. Kon ze veel vaker slaan.

Dat er een reactie zou komen, was te verwachten. Toch was er niets wat ze kon doen om diegene te verhinderen zich snel achteruit te werpen en haar met zijn hele lichaamsgewicht weer onder water te drukken.

Deze keer had ze geen kans gehad om haar longen te vullen, en het kleine beetje lucht dat ze nog had borrelde door de druk op haar borst uit haar mond. Maar met of zonder lucht bleef haar mantra dat ze het moest overleven.

Misschien had ze daarom de doucheslang naar zich toe getrokken voordat ze onder water werd geduwd. Wat ze daarmee moest, wist ze niet. Er was geen plan om te volgen. Ze had geen idee hoe ze de overhand weer zou kunnen krijgen. Het enige wat er was, was haar instinct. Een instinct dat ervoor zorgde dat haar vrije hand de mogelijkheid benutte die zich voordeed en de doucheslang eenmaal rond de hals van haar tegenstander wikkelde.

Hoelang ze daar onder water aan de glimmende metalen slang lag te trekken was een vraag waar anderen zich mee bezig mochten houden. Het onvermogen om seconden te tellen hield aan. Ze was niet in staat iets anders te doen dan alleen zo hard mogelijk te blijven trekken. Trekken en hopen dat niet alleen háár longen om lucht schreeuwden. Nieuwe, verse zuurstof. Om te overleven.

En ergens daar drong het tot haar door. Helemaal op de bodem. Dat wat ze onderbewust al had begrepen toen ze Adam op de gang had geconfronteerd.

Begrepen en verdrongen.

Maar nu ging dat niet langer. Ook al kon ze onder water niets anders zien dan wazige velden, wist ze het.

Dat het Helene was.

Dat het de hele tijd Helene was geweest.

Dat met haar alles begonnen was en de cirkel nu ook gesloten zou worden.

Plotseling kreeg alles een verklaring.

De ingelijste foto van Helene in broekpak.

Het handgeschreven papiertje in de zak.

De deurkruk die haar naar de zolder bracht.

Naar de envelop met de foto's.

De foto's die de verdenkingen op Carl richtten.

De foto's die ze aan Bernt en de politie had laten zien.

Alles kreeg een verklaring.

Alles behalve één ding.

Eén vraag was nog steeds onbeantwoord. Een vraag waarvan het antwoord zo doorslaggevend was dat ze met krachten die ze eigenlijk niet bezat erin slaagde de druk met de doucheslang zo op te voeren dat Helene uiteindelijk haar greep op de binnenwanden van de jacuzzi moest loslaten om te proberen de metalen slang om haar nek los te krijgen.

Een oefening die haar de mogelijkheid bood om weer voldoende boven water te komen. Omhoog naar lucht en nieuwe adem. Naar een mogelijk overwicht. Naar een antwoord.

'Waarom?' riep ze terwijl ze water ophoestte. 'Wat heb ik je gedaan?' Ze wist niet wat voor respons ze had verwacht. Als het geen antwoord was, dan toch op z'n minst een klap of een soort poging om ervoor te zorgen dat ze de slang losliet. Een beet in haar arm of wat dan ook. 'Zeg dan eens wat! Wat heb ik je in godsnaam aangedaan?' ging ze verder met meer kracht in haar stem. Maar een reactie kwam er niet. 'Geef verdomme antwoord!' Niet voordat ze de druk een beetje verlichtte.

Pas toen draaide Helene zich om, hapte naar adem en keek haar aan. 'Niets,' bitste ze terwijl ze naar lucht hapte. 'Niets.'

'Hoezo, niets? Wat bedoel je verdomme?'

'Niets,' herhaalde Helene tussen haar amechtige ademhalingen door. 'Absoluut niets.'

'Waarom dan?' Ze trok opnieuw harder aan de slang. 'Wat is het nut hier dan allemaal van?' Zo hard dat Helene niet kon ademen of wat kon zeggen.

Ze zou los kunnen laten om haar een paar keer adem te laten halen. Haar te laten leven. Maar het was Helene of zij, zoveel was haar wel duidelijk. Een alternatief was er niet, wat de keus in de praktijk net zo eenvoudig maakte als in theorie. Hoe de politie dat achteraf zou interpreteren, was aan hen, maar wat haarzelf betrof, ging het om niets anders dan pure zelfverdediging.

Nu werd het nooit een keus die aan haar was, omdat de doucheslang opeens losraakte van zijn bevestiging. Net zo plotseling was Helene weer vrij om te ademen, en ze benutte de verbazing bliksemsnel door overeind te komen en uit de jacuzzi te stappen.

'Wow, dat slaat alles,' kon ze Helene al hijgend en happend naar lucht vanaf de vloer uit horen brengen. 'Hoezo, lang je adem kunnen inhouden? Dat had ik nooit van jou gedacht.' Helene kwam op ruime afstand van haar overeind. 'Een verwend poppetje dat nooit een vinger heeft hoeven uitsteken of ergens voor heeft moeten vechten. Ik ben onder de indruk, dat moet ik zeggen. Als ik champagne had gehad, had ik een toost uitgebracht.'

'Is het de bedoeling dat ik dankbaar ben en die roem op prijs stel, of wat wil je nou eigenlijk?'

'Niets.' Helene keek haar kort aan. 'Dat is wat ik de hele tijd al probeer te zeggen. Ik wil helemaal niets. Doe wat je wilt. Dat kan mij of wie dan ook niet schelen. Dat is toch niet van invloed op het uiteindelijke resultaat.'

'Waarom?' vroeg ze, en ze probeerde de oogplaten los te rukken die haar benen en haar linkerhand op de bodem van de jacuzzi vasthielden. 'Waarom ik?' Maar die zaten te stevig vast.

'Waarom, waarom, waarom,' aapte Helene haar na terwijl ze een paar huishoudhandschoenen aantrok. 'Omdat jij niets bent, oké? Omdat je nooit wat anders bent geweest en nooit iets anders of méér zult zijn dan een figurant van wie niemand zich de naam herinnert. Een figurant die haar rol al die jaren goed heeft gespeeld, behalve zo tegen het eind, nu je wel erg veel plaats inneemt. Dan was Carl toch eigenlijk beter, moet ik zeggen. Hij hield zich in elk geval tot aan de finale aan het manuscript, in tegenstelling tot jij, die zo nodig moest gaan improviseren. Maar dat is nu afgelopen. Nu is jouw rol uitgespeeld, op een laatste detail na dan,' zei ze met een glimlach voordat ze naar de keldergang verdween.

Scarlett hoefde niet te vragen wat dat laatste detail was. Dat had ze al bedacht, en het enige wat ze voelde, was een lamme vermoeidheid toen ze Helene met een lange tuinslang terug zag komen. Zelfs haar mantra dat ze het tegen elke prijs wilde overleven was tot zwijgen gekomen.

'Zo hadden we het niet helemaal bedacht,' ging Helene verder, terwijl ze naar het voeteneind van de jacuzzi liep, buiten het bereik van Scarlett. 'Maar ik ga ervan uit dat je mij niet zonder een hoop gedoe de kraan weer open zal laten zetten, dus dan moet het maar zo.' Ze schroefde het mondstuk van de slang erop, waarop er water in de jacuzzi begon te spuiten. Deze keer met een heel andere druk. 'Adam zal wat teleurgesteld zijn als hij hiervan hoort. Hij had immers zijn op afstand bestuurde gadget in elkaar geknutseld, waarbij je het water op temperatuur kon brengen en zo. Dus het spijt me als het wat koud wordt, maar daar kan ik ook weinig aan doen. Het belangrijkste is ondanks alles dat het net zo moeilijk ademhaalt onder koud als onder lauw water.'

'Dus het waren altijd jij en Adam?' vroeg ze, en ze voelde hoe koude stromen water zich langs haar benen en heupen omhoog verspreidden.

'Ja, wat dacht je dan?' Helene zocht met haar blik tot haar ogen op een houten emmer vielen die op de grond voor de sauna stond. 'Dat het Adam en jij waren?' Ze schoot in de lach terwijl ze de emmer pakte en die vulde met water. 'Laat me niet lachen. Scarlett, het is nooit Adam en jij geweest.' Toen de emmer vol was, zette ze hem op de grond op de slang zodat die op zijn plaats bleef terwijl de jacuzzi volliep. 'Tuurlijk, op papier zijn jullie getrouwd, en jullie hebben vast een paar keer seks gehad, hoewel dat voornamelijk was om jou koest te houden.'

Scarlett wist niet wat ze moest zeggen. Het was niet zo dat ze geen vragen meer had. Ze had er een heleboel. Maar in plaats daarvan besteedde ze haar energie aan het proberen de riem rond haar hals los te krijgen terwijl ze ondertussen alle jaren recapituleerde die ze samen met Adam had gehad. Alle momenten en herinneringen waarvan ze had gedacht dat die echt waren.

'Scarlett, serieus,' ging Helene verder, en ze stapte op een krukje om bij een grote bus te kunnen die boven op een plank tussen douchegel en geurkaarsen stond. 'Dit kan toch niet als een grote verrassing komen?' Daarna stapte ze van het krukje en draaide zich met de bus weer om naar de jacuzzi. 'Zeker, wensgedachten zijn één ding, dat is waar, maar diep vanbinnen moet je toch hebben gesnapt dat het alleen om jouw geld ging, nergens anders om. Die riemen zitten trouwens vastgelijmd en moeten worden doorgeknipt, dus het heeft geen zin om het überhaupt te proberen.'

'Dus dit allemaal, die hele reis met de huizenruil en zo, is gewoon één grote leugen zodat jullie twee wat geld krijgen?'

Helene schoot in de lach. 'Wat geld? Jij hebt een gigantisch vermogen op je rekening staan, voor het geval je dat niet wist. Voldoende om een heleboel keer financieel onafhankelijk te zijn, en samen met het vermogen van Carl wordt het zoveel dat de regels voor gewone stervelingen voor ons niet langer gelden. En wat betreft deze huizenruil, was dat niet meer dan de wijzers van een klok. Wat jou betreft was elke dag, elke seconde die jij en Adam samen waren, één zorgvuldig uitgedachte leugen. Al sinds jullie elkaar leerden kennen in die bar in Las Vegas, en eigenlijk al eerder. Want je denkt toch niet dat het toeval was dat jullie elkaar daar opeens tegenkwamen en hij precies de juiste dingen kon zeggen zodat jij voor hem viel? Je denkt toch ook niet dat jij de enige aspirant was voordat wij een besluit namen?'

'En de dood van mijn broer? Was dat ook gewoon een...'

'Hij stond in de weg,' kapte Helene haar af, en ze schroefde de dop van de bus, die iets roods leek te bevatten. 'Gecompliceerder dan dat is het niet.'

'Hoe bedoel je "hij stond in de weg"?'

'Laten we zeggen dat hij slimmer was dan jij. Hij zou nooit hebben geaccepteerd dat alles op zelfmoord wees. Voor hem zou het niet uitmaken dat Adam een alibi heeft en zo'n zestig getuigen in de galerie die kunnen verklaren dat hij niet hier is. Nee, hij zou vast een eigen onderzoek zijn gestart. Bovendien was jij zijn enige erfgenaam. En uiteindelijk, wat zou jij voor motief hebben om zelfmoord te plegen als het niet vanwege de dood van je broer was, zeker als je bedenkt hoe sterk dat jou heeft aangegrepen?' Helene zette de bus met de rode inhoud neer.

'Dus dat moet de politie denken als ze mij hier vinden?' Voordat de bus uit haar gezichtsveld verdween, zag ze dat er met grote, sierlijke letters ROZENBLAADJES op stond.

'Waarom zou je anders een kussen onder je hoofd hebben en zelfs geen blauwe plek op je lichaam? Zeker, je was sterk en verrassend volhardend, maar de echte aanleiding voor jouw overwicht met slechts één vrije hand is omdat ik je niet mag verwonden. We willen dat harmonieuze beeld van jouw zelfgekozen einde immers niet verstoren. Toch?'

'En die riemen? Die heb ik gewoon voor de lol aangebracht of zo?'

'Ik zal je bevrijden van je boeien, wees maar niet bang. Maar dat is pas nadat we hebben gezien met hoeveel seconden je je persoonlijke record kunt verbeteren. En vervolgens wat rozenblaadjes en geurkaarsen, dan zal de politie het afschrijven als weer een streepje in de statistiek van dat veel te veel geld iemand niet gelukkiger maakt. Zeker als ze je openmaken en zien hoeveel slaappillen je hebt geslikt.'

'Jullie zijn compleet gestoord,' zei Scarlett terwijl het koude water alweer tot haar hals reikte en ze het steeds kouder kreeg. 'Allebei.'

'We leven ook in een gestoorde wereld,' zei Helene.

'En jij denkt serieus dat jullie hiermee wegkomen? Dat is echt ziek. Adam heeft misschien een alibi, maar jij ook? Wat denk je dat de politie doet als ze op jouw mobiel zien dat je hier bent geweest? Heb je daar überhaupt aan gedacht?'

'Dank voor je bezorgdheid, maar wees niet bang,' zei Helene terwijl ze naar de plank liep, waar ze een aantal geurkaarsen pakte. 'Wat mijn officiële mobiel betreft, heeft die al ingecheckt bij het Grand, omdat ik mij daar nu bevind na de tragische dood van mijn man. Hier kan ik immers niet naartoe, toch, want Adam en jij zitten hier nog een paar weken. Nou ja, dat was in elk geval het idee tot jij besloot de handdoek in de ring te gooien. Ik zou trouwens niet weten waarom de politie mijn mobiel zou gaan uitpeilen.'

'Maar het gaat niet alleen om die mobiel,' zei Scarlett, terwijl het water ondertussen tot haar kin kwam. 'Alleen al het feit dat Silvia plotseling is verdronken nadat ze een onderzoek naar de dood van mijn broer was gestart, en dan nu blijkbaar Carl en ik in de loop van een etmaal – dat is meer dan voldoende opdat de politie zal gaan graven. Hoe kunnen jullie zo naïef zijn te denken dat niemand argwaan zal krijgen?'

'Het antwoord is even simpel als gecompliceerd.' Helene zette de geurkaarsen op de rand van de jacuzzi en stak ze een voor een aan. 'Ga zelf maar eens op de stoel van de politie zitten.' Ze pakte de tuinslang en smoorde de waterstraal. 'En om het echt simpel te maken, zeggen we dat iemand alles onomwonden zal komen vertellen. Iemand die beweert precies te weten hoe het allemaal gegaan is. Waterdicht technisch bewijs, daar is helaas geen sprake van. Maar behalve dát krijg je elk klein detail op een presenteerblaadje aangeboden. Hoe Adam niet alleen jouw broer doodreed op de brug over Salmon Falls maar ook een overwinterende hippie in Santa Cruz, wiens lichaamsdelen hij in stukken heeft gesneden en heeft opgelost met natriumhydroxide om de verdenkingen op Carl te richten. Hoe ik een paar maanden bij hem ben weggegaan en mezelf heb verwond, alleen maar om beeldmateriaal te hebben voor zijn mishandeling. Hoe ik later, toen mijn zwangerschap al vergevorderd was, hier op deze vloer een abortus heb opgewekt en daarbij zoveel bloed verloor dat ik bijna zelf het loodje legde. Dat zou je allemaal krijgen. Dat alles, plus een van Adams werken van een tentoonstelling van een paar jaar oud. Een video-installatie die precies deze scène laat zien waar je nu in zit. Met geurkaarsen, rozenblaadjes en alles.' Helene pakte de slang weer beet, zette de watertoevoer weer open en bracht de slang onder het wateroppervlak zodat het geen herrie zou maken. 'Dus hand op je hart. Zou jij geloven dat Adam zo stom zou zijn om een van zijn eigen werken te herhalen om zijn vrouw om het leven te brengen op het moment dat hij rondliep op zijn eigen vernissage, of zou jij eerder geneigd zijn te geloven dat zijn labiele vrouw dit in haar verdriet gedaan had om hem te straffen omdat hij veel te veel afwezig was geweest en zich alleen had gewijd aan zijn kunst? Met andere woorden, zou jij ook maar één woord hiervan geloven? Of zou jij het nemen voor wat het was? Een aantal opmerkelijke toevalligheden die hoogstwaarschijnlijk niets met elkaar te maken hadden.'

Adam Harris

Stockholm, vrijdagavond

Er kwam een koperen buis van een paar centimeter breed door een gat midden op de witgeschilderde muur. Daarin hoorde je een luid metaalachtig geluid. Een onregelmatig gebonk dat zich door het metaal verspreidde, dat op zijn beurt vertakte in een netwerk van een paar meter lang bestaande uit een heleboel verschillende buizen die de hele muur besloegen. *Boink-boink-boink...* alsof er ergens iemand met een hamer op stond te bonken. Metaal op metaal.

Iets waardoor meerdere bezoekers niet alleen elkaar vragend aankeken, maar ook een wantrouwige blik wierpen op het merkwaardige buizenstelsel. Alsof ze dachten dat er misschien iemand met een hamertje in zijn hand rondliep. *Boink-boink... Boink... Boink...*

Maar niemand begreep precies waar het aritmische geluid vandaan kwam voordat ze het uiteindelijk opgaven en de verdere tentoonstelling gingen bekijken. Pas later, een aantal werken verder, toen de koperen buis uit het niets uit de muur terugkwam, vlak naast een bordje met daarop de naam van het werk, *Trapped neighbour*, konden ze de verklaring zien in de vorm van een decimeter lange metalen staaf die rechtstreeks op de buis gemonteerd zat. Het ene uiteinde van de staaf deed denken aan de kop van een hamertje, en met behulp van een elektromagneet en een veer ging het hamertje als een wip op en neer en sloeg het in een onregelmatig ritme met zijn kop tegen de buis.

'Ah, daar ben je.' Nils wurmde zich tussen het gedrang door en kwam op Adam af, die net zijn mobiel wilde ontgrendelen. 'Ik heb een stel hier verderop dat je echt móét ontmoeten.'

'Oké, twee seconden,' zei hij, en hij klikte Scarletts nummer aan.

'Dus je hebt nog steeds niks van haar gehoord?'

Adam schudde zijn hoofd, hield de telefoon tegen zijn oor en deed alsof hij naar haar voicemail luisterde. '*Hallo, ik kan je gesprek momenteel niet beantwoorden.*' Verder dan dat hoefde hij zijn toneelstukje niet op te voeren voordat hij het gesprek kon wegdrukken en achter Nils aan liep.

De laatste drie keer dat hij had gebeld had hij niet meer de moeite genomen een bericht in te spreken. In een politieonderzoek, als dat er überhaupt kwam, zou ook een gemist gesprek meetellen.

Toch voelde hij zich allesbehalve gerust. Hoewel het meeste zo achteraf boven verwachting was gegaan, had een toenemende bezorgdheid zich in hem vastgebeten. Een ongerustheid die hij tot een kwartier geleden bewust had uitgestraald en af en toe had moeten forceren, maar die nu heel natuurlijk overkwam. Want elke keer dat hij zijn mobiel pakte, moest hij constateren dat er nog steeds geen nieuw berichtje van Helene op Signal was, en hij raakte er steeds meer van overtuigd dat er iets was misgegaan.

'Adam,' riep Nils, en hij wenkte hem. 'Hier zijn we.'

Hij knikte terug en wrong zich langs de bezoekers terwijl hij zichzelf toesprak dat er zich gewoon iets had voorgedaan wat een beetje gecompliceerder was en daarom meer tijd kostte dan dat ze hadden ingeschat.

Dat het meeste bovendien afhing van Helene en dat hij daar geen controle over had, was al evenmin iets wat hem geruststelde. Niet omdat hij haar niet vertrouwde. Ze had zijn volle vertrouwen, en tot nu toe had zij haar deel met zo'n efficiënte scherpte uitgevoerd, dat het maar de vraag was of hij het er zelf net zo goed van af had gebracht.

Neem alleen al de manier waarop ze met de ontstane situatie was omgegaan toen Carl was opgepakt en ze midden in alle tegenslag zo'n tegenwoordigheid van geest had gehad dat ze de hele zaak in haar voordeel had weten te keren en er met alle mogelijke middelen voor had gezorgd dat hij al na een etmaal op borgtocht was vrijgelaten, om er vervolgens voor eens en voor altijd een eind aan te maken; dat was werkelijk een meesterlijke uitvoering.

In vergelijking daarmee was waar ze nu mee bezig was peanuts. Haar vliegtuig was zelfs twintig minuten eerder geland. Minder dan een uur later had hij het berichtje *Grand* ontvangen, wat aangaf dat ze had ingecheckt, haar kamer had gekregen en langs Strandvägen te voet haar weg naar de Galärsteiger bij Djurgårdsbron had kunnen vervolgen.

Motor loopt als een zonnetje, had ze achttien minuten later geschreven. Iets wat niet anders gelezen kon worden dan dat de boot het goed deed, waar *Bij de steiger* een halfuur later een zeker teken van was. Daarna had hij al meer dan een uur niets van haar gehoord.

Een uur waarin ze naar het huis zou gaan, het water uit de jacuzzi zou laten lopen, de oogplaten en de riemen zou verwijderen, om de jacuzzi uiteindelijk weer te vullen, rozenblaadjes uit te strooien en eventuele sporen uit te wissen voordat ze zou terugkeren naar de stad. Een oefening die niet meer dan twintig, dertig minuten zou moeten kosten, aangezien alles was voorbereid.

'Adam, dit zijn Vincent en Mona Ek,' zei Nils terwijl hij hem aankeek. 'Je moet weten, zij hebben niet alleen een van de grootste particuliere verzamelingen van Stockholm, maar ook een van de absoluut beste.'

'Zoals gewoonlijk overdrijft Nils meer dan een politicus,' zei de vrouw.

'Ja, maar deze keer niet. Ik heb namelijk veel over jullie imposante collectie gehoord.' Adam schudde hun de hand. 'Leuk om jullie te ontmoeten.'

'Het genoegen is geheel aan onze kant. Toch, Vincent?'

'Echt. Ik moet zeggen dat dit op meerdere fronten een bijzonder interessante expositie is.'

'Zeker weten. Mijn gelukwensen.'

Hij knikte en probeerde geïnteresseerd over te komen, terwijl hij overwoog of de epoxylijm waarmee de oogplaten vastzaten een probleem zou zijn waardoor het langer duurde dan verwacht. Die uit de jacuzzi te krijgen, was in zekere zin het meest gecompliceerde, maar ook een van de belangrijkste details opdat de politie geen argwaan zou krijgen. Hij had haar dan ook duidelijke instructies gegeven voor waar in de boot ze het heteluchtpistool en de gedenatureerde alcohol kon vinden, en hoe ze te werk moest gaan om de lijm op te lossen.

'Bedankt. Wat leuk dat jullie het mooi vinden,' zei hij, en hij overwoog of het tijd was om Scarletts voicemail weer te bellen. Dat was min of meer het enige wat hij op dit moment kon doen naast rondlopen en ongerust en gestrest overkomen, wat hij nu ook was.

'Ik zou zeggen dat we het méér dan mooi vinden.' Mona wisselde haar lege glas om voor een vol. 'Wat vind jij, liefje?'

'Absoluut,' zei Vincent, en hij knikte instemmend. 'Ik zeg zoals Nils altijd zegt als hij wat te veel op heeft: het is *top notch*.'

Het probleem was dat hij het niet veel langer kon rekken. Als hij niet spoedig naar huis zou gaan om te kijken hoe het met zijn geliefde Scarlett was en om zich ervan te verzekeren dat er niets was gebeurd, zou zijn ongerustheid steeds meer misplaatst en op de grens van onsmakelijk worden als eenmaal duidelijk werd wat er gebeurd was.

'Ik zeg toch nooit "top notch"?' reageerde Nils lachend.

Eén of twee woorden, meer was niet nodig, zolang het maar aangaf dat Helene het huis had verlaten en weer met de boot op weg was naar de stad. Een laatste groen licht, zodat hij het roer kon overnemen en de laatste dingetjes kon doen.

'Jawel hoor, maar dat doet er nu niet toe. In plaats daarvan zou ik hier graag wat meer over willen weten.' Vincent knikte naar een wandlamp met een rode stoffen lampenkap, die gelijkmatig brandde met daarnaast een bordje waarop stond *Gas*. 'Hoeveel komen er daarvan?'

'Wat hadden we gezegd?' Nils wendde zich tot Adam op het

moment dat de lamp tussen hen in begon te flikkeren en iets feller ging branden.

'Elf stuks.'

'O ja, dat was het.'

'En als wij ze allemaal nemen, kunnen we dan een prijs afspreken?'

'Daar ben ik volledig van overtuigd.'

'En dan naar de volgende vraag. Is er meer nodig dan wat wij hier zien opdat de lampen werken?'

'Nee,' zei Adam, en hij haalde zijn mobiel weer tevoorschijn. 'Alles zit in de armatuur, dus je hoeft alleen de stekker maar in het stopcontact te steken en er een dimbare ledlamp in te draaien.'

'Oké, maar hoe werkt het eigenlijk? Ik bedoel, is het een cyclus die zich na een bepaalde tijd herhaalt, of...'

'Neem me niet kwalijk,' onderbrak Adam hem, en hij belde Scarlett.

'Geen punt. Doe wat je moet doen. Ik kan wachten.'

'Het is zijn vrouw,' verklaarde Nils terwijl haar voicemail aanging en Adam ophing. 'Ze had hier allang moeten zijn.'

'O jee.' Mona keek meteen bezorgd. 'Er is toch niets gebeurd?'

'Nou, dat hoop ik niet. Het is vast zoals Nils al eerder heeft gezegd. Dat ze niet kan beslissen wat ze zal aantrekken.'

'Maar dan zou ze toch minstens moeten opnemen als je belt.'

'Ga nog even zo door, dan wordt hij echt ongerust,' zei Vincent, en Nils lachte instemmend.

Adam maakte van de gelegenheid gebruik om een stap opzij te doen en klikte Signal aan. Ze hadden weliswaar afgesproken de communicatie zo beperkt mogelijk te houden, maar zo ging het niet langer. Hij moest iets doen en typte een berichtje waarin hij vroeg hoe het ging en nogmaals uitlegde dat het belangrijk was om de oogplaten te verwarmen voordat ze de alcohol aanbracht om ze los te kunnen krijgen.

'Sorry hoor, jullie hadden een vraag over de lamp,' zei hij zo gauw hij klaar was en zijn mobiel weer in zijn zak stopte.

'Klopt, ik wilde alleen weten of die veranderingen in de lichtsterkte zich herhalen in een cyclus of na een bepaalde tijd.'

'Nee, dat is volstrekt willekeurig. Soms duurt het weken tot zelfs een jaar voordat hij meer afgeeft dan hoogstens een kleine flikkering, en andere dagen leeft hij zijn eigen leven.'

'Oké, even kijken of ik het goed heb begrepen. Hij begint dus nooit opnieuw. Zelfs niet als je de stekker eruit trekt en er weer in steekt.'

'Precies,' zei Adam terwijl de mobiel in zijn zak eindelijk begon te trillen. 'Dus hoe hij zich over dertig jaar gedraagt, dat weet niemand.'

'Ongelooflijk spannend. En hoe heb je dat voor elkaar gekregen? Ik bedoel...'

'Op dat punt moet ik je het antwoord schuldig blijven,' zei hij lachend. 'De wereld zou heel saai worden zonder geheimen, nietwaar?' Waarna hij wegliep, zijn mobiel ontgrendelde en kon constateren dat de tekst in het berichtje van Helene precies was waarop hij had gewacht.

Bernt Regner

Stockholm, vrijdagavond

Als hij er niet was geweest, had het niet zo hoeven eindigen. De gedachte dat het allemaal zijn schuld was en dat hij die last moest dragen, deed pijn. Toch bleef die gedachte zich maar herhalen in een soort eeuwige zelfkwelling die, als hij niet spoedig zou ophouden, hem in een diepe depressie zou brengen.

Maar hij kon zijn ogen er niet voor sluiten dat niets van al dit verschrikkelijke had hoeven gebeuren als hij en dat verdomde drinken van hem er niet waren geweest. De alcohol die zelfs op dit moment zo aanlokkelijk was dat hij zich niet had kunnen inhouden en net zo lang in de keuken had gezocht tot hij helemaal achter in de koelkast, tussen de groente, een armzalig blikje alcoholarm bier had gevonden.

Hij had het weliswaar nog niet opengemaakt, hoewel het vóór hem op de salontafel stond, koud en beslagen met de condensdruppels die er als pareltjes aan de zijkanten vanaf dropen. Maar dat was een schrale troost. Diep vanbinnen wist hij dat het gewoon een kwestie van tijd was voordat zijn karakter zou verbrokkelen. Zijn ruggengraatloze, niet-bestaande karakter.

Het wordt nog eens je ondergang als je dat drinken van jou niet onder controle krijgt. Hij hoorde nog steeds de woorden die Silvia zo vaak had gezegd dat hij uiteindelijk was gestopt met luisteren. Hij hoorde ze nu duidelijker dan ooit.

Toen had hij haar gezien als de lastigste en saaiste van hen tweeën. Degene die altijd wat te zeuren had. Die hem altijd op de huid zat en die altijd maar klaagde.

Dat dat alleen uit liefde was, was toen niet bij hem opgekomen. Dat ze met alle recht bezorgd was en alleen maar het beste met hem voorhad. Maar hij kon nu alleen maar constateren dat hij niets anders was dan een levend bewijs van haar gelijk.

Hij betrapte zich erop dat hij daar maar zat te hoofdschudden. Alsof dat het enige was waartoe hij in staat was om de beelden van de laatste gebeurtenissen enigszins op afstand te houden. De verwrongen beelden die hij had gezien toen hij uiteindelijk de keldertrap was afgedaald. Die hem hadden gebombardeerd in een nachtmerrieachtige chaos van angst tot het hem zwart voor de ogen was geworden. Maar daar ergens stopte het, alsof de film die hij in zijn hoofd voor zich had gezien, was geknapt. Alles daarna was een donker zwart gat, een vacuüm waar hij, hoe hij het ook probeerde, onmogelijk in kon komen.

Maar dat hij daar had gestaan, vrijwel nuchter, thuis in zijn eigen keuken, en nieuwsgierig door het raam naar buiten had gekeken naar het huis van de buren, kon hij niet verdringen. Dat hij daar had gestaan en zelfs had gedacht dat er ondanks alles misschien toch iets aan de hand was met Scarlett. Dat er iets niet pluis was. Hij had er zelfs over nagedacht om ernaartoe te gaan. Het zekere voor het onzekere te nemen, al was het maar om zijn eigen angst te dempen.

In plaats daarvan had hij de voorkeur gegeven aan nog een IPA. Weer een trip in de onscherpte, waarbij er geen verantwoordelijkheid, hoe zwaar dan ook, op zijn schouders hoefde te rusten. Nog meer tijd om in foetushouding op de bank te kruipen en medelijden met zichzelf te hebben. Tijd waarvan hij zich voor de rest van zijn leven zou verwijten dat hij die had verspild.

Als hij de onrust maar wat sneller door het slachtofferkleed had laten doordringen. Als hij maar naar Silvia had geluisterd en haar waarschuwingen serieus had genomen. Als hij niet zo lang had getreuzeld om op zijn onvaste benen overeind te komen en met de sleutel in zijn hand naar het huis van de buren te lopen. Als hij maar nuchter was geweest. Als, als, als. Alsof al die *alsen*, hoeveel dat er ook waren, haar ooit weer tot leven zouden kunnen wekken.

Dus daar zat hij dan, eenzaam op de bank, zijn hoofd te schudden om zichzelf, en kon hij niets anders dan bedenken dat het zo niet had hoeven eindigen. Dat het nooit zo ver had hoeven komen. Telkens weer, in een eeuwige zelfkwelling terwijl hij met trillende handen het blikje openmaakte en met een stil genoegen de eerste slokken door zijn keel liet glijden.

Adam Harris

Stockholm, vrijdagavond

Eindelijk klaar, had er in het berichtje gestaan. Kort en bondig zoals in al haar updates. Twee woorden die in al hun eenvoud verklaarden dat een of meer dingen langer hadden geduurd, maar dat het uiteindelijk in orde was gekomen en dat ze nu op de terugweg was. Meer dan dat had hij niet nodig gehad om aan Nils uit te leggen dat Scarlett nu zo lang op zich had laten wachten dat hij wel naar huis moest gaan, om zich ervan te overtuigen dat haar niets was overkomen.

Nils had het zoals verwacht begrepen, en hij had hem laten gaan, nadat ze hadden afgesproken dat hij zo snel mogelijk zou terugkeren naar de stad en zou aansluiten bij Restaurant Prinsen, waar een tafel voor hen en hun belangrijkste gasten was gereserveerd.

Eindelijk klaar... Hij had het zelf niet beter kunnen zeggen. Eindelijk hadden ze hun doel bereikt. Althans, vrijwel. Wat er nog over was, kon worden beschouwd als een laatste ronde door het stadion. Een ererondje bij de staande ovaties van het publiek.

Nu waren de tribunes weliswaar leeg, dus niemand behalve zijzelf zou de omvang van hun prestatie zien. Als ze een boek schreven en stap voor stap vertelden hoe ze te werk waren gegaan, zou niemand hen geloven. Ze zouden het als volstrekt onwaarschijnlijk beschouwen en niet ontzet of onder de indruk raken.

Als hij eerlijk moest zijn, had hij zélf moeite om er zo achteraf echt in te geloven. Hadden ze het daadwerkelijk voor elkaar gekregen? Hadden ze echt serieus durven geloven dat ze zouden slagen in het onmogelijke? In dat ze elkaar na al die jaren nu eindelijk zouden krijgen? Zijn geliefde Helene en hij?

Het zou natuurlijk nog even duren voordat ze helemaal konden ontspannen en niet langer over hun schouder hoefden te kijken. Maar dat was niets in vergelijking met alles wat ze al hadden doorstaan. Het was een gekke gedachte. Maar hij was nog net zo verliefd op haar als die dag dat hij haar voor het eerst na de zomervakantie de klas zag binnenkomen. Toen ze zonder wat te zeggen naast hem was gaan zitten en haar hand op de zijne had gelegd.

Dat hij toen sinds een jaar een vriendinnetje had – jammer dan. De chemie die tussen hen was ontstaan, daar hadden ze geen invloed op gehad – en dat was nog steeds in dusdanig hoge mate het geval dat hij zin kreeg om het uit te schreeuwen van vreugde toen hij in de auto zat en de grindweg langs de bootclub op reed.

Dat was ook precies het gevoel dat op dit moment het grootste gevaar vormde. Als hij zijn verliefdheid te veel uitstraalde, zou de politie argwaan kunnen krijgen – verdenkingen die de politie op zich nergens zouden brengen.

Maar hij was niet van plan onnodige risico's te nemen en probeerde zich daarom te beheersen. In plaats daarvan riep hij het verdriet op in combinatie met zijn slechte geweten dat hij alleen maar aan zichzelf had gedacht, zijn tentoonstelling prioriteit had gegeven en zo afwezig was geweest dat hij de waarschuwingssignalen niet had opgepikt dat zijn vrouw zo slecht in haar vel zat dat ze uiteindelijk geen andere uitweg had gezien.

Hij draaide niet de inrit naar de garage op, maar remde zo hard voor het huis dat de banden slipten op het grind. Hij verliet de auto met het bestuurdersportier open en de sleutel erin. Alles om aan te geven hoe gestrest hij was omdat hij niets van Scarlett had gehoord.

Halverwege het gazon, verder kwam hij niet voordat hij verbaasd bleef staan en zijn blik richtte zich op de ambulance. De ambulance die daar helemaal niet hoorde te zijn. Niet nu al. Niet voordat hij zelf het huis had doorzocht, eerst de slaapkamer op de bovenverdieping en daarna helemaal tot aan de spa-afdeling in de kelder. Niet voordat hij was ingestort en de politie had gebeld. Maar daar stond hij, een stukje bij de garage vandaan, half verscholen achter de struiken, vóór een auto die daar ook niets te zoeken had. Die ook geen deel uitmaakte van het plan.

Hij begreep er niets van. Wie had de alarmcentrale gebeld? Iemand die om de een of andere reden het huis was binnengegaan en haar had gevonden. Hij begreep er echt niets van. Behalve dan dat er wat moest zijn misgegaan, en in plaats van wortel te schieten in het gras en te proberen een verklaring te vinden, kon hij daar maar het best zo snel mogelijk weer weg zien te komen. Waarnaartoe maakte niet uit, zolang hij met rust werd gelaten en zijn alternatieven kon afwegen. Zijn mogelijke zetten. Maar hij had zich nog niet omgedraaid of hij hoorde een stem achter zich.

'Ha, Adam. Goed dat je er bent. Ik wilde je net bellen.'

Hij keerde zich om en zag politieman Roger Franzén door de ingang over het gazon op hem afkomen.

'Maar...?' wist hij uiteindelijk uit te brengen met een ongerustheid die volkomen echt was. 'Wat is er aan de hand? Wat doen jullie hier? Wat is er gebeurd?' Zo echt dat zijn hand zelfs trilde toen hij zijn zonnebril afzette en in de zak van zijn colbert stak.

'Laten we dat binnen bespreken.'

'Hoezo, binnen? Vertel me liever wat er gebeurd is. Is het Scarlett? Hè? Gaat het om haar?'

'Zoals gezegd stel ik voor dat we naar binnen gaan. Ik denk namelijk dat je beter even kunt gaan zitten voor we verdergaan.'

'Ja, maar luister,' zei hij terwijl hij wanhopig probeerde te begrijpen wat er gebeurd was. 'Ik zit midden in mijn vernissage. Die is op dit moment bezig.' *Gaan zitten*, had hij gezegd. De politieman wilde dat hij mee naar binnen zou gaan en zou gaan zitten. 'Het is een tentoonstelling waar ik jarenlang aan heb gewerkt, en Scarlett had daar bijna twee uur geleden moeten zijn.' Dat gaf aan dat hij een moeilijke boodschap moest overbrengen. Dat er iets vreselijks was gebeurd. 'Ik heb haar ik weet niet hoe vaak gebeld, en ze neemt niet op. Dus nu ben ik hiernaartoe gereden om te kijken wat ze aan het doen is en haar op te halen. Iedereen wacht op ons.' Hun plan had ondanks alles misschien toch gewerkt.

'Ik begrijp het.' Franzén knikte. 'Maar stel je er maar op in dat je niet terug kunt naar die vernissage, wat trouwens op dit moment jouw minste probleem is.'

'Hè? Wat zegt u nou? Waarom zou ik niet...?' Hij zweeg om te onderstrepen dat het hem zo langzamerhand duidelijk werd. 'Ze is toch niet? Eh, ik bedoel, ze is toch niet...'

'Laten we naar binnen gaan en even rustig gaan zitten,' viel de politieman hem in de rede.

'Maar ik wil niet gaan zitten.' Hij verhief bewust zijn stem. 'Ik wil weten wat er in godsnaam is gebeurd.'

'Eerlijk gezegd weten we dat niet precies. Er zijn nog veel onduidelijkheden, en daarom wil ik je vragen met mij naar beneden te lopen om haar te identificeren.'

'Identificeren? Hè, ze heeft het dus gedaan?' Hij stortte in. 'Heeft ze het echt gedaan?' Net zoals het idee was geweest, kromp hij met gebogen hoofd ineen. 'Ik kan niet geloven dat ze het echt gedaan heeft.' Hij volgde een mier met zijn blik en vroeg zich af hoelang hij dit zou rekken. Zag hoe het beestje zich door het gras werkte met een sparrennaald die drie keer zo groot was als de mier zelf, waarop hij na tot dertig te hebben geteld weer overeind kwam en de politieman in de ogen keek. 'Oké.' Hij slikte, knikte en slikte nog een keer.

Roger Franzén legde zijn arm om Adams schouders en leidde hem naar het huis. 'Wij zijn gebeld door Bernt, jullie buurman van hiernaast. Hij bevindt zich nog in het huis, voor het geval je je afvraagt wie er in de woonkamer zit.'

'Dus hij was het,' zei hij met een lang genoeg afgewogen pauze. 'Heeft hij haar gevonden?'

'Ja, daar lijkt het wel op, maar hij is nog niet in staat om te worden gehoord.'

Dus zo zat het. Bernt had de verleiding toch niet kunnen weerstaan om naar hen toe te komen en de perceelgrens nogmaals over te steken. En dat terwijl hij er alles aan had gedaan hem ervan te overtuigen Scarlett met rust te laten. Hoewel hij hem had binnengelaten en hem had volgegoten met zoveel drank dat hij minstens de hele avond nodig zou hebben gehad om zijn roes uit te slapen. Ondanks alles was die eigenwijze klootzak dus toch teruggekomen.

Toen hij in de hal kwam, kon hij de buurman op de bank zien zitten, druk doende de laatste druppels uit een blikje bier naar binnen te klokken voordat hij dat op de salontafel voor zich zette, waarna hij zich omdraaide zodat hun blikken elkaar ontmoetten.

Bernts blik was lastig af te lezen, maar hij zag geen spoor van medelijden. Dat was wat hij nodig had om zich gerust te voelen. Iets van *ik weet wat je doormaakt*. Maar daar was niets van te bespeuren. Niets meer dan een troebele duisternis die kon komen door de grote afstand en het feit dat Bernt nog onder invloed was. Maar daar was onmogelijk achter te komen.

'Kom je?' vroeg Franzén, die bij de trap naar de kelder stond te wachten.

Hij knikte, ook al aarzelde een deel van hem, waarop hij opnieuw naar de buurman keek, die hem daar simpelweg zat aan te staren. Tegelijkertijd hoorde hij dat Franzén de trap af liep, en daarna trilde de mobiel in zijn zak.

Eigenlijk zou hij moeten wachten en het later moeten bekijken. Tot dit allemaal was afgehandeld. Maar dat ging niet. Hoewel er een zeker risico aan kleefde, moest hij het weten en zag hij geen andere mogelijkheid dan zijn telefoon te pakken.

Terug in het Grand. Hij las het voor de zekerheid nogmaals. *Terug... in... het... Grand...*

Zijn opluchting kende geen grenzen. Ook al was *Grand* wat hem betreft voldoende geweest, hij had zich geen beter berichtje kunnen wensen. Helene was terug, dat was het enige wat telde, en ze was blijkbaar zo onbezorgd dat ze zich zelfs vier woorden had veroorloofd.

Hij stopte zijn mobiel terug in zijn zak, liep naar de trap en verder door naar beneden naar de kelderdeur, waar Franzén voor de deur naar de spa-afdeling stond te wachten. 'Ben je er klaar voor?'

'Ben je er klaar voor?' Hij schudde zijn hoofd. 'Hoe kun je ooit klaar zijn voor zoiets?' Toen sloot hij zijn ogen, slikte en nam de tijd om in de juiste stemming te komen. 'Dat het allemaal bovendien mijn schuld is, maakt het er niet bepaald gemakkelijker op.'

'Hoezo jouw schuld?'

'Ik had het moeten begrijpen en moeten ingrijpen.'

'Maar wat had je kunnen doen?'

Hij haalde zijn schouders op. 'Iets. Wat dan ook. En als ík het niet had gedaan, wie dan wel? Ik was ten slotte degene die het dichtst bij haar stond en heb gezien dat ze de laatste tijd zichzelf niet was. Al sinds we hier een week geleden naartoe kwamen, is ze, tja, wat zal ik zeggen, afwezig en verstrooid.' Eindelijk voelde hij vaste grond onder zijn voeten. 'Het was alsof ze zich in haar eigen wereld bevond en zich de hele tijd terugtrok.' Hij had deze tekst zo vaak geoefend dat die vanzelf kwam. 'Toch heb ik niets gedaan. Hoewel ik alle waarschuwingstekens zag, heb ik alleen maar aan die verdomde expositie gedacht.' Er kwamen zelfs tranen. 'Maar nu was ik eindelijk klaar. Snapt u? Nu zou onze vakantie beginnen en zouden we alleen maar genieten. Dat was tenminste de bedoeling. Drie weken, alleen zij en ik. En dan doet ze dit.' Hij schudde zijn hoofd en veegde zijn tranen weg met de achterkant van zijn hand. 'Het is alsof ze mij wil straffen. Zeggen dat het allemaal mijn schuld is.' Hij zweeg en sloeg zijn handen voor zijn gezicht.

'Oké,' zei Franzén na een tijdje, en hij deed de deur open. 'Denk je dat het gaat? Zullen we naar binnen gaan?'

Hij knikte, droogde opnieuw zijn tranen en haalde een paar keer diep adem voordat hij achter de politieman aan liep naar de spa-afdeling.

Toen hij het met rozenblaadjes bedekte wateroppervlak in de jacuzzi zag, stortte hij in en liet hij zich gaan. Vanaf dat moment had het geen zin meer om zich in te houden. Er waren geen vragen meer die beantwoord moesten worden. Want daar lag ze, zijn eigen vrouw, naakt en levenloos, net als in een van zijn bekendste videowerken.

Hij zei niets. Vooral omdat hij niet wist wat hij moest zeggen. Er waren geen voorbereide replieken, aangezien dit een situatie was waarin hij in principe helemaal alleen had moeten zijn. Pas daarna zou hij contact opnemen met de politie om het te vertellen, en niet andersom, zoals nu. Maar er waren geen woorden nodig. Zijn geluidloze gehuil en hijgende ademhaling waren meer dan voldoende, terwijl Franzén zijn hand op zijn schouder legde en hem voorzichtig naar de jacuzzi leidde.

Maar eenmaal bij de rand was het alsof hij geen idee meer had hoe hij moest reageren. Plotseling hoorde hij zichzelf naar woorden zoeken. Was er geen souffleur die iets kon voorzeggen? Wat dan ook, zolang het hem verder hielp.

'Maar dat is niet...' zei hij op het moment dat Franzén met zijn ene hand de rozenblaadjes opzij veegde en hij het gezicht onder het wateroppervlak kon bespeuren. 'Hè? Maar dat is helemaal...' De wijd open mond en de opengesperde ogen. Alsof de tijd stil was blijven staan midden in een laatste roep om hulp. Midden in het besef dat alles waarvoor ze hadden gestreden nu voorbij was. 'Maar dat is Scarlett helemaal niet.'

'Nee, hoe kom je daar ook bij?' Franzén draaide zich naar hem om.

'U zei. U had toch gezegd dat...'

'Nee.' De politieman schudde zijn hoofd. 'We hebben niets gezegd over Scarlett.'

'We? Welke we? Ik begrijp het niet. Wat is dit, verdomme?'

'Folke,' riep Franzén. 'Je kunt nu binnenkomen.'

Vlak daarna kwam zijn politiecollega binnen met Helenes mobiele telefoon in zijn hand.

'Dus u was het,' zei hij, en hij zag te laat in dat hij had moeten reageren op het berichtje van maar liefst vier woorden. 'U hebt dat gestuurd.' Of had moeten reageren op Bernts donkere, bijna hatelijke blik. 'Maar hoe konden jullie...' Of op het lichaam dat helemaal niet naakt was daar onder de laag rozenblaadjes. De afgeknipte riemen die hij pas nu opmerkte. Die los in de oogplaten hingen, die nog steeds op de binnenwand van de jacuzzi zaten vastgelijmd.

'Het spijt ons dat je we je hier helemaal doorheen moesten slepen,' zei Franzén terwijl hij met een efficiënte, nauwelijks merkbare beweging Adams handen boeide achter zijn rug. 'Maar aangezien Scarletts getuigenverklaring zoveel vraagtekens en logische hiaten bevatte dat we ons serieus begonnen af te vragen of het zuurstofgebrek haar permanent letsel had bezorgd, was dat voor ons de enige manier om het allemaal gevalideerd, dus rechtsgeldig te krijgen. Iets waarvan ik eerlijk gezegd niet durfde te geloven dat je het aankon. Maar je hebt het doorstaan, op galante wijze zelfs. Dus daar wil ik je hartelijk voor bedanken. En dat meen ik echt.'

Adam wilde wat zeggen. Wat dan ook dat hen kon doen inzien dat ze het mis hadden. Dat hij onschuldig was en dat ze niets anders hadden dan verschillende min of meer vergezochte incidenten die überhaupt niet samenhingen. Maar hij zweeg en liet zich de ruimte uit leiden. Hij had al te veel gezegd. En wat hem ook te wachten stond in de vorm van verhoren, rechtszaken en veroordelingen, was dat geen fout die hij van plan was te herhalen.

Scarlett Harris

Stockholm, vrijdagavond

Ze ademde nogmaals diep de met zuurstof verrijkte lucht in via het masker dat over haar gezicht was gespannen. Dat een simpele ademhaling zo'n genot kon zijn, had ze nooit kunnen denken. Maar te voelen hoe haar lichaam steeds meer op krachten kwam elke keer dat ze haar longen vulde, was een openbaring. Een geschenk dat ze zichzelf beloofde nooit weer als vanzelfsprekend te beschouwen.

Er was een heleboel waar ze voor altijd dankbaar voor zou zijn. Zoals voor haar eigen overlevingsinstinct, om maar wat te noemen. Zonder dat was niets van wat daarop had gevolgd mogelijk geweest. Of dankbaar voor het ambulancepersoneel dat snel ter plaatse was gekomen om haar precies de zorg te geven die ze nodig had en een wakend oog hield op alle instrumenten om er zeker van te zijn dat haar waarden teruggingen naar normaal.

Maar ze had het vooral aan Bernt te danken dat ze nog ademde. Als hij er niet was geweest, had *zíj* daar met opengesperde ogen in de jacuzzi gelegen. Want ondanks haar minutenlange record onder water had ze haar longen toch met water moeten vullen.

Wat Bernt met Helene had gedaan kon ze alleen maar vermoeden, aangezien dat moest zijn gebeurd in de tijdspanne dat zij zelf bewusteloos was. Vermoedelijk had hij een deel van wat zij had gezegd gehoord en de conclusie getrokken dat Silvia niet het slachtoffer was geworden van een ongeval, en had hij daarop gereageerd. Hoe het rechtswezen daarmee om zou gaan, viel nog te bezien, maar zij zou hem in elk geval eeuwig dankbaar zijn.

Hij had haar letterlijk weer leven ingeblazen, en dat was niets anders dan een wonder.

En wonderen grensden aan het bovennatuurlijke en onmogelijke. Dat was waar God zich mee bezighield, en ze had nooit in een god geloofd. Misschien kon ze daarom niet echt begrijpen wat er was gebeurd. Of wat er niet had mogen kunnen gebeuren, en wat uiteindelijk in feite misschien helemaal niet gebeurd was.

Want helemaal zeker dat ze in leven was, kon ze niet zijn. Hoe kon ze weten of dit alles niet gewoon de illusie was van de laatste synapsen in een verder dood brein voordat het kaarsje uitging?

Het meeste wees er ondanks alles op dat ze het echt had gered. Maar voordat ze daadwerkelijk durfde te geloven in een zorgeloze toekomst, een constant gevoel dat er iets niet klopte, moest ze hem zien. Nog één keer, een laatste keer.

De eerste keer dat ze hem had gezien, was toen ze net klaar waren met haar te onderzoeken, waarop de ene van de twee ambulancebroeders de rugleuning van de brancard omhoog had gezet opdat ze niet in slaap zou vallen. Toen had ze door het linkerzijraam van de ambulance naar buiten kunnen kijken, en daar was hij gehaast over het gras aan komen snellen, maar was hij plotseling stil blijven staan en had hij haar recht aangekeken.

De paniek had onmiddellijk toegeslagen omdat ze ervan overtuigd was dat hij haar had gezien. Gillend in het masker had ze geprobeerd van de brancard af te komen om zich te verstoppen. Slangen waren losgeschoten, meetinstrumenten waren alarmerend gaan piepen en het ambulancepersoneel had haar moeten overmeesteren en wat kalmerends moeten geven.

Toch moest ze hem weer zien om verder te kunnen. Een laatste keer, om de stukjes op hun plaats te laten vallen en een soort geheel te laten vormen. Een gebeuren met een begin, een middengedeelte en een eind dat te begrijpen viel. Dat van alle kanten bestudeerd kon worden. Geanalyseerd tot er geen vragen meer over waren. Pas dan zou ze in staat zijn het achter zich te laten.

En daar was hij.

Deze keer zag ze hem door het rechterraam van de ambulance toen hij met zijn handen op zijn rug de garage uit kwam, vergezeld door de twee politiemensen. De man die Folke heette was als eerste bij de auto die naast de ambulance geparkeerd stond, en opende het ene achterportier. Op dat moment hief Adam zijn hoofd op en keek hij door het raam naar binnen. Naar haar.

Ze kon meteen haar eigen reactie horen in een van de meetinstrumenten. De luide piepjes die in het tempo van haar hartslag steeds sneller kwamen. De adrenaline die maakte dat ze daar weg wilde, de slangen wilde lostrekken en zich verstoppen voor zijn blikken, ook al wist ze dat die haar niet konden bereiken, en ze zag dat zijn handen geboeid waren achter zijn rug en de twee politiemensen hem onder bewaking hielden.

Maar ze hield zich doodstil. Gespannen als een vioolsnaar, maar toch stil. En naarmate de piepjes van de machine schuin achter haar weer langzaam teruggingen naar normaal, voelde ze hoe de rust weerkeerde. Een rust die haar uiteindelijk deed durven geloven dat ze leefde. Dat het – als puntje bij paaltje kwam – misschien toch allemaal goed zou komen.

Bukowskis

Stockholm, woensdagmiddag, oktober 2021

De veilingmeester met het mondkapje op liet de hamer vallen. Een diepblauw werk van Yves Klein, *Monochrome bleu sans titre*, was na intensief bieden tussen meerdere bieders verkocht voor een bedrag van 2.150.000 kronen. Omdat het schilderij niet groter was dan een paar vierkante decimeter, was er maar één assistent nodig, eveneens met een mondkapje op en daarnaast een paar witte stoffen handschoenen, om het werk het podium af te dragen.

'Dan gaan we verder met iets heel anders.' De veilingmeester keek uit over de zaal waarin elke tweede stoel was verwijderd. '*Nothing but the truth* van Adam Harris.'

De assistent met de witte handschoenen keerde terug op het podium. Deze keer met een etui van geborsteld metaal en de inscriptie NOTHING BUT THE TRUTH, dat hij met kalme, gecontroleerde bewegingen op het met fluweel beklede kussentje plaatste onder een camera die het op zijn beurt op een aantal grote schermen in de zaal projecteerde alsmede in een rechtstreekse uitzending op internet.

'Ik ga ervan uit dat de meesten van u hebben gehoord van de gebeurtenissen van twee jaar geleden en de onlangs afgeronde rechtszaak waarbij Adam Harris is vrijgesproken van alle verdenkingen. Dit is niet alleen zijn laatste, maar wordt naar verluidt ook zijn allerlaatste werk.'

De assistent opende met zijn gehandschoende handen de deksel van het etui, dat een USB-stick bleek te bevatten.

'*Nothing but the truth* bestaat uit een etui van geborsteld metaal met in de deksel een inscriptie met de titel van het werk,' ging de veilingmeester verder. 'In het etui zit een USB-stick van vijfhonderdtwaalf gigabyte vol informatie die het ware verhaal onderbouwt en vertelt over wat er eigenlijk is gebeurd in Santa Cruz en op Duvnäs udde gedurende een week in augustus iets meer dan twee jaar geleden. Daarbij moet worden opgemerkt dat al het materiaal op deze geheugenstick volstrekt uniek is en nergens anders te vinden is. Het bestaat onder andere uit opgenomen mobieletelefoongesprekken, films van verborgen camera's, sms-conversaties, foto's, tekeningen van constructies alsmede zorgvuldige uiteenzettingen van elk onderdeel van de gebeurtenissen.'

De assistent pakte de USB-STICK, trok voorzichtig het beschermkapje eraf en stak hem in een van de poorten van een laptop, waarna er een lange reeks gelabelde mappen op het scherm verscheen.

'Om ons ervan te verzekeren dat de inhoud hiervan niet wordt verspreid voordat het werk zijn juiste eigenaar heeft gevonden, kunnen we helaas niet meer tonen dan dit. Daarentegen hebben wij hier bij Bukowskis alles zorgvuldig doorgenomen en kunnen wij de echtheid ervan garanderen. Wij hebben bovendien, met toestemming van de kunstenaar, geselecteerde delen van het materiaal getoond aan de politie en de verzekering gekregen dat deze handel met eventuele bewijsvoering op zich geen misdrijf is, aangezien de enige weg naar een veroordeling een volledige bekentenis van Adam Harris zelf blijkt te zijn.'

De assistent klikte op enkele van de mappen om te laten zien hoe zorgvuldig alles was gecategoriseerd in verschillende submappen.

'Goed, dan gaan we beginnen. We hebben een startprijs van 1.700.000 kronen. Hebben we een eerste bod daarop?'

Een man met een zwart mondkapje op stak zijn kaart met biednummer achtenzeventig omhoog.

'Startprijs voor bieder achtenzeventig. Hebben we een bod van twee miljoen? Twee miljoen?' De veilingmeester keek uit over het publiek en zag een vrouw op een van de achterste rijen, eveneens met een mondkapje op, haar kaart met biednummer omhoogsteken. 'Twee miljoen van bieder tweeëntwintig. Hebben we een bod van drie?'

De man hief opnieuw zijn kaart met biednummer achtenzeventig.

'Drie miljoen voor nummer achtenzeventig,' ging de veilingmeester verder, en hij zag hoe de vrouw op de achterste rij ook haar biednummer omhooghield. 'En we hebben vier van de dame op de achterste rij. Vijf. Zes. Zeven. Zeven miljoen van nummer achtenzeventig hier vooraan. Hebben we een bod van meer dan zeven miljoen? Wat zegt nummer tweeëntwintig daar achterin? Hebben we een bod van zevenenhalf miljoen? Zeven miljoen vierhonderd?' De veilingmeester wachtte een nieuw bod af, maar het bleef stil. 'Oké, niet meer biedingen. Dan gaat het werk *Nothing but the truth* voor zeven miljoen kronen naar bieder nummer achtenzeventig. Eenmaal, andermaal...'

'Tien miljoen,' riep de vrouw op de achterste rij, en ze hield opnieuw haar kaart met biednummer omhoog terwijl er een suizend geluid door de zaal ging.

'Tien miljoen van nummer tweeëntwintig,' herhaalde de veilingmeester. 'Hebben we verder nog biedingen? Elf? Tienenhalf?' Hij zweeg en richtte zijn blik op de man op de voorste rij, die zijn kaart met biednummer op zijn schoot liet liggen. 'Dan gaat het werk voor tien miljoen naar de dame daar achterin. Eenmaal, andermaal...' Hij liet de hamer vallen terwijl de assistent de USB-stick uit de laptop haalde, die in het metalen etui stopte en wegdroeg.

Vlak daarna kwamen twee andere assistenten met een schilderij het podium op.

'Het volgende werk is *Ochtend aan zee* van Carl Kylberg met een startprijs van drie miljoen kronen,' vervolgde de veilingmeester. 'Hebben we een bod op de startprijs?'

Ondertussen stond de vrouw, die zwanger bleek, op en verliet haar plaats.

'Oké, hebben we een bod van twee komma acht.

De vrouw verliet de veilingzaal en liep naar een aangrenzende ruimte, waar ze naar een afgescheiden tafel werd begeleid met een lege bezoekersstoel ervoor. Daarna overhandigde ze haar kaart met biednummer aan de man in kostuum aan de andere kant van de tafel, ging op de stoel zitten en toonde haar paspoort, en zodra de bankoverschrijving voor het hele bedrag was ondertekend, kon ze het etui van geborsteld metaal in ontvangst nemen, controleren of de USB-stick erin zat en het gebouw verlaten.

Eenmaal buiten op Arsenalsgatan deed Scarlett Harris haar mondkapje af en liep ze door naar de wachtende limousine die haar naar Arlanda zou brengen. Eindelijk, dacht ze, en ze nam plaats op de achterbank. Eindelijk had ze alles wat ze nodig had.

Dat er puur juridisch nog steeds voldoende overtuigend bewijs ontbrak om hem veroordeeld te krijgen, had ze moeten accepteren. Het privéonderzoek van Silvia Regner rond de moord op haar broer was als een kaartenhuis in elkaar gestort op het moment dat bleek dat Adams auto gestolen was. Dat gold ook voor de moord op de dakloze Justin Slane, waarbij het politieonderzoek ondanks een minutieus onderzoek Carl Wester aanwees als hoofdverdachte.

En hoe zwaar het ook voelde, ze schaarde zich achter een rechtsstaat waar meer nodig was dan vergezochte incidenten, cryptische berichtjes en opmerkelijke technische installaties om iemand veroordeeld te krijgen. Installaties die net zo goed gecategoriseerd konden worden als kunst zonder eigenlijk doel.

Het vonnis van het grote publiek was daarentegen iets heel anders. Daarvoor golden totaal andere regels, en ze had nu meer dan voldoende om ervoor te zorgen dat hij in ieders ogen voor eeuwig de schuldige zou zijn. Daar, bij de overgrote meerderheid, was er ondanks alles een plaats voor de waarheid, hoe dun, fragiel en onwaarschijnlijk die ook was.

Nawoord

Dit verhaal kwam op mijn pad tijdens een vakantie met mijn gezin aan de Amerikaanse westkust. Liever gezegd in de zomer van 2014 tijdens een etentje in het gehucht Dixon ten noordoosten van San Francisco.

Ik had eindelijk alles van me af kunnen zetten wat met mijn werk te maken had, en dacht niet meer constant aan de eindredactie van mijn debuut, dat net naar de drukker was, of aan de vele komende schrijfprojecten. Mogelijk was dat de aanleiding dat mijn oog op een artikel in het dagblad *The Sacramento Bee* viel, en ik de tijd nam om het te lezen.

Het artikel was al een paar maanden oud en ging over een ongeval op een brug over Salmon Falls waarbij een fietser om het leven was gekomen en de bestuurder was doorgereden. Een brug die wijzelf een paar dagen eerder in onze huurcamper waren overgestoken. Maar dat was niet iets waar ik daar, op dat moment, verder over nadacht. Dat gebeurde pas vijf jaar later toen ik hoorde over Adam Harris, die ten tijde van zijn kunsttentoonstelling in Stockholm werd opgepakt op verdenking van moord.

Of het de link was met mijn eigen vakantiereis waardoor mijn belangstelling werd gewekt of het meanderende, ietwat onwaarschijnlijke verhaal op zich kan ik niet zeggen. Maar voordat ik het wist, had ik mij al begraven in oude artikelen over het ongeval en het stopgezette politieonderzoek.

Normaliter probeer ik het researchgedeelte op een enigszins redelijk niveau te houden en zie ik mijn eigen fantasie als een van de belangrijkste bestanddelen van mijn auteurschap, maar nu kon ik plotseling niet genoeg krijgen van processen-verbaal van verhoren en rechtbankverslagen, dagboeken, mail- en groepsgesprekken op sociale media evenals van vooronderzoeken en politierapporten uit zowel de vs als Zweden.

Nooit eerder heb ik zoveel tijd besteed aan het onderzoeken, controleren en uit alle invalshoeken bekijken van gegevens. Alles om zo dicht mogelijk bij de waarheid te komen, omdat het mijn absolute ambitie was om de gang van zaken precies zo weer te geven als dat die was verlopen.

Dat gezegd hebbende, heb ik me bepaalde vrijheden moeten veroorloven. Dat was wanneer de gegevens van de overlevenden niet te verifiëren waren en als de informatie op een of andere manier gebrekkig was.

Als laatste wil ik zeggen dat niets van dit alles mogelijk was geweest zonder mijn gezin en mijn fantastische team, maar vooral zonder mijn gesprekken met Scarlett Harris, die mij zo ruimhartig toegang heeft gegeven tot het werk *Nothing but the truth*, evenals tot haar eigen gedachten en herinneringen. Zij heeft ook haar goedkeuring gegeven voor de publicatie van het boek dat je nu in handen hebt.

Stefan Ahnhem
Kopenhagen, maart 2023